근대 기행가사 연구

근대 기행가사 연구

유정선 지음

보고사

이 저서(과제명 : 근대 기행가사의 향유양상과 문학적 지층)는 2008년도 정부재원(교육부
인문사회연구역량강화사업비)으로 한국연구재단의 지원을 받아 연구되었음(NRF-2008-812-A00155)

책머리에

　근대로 통칭되는 1900년대 이후의 가사 작품들에 대한 인상은 계몽의 언어이자 교술의 언어인 근대계몽기 가사작품들로 각인되어 왔다. 그리고 근대계몽기 이후 가사는 일부만이 향유하는 전통장르로 물러난 것으로 보이는데, 어떤 경로를 밟으며 현재에 이르렀는지는 명확하게 드러나지 않은 듯하다. 아마도 그것은 오늘날 우리가 가사를 대할 때 그것의 문학작품으로서의 미감에 대해 의구심을 품는 것과 연관되어 있을 것이다. 분명 이 시기에 기행가사, 나아가 가사장르 향방의 결절점은 놓여 있는 것으로 보인다.

　이 연구는 이러한 문제의식에서 출발한다. 가사장르의 하위유형인 기행가사의 틀에서 바라보았을 때, 가사는 19세기에 장편화하면서 무명작가의 작품들이 다수 출현할 만큼 크게 유행하였다. 19세기에 기행가사는 비로소 장르적 특장을 한껏 발휘하면서 여행하는 장소의 견문과 대상들을 마치 눈앞에 펼쳐 보이듯이 재현해내고 있다. 풍문으로만 듣던 금강산 유람길에 올라 직접 산에 오르며 자신이 목격한 장관을 그려내고 경관에 얽힌 흥미로운 설화들을 들려준다. 또한 극히 한정된 사람들만이 오를 수 있었던 중국 여행길에서는 수도 북경의 활기와 장대함을 우리말로 핍진하게 그려내고 있는데, 이는 당대인들에게 오늘날 사진을 보는 것과 동일한 실감을 주었을 것이다.

 20세기 들어 외국유학생들이 중심이 된 근대문인들이 출현하고 신장르가 형성되는가 하면 문학에 대한 새로운 정의가 생성되는 가운데, 기행가사는 여전히 지어지고 있다. 이런 새로운 문화 환경 속에서 전통장르를 택하여 작품을 짓는 것은 어떤 의미를 지니는가. 줄곧 기행가사의 지지대였던 유교의 자장과 집단적 가치란, 이 '근대'라는 시기에 복고적 반동이며 구시대의 퇴영적 형상인가. 또 당대를 가로지르며 새로운 환경에 적응하기 위해 어떠한 모색과 몸짓을 보여주는가.

 이러한 시각에서 전통장르인 기행가사를 짓고 즐긴 사람들은 누구이며 무엇을 말하고자 했는지 생각해 보고자 하였다. 또 형식과 향유방식에 대한 새로운 시도들이 갖는 문학적 의미는 무엇인지도 관심사였다. 이를 위해 1부에서는 1900~1940년대 초반 기행가사 작품들의 세부적 내용과 함께 통시적인 전개양상과 향유양상을 검토하였다. 곧이 시기에는 명시적으로 다양한 시도들이 이루어지는데 이러한 기획들이 갖는 의의는 무엇인지 탐색하였다. 2부에서는 1부에서 살펴본 근대기행가사의 작품 양상들을 대상으로 19세기에 이루어진 기행가사의 문학적 성취와 연계하여 그 지속과 변용의 양상을 살펴보고자 하였다. 이어 이 시기 기행가사를 지은 지은이들은 누구이며, 그들의 여행을 추동하는 유인들은 무엇인지 조명하였다.

 그리하여 전통장르로서의 기행가사라는 지평에서 바라본 근대라는 접근을 통해 당대를 살아간 사람들이 얼마나 '근대적'이었는가라는 시각보다는 관점을 바꾸어 '신시대란, 개명이란, 전통적으로 주어진 삶을 살아왔던 이들에게 어떻게 다가왔는가' 하는 시각에서 생각해보고자 하였다.

 이번 기획을 통해서 근대 기행가사 작품들을 접할 수 있었던 것은 흥미로운 문학체험이자 동시에 조심스런 접근을 요하는 작업이기도 하였다. 무엇보다도 '근대'라는 시공간이 다기한 변수들이 접변하고 교호하는 이행기인 까닭에, 그러한 문맥 속에 위치한 기행가사 작품들을 밀도 있게 독해하는 것은 쉽지 않은 일이었다.

그럼에도 불구하고 마감기한에 쫓겨 부족한 책을 내놓게 되었다. 이렇게 학위논문에 이어 계속해서 기행가사 작품들을 옆에 두고 읽어 볼 수 있었던 것은 큰 기쁨이었다. 기행가사 작품 하나하나에 투영된 사람살이로서의 삶, 그 삶의 세부가 조금이나마 드러날 수 있기를 바란다. 마지막으로 이 책의 주제는 인문학 분과에 해당되는 것으로서, 그런 만큼 이 책이 기획되고 출간될 수 있었던 것은 많은 분들의 지원에 힘입은 바가 크다. 이 모든 과정에서 도움을 주신 모든 분들께 깊은 감사를 드린다.

유정선

들어가며 : 왜 근대기행가사인가?

근대로 통칭되는 1900년~1940년대는 전통적 가치가 해체되고 근대적 질서로 재편되어 가는 시대로서, 그간 당대의 상황을 반영하는 키워드로 '기행'을 주목해 왔다. 당시에 기행은 제국주의의 팽창과 세계 질서의 재편 속에서 중화 중심의 세계관이 점차 서구 중심의 세계관으로 변화해 가는 역사적 상황을 반영하고 있기 때문이다.

이 시기 기행문학에는 전통장르와 새로 출현한 신 장르의 뒤섞임 속에서 다양한 장르들이 공존한다. 이중 기행가사는 전체 기행문학의 지형도 속에서 전통장르에 속하는 기행문학이다. 전통장르로서의 기행가사는 근대계몽기 및 일제강점기를 거치며 지속적으로 지어졌다. 특히 여성들이 지은 기행 소재 규방가사 작품들은 최근세인 1960년대 이후까지도 지속적으로 창작되고 있다. 이점에서 기행가사에 대한 조명은 근대 이후 가사장르의 향방을 이해하는 바로미터가 될 수 있다.

1900년대 근대계몽기 이후로 기행가사를 비롯한 가사장르의 향방은 온전히 드러나지 않았다. 이 시기까지 지속적으로 왕성하게 향유되었던 가사장르가 이후 어떠한 굴곡을 거치며 진행되어 갔는지 그 모습은 뚜렷하지 않다. 우선 전체 기행문학의 측면에서 조감해볼 때, 중앙문단을 중심으로 서구장르의 기행문학이 집중적으로 조명을 받았다. 가사문학의 경우, 시기적으로 다수의 작품들이 창작된 근대 계몽기 가사(개화기 가사 또는 애국계몽기 가사)에 관심이 집중되었고, 여타 내용을 다룬 가사문학에 대한 관심은 상대적으로 미약했다.

그 결과로 근대계몽기 가사를 제외한 근대가사는 근대계몽기 이후로 쇠퇴해간 것으로 이해될 뿐, 구체적으로 어떤 경로를 거쳐 근대를 통과했는지에 대한 그림은 자세히 드러나지 않았다. 이런 점에서 근대가사의 연구도 유형별로 세분화하여 심화된 접근이 필요하다. 근대계몽기라는 특정 시기를 넘어서서 그 이후에 이어지는 일제강점기를 어떻게 통과하고 있는지 후속 시기의 가사장르향방에 대한 연구가 진행될 필요가 있다.

이는 근대 기행가사라는 가사장르에 한정된 논의를 넘어선다. 근대 기행가사는 가사 장르의 향방뿐 아니라 '근대문학의 역사적 성격'이라는 쟁점에 대해서도 많은 함축을 지닌다. 곧 기행가사는 전통장르라는 점에서 전통적 가치와 근대적 질서가 다양한 층위에서 충돌하며 빚어내는 역동적 흐름을 담고 있다. 이 시기 새롭게 형성된 여타 근대 기행문학과 달리, 가사에는 전통 양식이 새롭게 부상하는 가치를 수용, 재배치하는 과정에서 필연적으로 수반되는 전통성과 근대성의 갈등을 반영하기 때문이다.

첫째, 내용면에서 볼 때 가사는 전통장르 중에서도 당시 근대 문학의 지표로 통용되었던 '미적 규준'의 관점과 가장 배치되는 장르이다. 가사의 장르적 특성은 서구의 장르개념으로 통괄될 수 없어 분분한 장르 논의를 낳았을 만큼 독보적이고 복합적이다. 가사는 시가이면서도 산문적이고, 교훈적인 내용을 서술하는 교술적인 특성을 지닌다. 기행가사의 경우도 개방성, 평면적 서술, 산문적 형상화 등이 특징으로 이야기된다. 이런 장르적 특성으로 인해 가사는 근대계몽기에 계몽의 담론을 전파하는 교술적 양식으로 적극 활용되기도 했는데, 기본적으로 이런 특성은 이 시기 대두한 서구적 문학 개념에 배치되는 것이다. 이점에서 근대 기행가사는 근대계몽기를 지나면서 부상하는 '문학에 대한 새로운 정의'와 마찰할 수밖에 없는 상황이다.

또한 이 시기 근대문학의 특징으로는 '자기 내면의 표백'이 지적된다. 그런데 기행가사는 자신의 체험을 타인에게 보고하고자 하는 집단적 의식을 지향한다. 작품 문면에 청자를 설정하여 자신의 체험을 읊조리거나, 관심을 끌고자 청중을 불러들이는 화법을 취하는 것도 이 때문이다. 이와 같이 독자에게 기행체험을 보고하고 공유하고자 하는 의식은 개인의 내면이 강조되는 문학과 대조적이다.

이 점에서 근대 기행가사의 행보는 전통장르가 문학에 대한 근대적 정의와 어떻게 마찰 또는 절충하는지 조명해주는 지표가 된다. 나아가 기행문학의 시각에서 접근해 보면, 기행가사는 서구의 장르개념에 기반하여 생성된 여타 기행문학과의 대조적 지표를 제공한다. 장르적 기능, 기행의 정의, 작가 의식, 형상화 방식 등의 부면에서 어떠한 변별성을 지니는지 다각적인 비교의 근거를 마련해 준다. 그러므로 이 시기 다양하게 형성되는 기행문학의 스펙트럼 속에서 전통 장르인 기행가사에 대한 구명은 새로운 양식의 기행문학 속 근대적 기행의 의미를 되비춰 줄 수 있을 것이다.

둘째, 형식면에서 볼 때 전통적으로 기행가사의 특장은 무한히 길어질 수 있는 개방성이다. 여정에서 마주하는 풍경들을 마치 눈앞에서 보는 듯이 핍진하게 재현하는 특성이 향유층을 넓혀온 요인 중의 하나였다. 이 시기에는 이러한 재현의 특성을 살린 장편의 작품들이 지속되는 한편으로, 한정된 지면으로 구성되는 신문잡지매체에도 기행가사가 실리고 있다. 이와 같이 기행 체험을 다룬 기행가사가 신문매체에 실림으로써 형식적 변용을 시도한다. 이러한 형식과 형상화 기법의 변화가 갖는 의미는 어떠한지 고찰하고자 한다.

문체와 형상화 기법의 측면에서 본다면, 근대 기행가사는 문학에 대한 정의와 그에 따른 장르적 문법이 다양하게 교차하고, 신문물의 명칭과 화법, 그리고 전통적인 어법·문체가 공존하는 양상을 반영한다. 이는 일정한 문학적 관습이 내재한 재래의 양식 안에 새롭게 형성된 근대의 표지들이 섞여 드는 현상으로서, 이 때 이질적인 요소들이 작품 내에서 어떤 방식으로 정합되는지 주목된다.

셋째, 향유양상 면에서 보면 앞서 밝힌 것처럼 대중매체에 실린 인쇄본과 함께 재래적 방식인 필사본 기행가사가 동시에 출현한다. 즉 『매일신보』와 『신한민보』 등 신문 독자층의 대중적 감화력을 의도한 언론매체에 연재되는 한편으로, 재래의 향유방식인 소규모 집단을 향유층으로 하는 필사본이 지속적으로 유통된다. 이때 신문잡지 등의 인쇄매체에 작품을 싣는 작가들은 언론인, 서예가 등으로 근대문인으로서의 모습을 보여주는 한편, 필사본 작가들의 경우 신여성과 대비되는 향촌의 여성, 향촌의 유교지식인 등이 중심이다. 이를 보면 기행가사의 경우 다른 기행문학과 차별되는 작가들로 구성되며, 이러한 작자 층의 성격과 작품 향유의 형태가 일정한 상관관계를 지님을 알수 있다. 따라서 이 시기 향유양상은 기행가사의 성격을 구성하는 주요 잣대로 기능하므로, 각각의 향유양상을 살펴보고 그 향유양상이 지니는 의미도 생각해 보기로 한다.

이에 1900~1940년대 초반에 창작된 기행가사를 대상으로, 근대기

행가사의 향방을 살펴보기로 한다. 곧 근대계몽기와 일제강점기에 창
작된 일군의 기행가사 작품들을 분류하고 향유양상이 갖는 의미를 통
해서 그 문학사적 의의를 구명하고자 한다.

그리고 이 시기 기행의 성격을 규정짓는 다면적 요소들에 대한 고
려를 통해 그 문학적 지층들의 상호 연관관계 및 그 의미에 대해서
고구하고자 한다. 즉 소재 및 주제의 확장, 형식과 표현법의 혼용성,
작자 층의 변화, 향유양상의 다변화라는 지층들을 종합적으로 고찰해
보기로 한다.

근대기행가사에 대한 연구는 근대문학의 역사적 성격이라는 지평
위에서 가사 장르의 향방과 전망을 알아볼 수 있는 하나의 지표가 된다.
동시에 전통장르가 서구적 문학 개념 및 장르인식의 영향 속에서 어떤
향방을 보여주는지 그 과정적 의미를 짚어보는 작업이 될 수 있다.

본 저술에서 다룰 대상작품은 기명 작가 16명/실명 작가 7명의 53
편으로, 그 목록은 다음과 같다.

- 〈해서노정기〉(안동 유자, 1900)*(『역대가사문학전집』 20권 1050번)

- 〈대일본유람가〉(이태직, 1902)(『대일본유람가』, 국립중앙도서관)

- 〈서유견문록〉(이종응, 1903)(김원모, 「이종응의 〈서사록〉과 〈셔유견문록〉 자료」, 『동
  양학』 32집)

---

* 이 작품은 임기중, 『역대가사문학전집』 20권에 필사본으로 실려 있는데, 이 영인본
가사문학전집의 주해서인 임기중의 『한국가사문학주해연구』(아세아문화사)에서는 이
작품의 제목을 〈회셔노정긔〉로 소개하고 있다. 그런데 이 작품에 나타난 기행 목적지
가 황해도 해주인 점, 작품 말미에 "니번 희셔 쳘니 길이 분슈 업고 쳘리 업다"라는
대목에서 '희셔 쳘니'(海西 千里)를 말하고 있는 점 등을 고려하면 〈희셔노졍긔(海西路
程記)〉로 보는 것이 맞다고 본다.

- 〈해유가〉(서유가)(김한홍, 1908)(『해유가』)

- 〈선운사풍경가〉(이홍구, 1910)(『역대가사문학전집』 25권 1210번)

- 〈노정가라〉(작자미상, 1913)(『규방가사Ⅰ』, 정신문화연구원)

- 〈금강산유산가〉(정연옥, 1917)(김선풍, 「규방가사 작가의 여성상-영동지방을 중심으로-」, 『한국문학과 여성』)

- 〈금강유람가〉(김규진, 1919~1920) (『매일신보』)

- 〈최송설당 기행가사〉 10편 : 〈근친〉·〈한양성중유람〉·〈김해회고〉·〈약수동〉·〈발환경제〉·〈청암사〉·〈선묘입석경영〉·〈백현급봉학산성묘〉·〈무골산성묘〉·〈갈현성묘〉(최송설당, 1922)(『송설당집』, 조선인쇄주식회사)

- 〈금광유람가〉(작자미상, 1923년경)(『규방가사Ⅰ』, 정신문화연구원)

- 〈동유감흥록〉(심복진, 1926)(『동유감흥록』, 동창서옥)

- 〈금오산채미정유람가〉(작자미상, 1928년)(『규방가사Ⅰ』, 정신문화연구원)

- 〈금강산탐승가사〉(신응교, 1928)(『조선』, 조선총독부)

- 〈금강산기행가〉(조애영, 1930)(『은촌내방가사집』, 금강출판사)

- 〈금강산유람가〉(장일상, 1930)(이선옥, 「금강산유람기」, 『한국어문학연구』 13, 이화여자대학교 문리대학 국어국문학회)

- 〈망월사친가〉(작자미상, 1931)(「내방가사자료」, 『한국문화연구원 연구논총』 15, 이화여자대학교 한국문화연구원)

- 〈관악산유산록〉(김일우, 1932)(『석문의범』, 법륜사)

- 〈해인사유람가〉(정효리, 1934)(『해인사유람가』)

- 〈금강유람가〉(금상기, 1934)(『금강유람가』, 대보사)

- 〈종반송별〉(작자미상, 1935)(「내방가사자료」, 『한국문화연구원 연구논총』 15, 이화여자대학교 한국문화연구원)

- 〈미국 기행가사〉 22편 : 〈산중의 처녀〉·〈인디안의 옛 궁〉·〈인딜천주교당 二장〉·〈홍장미〉·〈길〉·〈사막의 꽃〉·〈사막의 명월〉·〈한 쌍의 새깃〉·〈더위〉·〈새벽 꿈〉·〈오순비유의 하루밤〉·〈오순비유 4장 몬트레이에서〉·〈퍼시픽 그로부에서〉·〈조개를 먹으며〉·〈새벽의 산촌〉·〈새 예루살렘〉·〈천주교의 옛 절〉·〈새스타산의 절정〉·〈아침의 밝은 빛〉·〈베농장을 지나며〉·〈안개를 뚫고 가며〉·〈평원의 농사집〉(홍언, 1936. 1~1937. 4)(『신한민보』)

- 〈눈물 뿌린 이별가〉(김우모, 1940)(이대준, 『낭송가사집』, 세종출판사)

- 〈백운산유람가〉(작자미상, 일제강점기)(임기중, 『한국가사문학주해연구』, 아세아문화사)

차례

【제1부】
근대 기행가사의 통시적 전개와 향유 양상

1장 : 작품세계의 통시적 전개

【제2부】

근대 기행가사, 전통의 지속과 변모

1장 : 산수 유람 문화의 지속과 변모

【일러두기】

1. 작품 예문 표기는 원칙적으로 작품의 원전에 따랐으며, 원전이 국한문체로 이루어진 경우에는 한글과 한자를 병기하였다.

2. 본서에서 다루는 기행가사 작품명이 고어인 경우에는, 그 의미를 훼손하지 않는 범위 내에서 현대어 표기로 바꾸었다.

근대 기행가사의
통시적 전개와 향유 양상

1장 : 작품세계의 통시적 전개

　전통적으로 가사는 한 집안과 가문, 촌락 등 소규모 공동체를 중심으로 하여 필사본으로 유통되어 왔다. 이 경우 작품은 한 집안 성원들의 가문의식이나 촌락 내 여성들 사이의 연대 의식 등 전통적인 공동체 의식을 바탕으로 향유된다. 가문이나 촌락과 같이 전통적인 사회 구성 단위를 토대로 하여, 작가와 독자 사이의 공통된 위치에서 오는 공감대야말로 가사장르가 지니는 문학적 힘 중의 하나라고 할 수 있다.

　가사의 하위유형인 기행가사는 독자를 향한 보고문학적 성격을 실현하는 대표적인 유형으로서, 작품의 길이가 제한 없이 길게 이어지는 장편화 및 묘사를 통해 보고 들은 대상을 생생하게 재현하는 장면 묘사의 수법을 구사한다.

　그렇다면 전통장르인 기행가사가 변환의 조짐이 시작되는 20세기 전반을 어떻게 통과하고 있는가. 이를 탐색해 보기 위해 1900년에서 1940년대 초반에 이르는 시기를 1) 1900~10년대, 2) 1920년대, 3) 1930~40년대 순으로 시대적으로 분절하여 살펴보기로 한다.

1. 1900~1910년대, 전통적 이념의 동요와 여행지의 확대

이 시기 국내 기행의 경우, 기왕의 한정된 여행지에서 다양한 여행지로 확대된다. 국외 기행에서도 여행지가 전통적인 사행국이었던 중국과 일본에서 나아가 미국을 비롯한 서구로 확장되고 있다. 이 시기 기행체험의 두드러진 특징은 전통적인 가치체계와 유교이념이 동요하는 모습이 투영되어 있다는 점이다. 신문명의 대두 속에 전통적 가치를 대변하는 화이관과 가문의식이 동요하는 체험들이 등장한다.

이 시기에 해당되는 작품들로는 〈해서노정기〉(안동 유자, 1900), 〈대일본유람가〉(이태직, 1902), 〈서유견문록〉(또는 〈서사록〉. 이종응, 1902), 〈해유가〉(또는 〈서유가〉. 김한홍, 1908), 〈선운사풍경가〉(이홍구, 1910), 〈노정가라〉(1913), 〈금강산유산가〉(정연옥, 1917) 등이 있다.

1) 전통적 가치와 신문명의 체험

이 시기 국내 기행을 다룬 작품들로는 〈해서노정기〉(1900)·〈선운사풍경가〉(1910)·〈노정가라〉(1913)·〈금강산유산가〉(1917) 등이 있다.

안동 유자 〈해서노정기〉(1900) 안동에 사는 유자가, 집안의 선조가 신원(伸冤)이 된 사실을 황해도 풍천의 절도(絕島)인 초도(椒島)에 사는 후손에게 알리고자 여행을 떠나는 작품이다. 안동에 사는 유자인 지은이는, 6세 때 초도에 정배된 이후로 죽 그곳에 남아 있어서 선조의 신원 사실을 모르는 후손들에게 가문의 명예회복 사실을 전하기로 한다. 이번 여행의 결정도 "일문(一門)이 모혀안ᄌ" 한 공론을 통해 이루어졌으며, 이러한 기행 동기는 막 20세기에 접어든 당시 향촌에서 전통적인 가문의 가치가 여전히 유효했음을 보여준다.

　　임오亽 제일츙신 니모 ᄒ나 뿐이로다
　　푸츙ᄒ녀 증직ᄒ이 니무협판 비셔승이
　　직품을 말슘ᄒᆡ도 죵이품 졍슘품이
　　직품도 놉거이와 은턱이 망극ᄒ다
　　ᄌ손뉴무 무르신이 조용ᄒ신 은명이나
　　쳔은이 감츅ᄒ야 일문이 모혀안ᄌ
　　일히일비 ᄒᄂᆞᆫ 말슘 쳘이 밧 졀도 듕의
　　몃낫 ᄌ손 ᄉ라쓴들 니 소문을 어이 아리
　　뉴亽졍히 보닐공논 슌묘 쳠동 되ᄂᆞᆫ고나
　　삼죵슉 니려씨와 분슈업ᄂᆞᆫ 이몸으로
　　초도 뉴亽 돈졍ᄒ이 경거이 더답ᄒ고
　　도라와 싱각ᄒ이 아마도 두듕ᄒ다

　죄를 짓고 죽음을 당했던 선조가 신원이 되어 벼슬을 추증 받았다는 것을 알 수 있다. 이 선조는 1776년 사도세자의 죽음에 의문을 제기하는 상소를 올렸다가 사형을 당한 이도현, 이응원 부자이다.[1] 아직 선조의 몇몇 자손들이 어렸을 적 정배되었던 천리 밖 절도에 여전히 남아 있으므로, 이들에게 선조의 신원 회복소식을 알리기 위해 떠나고 있다.
　노정은 예전처럼 도보로 이루어지면서 목적지로 향하는 도정이 상세하게 제시된다.

---

1) 임기중, 『한국가사문학주해연구』, 아세아문화사, 2005, 454면.

풍기-장림역-단양-충주감영-탄금대-용당-장호원-이천-곤지암-
쌍령-광주-남한산성-송파-왕십리-광희문-동대문-고양-파주-임진
강-개성-벽란진-해주-송화-풍천-고양-구파발-홍제원-서울-광주-
이천-단양-풍기

경상도에서 서울을 거쳐 황해도로 간 후 다시 서울을 통해 고향으
로 돌아온다.

이번 여행은 동지섣달 한겨울에 안동에서 황해도로 떠나고 있어,
도보로 험한 일기와 싸우면서 가야 하는 힘들고 고달픈 길이다. 황해
도 풍천으로 향하는 이들 노정을 일일이 도보로 거쳐 가면서 일기, 지
형, 숙박 등의 여행체험을 세세히 읊고 있다. 그 과정에서 '독바위, 쉬
이기골, 미바위, 조풀막, 계란지, 기침고기, 쑤돌고기, 톳뵈고기, 넉
거기' 등 고유한 토속적인 지명들이 등장한다.

그 험한 고개들을 넘고 눈길을 디디면서 가는 길로서 험난한 역정
이 실감나게 그려진다. 몇 번의 강을 건너는 장면에서는 생명이 위태
로운 상황에 직면하고 있다. 다음은 임진강을 건너는 체험이다.

크고 져근 나르비는 강우의 어러잇고
강슈는 합빙듸야 슈륙은 불분이라
등빙ᄒ여 건너죤이 공구홈도 그지업다
ᄌ조 거러 건너ᄌ이 즛식ᄒ면 술판이오
ᄌ계ᄒ여 거러간이 죽는것도 닷틀셰라
듕유의 드러션이 그듕의 어름소리
졍신이 쌈죽ᄒ고 간입피 콩낫갓다

육지와 강물을 분간할 수 없는 상황에서 얼어붙은 강을 건너는 도중

에 얼음 깨지는 소리를 들으며 "간입피 콩낫" 같아진 정황을 묘사한다.

그런데 황해도 지경까지 가서 초도로 들어가려는 상황에서 한겨울 바다가 얼어붙어 섬에 들어가지 못하고 돌아오게 된다.

> 그 아리 무변더히 호호망망 그가운티
> 큰비ᄒ나 쒸운체로 초도손니 노혀는디
> 산가탄 어름족은 빗길이 막켜잇고
> 구름은 우심ᄒ냐 셤모양을 덥퍼고나
> 졍막혼 져강두의 우슬업시 션노라니
> 심신니 슈란ᄒ녀 통곡이 졀노는다

적막한 강두에서 저편 섬 쪽만을 안타깝게 바라보고 있는 형상은 매우 처창하다. "천녀리(千餘里) 공왕공닉(空往空來) 실업기도 ᄒ거이 와 심신도 비챵ᄒ다"하여 헛된 발걸음에 허탈하고 비감한 심정으로 돌아서고 있다.

이러한 왕복노정에서는 단양 퇴계 이황과 충주 탄금대 신립장군 사적, 개성 정몽주의 충절 고적, 남한산성의 병자호란 사적, 황해도 이항복 비문 등 선현들의 충효 사적들이 등장한다. 유자로서 충효사적을 비롯한 고적들을 마주하며 회고적 정취를 느끼고 있으며, 거기에는 이미 사라지고 없는 소멸된 자취들이 주는 쓸쓸함이 가득하다. 이에는 이전에 존재했던 가치들이 소멸한 것에 대한 회한이 놓여 있다.

노정 속에서 유교이념에 근거한 충효사적과 왕조 유적 등을 환기하며 전통적 가치에 대해 애써 재확인하고 있지만 그 위에는 화려한 신문물의 광채가 덮여 있다. 경기도 고양에 도착하여 선영의 묘막으로 향하는 길에서 바라본 풍경은 이를 상징적으로 보여준다.

> 고양읍 통흔 큰길 젼선줄이 버러잇고
> 더즉골 션영묘막 질음길이 소슐ᄒ다
> 촌촌이 길을 뭇고 ᄉ룸마다 집을무러
> 빙설졍 셕양쳔의 묘막을 ᄎᆞᄎᆞ고나
> 근영군 빗돌압희 지비ᄒ고 도라션이
> 젹막흔 산마을의 셕연이 눈만ᄒ다

큰 길가에는 전선줄이 벌여 있는 반면, 선영 묘막으로 가는 길에는 소슬함이 깔려 있다. '휘황한' 큰 길과 '소슬한' 길의 대조 속에서, 소슬한 길을 찾아가는 것은 산지사방에 흩어진 자손들의 존재에 대해 한탄하며 이들 사이의 희미해져 가는 유대를 다시 잇고자 하는 것이다.

> 이어셔 무즁손소 ᄎᆞ졔로 셩묘ᄒ이
> 츌쳑ᄒ고 감챵흔 맘 뉴연희 젼노ᄂᆞᆫ다
> 셰월이 ᄌᆞ구ᄒ여 최긔홈은 여ᄉᆞ로다
> 듕간의 눈을지니 셕물조ᄎᆞ 오으촌타
> ᄒ물 불초 ᄌᆞ손 산지ᄉᆞ방 훗쳣고나
> 흔탄이 무슈ᄒ야 산샹의 쥬졋타가

이와 같이 이번 여행의 목적이 가문의 결속과 정체성 확립인 까닭에 선영의 묘막 방문, 세거지 방문을 통한 족친들의 상봉 등이 비중 있게 다루어진다. 각 고장과 지역을 특징짓는 것은 동향이나 족친의 마을이라는 점이다. 그리고 한 고장의 정신적 내력이 침전되어 있는 유적들을 돌아보며 회고적 정취에 젖는가 하면, 고적으로 표상되는 전통적 가치를 재확인하고자 한다.

> 경포은 션쥭교의 혈흔도 긔졀ᄒ다
> (중략)
> 셩두의 나ᄂ 구름 긔싁이 참담ᄒ고
> 골목에 견역년긔 물싁이 숫통ᄒ다
> 오빅연 고려 풍물 슱기운공 비여ᄂ디
> 종누 우의 옛날 쇠북 져 혼ᄎ 옛쓰리라
> 일긔가 음흔하야 구경도 흥치업다

개성의 선죽교를 돌아보며 옛 명성을 회상한다. 성내의 번화함에도 불구하고 고려 왕조의 쇠망을 확인하며 참담함을 느낀다. 종루 위의 옛날 쇠북만이 자리를 지키고 있음을 보면서 구경도 흥취가 없다고 한다. 개성 시내의 번화함에도 불구하고 왕조의 쇠망을 회고함으로써 개성은 쇠락하고 소멸된 모습으로 다가온다.

또한 고려의 유신들인 72명의 성현들이 조선의 개창에 반대해 두문동에 칩거하고 밖에 나가지 않았던 사실을 회고하며, 이들이 사라지고 없다는 점을 환기한다.[2] "창낙도 질음길을 ᄎ춤ᄎ춤 ᄎᄌ간이 갑오년 경쟝 후의 찰방은 혁파ᄒ고 여염도 소조ᄒ야 아든 길도 히미터라"·"화녀ᄒ고 든든ᄒ든 십이셩곽 볼셰업다 ᄉ디문 놉푼 물누 홍예만 나마잇고 그 안의 녀염 시졍 희신이 되야더라"라 하여 화려하고 든든하던 사적들은 혁파되고 그 흔적만 희미하게 남아 있다.

이에 새롭게 부상한 근대문물의 풍경들과 그 가치에 대해서는 일견 그 외형적 화려함을 인정하면서도 배타적인 의식을 보여준다. 이번 여행길에서 표면적인 기행 동기 이외에도 은근히 기대감을 품은 목적

---

2) "오빅년젼 송경 셔울 산천은 녯빗치라 오난 길노 바로 향히 북죽으로 터진 골목 뉴슈ᄒ고 격졀ᄒ다 두문동이 거게로다 칠십니현 어더가고 운무만 자욱ᄒ이"

중의 하나는 풍문으로만 듣던 서울을 직접 구경하는 것이다.

그리하여 황해도에서 집으로 돌아오는 길에 서울에 들렀을 때, 신문물뿐만 아니라 특히 외국인에게 반감을 드러낸다. 서울에 입성해서 느낀 정취는 신문물의 광휘가 아니라 왕조의 패망으로 인해 적막하고 비어 있는 모습이다. 광희문에서 무덤들을 목도하며 "만사가 부운"이라고 하고 있으며, 궁궐들에 대해 '훈련원 옛집터 동대문 안 비어 있고' '경복궁 구대궐은 광화문이 적적'하다고 하여 왕조의 패망에 대한 쓸쓸함을 드러낸다.

그리고 이제는 대세인 새로 세운 독립문과 독립관, 화륜거의 등장을 부정적인 시선으로 바라보며, 활보하는 외국인들에 대해서 "지굴갓튼 양관니며 기갓튼 외국인물 가락오락 ᄒᆞᄂᆞᆫ모양 춤혹ᄒᆞ고 원통ᄒᆞ다"라 하여 반감을 드러내며[3] 오백년 예의지국의 처지에 대해 한탄한다. 서구인의 등장은 외적의 침입에 대한 기억을 간직한, 회한에 찬 남한산성[4]을 떠올리게 한다. 따라서 이 작품에서 지향하는 핵심적 가치를 드러내는 어휘로는 '일문(一門)'·'천은(天恩)'·'충(忠)'으로 나타나는데, 이러한 가문의식과 충의 집단적 가치는 점차 퇴색해 가는 가치들이다.

이러한 여행 과정은, 왕조의 쇠망과 가문의 해체 속에서 퇴색해가는 전통적인 이념들을 부여잡고자 하는 향촌유자의 의식과 조응하고 있다. 황해도 바다의 거칠고 험한 풍랑으로 인한 여행 목적의 좌절은

---

3) "싀로 셔운 독닙문이 스화키스 ᄒᆞ다마는 외국인 슈단이나 든든ᄒᆞ 맛 바히업다 건너편 모화관도 독닙관이 되야고나"

4) "창황홀쎠 병ᄌᆞ호난 되가파쳔 이곳지라 강화되신 최명길ᄋᆞ 되명일월 어이ᄒᆞ고 기갓튼 한의 풍녁 만고슈치 되야고나"

전통적 가치의 소멸, 그것을 되돌리는 시도의 좌절이 필연적인 것임을 드러낸다.

한편 이 작품의 특징적인 점은 엄숙한 유자의 목소리뿐만 아니라 여행길에서 경험한 흥미로운 일화를 들려주며 유흥을 즐기는 일상인의 목소리도 공존한다는 점이다. 이를 대표적으로 보여주는 것이 곳곳에서 들른 주막의 주모와의 사이에 있었던 일화들을 진진하게 다룬다는 점이다.

> 듕간 열졍쥬막 줍간 드러 슐 스먹고
> 일어서 가즈히도 얌젼흔 쥬모티도
> 셔울이 고향이라 언어슈죡 즈미롭다
> 연광은 니십녀 셰 즈식도 아름답다
> 그듕의 활협잇셔 후리쳐 ᄒ느마리
> 희흔흔 녕남양반 일이 쎳쳐 가겻다가
> 언졔나 회졍ᄒ야 니길 다시 오시갓소
> 부디 평안이 가겻다가 다시 니집 츠즈시오
> 슐 흔준 다시부어 졍답으로 궈는고나
> 니목이 총총ᄒ야 손줍기는 희년ᄒ고
> 츄파로 송졍흔이 피츠의 은밀ᄒ다

주모의 외양이나 품성에 대해 관심 있게 묘사하고 있으며, 이목이 있어 서로 간에 은밀히 눈길을 주고받았음을 밝히고 있다. 이외 쌍녕에서 만난 술어미와의 만남도 "가관이고 자미롭다"고 한다.

다음은 초도의 일기 사정을 들으려는 상황에서 초도 경계지경에서 만난 주막의 주모와의 일화이다.

> 못보논체 바로가니 스롬 괄셰 너무ᄒ오
> 니모양이 박싱이라 누츄ᄒ계 넉이신가
> 져 혼ᄌ ᄒᆞᄂᆞ마리 날 드르라 ᄒᆞᆫ난고나
> 녀호녀졉 쒸여드러 위션년기 무러보니
> 나도나와 동갑이오 인물도 방ᄉᆞᄒ다
> 그듕의 머시드러 복식도 슈년항이

주모는 '내 모양이 박색이라 누추하게 여기시는가'라 하며 지은이를 붙잡고 있으며, 작가는 '꽃을 쫓는 나비같이 뛰어들어' 우선 나이를 물어보고 있다. 이렇게 시작된 만남은 "년쟝ᄉᆞ십 비로비소 녀광녓 취 니 거조가 ᄌᆞ긔샹도 슷층ᄒ고 남보기도 붓그럽다"고 하여, 지난 밤 주모와 수작하며 취흥으로 보낸 것에 수치심을 느끼고 있다고 한다. 그렇지만 내심 즐거워하며 이러한 재미있는 일들이 있었다는 것을 은근히 자랑하는 어조를 띠고 있는 것도 사실이다.

작품 전체의 흐름에서 보았을 때, 거칠고 험악한 일기와 싸우며 힘들게 견디는 노정에서, 끝내 후손을 만나는 소임을 이루는 것에 실패하고 돌아서는 패색의 비감한 내용에 연이어 가볍고 흥미로운 연정사에 관한 내용들이 등장하는 점이 특징적이다. 진지함과 흥미로움의 대조적인 내용들이 노정의 일정에 따라 교차하고 있다. 이에 무거운 소임을 짊어진 엄숙한 유자로서의 모습과 한 집안의 가장이자 딸을 둔 아버지로서 집안사에 대해 세심하게 근심하는 모습이 공존한다.

> 집의는 니가 업셔 녀러 위 졍조 졔ᄉ
> 몽숑업고 두셰업셔 날 쒸는 양 녁녁ᄒ다
> 어룬은 졔ᄉ몰니 걱졍만 홀 거시오

아희는 쳐리 업셔 놀기만 요량이라
그듕의 어린년들 분슈업고 방즈하냐
옷 희다고 신 스쥬소 밤나즈로 일□이졔
보난 듯 궐모 모양 날 씌는 양 가관일쇠
흐는 일은 업쓸만졍 가락오락 소더면셔
씰 소리 못 쓸 소리 존소리도 부죡존코
가다감 큰 소리로 아희들도 야단흐고

여행으로 해를 넘기면서 제사를 비롯한 집안일, 철이 없는 딸이 "옷
희다고 신 스쥬소" 조를 일을 상상하는 아버지는 어서 돌아가 가장의
역할을 하고 싶은 마음에 조바심이 난다.

이 작품에서는 작가의 여러 가지 표정이 공존하고 있는데 이는 한
집안의 후손으로서 가문을 지탱하고 현창하고자 하는 유자로서의 의
식이다. 동시에 여인네와 수작하며 즐기는 남성이자 노모와 딸을 둔
한 집안의 가장으로서의 인간적인 면모가 공존한다.

〈노정가라〉(1913)[5] 작가가 알려지지 않은 작품으로서 규방가사로
향유되었다. 딸을 찾아가는 아버지의 여정을 다룬 작품이다. 작품의
서두는 '어와 세상 사람들아 이내 말씀 들어보게'라 하여 청자 불러들
이기 화법으로 시작되며, 딸이 출가하게 되어 집을 떠나는 모습을 회
상하는 내용이 이어진다. 아버지로서 시집가는 딸에 대한 애틋한 심
경이 전면에 드러난다.

---

5) 장정수, 「20세기 기행가사의 창작배경과 작품세계」, 『어문논집』 47, 민족어문학회,
   2003에서 다루었다.

어와 세상 스람드라 이너말삼 드려보계
여식도 자식인가 슈력좃코 가직한더
샹하촌의 셔로나셔 반셕갓치 안찹씨겨
종종 왕너 셔로하여 팟츠즈미 보렷든니
세상시 불호야 오금속의 바람드러
여러조샹 분묘에 나도고연나 □□□□
친쳑 흣직흣고 쳘니타향 머다말고
인읍갓치 힝장흣니 가련흣다 여자인싱
시뎍의 미인모미 안나가고 어니흣리
연쳔흣고 어린거시 긋쳐업시 가난도다
팔연풍진 조흣쎄도 지복니 무궁하며
뉴즈손 흣엿낫디 풍진세월 이러흣가
광풍갓치 쎠나간니 세상법니 무셥도다
십오뉵세 바듯흣여 도즈뉴풍 짝니려여
긋쳐업시 가난여아 잘가그라 줄가그라
너보로 슈니가마 부여정별 호은후이

아버지로서 딸을 가까이에 두고 재미있게 지내고 싶었으나 딸이 시집에 매인 몸이어서 천리 타향으로 떠나는 것을 지켜봐야 하는 심정을 읊고 있다.

그러던 중 출가한 딸을 처음으로 보러 가게 되면서 여정에 오르고 있으며, 사돈집에 도착하여 십여 일을 머문 후 돌아온다. 경상도를 출발하여 충청도로 가는 도정은 지명을 제시하며 비교적 상세하게 나타난다.

영덕-경주-안강-영천-하양-경산-봉화-대구-대전-대구-하양-영천

이때 노정을 구성하는 체험들은 자잘하고 범용한 일상사들이다. 영

덕땅을 넘어 가는 길에 누이동생 집에 들려 "허다 정담을 뭇업시" 푸는가 하면, 주점에서 다소곳하면서도 어여쁜 주모를 만나 맛난 안주를 들고 '우시계'도 하는 등의 신변의 일화들을 소개한다.

> 쥰분쥬니 올나가셔 영천ᄒᆞ양 지나갈제
> 길가안진 졀문각시 쥼즁니 셔로니러
> 셜물병풍 둘너녹코 홧초즁의 드러안ᄌᆞ
> 셰부즈로 그린다시 아미단장 곱게ᄒᆞ야
> 슐구게랄 압희녹코 가는목셩 길기ᄲᅢ셔
> 져기가신 져셔방님 이리오소 저리오소
> 다정ᄒᆞ계 쳐오히셔셔 슐ᄒᆞ잔 줍고가소
> (중략)
> 탁쥬존늘 바다들고 우시계나 하여볼가
> 우리 셔이 셋스람니 마조슨니
> 흔스람은 실낭ᄒᆞ고 한스람은 샹긱ᄒᆞ고
> ᄯᅩ한스람은 홀기 부르고 초행흔번 치륜후의
> 연ᄎᆞ슐로 먹어볼가 셔로안즈 웃고 농담흔번 ᄒᆞ온후의

그런데 이번 여행에서 향촌에만 머물던 작가에게 가장 놀라운 체험은 처음 목도하는 신문물과 신풍속이다. 기차를 처음 타보는 것이나 전등불을 목격하는 것은 신기한 체험이다. 대구 성내에 들어서자 이전 모양은 간 곳이 없고 별천지가 되어 있다. 사방의 전등불과 공중에 달린 등은 일월성신이 벌여 있는 듯하다. 시내에는 사방의 전방(廛房)이 휘황하고, 층계집은 '괴물인가' 싶을 정도로 생소하다.

다락갓튼 호달마의 교자갓치 쑤민추의
삼십인니 올나안즈 비호갓치 가난말계
승묘ㅎ여 드러가셔 디구셩너 디강본니
이젼모양 간더업고 별거쳔지 되얏도다
스방의 젼등부른 화젼촌니 되엿구나
공중의 달인등은 일월셩신 비럿도다
긔명세월 니려흔가 쥬야간 볼간업다
쥬가의 차자가서 쓰신방의 편긔쉬고
날쉰후의 니다본니 일기괴샹 우기니셔
체우중의 안잣다가 오후흔참 맛진후의
구경ㅎ로 가즈셔라 스방이 젼방지
불긔불지 볼 것도 만이ㅎ고
젼후좌우 층긔집은 괴무린가 으심된다

이어 기차를 처음 타보는 경험이 실감나게 재현된다.

거럼거리 쌜니ㅎ여 정기졍의 드러가셔
춋표랄 타셔쥐고 츠안의 드러셔
돗다리를 놉히언고 걸상위 안즈보니
평싱못본 타셩볼시 동기갓치 겻터안고
날라가난 홧통연기 무지기가 흡스로다
잣쓰나는 고동소리 쳔지가 진동흔다
번계갓치 간난눈츠 구름갓치 쩌나간다
남쪽으로 부난바람 현금소리 졀노ㅎ고
차안니 닛난스람 반공중의 올나닛고
스방의 뉴리영창 빅운갓치 쓰여간니
신션이 그안닌가 세상의 조화도 기졀ㅎ다

착순통도 ㅎ난법은 뉘가ㅎ여 씨격난고
각도각읍 서워녹코 언어을 상통ㅎ니
조화도 무궁ㅎ다 굴속으로 드러갈제
젼등부른 명명ㅎ계 발겨낫고
구서구서 눈ㅊ소리 자명고을 울니난듯

'평생 보지 못한 사람과 동기같이 곁에 앉아서 가는' 객실 안 정경에서부터 생소하다. '무지개 같은 횃통' 연기와, 천지가 진동하는 고동소리에 정신이 없다. 찻간은 사방에 유리 영창으로 되어 있어 백운 속에 떠서 가는 기분이 마치 신선이 된 듯하다. '산을 뚫고 길을 내는 조화'도 놀랍거니와 '굴속으로 들어갈 때 휘황한 전등불'이 켜지고 어느 순간 '각도 각읍이 눈앞에 도착, 서로 통하는 것'에 '세상의 조화도 기절'하다고 생각한다. 이밖에도 시집 간 딸과 상봉한 후에 둘러본 집안의 '신 살림'은, 일변은 괴상하고 일변은 우습게 느껴지는 것이기도 하다.[6]

이러한 신문명은, 이전의 융성했던 모습이 퇴색해가는 현장과 공존하고 있다. 영천 성내의 조양각은 "폐창 파벽이 졀노 되어" 예전의 형용을 찾아볼 길이 없다. 이와 같이 신문명의 화려함과 함께 고적의 쇠잔한 모습을 목도하는 일도 신문물 못지않게 낯설고 어색한 경험이다.

작가가 영천 시내에서 보여주는 모습은 향촌인이 신문물을 접하며 느끼는 어색함을 잘 보여준다. 영천 시내 번화한 장터에 나가 일이 있는 듯 이리저리 살펴보며 가게 밑에 구부리고 앉는다.

---

6) "그날밤 기운후의 ㅅ방팔모 둘너본니 고귀걸각 호가사를 허다ㅎ 가진세간 허손바손 훗쳐볼고 신살님니 무슨일고 일변는 괴상ㅎ고 일변는 우슷ㅎ다"

> 영천성니 드러가셔 조양각을 올나간니
> 경체도 좃이와ᄉ ᄉ방의 풍경단직
> 폐창파벽 졀노되고 니젼형용 간딘업다
> 청용을 그린ᄎ식 등천ᄒ고 업스졋니
> 담빗딜랄 피워분고 ᄭ시안자 쉬온후의
> 장터로 건너가셔 업난소난 인난다시
> 니젼져젼 단니면서 방구ᄑ려리 슘겨시고
> 번화장터 가기밋치 국츅 안ᄌᆺ신니
> 지금시더 말ᄒᆯ제면 과긱횡식 분명ᄒ고
> 구식으로 말ᄒᆯ진더 슈의삿도 분명ᄒ다
> 정신업시 안ᄌᆺ다가 열쳔으로 올나간다

새롭게 변화하는 중심에 있는 번화한 장터 속에서 가게 밑에 구부리고 '슈의삿도 횡식'으로 앉아있는 지은이의 정경에는 옛 것에 익숙한 작가가 새로움에 융화되지 못하고 위축되어 있는 심리가 투영되어 있다.

이 작품은 기행동기를 밝히는 서두에서 딸이 출가하는 과정 속에서 이를 바라보는 허전함과 그리움을 드러내고 있다. 그리고 이후 딸을 만나서는 딸이 잘 지내고 있는 것에 대한 안도와 사돈에 대한 고마운 마음을 간략히 나타낸다.

그런데 이보다는 자신의 세거지를 떠나 왕래 노정에서 겪은 체험, 신문물을 접한 체험에 대한 비중이 더 높은 점이 특징이다. 그리고 이를 접하고서는 "니의마음 엇들손고 울화가 졀노난다 심신니 살난ᄒ여 노독인지 몸스린지 슈삼일 귓통ᄒ고 병셕의 누엇시니 심신니 불평ᄒ야"라고 하여, '울화가 절로 나고 심신이 산란하고 불평한' 마음으로 귀환하는 것이다.

이 작품 역시 경상도 향촌에서 전통적인 삶을 살고 있는 지은이가 겪는 신문화 체험을 다루면서 갈등하는 심경을 보여준다. '구식'인 자신은 '지금 시대'에 편입하지 못하고 있다. 신문화는 저자에게 신기하고 편리하면서도 이질적이고 위압적이며, 자신은 그 속에 내입하지 못해 위축되게 하는 무엇으로 나타난다.

이홍구 〈선운사풍경가〉(1910)[7] 필사본 작품으로서, 296구의 국한문체로 지어진 가사이다.[8] 이 작품은 전북 고창의 유자로 추정되는 저자가 선운사 주변의 풍광을 읊은 가사이다.

작품은 『고려사 악지』에 실린 부전가요인 백제 가요 〈선운산곡〉의 소개로 시작된다.

> 고려사(高麗史) 악지(樂志)에 선운산곡(禪雲山曲) 재재(載在)하고
> 백제시(百濟時) 장사인(長沙人)이 정역원방(征役遠方) 하올적의
> 과기불반(過期不返) 하락이면 기처사지(其妻思之) 하난마음
> 등시산이망가(登是山而望歌)터니

선운산은 머나먼 삼한 때로 거슬러 올라가 지금까지 이어져 오는 역사가 축적된 장소이다. 백제 때 장사 사람이 원방에 정역을 가서 돌아오지 않으므로 그 아내가 남편을 생각하며 멀리 바라보며 노래를 부른 장소이다.

---

7) 조태성, 「〈선운사풍경가〉에 대하여」, 『한국언어문학』 58집, 한국언어문학회, 2006에서 작품을 소개하고 개관하였다.
8) 조태성, 위의 논문, 133면.

작품에 나타난 노정은 다음과 같다.

> 앞뜰-대보전-만세루-서래각-영산전-산신당-시왕전-팔상전-내원
> 암-고암-후원-만세루-비각길-동운암-석상암-수침골-염불암-일수
> 정-도솔암-칠성각-삼영불전-동불암-우제단-만월대-학소대-용문골
> -참당사-청렬천

이러한 노정을 따라가며 세거지 주변에 위치한 선운사의 창건 내력
과 연혁, 경내 고적과 풍광, 주변 경물에 대해 충실히 읊고 있다. 삼한
시대 고찰인 선운사에서 참당사까지 이어지는 노정에서, 동선을 따라
가며 조성되는 선운사만의 정취와 운치를 살려낸다.

> 장려(壯麗)한 대보전(大寶殿) 단청색색(丹靑色色) 영롱(玲瓏)하여
> 세인간(世人間)의 고출(高出)하야 백석천류(白石川流) 횡대(橫帶)하고
> 구층석탑(九層石塔) 흘립(屹立)이며 천개동불(天箇童佛) 나열(羅列)인대
> 삼금불(三金佛)이 정좌(正坐)하야 감중련(坎中連) 굴지(屈指)하고
> 대자대비(大慈大悲) 하난양(樣)은 기도발원(祈禱發願) 아니홀가

대보전의 모습을 중심으로 그 안마당에 서서 주위의 풍경과 어울리
는 절집의 모습을 전체적으로 이야기 하고 있다. 이어 시선을 이동하
며 구층 석탑과 일천 개의 동불, 삼금불을 차례로 살피면서 만세루와
후원의 정경을 읊어낸다.[9]

이 선운사의 장소성을 구성하는 소리들은 만세루의 북소리(전문(前
門)의 만세루(萬歲樓) 일대고음(一大鼓音) 고등고등(鼓登鼓登)), 후원의 숲 속

---

9) 조태성, 위의 논문, 2006, 139면.

새소리(천백림(千百林) 상하금성(上下禽聲) 구걸구걸(口桀口桀)일세)와 십리 밖에 울려 퍼지는 커다란 천근의 경쇠소리(중대(重大)한 천근현경(千斤懸磬) 격보조모(擊報朝暮) 하난쇼래 십리동(十里洞)의 진동(鳴震)하고, 영산전의 쟁쟁한 풍경소리(협문외(夾門外) 영산전풍(靈山殿風) 경성(磬聲)이 쟁쟁(錚錚)하며) 등이다. 북소리는 고등고등하고, 천근의 경쇠소리는 십리에 진동하고 풍경소리는 쟁쟁하다. 선운사를 거닐 때 들을 수 있는 소리들인 이러한 청각적 요소들은 깊고 맑은 선운사의 고유한 정취를 재현한다.

이어 시왕전의 모습이다.

> 그아래 시왕전(十王殿) 개문견지(開門見之) 하락이면
> 용봉각좌(龍鳳刻座) 대상(臺上)의 열좌기차(列坐其次) 시왕(十王)이며
> 금보살(金菩薩)이 중좌(中坐)하야 무독귀왕(無毒鬼王) 방종(傍從)이며
> 도명존자(道明尊者) 근시(近侍)하고 수위(守衛)한 양문직(兩門直)이
> 일좌일우(一左一右) 하엿스되 여권대척(麗拳大踢) 노기상(怒氣像)이
> 타지축지(打之蹴之) 할듯하니 가소가외(可笑可畏) 이아닌가

"수위(守衛)한 양문직(兩門直)이 일좌일우(一左一右) 하엿스되 여권대척(麗拳大踢) 노기상(怒氣像)이 타지축지(打之蹴之)"라 하여 시왕전 노기띤 문지기의 무서운 기상이 생생하게 살아있다.

또한 경내 고적들로서 추사 김정희의 글씨로 남아있는 백파의 비명(碑銘), 의운국사 영정, 검당선사 유상 등은 이 절의 내력을 구성한다. 이 절은 주변 경관인 용문(龍門)에 얽힌 민간의 전설이 함께 하는 곳이자 그 고장의 기우제를 지낸 곳과 인접해 있다. 그 결과 불교 사적과 문인의 고적뿐 아니라 그 고장의 민간에서 전해오는 전설까지 생생하

게 살려낸다.

> 마방전(馬房前) 백석대(白石碓)은 타산석(他山石)을 가공(可攻)이라
> 방직(方直)한 그형체(形體) 마지탁지(磨之琢之) 하엇스되
> 천근중(千斤重)이 난동(難動)이며 수곡수(數斛水)을 가성(可盛)인대
> 고인전설(古人傳說) 드러보니 화산(火山)이 근시(近視)하야
> 사중실화(寺中失火) 간유(間有)커날 수극화원(水克火元) 원리(元理)을
> 구시추조(舊時推造) 하얏기로 장시성수(長時盛水) 운운(云云)하고
> 예불치심(禮佛齒沈) 목향(木香)도 소자출(所自出)이 잇셔꾸나
> 본사창건(本寺刱建) 하올적의 연포지재(連抱之材) 작벌(斫伐)하야
> 난실용지(難悉用之) 하것기로 검당사(黔堂師)의 묘(妙)한 도술(道術)
> 장연강(長淵江)의 투지(投之)터니 천백년(千百年) 지낸 후(後)의
> 후패여목(朽敗餘木) 침향(沈香)되야 열읍사(列邑寺)의 파용(播用)이며

마방전의 큰 돌은 천근의 무게로서 감당하기 어려운데도 이 돌을
깎아 세웠는데, 옛 전설에 이르기를 화산이 가까이 있어 절에서 가끔
불이 나기에 물을 담아 놓을 돌을 세웠다는 것이다. 또한 목향이 퍼져
나오고 있는데 이는 검당선사가 선운사를 창건할 때에 묘한 도술로
장연강에 이 나무를 베어 던지니 천백 년 지난 후에 침향이 되어 각
읍의 절에 퍼진 데에서 유래했다는 것이다.

다음은 하산하는 과정에서 들른 용문에 대한 전설이다.

> 석굴중(石窟中) 기출암(起出庵) 고래형적(古來形跡) 기이(奇異)하다
> 회시용복(會時龍伏) 굴중(窟中)터니 방장산(方丈山) 십육나한(十六羅漢)
> 이거차지(移居此地) 하올적의 유용출거(喻龍出去) 하난 쯧을
> 용불청순(龍不聽順) 하엿기로 나용석상(拿龍石上) 편지(鞭之)한뒤

　　분신출거(奮迅出去) 하난용(龍)이 벽천전산(劈穿前山) 암혈(巖穴)하니
　　좌우양협(左右兩峽) 벽립(壁立)하야 인성일동(因成一洞) 한얏스며
　　사연굴곡(蛇蜒屈曲) 져반석(磐石)의 인갑지형(鱗甲之形) 인성(印成)
하야
　　지금명칭(至今名稱) 용문(龍門)일새

　옛적 방장산에 살던 십육나한이 이곳으로 옮겨와서 먼저 살던 용을
깨우치고자 하였으나 용이 순응하지 않자 매질하였더니 용이 떨쳐 나
가면서 앞산의 벽을 쪼개었고, 그때 만들어진 양쪽 골짜기가 한 고을
이 되었다는 것이다. 그리고 반석에 찍힌 용의 비늘 모양이 지금도 남
아있어 그 명칭이 용문이 되었다는 것이다.[10]
　또한 선운사 주변의 풍광이 주는 운치는 백제시대로부터 이어지는
유유한 역사의 발자취를 올곧이 담아온 것이어서 그윽하면서도 유유
한 정취를 자아낸다. 그윽한 대나무의 맑은 그림자가 주는 운치까지
담아낸다.

　　곡수반석(谷水畔石) 경사(逕斜)의 보보원상(步步遠上) 이내몸이
　　단공(短筇)의 비겨서서 전첨후고(前瞻後顧) 배회(徘徊)하니
　　사환봉만(四環峰巒) 작장(作障)이며 천층암석(千層巖石) 기괴(奇怪)
하고
　　유죽청음(幽竹淸陰) 불속(不俗)인더 하도솔(下兜率)이 여기로다

　그런데 이러한 고찰을 비롯한 주변 경관에는 오랜 동안 세월의 풍화
작용이 가져온 퇴락의 모습이 겹쳐 있어 처량한 정서를 조성하고 있다.

---

10) 조태성, 앞의 논문, 2006, 144면.

김려죽(金灑竹) 셕근숩풀 처량산월(凄凉山月) 씌여잇고
남협(南峽)의 학소대(鶴巢臺) 반골소(攀鶻巢) 이참암(履巉巖)
표연우화(飄然羽化) 올나가니 회서현학(會棲玄鶴) 간디업고
지금풍경(至今風景) 불수(不殊)하야 석간천수(石間泉水) 자류(自流)라
처연심사(悽然心思) 감고(感古)하여 석탑상(石苔上)의 이좌(移坐)타가
등피서봉(登彼西峯) 전면(轉昧)하니 속전(俗傳)하난 서도솔(西兜率)이
지존구허(只存丘墟) 하엿꾸나

'썩은 수풀과 처량한 산월이 떠 있고 현학은 간 곳이 없고 물만 흐르고 있을 뿐'이어서 처량한 심회를 자아낸다. 그외 동불암은 언제 조성된 것인지 알 수 없어 초창하다고 한다.[11]

이 작품에서는 한 고장의 정신적 내력이 침전되어 있는 사찰을 돌아보며 사찰이 간직한 문화적 기억들을 복원하고 있다. 민간의 전설을 비롯하여 문인의 고적까지 망라하여 선운사가 삼한 때부터 현재에 이르기까지 한 고장의 역사적 내력이 숨쉬는 장소임을 보여준다.

그런데 이 선운사의 풍광에서 퇴락의 기운을 느끼고 있다는 점이 특징이다. 이러한 풍광에는 시대의 암운이 깔리면서 작가의 무력감이 투영되어 있다. 선운사라는 장소는 한 고장의 역사와 문화를 함께 해온 실재적 장소이기에 이 고찰은 현재와 소통한다. 천년의 역사가 쌓여온 고찰은 현재를 구성하는 과거라는 점에서 시대적 함의를 지닌다.

정연옥 〈금강산유산가〉(1917)[12] 규방가사의 전통을 이어 금강산을

---

11) "기하동불암(其下銅佛庵) 부지하시(不知何時) 조성(造成)인지 천추왕적(千秋往蹟) 초창(怊悵)하다"
12) 김선풍이 처음 학계에 소개하였다. 김선풍, 「규방가사 작가의 여성상－영동지방을

유람한 작품으로 짧은 길이의 작품이다. 금강산에 오가는 노정이 생
략되고 금강산 경내의 유람만을 집중적으로 다루고 있다는 점이 특징
이다. 금강산 왕래 도정에 대해서는 "북창역에 전차타고 장안사천 다
다르니"라 하여 축약하여 제시한 후 금강산 경내를 돌아본 내용이 중
심이다.

> 금강산을 드러가니 쑈죽쑈죽한 봉만과
> 흐르는 폭포수와 기괴한 돌바우와
> 웅장한 불당이 진짓 휜하게 일강산이라
> 십여일 구경하고 지낸바 산수경개를
> 대강 기록하여서 명승에 자랑이라

이 작품 속에서 금강산은 불교의 고적지이면서 문인의 고적지이며,
"뾰죽뾰죽한 봉만 기괴한 돌바우"가 있는 친숙한 장소로 나타난다. 장
안사의 웅장한 법당과, 불생불멸의 활불세계인 내외 금강을 다 밟아
보니 "봉우리마다 모두 보살이며 바위마다 사리"라고 말한다. 그리고
경내에 전하는 고적들인 양봉래의 필적, 매월당 김시습과 최치원의
사적, 우암 송시열의 유묵(遺墨) 등을 소개한다.[13]

이러한 고적들은 사대부 문인들의 금강산 유람가사에 빈번히 언급
되어 왔던 것들로서, 사대부 문사로서 정신사적 궤적을 돌아보는 의
미를 지녀왔다. 이제는 널리 알려진 유명한 고적들이 됨으로써 그 계
층성을 탈각하여 금강산 내 경관들의 고유한 풍경이 되고 있다. 그리
하여 설화를 포함한 역사적 기억이 국토나 민족이라는 거대담론으로

중심으로-」, 『한국문학과 여성』, 박이정, 1997.
13) "고운선생 성명삼자 산영덕산 절벽이요 옥용동 너른반석에 우암선성 유묵이라"

호출되기보다는 민간에 전승되면서 주변에 내내 머물러 있었던 기억으로 나타나며, 소박하고 친근한 방언으로 표현된다.

> "안양암 잠간 보고서 명경티를 차즈가니 처연ㅎ는 거울광치 횡인빅발 빗초이네"

> "금짜마구 움물파고 청삽사리 길차저라 원통통신 금강문은 옛사람이 몰낫던가"

지옥굴, 황천강의 전설과 함께 인간의 죄와 업보를 비추어 보인다는 명경대는 평소 어두우면서도 음산한 분위기의 지형으로 이루어져 처연한 심정이 들게 하는 곳이다. 그런데 '지나가는 행인의 백발을 비추어 보인다'고 하여 나이 든 지은이가 명경대에 비친 자신의 흰 머리를 바라보고 있는 모습은 해학적이기까지 하다.

또한 유점사 연기 설화의 일부로서 '오탁수(烏啄水)'와 '개재'에 얽힌 대상들인 개와 까마귀를, 일상에서 접하는 친숙한 이름인 '청삽사리'와 '금짜마구'로 부르고 있다. '청삽사리'·'금짜마구'의 어휘들은 불교 설화로서의 종교적 비의의 느낌보다는 입에서 입으로 전해지는 재미있는 이야기의 느낌을 전해준다. 금강문 역시 뾰족뾰족 기이한 모습으로 '축생(畜生)같고 비조(飛鳥)같다'고 하는가 하면[14] 묘길상은 "석티하고 묘할서라"고 하여 간략히 묘사한다. 전체적으로 금강산의 경관은 일상적이고 친숙한 모습을 지닌다. "만흑동구 팔구폭은 수미선암 일곱중담 일흠듯고 형상보아 채레치레 건성건성" 보고 있다고 하여 만폭동 팔담에서

---

14) "제일석벽 금강문은 쑈죽 쑈죽 기이ㅎ다 부처인가 사람인가 축생갓고 비죠갓다"

이름과 형상을 연관 지어 바라보며 연이어 이어지는 경관들을 건성으로 보고 있다고 표현하고 있을 만큼 유람하는 태도도 일상적이다.

특이한 것은 보덕굴을 묘사하면서 그곳에 모셔놓은 보살을 같은 여자로서 바라보고 있다는 점이다. 본래 보덕굴은 위태롭게 바위에 매달려 있는 기이한 외관으로 유명한 곳인데, 그곳에 모신 보살에게 극락세계가 인생보다 어떠한지를 묻고 있다.

> 분설담 건너가니 보덕암자 기절ᄒ네
> 십구층 외기동에 상ᄒ절벽 굴암자라
> 광음보살 참비하니 날과 갓치 여자로다
> 십왕극락 좃타ᄒ니 인싱보다 유더시오

광음보살과 자신은 각기 다른 세계인 극락과 인생을 살아가지만, 같은 여자로 살아가는 것에 대한 동일시를 보여준다. 보살로서의 삶 또는 극락세계를 인생과 대비하면서 여성의 삶에 대한 의식이 표출된다.

따라서 이 작품에서 금강산 풍경은 종교적 비의성을 띠기보다는 세속적이고 일상적인 삶 속의 풍경으로 내려와 있다. 또한 규방가사로 향유되면서 여성의식을 보여준다는 점이 특징이다.

2) 문명과 풍속, 해외기행 체험

〈대일본유람가〉(이태직, 1902), 〈서유견문록〉(이종응, 1902), 〈해유가〉(김한홍, 1908) 등은 해외 기행체험을 다루고 있다. 〈대일본유람가〉와 〈서유견문록〉은 모두 외교상 전례였던 사행의 전통을 이은 외교활동의 체험 기록이다. 반면 〈해유가〉는 노동이주라는 개인적인 동기로 출발하고 있으며, 이 시기 새로 부상한 나라인 미국에서 체류하고 귀국한 내용을 다룬다.

1900~1910년대에는 서구가 문명의 표상으로 부상하고 있으며, 해외기행은 세계 위계질서를 자각하는 계기가 된다. '서구'와 '문명'으로 표현되는 근대는 역사적 격변기로서 신구 문화와 가치체계가 교차한다. 이 시기 유교지식인인 저자들은 세계관의 동요 속에서 의식적 갈등을 표출하고 있다.

이태직 〈대일본유람가〉(1902)[15] 이 작품은 일본에 공사로 부임한 지은이가 1895년 7월~1896년 4월까지의 재임기간 동안 일본에 체류한 경험을 읊은 작품이다. 일본은 전통적인 통신사행국으로서 그간 통신사행을 다루었던 사행가사의 전통을 잇고 있다. 즉 사행가사의 전통을 이은 대장편인데, 다만 통신사행을 다룬 것이 아니라 외교국에 머무는 외교관으로서의 체험이라는 점에 차이가 있다. 오랜 동안 일본에 머물면서 일본 체류경험을 상세히 다루고 있다.

작품의 전체 구성은 사행가사와 마찬가지로 공식적인 외교절차에 따른 구성으로 되어 있으며, '출발-이국체험-복명 및 귀환'의 내용으로 구성된다.

---

15) 최강현, 「조선말 외교관이 본 유신일본-미발표가사 〈더일본유람가〉를 소개한다」, 『문학사상』 38·39, 1975에서 처음 소개하였다. 이어 이성후, 「일동장유가와 일본유람가의 비교연구」, 계명대 석사학위논문, 1981 ; 최강현, 「사행가사의 비교고찰(1)-일동장유가와 더일본유람가를 중심하여-」, 『홍대논총』 9, 홍익대학교, 1997 ; 박애경, 「조선후기의 일본 기행가사와 일본관」, 『18세기 한일문화교류의 양상』, 한국18세기학회 편, 태학사, 2007 ; 정인숙, 「19세기 말 조선 외교관의 근대 일본의 도시체험과 그 서술의 특징-〈유일록〉을 중심으로-」, 『한국시가연구』 32집, 한국시가문학회, 2012 등의 연구가 이루어졌다.

마포·제물포·부산·장기도·적마관·신호·서경·빈송·동경에 이르는
발행 노정—동경에 도착해서의 생활—회정

이중 목적지에 부임하기까지의 국내노정은 간략하게 나타나며, 회
정에서도 역시 동경에서 출발하여 부산에 도착하는 것으로 끝난다.
이에 따라 일본에 도착, 체류하면서 경험한 견문이 큰 비중을 차지하
고 있다. 도착 후에 국서를 전달하고, 각국의 공사영사를 차례로 찾아
보는 외교적 일정 못지않게 신문물의 체험이 관심사가 된다.
    저자는 외교관이자 전통적인 유교지식인으로서 일본에 도착하여
새롭게 목도하게 된 신문물을 집중적으로 재현한다.

        신호라 ㅎㄴ듸는 아국으로 이르며는
        인천항구 갓튼덴듸 지방의 널븐거시
        아국 경성 쥬회보다 오히려 널다ㅎㄴ데
        인민의 스는 것과 물건의 풍셩ㅎ미
        쳐음 보는 안목으로 디단니 휘황ㅎ다
        집 졔도 찬난ㅎ미 이층 숨층 놉피 짓고
        가로의 시젼들은 기이한 물건들의
        단니며 파는 장스 거리거리 열낙ㅎ되

이곳 신호는 일본에 도착한 후 처음으로 방문한 도시이다. 실제로
접한 일본의 도시는 경성보다도 번화한 도시로서의 정경을 보여주고
있어, 이를 처음 목격한 놀라움이 드러난다. 신호에서 동경으로 향하
는 길에 처음 접하게 된 신기한 문물들인 전어기계, 화륜거, 화륜선,
전등기계 등을 기록한다.
    동경에 도착해서는 본격적으로 일본 도시의 변화상을 재현한다. 곳

곳 관공서들이 찬란하고 굉장한 점, 관리들의 집치레가 대단한 모양,
사면으로 통한 길이 정결한 점, 법령규모가 엄절한 점, 궁성의 규모가
웅장한 점 등이 상세히 묘사된다.

> 亽면으로 통훈 길이 한길갓치 광활ᄒ여
> 조그마흔 골목들도 우리ᄂᆞ라 죵노길만
> 셔발 막디 것침업고 평평ᄒ고 졍결ᄒ다
> 길가의 슌사들은 환도ᄎᆞ고 느러셔셔
> 닉인거긱 동졍이며 슈상 죵젹 금찰ᄒ되
> 잠시을 안쩌나고 신지의 셔잇다가
> 시각이 다흔 후의 다른 슌사 체번ᄒ니
> 법영규모들이 이러ᄒᆞ야 할일이라
> 그러므로 이ᄂᆞ라는 도젹이 젹다ᄒᆞ데

또 학교, 박람회, 맹아원, 자선회 등 근대의 제도적 산물들에 대해
서 사회경륜의 차원에서 긍정적으로 바라본다.

> 일본의 규모들이 귀쳔상ᄒ 남녀업시
> 亽롬ᄂᆞ셔 칠팔세면 교휵ᄒ기 젼혀 힘써
> 소학교 듕학교며 亽범학교 고등학교
> ᄂᆞ라의셔 비셜ᄒᆞ야 연긔조ᄎᆞ 가르치고
> 그외도 亽립학교 곳곳지 비셜ᄒᆞ야
> 날마다 공부ᄒᆞ미 시각을 졍ᄒᆞ야셔
> 잘ᄒᆞ고 잘못ᄒᆞ믈 등을죠ᄎᆞ 권장ᄒ니
> 이러무로 여긔亽람 ᄒ쳔의 ᄌ식들과
> 장亽ᄒᆞ는 상쳔들과 亽환ᄒᆞ는 계집들도
> 듸강문ᄌ 아라보고 슈노키 일등ᄒ니
> 이런거슨 양법이라 진실노 본밧들만

상하·귀천·남녀의 구분 없이 교육하는 제도에 대해 "양법(良法)이라" 고 하며, 소경과 벙어리와 같이 "병신도 아니 버려 이처럼 도저"하게 교육시키는 맹아원, 여러 사람의 돈을 거두어 구차한 사람들을 구제하는 자선회, 세금제도 등에 대한 긍정적 시선은 사회경륜을 지향하는 유자로서의 태도와 동일선상에 있다. 자선회의 체제도 상세히 설명한다. "재물을 총찰하여 궁한 사람 섭제하되 학교도 설시하여 교사이하 월급주고 연기대로 쫓아가며 재주도 교육하며 장사길을 열어주어 밑천도 당해주며 당혼한 아이들은 가취도 시킨다니 분수로 말하면 여러 사람 돈 거두어 구차한 사람들을 구제하는 방략이니 부인들의 적선함이 매우 좋은 법이로다"라 하여 좋은 제도라 보고 있다.

또 하나의 주된 관심은 이국 풍물들이다. 동물원, 희장(戱場), 청루, 사찰, 연희, 차력 쇼, 요술 등의 세목들은 종래 사행가사에서 줄곧 재현되어 왔던 풍물들이다. 기이하면서도 흥미로운 이국의 풍물들 역시 주요한 재현 대상들로, 당시에 이국을 방문하는 일이 드문 일이었던 만큼 흥미로운 풍물들에 대해 전하고자 하는 의식이 깔려 있다. 동물원에서 목격한 동물들에 대한 묘사가 대표적이다. '개같이 생긴' 여우, '여러 놈 코를 골아 대들보가 울렁울렁' 하는 곰, '별안간 용을 쓰고 아가리를 딱 벌리는' 산 호랑이, '부채를 찾아들고 너푼너푼 춤추는 참말로 우스운' 원숭이 등의 표현들은 기이하면서도 재미있는 움직임을 포착한 것이다. 사찰인 금각사의 경관, 지공원 덕천씨 묘당과 묘소의 굉장함도 재현한다. 그러면서도 "경궁요대 집 치레는 걸주의 망한 반데 이처럼 궁사극치 외람치 아니할까"라 하여 비판적 시선을 보여준다.

특히 작자는 전통적인 유교이념을 체화한 유자로서의 의식에 충실하여, 일본국의 관혼상제 풍속을 눈여겨본다. 충효와 예의의 관점에서 바라본 일본의 혼인풍속이나 상례에는 예절의식이 없다. 일본 능구친왕 장례에서는 "하관하고 봉분함은 마저 보지 못했으나 종일을 구경한 것 웃은 일이 하 많으니"라 하여 역시 장례 풍속이 예의에 어긋나는 점들이 많다는 점을 내비친다.

그런데 일본의 풍속 중 지은이의 의식과 가장 마찰을 빚고 있는 점은 내외법이 없는 점이다. 내외가 없는 목욕풍습에서 인륜의 패상함을 보는가 하면, 새해에 "백주대도 중인 중에 내외없이 다니는것 아무리 생각해도 야만의 풍속이라"라 하여 여성이 자유로이 나다니는 것을 야만의 풍속으로 보고 있다. 또 무도회에 참가하고서 남녀가 서로 허리를 껴안고 춤을 추는 모습에 '망측하고 괴이하여 견융의 풍속'이라 말한다.

하지만 이러한 유교지식인으로서의 전통적인 의식은 점차 작품의 후반부로 갈수록 흔들린다. 시대적 격변기에 처하여 고국 정세의 급격한 변동은 작자에게 극심한 정신적 혼란을 일으킨다. 국모인 민비 시해, 아관파천, 군주의 단발소식 등을 연이어 접하고 있는데, 특히 혼란을 가져온 것은 군주의 단발 소식이다.

> 팔월 이십일일 미시량이 정상형이 추져와셔
> 종용이 ᄒᆞ는말이 귀국의 ᄉᆞ변잇셔
> 난병이 입월ᄒᆞ후 왕후게셔 상ᄉᆞ낫듸
> 이것이 무슨말고 놀납기 측량없어
> 서기생을 급히 보내 외무성에 알아보며
> 본국의 젼보ᄒᆞ야 사실을 탐지ᄒᆞᄂ
> ᄌᆞ셔이 ᄋᆞ지못히 번울ᄒᆞ야 못견딀듯
> 신문지을 어더보니 디강짐작 ᄒᆞ깃더라
> 만고의 업ᄂᆞᆫ 변괴 여러번 당ᄒᆞ여도

　천우신됴 입은고로 큰일은 엇셧더니
　오늘날 이 변괴는 엇지ᄒ야 이지경고

　전통적으로 의관은 예의의 표상으로서 화이관의 정신적 상징으로
자리한다. 처음 동경에 도착하여 조선 유학생들이 삭발한 모습을 보
고 충격을 받고 있으며 한심하게 생각한다.

　경응의슉 학ᄉᆼ들 빅여인이 갓치ᄂᆞ와
　면면이 인ᄉᄒ니 본국ᄉ룸 반가운즁
　일제이 삭발ᄒ고 일본복식 흔모양들
　쳐음으로 당ᄒ보니 놀랍고 흔심ᄒ다

　작품 후반부에서는 격변하는 시대의 흐름에 따라 자존의식의 근거이
자 예의의 표상이었던 의관이 이제는 '웃음거리'가 되고 있다는 것을
실감한다.

　황제이ᄒ 여러빅인 면면이 즁ᄃᄇ지
　그즁의 일쳥이 관ᄃᄉ모 품ᄃ로ᄃ
　ᄂ모양 ᄂ가 보ᄋ도 도로혀 우슬젹의
　져ᄉ룸들 쇽마음의 오작히 비쇼ᄒ랴

　각국 외교관들이 모인 공식적 연회 자리에서 '관대 사모 품대'인 자
신의 모양이 스스로 보아도 우스울 적에 다른 사람은 오죽이 비소할
가'라 하여 유자적 정체성의 동요를 보여준다.
　이어 고국의 군주마저 단발하였다는 전갈을 받고 있는데, 이는 유
교 지식인으로서의 자존적 근거가 허물어지는 상징적 사건이다. "천

지가 아득하여 어안이 벙벙하다 우리나라 예의지방 열성조 의관문물 오늘날 당하여서 거연히 없어지고 이적금수 되는 모양 이것이 무슨 말가"라고 한탄하는 것이다.

> 연파후 도라오니 본국의셔 젼보오미
> 망망이 써여보니 디군쥬폐ᄒ게셔
> 십월 십칠일에 단발을 ᄒ셧드니
> 이거시 어인 말고 흔심ᄒ고 놀ᄂᄋᆫ 마음
> 천지ᄀ 아득ᄒ야 어안이 벙벙ᄒ다
> 우리ᄂᆞ라 예의지방 열승조 의관문물
> 오날날 당ᄒ야셔 거연이 업셔지고
> 이젹금슈 되ᄂᆞᆫ 모양 이거시 무슴 말고
> 만리밧긔 몸이 잇셔 이 지경을 당ᄒᆞ스니
> 도망질을 허랴ᄒᆞᆫ들 어디ᄀ면 면히 보며
> 죽으면 면할테나 칠십 노친 시ᄒᆞ로다
> 밤시 두루 싱각히도 무ᄀᆞ니로 할 업셔
> ᄉᆞ십년 기른 터럭 일조의 베버리니
> 절통ᄒ고 셜은 마음 통곡을 ᄒᆞ기스되
> 여긔 ᄉᆞ롬 뵈기예ᄂᆞᆫ 도로여 창피ᄒ야
> 션션이 ᄃᆞᆨ구ᄂᆞ니 흡ᄉᆞ흔 즁놈이라
> 우리집 어마님이 이경상을 알으시면
> 이셕ᄒ야 허시ᄂᆞᆫ것 그 마음이 오작ᄒ며
> 일후의 집에 가셔 쳐ᄌᆞ을 엇지볼가

군주의 단발 소식을 듣고 죽으면 단발을 면할 수 있을까 밤새 고민하지만 어쩔 수 없이 자신도 단발을 하고 있다. 이후 집으로 돌아가서 어머니와 처자를 어떻게 볼 것인가 절통해한다. "부득불 갈데잇셔 양복을 썰쳐입고 처음으로 길에 느니 왜놈과 일반이라 누가알것 안니로 더 닛ᄆ음에 붓그러워" 얼굴을 들기 어렵다고 토로한다. 단발이 대세 라는 점을 인정하며 '때를 잘못 만난' 자신도 단발을 강행하지만, 유 자로서의 정체성에 동요를 일으키고 있다.

이밖에도 각국이 집합하여 있는 일본에서 약소국으로서의 자국에 대한 인식 속에서 갈등한다. 새해를 맞이하여 각국의 공관에서 연회 를 벌이고 있지만 "우리공관 형세 없어 한번 연회 못해보고" "마음에 부끄러움"을 느끼고 있다.

이 작품은 20세기에 막 접어든 시점에서 유교지식인으로서 국제정 세의 격변 속에서 중화 중심의 화이관이 점차 허물어져 가고 예의에 근거한 유교적 이념 또한 동요하는 모습을 보여준다.

이종응 〈서유견문록〉(1902)16) 최초로 영국으로의 사행체험을 다루 고 있다는 점에서 소재의 확대를 보여주는 작품이다. 1902년 영국 에 드워드 7세의 대관식 사절단이었던 의양군 이재각 특명대사의 수행 원인 이종응이 쓴 작품이다. 여행지는 왕래 노정을 포함하여 일본, 캐

---

16) 김원모, 「이종응의 〈서사록〉과 〈셔유견문록〉 자료」, 『동양학』 32집, 단국대학교 동 양학연구소, 2002에서 처음 학계에 소개하였다. 이어 김기영, 「셔유견문록의 문예적 실상과 교육적 가치」, 『한국문학이론과 비평』 17집, 한국문학이론과 비평학회, 2002 ; 박노준, 「〈해유가〉와 〈셔유견문록〉 견주어보기」, 『한국언어문화』 23집, 한국언어문 화학회, 2003 ; 박애경, 「대한제국기 가사에 나타난 이국형상의 의미 : 서양체험가사를 중심으로」, 『고전문학연구』 31집, 한국고전문학회, 2007 ; 김상진, 「이종응의 〈셔유견 문록〉에 나타난 서구체험과 문화적 충격」, 『우리문학연구』 23집, 우리문학회, 2008 ; 정흥모, 「20세기 초 서양기행가사의 작품세계」, 『한민족문화연구』 31집, 한민족문 화학회, 2009 ; 김윤희, 「조선후기 사행가사의 세계인식과 문학적 특질」, 고려대학교 박사논문, 2010 등에서 다루었다.

나다, 미국, 영국, 이집트, 이탈리아, 싱가포르, 홍콩, 중국 등 10개국이다. 그리하여 지중해, 홍해항, 적도계, 인도양, 대서양, 태평양 등세계지리에 근거한 지명들이 대거 등장한다.

종래에 사행국은 중화의식의 자장 속에 놓여 있던 일본과 중국으로한정되어 있었던 만큼, 영국 방문체험은 신세계로 발을 내딛는 정서적 충격으로 다가오고 있다. 이점에서 이 작품은 세계에 대한 시야가서구로 확장되고 있는 상황을 반영하며, 중화 중심의 세계관에서 서구 중심의 세계관으로 이행해가는 과정을 반영한다.

사행가사의 전통을 이어 구성은 '출발과정-일본-캐나다-미국-영국에서의 체류-이집트-이탈리아-싱가포르-홍콩-중국-일본-귀환 후복명'으로 되어 있다.

> 사신일힝(使臣一行) 승명(承命)ᄒᆞ야 예궐(詣闕) 사은(謝恩)ᄒᆞ연 후에
> 천폐(天陛)에 고두(叩頭)ᄒᆞ니 옥음(玉音)이 낭낭(朗朗)ᄒᆞ며
> 친셔(親書) 일도(一度) 츅ᄉᆞ(祝辭)일도(一度) 궤봉(櫃封)ᄒᆞ야 나리신다
> ᄌᆡᄇᆡ(再拜) 슈명(受命) 하즉(下直)ᄒᆞ고 츙훈부(忠勳府)에 즉슉(直宿)
> ᄒᆞ고
> 황황ᄌᆞ화(皇皇者華) 영파(永罷)후의 힝장(行狀)을 슈십(收拾)ᄒᆞ야
> 음녁(陰曆) 이월(二月) 염팔일(念八日)날 효두(曉頭) 발힝(發行) 춍춍(忽
> 忽)ᄒᆞ다
> 시문밧 썩 나셔셔 정거장(停車場)에 다다르니
> 상등(上等) 긔챠(汽車) 디령(待令)ᄒᆞ고 만조빅관 친척(親戚) 고구(故舊)
> 타국(他國) 공ᄉᆞ(公使) 영ᄉᆞ(領事) 등(等)이 차례(次例)로 전송(餞送)
> ᄒᆞ니
> 긔챠(汽車) 타고 두시각에 인쳔(仁川) 황구(港口) 득달(得達)ᄒᆞ니
> 호긔(豪氣)롭다 호긔(豪氣)롭다 ᄉᆞ신(使臣)힝ᄎᆞ(行次) 호긔(豪氣)롭다

감니(監理)이ㅎ(以下) 제관이(諸官吏)가 지셩(至誠) 등디(等待) ㅎ야
고나

여정은 일본과 미국을 경유하여 기차로 영국으로 향하게 된다. 미
국에서 영국으로 향하면서 기차를 처음 타보고 있는데 신기하고 즐거
운 체험이다. 기차는 "기차운동"에 따라 경쾌한 리듬을 타고 움직이고
있으며, 눈앞의 풍경은 빠르게 교차하며 장면들이 전환된다.

> 청산(青山)은 암암(暗暗)ㅎ고 녹슈(綠水)ᄂᆞᆫ 울울(鬱鬱)ㅎ다
> 춘광(春光)이 만지(滿地)흔디 봉봉(峯峯)이 빅셜(白雪)이라
> 잔잔(潺潺) 간향(澗響)은 금쳘(金鐵)이 기명(皆鳴)이요
> 영영(盈盈) 조셩(鳥聲)은 쌍거(雙去) 쌍닉(雙來)로다
> 이골몰 폭포슈(瀑布水) 져골몰 폭포슈(瀑布水)
> 열에 열골몰 폭포슈(瀑布水) 한듸 합(合)드려 흘너
> 이러로 탕탕 져리로 탕탕 천방즈(千方子) 지방즈(地方子)
> 월편(越便) 평풍셕(屏風石) 탕탕 치난 소릭 산곡(山谷)이 응셩(應聲)이라

"천방즈 지방즈 월편 평풍셕" 부분은 19세기 대표적인 잡가 〈유산
가〉와 일치한다. 〈서유견문록〉이 4음보 1행이라는 가사의 기본율격
을 무시하고 잡가적 리듬과 표현방식을 부분적으로 도입한 것은 대상
을 눈앞에 보듯이 생생하게 묘사하기 위함이다.[17]
이제 동양과 서양 사이에는 대서양, 태평양, 인도양 등 지리적 좌표
위에 놓인 구체적인 지명을 지닌 장소들이 위치한다. 회정에서는 이
집트, 석난도, 인도, 싱가포르, 홍콩, 상하이, 일본 장기, 부산, 목포,

---

17) 정흥모, 「20세기 초 서양 기행가사의 작품세계」, 『한민족문화연구』 31집, 한민족문
화학회, 2009, 33면.

인천을 통해서 귀국한다.

　이러한 노정은 중화를 벗어난 중국 너머의 세계가 머나먼 격절의 상상적 세계로 놓여 있던 데에서 지리적 공간으로 현실화하는 의미를 지닌다. 인도와 싱가폴 등을 경유하며 상상의 세계가 구체적인 지리적 공간으로 경험된다. 노래 "시야 시야 파랑시야 삼쳔니 약수물을 엇지 건너 왓노"에서의 삼천리 약수물이나 "손오공의 셔쳔 서녁국"의 서쳔 서역국에 대한 상상력이 현실화 되는 순간이다.

　　　인도양(印度洋) 니력(來歷) 듯소 약슈(弱水)가 삼쳔니(三千里)라
　　　녯 노러에 흐야시되 시야시야 파랑시야
　　　삼쳔니(三千里) 약슈(弱水)물을 엇지 건너 왓노
　　　노리로만 드러더니 오날날 건너보네

　'화륜선을 잡어틋고 티평양'을 향하며, 상상 속 삼천리 약수물은 바로 인도양이고, 서유기 속 서쳔 서역국은 세존이 살던 나라 인도라는 것을 확인한다. 이와 같이 공간과 시간의 물리적 분절의식은 기왕의 관습적인 공간인식이 변화하고 있음을 보여준다. "빈낭항에 도박흐니 네서붓쳐 동양이라"라 하여 이제 세계는 동양/서양으로 나뉜다.

　다음은 영국에 도착하는 순간이다.

　　　팔괘(八卦) 그린 본국긔(本國期)를 돗쩨 끗테 놉히 달고
　　　둥둥실 놉히 뜻비 항구(港口) 도박(到泊) 호긔(豪氣)롭다
　　　션창부두(船艙埠頭) 나리시니 쳔만인(千萬人)이 위립(圍立)이라
　　　영국(英國) 외부(外部) 참셔관(參書官)과 우리 공관(公館) 참셔관(參書官)이

부두(埠頭)에 디후(待候) 호야 즉시(卽時) 나와 영접(迎接) 호다

본국기를 돛대 높이 달고 호기롭고 위풍당당하게 도착하는 모습이 드러난다.

처음 밟아본 영국 땅 런던에서 실제로 도시의 모습을 목도하고 터뜨리는 일성은 "일졈 진이 돈졀 호니 우리 셰계 여긔로다"라고 하여, 영국을 세계의 중심으로 올려놓는다. 이러한 지각변동에 대한 심리적 갈등은 보이지 않으며 시대적 조류로 받아들이고 있다.

또한 영국 반접관의 극진한 대우를 받고 외교사절로서의 자족적 심경이 표출된다.

> 장녜경(掌禮卿) 거동(擧動) 보소. 물식(物色) 고은 공복(公服)이요
> 황실마츠(皇室馬車) 근본(根本) 둣소. 영황(英皇) 타는 슈러로다
> 은장식(銀裝飾)에 금장식(金裝飾)은 치색(彩色)도 황홀(恍惚) 호다
> 집치 갓튼 말 두필(匹)니 쌍입(雙入) 호야 메이도다
> 쌍마부(雙馬夫) 치례 보소 홍방복(紅章服) 금(金) 벙거지
> 손호편(珊瑚鞭) 길게 잡어 쌍마필(雙馬匹)을 어거 호니
> 우의(威儀)를 졍졔(整齊) 호고 거상(距床)에 단좌(端坐) 호니
> 하날 갓튼 디도상(大道上)에 호호탕탕(浩浩蕩蕩) 가는고나
> 오난 스람 가는 스람 여화여월미인(如花如月美人)더라
> 구름쳐럼 미야 셔셔 타국(他國) 스신(使臣) 구경 호다
> 거리(去來) 종횡(縱橫) 인힝즁(人海中)에 길이 막혜 갈슈 업닉
> 파슈(把守) 슌검(巡檢) 손을 드러 좌우(左右) 벽졔(辟除) 호긔(豪氣)롭다

귀빈으로서의 대우를 받으며 수레의 위의의 화려함과 순검들의 호기로운 벽제 소리를 재현한다.

그런데 지은이가 서양국인 영국의 제도와 풍속을 이질적으로 인식하지 않는 가장 큰 이유는 여왕을 비롯한 왕가의 존재라 할 수 있다. 영국 수도 런던에서 목도한 공간의 배치는 "구경ᄒ난 천만빅성 황후 티자 경츅ᄒ야 환성이 여뢰ᄒ고 긔상이 티평이라" 하여 왕과 백성의 삶인 궁궐과 민가, 거리, 장시로서 기왕에 익숙한 중세적 위계질서와 일치한다. 그 풍경들은 왕의 선치(善治)와 백성의 태평한 기상, 장시의 번성함과 대응된다.

> 집치러를 볼작시면 층누고각(層樓高閣) 운즁긔(雲中起)라
> 네모 번듯 빅셕(白石)으로 마광(磨光)ᄒ야 지어너니
> 연장접옥(連墻接屋) 화도즁(花途中)에 삼빅만호(三百萬戶) 굉장(宏壯)ᄒ다
> 가가(家家)히 철난간(鐵欄干)에 문문(門門)이 화쵸(花草)로다
> 도로상(道路上)에 박셕(薄石) 깔고 스이스이 슈목(樹木)이라
> 일졈(一點) 진익(塵埃) 돈졀(頓絕)ᄒ니 우리 셰계(世界) 여긔로다
> 오난 사람 가난 스람 억씨을 부븨이고
> 쌍마츠(雙馬車) 외마츠(馬車)는 슈미(首尾)를 년(連)ᄒ도다

거기서 목도한 모습은 위로 왕을 중심으로 하여 아래로 백성들에 이르기까지 태평한 기상을 통해서 물질적인 번영을 이루고 있는 모습이다. 이는 왕을 정점으로 하여 백성을 보살피는 선치라는 유교적인 정치이상의 재확인이기도 하다.

> 황티ᄌ(皇太子)의 거둥(擧動) 보소 집치갓튼 말을모라
> 군장복식(軍裝服色) 션명(鮮明)ᄒ더 풍치(風采)가 늠늠(凜凜)ᄒ다
> 구경ᄒ난 천만빅셩(千萬百姓) 황후티자(皇后太子) 경츅(慶祝)ᄒ야

환성(歡聲)이 여뢰(如雷)ᄒ고 긔상(氣像)이 티평(泰平)이라

방포(放砲) 삼셩(三聲) 호각(號角) 일셩(一聲) 바다갓튼 군악(軍樂)이라

각디(各隊) 병졍(兵丁) 운동(運動)ᄒ야 연무조련(鍊武調練) ᄒ난거동(舉動)

위의(威儀)가 슉슉(肅肅)ᄒ고 호령(號令)이 분명(分明)ᄒ다

부국강병(富國强兵) 분징시(紛爭時)에 셔양(西洋)에 졔일(第一)이라

"풍채가 늠름한 황태자"·"환호하는 천만 백성"의 장면으로 상징되는 수직적 위계에 대한 뚜렷한 인식에서 중세 유교지식인의 의식을 볼 수 있다.

또한 버킹검 궁의 위의와 군사력의 위용이 세밀히 재현되면서 영국은 강대국으로서의 면모를 보여준다. 궁궐이 굉걸하고 웅장하다고 하여 그 마루와 양탄자, 탁자에 이르기까지 장식물을 비롯하여 황홀하고 운치 있는 모습을 재현한다.

이러한 의식 속에서 영국에 대한 부정적인 의식은 거의 보이지 않으며, 세계 중심의 변화에 대해 인지하면서 종전의 중화 중심의 세계관이 변화하는 조짐을 보여준다. 이에는 영국이 외교 상대국으로 외교사절로 방문한 문맥을 감안해 볼 수 있으며, 따라서 서양인에 대한 이질감이나 부정적인 시각이 비치지 않는 점이 특징적이다. 이에 비해 인도와 이집트 등 아시아를 비롯한 아프리카의 나라들을 미개한 나라로 보고 있다. 이러한 점에서 서구를 중심으로 한 변형된 화이관, 역전된 화이관[18]을 볼 수 있다.

---

18) 일본 캐나다 영국의 근대적 풍물에 대해서는 감탄 섞인 서술을 하는 반면에 아랍이나 인도에 대해서는 부정적으로 묘사하고 있는데 이는 전통적인 화이관과 흡사한 측면이 있다. 이는 변형된 화이관으로 볼 수 있으며, 조선시대 사행가사의 20세기적 변형이다.

이 작품에는 식민지와 제국이라는 세계의 위계질서에 대한 인식이 엿보인다. 영국이 세계의 중심이자 문명의 표상으로 부각되고 있다는 점에서는 세계관의 변화를 보여주면서도, 왕을 중심으로 한 왕정에 대한 지향이라는 유교지식인으로서의 사상적 틀은 유지되고 있다.

김한홍 〈해유가〉(1908)[19] 영남의 유교지식인이 지은 작품으로, 당대의 시대적 변화상을 타개해 나가고자 하였던 모습을 볼 수 있다. 여행은 향촌의 유자로서 더 이상 전통적 학식만으로는 현실상황을 타개할 힘이 될 수 없음을 인지하고 서울로 향하는 것으로 시작된다. 서울로 향하는 도정에서도 특징적인 것은 충효사적에 눈길이 머문다는 것이다. 충주 노변 임경업의 충렬사, 대명충신과 효자의 비각, 탄금대 신립의 전적 등인 점에서 보듯이 충효의 사적에 관심사를 둔다. 이어 정계를 관망하는 과정을 그려내며 도입부가 길게 확장되어 있는 점이 특징이다.

이러한 도입부에서는 미국으로 건너가게 된 명분을 제시한다.

> 나도亽 이를망명 사부굴택(士夫屈澤) 영이남(嶺以南)에
> 고가세족(故家世族) 후예로서 연령장근(年齡將近) 삼십(三十)토록
> 사업(事業)니 무어시며 행색(行色)니 무어신가

정홍모, 위의 논문, 39~41면.

19) 박노준, 「〈해유가〉(일명 서유가)의 세계인식」, 『한국학보』 64, 일지사, 1991에서 처음 학계에 소개하였다. 이어 박노준, 「〈해유가〉와 〈서유견문록〉 견주어 보기」 『한국언어문화』 23, 한국언어문화학회, 2003 ; 최현재, 「미국 기행가사 〈해유가〉에 나타난 자아인식과 타자인식 고찰」, 『한국언어문학』 58집, 한국언어문학학회, 2006 ; 박애경, 「대한제국기 가사에 나타난 이국형상의 의미-서양 체험가사를 중심으로-」, 『고전문학연구』 31, 한국고전문학회, 2007 ; 김윤희, 「미국 기행가사 〈해유가〉의 문학적 형상화 양상과 시대적 의미」, 『고전문학연구』 39, 한국고전문학회, 2011 등이 이루어졌다.

　　　한사패호(寒士珮號) ᄒ얏쓰니 안빈수도(安貧守道) ᄒ기슬코
　　　청운지로(靑雲之路) 미개ᄒ니 미계가성(未繼家聲) 수치(羞恥)롭고
　　　묘당안위(廟堂安危) 전매ᄒ니 국민자격(國民資格) 참치(慙恥)ᄒ고
　　　창생곤란(蒼生困難) 미제(未濟)ᄒ니 장부행색(丈夫行色) 니안일쇠
　　　(중략)
　　　근래소문(近來所聞) 드러보니 외국인물(外國人物) 충만(充滿)ᄒ야
　　　정부권리(政府權利) ᄌ바들고 천만사(千萬事) 주관(主管)니라
　　　이천만(二千萬) 빈빈인사(彬彬人士) ᄉ람니 업서쩐가
　　　수사유풍(洙泗遺風) 아동방(我東方)니 만이노예(蠻夷奴隸) 되단달가

　사회에서 경륜을 펼치고자 하나 현실적으로 용여되지 않는 상황에
서 외국인물이 중앙 정부를 전단한다는 소문에 답답해한다.

　　　정부시세(政府時勢) 드러보니 억절경색(臆絶哽塞) 절노된다
　　　일어능자(日語能者) 품직니고 아어선통(俄語善通) 대관(大官)니라
　　　여아하향(如我遐鄕) 한사(寒士)로서 비저형세(比諸形勢) 언론컨딘
　　　일사(一仕)로도 무계중(無堦中)에 구구추세(區區趨勢) 비원(非願)이라

　중앙에는 일어와 러시아어에 능통한 인물들만이 등용되고 있어 자
신과 같은 향촌의 한사는 진입할 여지가 없다. 이에 다시 발길을 돌려
향리로 향하는 중에 미국에 갈 기회를 얻게 된다.

　　　하물며 차시대(此時代)에 좌정관천(坐井觀天) 오이목(吾耳目)니
　　　부지중(不知中)에 십출(十出)ᄒ야 세외열람(世外閱覽) 질겨ᄒ야
　　　생존경쟁(生存競爭) 장(場)을 막고 우승열패(優勝劣敗) 이치(理致)이라
　　　장환향(將還鄕) ᄒ는 나리 해외풍속(海外風俗) ᄌ랑ᄒ면
　　　신구학문(新舊學文) 양겸(兩兼)으로 포의한사(布衣寒士) 장관니라

해외 풍속에 대한 안목과 신학문의 필요성에 대해 언급한 후 신구 겸비야말로 대세라는 점을 깨닫고 미국으로 향한다.

즉 작품의 도입부에서는 자신이 미국으로 건너갈 수밖에 없는 당위성에 대해 길게 설명한다. 향촌의 유교지식인으로서 경성을 방문하는데, 당시 정세가 외국어에 능통한 사람들만이 등용되고 있다는 점을 확인하고, 신·구학문을 겸하고자 하는 의도에서 출발하고 있다. 또한 "추세자 안니어던 유학으로 가단 말가"라고 밝히고 있어 당시 세류에 부합하는 유학생 부류와 변별 짓고자 한다. 세계풍속을 이해하고 돌아오면 "신구학문을 겸하여서 포의한사가 장관을 이루리라"고 기대한다.

이러한 도입부의 확대는 기행의 명분을 마련하고자 하는 의도에서 비롯된 것으로 보인다.[20] 외교임무 등 공식적인 동기에 의한 것은 아니지만 나라에 대한 책무감이 깔려 있다는 점을 강조한다. 실제로 지은이가 하와이 노동이민으로 출발하고 있다는 점을 참조하면, 당시 향촌의 유교지식인이 사회진출에 어려움을 겪고 있었던 현실적인 상황을 짐작해 볼 수 있다.

미국으로 향하는 여정은 역시 상상력의 장소가 구체적인 지리상 장소로 바뀌는 인식의 변화를 보여준다. 서천국 삼천리 약수를 구체적인 장소로 체험하고 있다.

> 주자(舟子)가 흐는 마리 저고즐 아란는가
> 고사(古史)에 전흔말과 약수천리(弱水千里) 저고지라

---

20) 〈해유가〉에서 발견되는 과장과 허구적 요소들은 자긍과 과시의 표현욕망이 발현된 문학적 형상화의 측면에서 해석하는 것이 적절해 보인다. 김윤희, 위의 논문, 2009, 47면.

　암쪽이 생각(生覺)ᄒ니 니 고지 어디런가
　서천(西天)니 가즉혼가 약수(弱水)가 니 윈일고

　또 화산(火山)을 목격하기도 하는데, 이 놀랍고 낯선 생생한 체험은
우주가 물리적 현상으로 구성된 공간임을 의식하게 하는 것이다.
　가는 길에 들른 일본에서 근대의 번화상을 잠시 확인하지만, "세계
예 상등국니 영미법독 그안닌가"라 하여 이제 '세계'의 모범이 되는
나라는 영국 미국 등 서구로 인식된다. 미국의 근대적 문물은 향촌의
유교지식인을 새로운 세계에 눈뜨게 한다. 인물, 인심, 기후, 문자와
함께 무엇보다도 공정하고 평등한 법 제도에 관심을 갖는다. 그런데
미국 체험은 제도적 측면에 집중되어 드러나고 있으며, 이는 이 시기
기행문학의 계몽적 성격과 공통된다.
　미국에 도착해서는 영사관 협회부에 서기로 참여하다 영사관이 폐
쇄되면서 이후 샌프란시스코로 이주하여 상업에 종사하는 것으로 읊
고 있다. 하와이 노동이민으로 시작하여 그 이후 상업에 종사하면서
실제로 많은 어려움에 직면했을 것으로 짐작된다. 그렇지만 언어적
인 면에 대해 간략히 언급하고 있을 뿐 제도상 편리한 점만을 이야기
하며, 예견되는 이국에서의 애로사항이나 인종문제, 문화적 충격 등
심층적인 부분은 드러나지 않는다.
　그럼에도 미국에서의 체험은 그간 영남의 폐쇄적인 유자로서의 의
식에 지각변동을 가져올 만한 것이었다. 미국의 정부를 바라보며 "전
자전손(傳子傳孫) 제왕(帝王) 안코 사년(四年)식 체임(遞任)"하며 남녀노
소를 구분하지 않는 것에 대해, "이곳이 바로 요순세계"라고 말한다.
전통적인 제세의식을 바탕으로, 위정자의 존재를 전제로 하면서도

상하 귀천이 없는 평등의식에 대해 상찬한다. 곧 사농공상의 차별적 인식 없이 억조인민이 동등한 가운데 화락하다고 보았으며, 의관과 문물 또한 견고하고 경편(輕便)하다고 말한다.

이러한 제도와 문화적 국면으로 미국 사회를 특징짓는 언급들은 당대의 사회상에 비추어 볼 때 매우 시사적이다. 그 제도와 문화에 대해 "요순세계"와 같은 관습적인 비유적 표현을 사용하고 있지만, 평등의식과 의관의 편리성에 대한 상찬은 중세와 근대를 구획 짓는 결절점을 상징하는 것이다. 사농공상의 차별화는 당대 조선 사회를 특징짓는 양상으로, 특히 양반계층은 당시까지 계층인식이 뚜렷한 것으로 지적되고 있기 때문이다. 전통적인 향촌의 유자로서 미국 사회의 특장으로 이러한 점을 지적함으로써 당시로서는 진보적인 인식을 보여준다. 따라서 미국 사회를 단선화 시켜 표현하고 있음에도 불구하고 그것이 유자로서의 자기부정의 의미를 지시하고 있다는 점에서 주목된다.

또한 '자충차, 전동차, 전어선, 전보사, 잘 닦여진 도로' 등 신문물의 편리하고 휘황함에 감탄한다. 이러한 근대문물은 앞서의 제도와 정치 등 상부구조를 뒷받침하고 있는 하부구조라 할 수 있다. 이에 반해 외국에서 바라본 모국은 '이천만이 모두 혼몽 속에 예의동방을 자처하고 세계의 대세를 거절하고 있으며, 옛 것을 버리고 새 것을 따라야 하는 이치를 깨닫지 못하고 있어 울회가 솟구친다'고 표현한다.

그런데 이렇게 실제로 외국에서 쌓은 체험과 지식을 현실에 접목시킬 수 있는 출구는 없었던 것으로 보인다. 미국에서의 생활을 마치고 집으로 귀환하는 여정이 이러한 상황을 시사한다. 유학자 이언적의 유촉지를 돌아보고 선영에 올라가 선조의 음덕을 되새기며 집으로 돌아오는 것으로 끝나고 있다. 이와 같이 향리로 귀환하며 대유학자 이언적의 유촉지를 돌아보는 회정은 '가문'을 중심으로 한 중세적 질서로 회귀하고 있음을 보여준다. 전통적 질서가 유지되고 있는 향리로 복귀하면서 가문과 유교라는 전통적 가치체계로 회귀하고 있다.

2. 1920년대, 근대적 관광과 개인의식의 기미

1920년대에는 사대부 문사들이 산수유람을 즐긴 전통을 이은 작품들이 출현하는 한편으로, '관광' 담론이 유행하면서 이러한 담론의 자장 안에 놓인 작품들이 창작된다.

또한 이전까지 필사본으로 향유되었던 것에 비해 이 시기에 이르러 인쇄본 기행가사들이 등장한다는 점에서 향유방식의 변화를 보여준다. 기행가사로서 대중매체인 신문에 실리는 작품들과 작품집으로 출간되는 작품들이 등장한다. 김규진의 〈금강유람가〉, 신응교의 〈금강산탐승가사〉, 심복진의 〈동유감흥록〉, 최송설당의 기행가사 작품들이 이에 해당된다.

이 시기 들어 금강산 유람이 근대적 교통체계의 발달 및 여가문화의 조성을 배경으로 더욱 인기를 끌고 있다. 기차로 특징되는 근대 교통체계의 발달은 금강산 유람이 성행하는 요인이 된다. 교통체계에 따라 금강산 가는 길목에 들르게 되는 경성 유람도 여행의 큰 유인으로 등장하기 시작한다. 또한 인쇄매체와 가사의 결합은 근대관광의 특징적 국면을 반영한다. 관광단을 모집하는 등 여가문화를 조성하고 있는 신문매체가 이러한 정책의 일환으로 금강산 유람 가사를 게재하고 있기 때문이다.

1) 산수 유람의 취미

김규진 〈금강유람가〉(1919~1920)[21] 당대의 신문매체인 『매일신보』 (1919. 12. 12~1920. 1. 12)에 연재되었다. 작가 해강 김규진은 당대의 저명한 서화가로 활동했으며, 서울에서 출발하고 있다.

> 천하만국 널은 세계 제일명산 싱겻스니 조선의 금강이라 명사십리의 가취(佳趣)와 석왕사의 승적을 일로역관(一路歷觀)ㅎ고 귀경(歸京)혼 안내가사(案內歌詞)이라 써 요산요수(樂山樂水)의 의취(意趣)가 유(有)한 강호운사의 와유금강(臥遊金剛)ㅎ는 자료 유작(遺作)코즈 ㅎ노라

독자에게 "와유금강하는 자료로 남기고자 한다"고 하는 것은 그간 관습적으로 표명되어 온 창작동기로서 독자에게 보고하고자 하는 의식이 담겨 있다. '안내가사'라는 표현에서도 독자에게 일정한 정보를 제공하고자 하는 의도를 볼 수 있다.

서울에서 경원선을 타고 간 기차여행으로 기차에 탑승한 체험은 자세하지 않으며, 금강산 경내에서의 유람체험을 집중적으로 재현한다. 금강산에 도착하여 금강산을 묘사하는 의고적 표현들은 탈속의 선경에서 탈속적 정취를 즐기는 문인의 모습을 보여준다.

> "신선루(神仙樓)을 나아가니 우화등선(羽化登仙) 독립(獨立)ㅎ야 탈세간이등선(脫世間而登仙)이라"

---

21) 해강 김규진의 작품에 대한 선행연구로는 권경숙, 「해강의 〈금강유람가〉 연구」, 동아대학교 석사학위논문, 2002 ; 최두식, 「〈금강유람가〉의 미적 세계」, 『고시가연구』, 한국고시가문학회, 2005 등이 있다. 그런데 이 선행연구들은 『매일신보』에 연재되었던 작품을 다시 회동서관에서 출간한 단행본을 대상으로 하고 있다.

"신만물(新萬物) 발아보니 천공묘력(天工妙力) 재조건곤(再造乾坤) 호
중일월(壺中日月) 명랑(明朗)흔데 백운(白雪)갓튼 운화기봉(蓮花奇峰)
구첩병풍(九疊屏風) 둘너스니 봉래(蓬萊) 방장(方丈) 삼신산(三神山)에
별유천지(別有天地) 여게로다"

"한단침(邯鄲枕)에 잠이들어 망세간지갑자(忘世間之甲子)로다"

이외 한시의 관용적 어구들인 "연사모종(烟寺暮鐘)"·"월출동령(月出
東嶺)"·"여관한등(旅館寒燈)"·"송창하(松窓下)"·"파주문월(把酒問月)"·
"원상한산석경사(遠上寒山石逕斜)" 등의 표현들을 차용하여 경관의 정
취를 묘사한다.

또한 서화가였던 저자는 금강산을 유람하면서 곳곳에 산재해 있는
유서 깊은 미술 작품을 확인하는가 하면, 여행 중 자신이 직접 글씨와
그림을 창작한다. 이에 금강산은 불교 미술의 보고로서 역사적 가치
뿐 아니라 예술적 가치를 지닌 장소로 나타난다. 금강산에 들어있는
불교 미술을 확인하는 한편, 금강산의 풍광이 주는 심미적 정취를 느
끼며 이를 시서화로 표현해 내고자 한다.

그리하여 감정이 고양되는 순간마다 한시를 읊고 이를 작품 속에
삽입하고 있다. 헐성루에서 한시 한수를 대들보에 붙이는가 하면, 만
폭동에서 역시 자신의 거필을 뚜렷이 새기고 있다.

"단풍월색(丹楓月色) 말근 밤에 시흥(詩興)이 도도(陶陶)흐야 오언절
구(五言絶句) 흔 수 지여 금강추월(金剛秋月) 을퍼너니"

"장소건곤(長嘯乾坤) 소요흘제 붓슬 쎄여 들고 안져 원근산천(遠近山

川) 글여니고"

"천하기절(天下奇絕) 삼십여척(三十餘尺) 일필휘지(一筆揮之) 식인 글
ᄌ 한묵(翰墨) 동지(同志) 이십칠인(二十七人) 영세불망(永世不忘) 기념
(記念)ᄒ고 그것헤 법기보살(法紀菩薩) 칠십여척 사대자(四大字)ᄂ 표훈
사(表訓寺)의 발원(發願)으로 둘엿시 씩엿스니 아(我)의 평생(平生) 거필
(巨筆)이라"

이와 같이 문인의 산수 유람 전통을 잇고 있어 금강산의 역사 고적
을 충실히 소개한다. 신라 경순왕 때 마의태자의 사적을 비롯하여, 김
동거사의 명연담, 표충각의 지공·나옹·서산·사명·무학 대사 영정들
을 둘러보고 있다.

명연담(鳴淵潭) 굽어보니 녹수천척(綠水千尺) 깁흔못세
김동거사(金同居士) 시체암(屍體巖)과 삼형제 00바위
놀납고도 허무하다
(중략)
수충영각(酬忠影閣) 들어가니 지공(指空) 나옹(懶翁) 주벽(主壁)ᄒ고
서산(西山)사명(四溟) 무학대사(無學大師) 좌우(左右)에 배향(配享)이요
동서벽(東西壁)에 걸닌 영정(影幀) 역대(歷代) 도사(道師) 봉안처(奉安
處)라
풍채예의(風采禮義) 당당(堂堂)ᄒ고 음풍(陰風)이 슬슬(瑟瑟)ᄒ다
합장재배(合掌再拜) 예필(禮畢)ᄒ고 부도량(浮屠場) 들어셔니
서산(西山) 사명(四溟) 기적비(紀蹟碑)와 제대선사(諸大禪師) 유적(遺
跡)이라

표훈사에 들어서는 세조대왕 하사품을 살펴본다. 선암은 신라 창건

한 고찰로서 박빈거사 수도처이며, 전설에 얽힌 장군수가 흐르는 곳이
기도 하다.22) 비로봉 가는 길에 들른 불지암은 세조대왕의 기도처이
며23) 묘길상 옆에 새겨진 윤사국(尹師國)의 필적24)을 돌아보고 돌이
움직인다는 동석동에서 양사언의 비래정 자취를 확인하기도 한다.25)

경물에 얽힌 설화에 대한 관심도 많아 다양한 설화를 소개한다. 이
때까지 전해져 오는 처녀 총각에 얽힌 자마석 설화, 유점사 오십삼불
에 얽힌 가마바위와 누룩바위, 생쥐바위, 사공바위, 현종암 등 다채로
운 설화들을 두루 읊는다.

> 능인보전(能仁寶殿) 들어가니 단청화각(丹靑畵閣) 높흔 집에
> 서방현신(西方現身) 오십삼불(五十三佛) 일천구백천년전(一千九百十
> 年前)에
> 돌비타고 건너와셔 생천생지(生天生地) 무량도술(無量道術)
> 구룡(九龍)을 쪼차니고 늘음나부 쌜이마다
> 여전히 안져스니 고성군수(高城郡守) 노춘씨(盧滷氏)가
> 월씨국왕(月氏國王) 현신(現身)으로 발원(發願)ᄒ고 모셧구나

가마바위가 붉은 색을 띠는 것은 오십 삼불이 바다를 건널 때에 팥

---

22) "선암(船庵)으로 올나가니 신라창건(新羅創建) 고찰(古刹)이요 박빈거사(朴彬居士)
   수도처(修道處)라 표자(瓢子)박 쓸너니여 장군수(將軍水) 해갈(解渴)ᄒ고 다보탑(多寶
   塔) 미타(彌陀)과 선암(船庵) 알에 근수(根水)를 ᄎ례 본 연후(然後)에"
23) "비로봉(毘盧峯) 가는 길에 불지암(佛地庵) 들어가니 백운심처(白雲深處) 깁흔 암자
   (庵子) 세조대왕(世祖大王) 기도처(祈禱處)라"
24) "소광암(昭曠岩) 지나셔셔 묘길상(妙吉祥) 돌아드니 석벽 쏘와 식인 불상(佛像) 엇지
   그리 장(壯)ᄒ고 쳐다보기 암암(巖巖)ᄒ다 그 겻혜 식인액자(額字) 윤사국(尹師國)의
   필적(筆跡)이라"
25) "동석동(動石洞) 들어가니 양봉래(楊蓬萊)의 탄생구기(誕生舊基) 독서(讀書)ᄒ던 비
   래정(飛來亭)은 지대(地帶)돌만 나마잇고"

죽을 다리다가 가마솥이 파열되어 팥죽물이 들어 있는 것이다.

> 노장(老將)바위 지나셔셔 가마바위 쳐다보니
> 석면에 불근 빗츤 오십삼불(五十三佛) 도해시(渡海時)에
> 팟죽을 달이다가 가마솟치 파열(破裂)되여
> 팟죽물이 들어잇고 눌욱바위 싱쥐바위
> □□바위 발아보니 오십삼불(五十三佛) 두타승(頭陀僧)이
> 볼이동냥ㅎ야다가 눌욱제조(製造)ㅎ야 솟코
> 싱쥐들이 방어지책(防禦之策) 고양이가 엿보노나
> (중략)
> 영랑호(永郎湖) 굽어보고 사공(沙工)바위 쳐다보며
> 현종암(懸鍾岩) 올나가니 표박(瓢朴)갓치 부인속에
> 우묵 우묵 픠운 ᄌ국 오십삼불(五十三佛) 초□시에
> 멀이덧든 자국이오 바다까에 복선암(覆船岩)은
> 오십삼불(五十三佛) 건너아셔 타고온빈 업허놋코
> 돌닷줄 잡아달여 산(山) 등얼이 넝겨□□

　이러한 생쥐바위, 가마바위, 누룩바위, 사공바위 등은 유점사 설화
에 더하여 후대에 덧붙여진 것으로 설화의 범위가 주변 경물들에까지
확대되고 있다. 19세기 이후 서서히 복원되고 있었던 불교 사적과 관
련된 설화들이 근대에 이르러 확장되어 복원된다.
　이후 금강산을 떠나 도착한 석왕역에서는 태조대왕의 사적을 읊고
있다.

> 유왕봉(留王峯) 올나가니 태조대왕(太祖大王) 주필처(駐蹕處)라
> 만가계일시명(萬家鷄一時鳴)과 천가점일시동(千家坫一時動)과

파옥중부삼연(破屋中負三椽)과 화락경파몽조길(花落鏡破夢兆吉)함
문답(問答)ᄒ든 일노구(一老嫗)는 적연무문(寂然無聞) 간곳업고
묘연수초(渺然愁草) 뿐이로다 오백년사(五百年事) 싱ᄀ호니
수류운공(水流雲空) 이아닌가

이는 석왕사에 얽힌 설화로 이조 왕조의 정통성을 뒷받침했던 설화
이다. 이태조가 꿈에 서까래 세 개를 지고 나왔으며, 이는 임금 왕자
(王字)를 뜻하는 것으로 임금이 되리라는 예지몽이었다는 설화를 소개
한다. 하지만 이제는 모두 지나간 일로서 "심회 자연 산란" 해진다고
하여, 왕조 멸망의 허망함을 암시한다.

이 작품은 새롭게 인쇄매체인 『매일신보』에 연재되는 형식을 지녔
으면서도 조선시대 이래 사대부 문인들이 산수를 유람하던 전통의 연
장선상에 있다. 금강산 내 경물이 지닌 심미성과 예술성을 감상하는
것에 초점을 둔다. 그리고 금강산에 축적되어온 역사 고적을 비롯한
다수의 민간 설화들을 소개하고 있다.

〈금오산채미정유람가〉(1928) 작가는 알려지지 않았으며 경북 금오
산 채미정을 유람하고 쓴 가사이다. 규방가사로 향유되면서 세거지
주변 승지를 유람하는 내용이다.

도입부에는 여성들이 집단적 모임을 통해서 '놀이'로서 산천구경을
떠나는 과정이 소개된다.

영웅열ᄉ 눈물잇고 제왕문장 이갓거든
하물며 우리갓튼 연약한 여ᄌ로셔
부유갓튼 청춘시절 먼지갓치 지닉가면

> 빅두산 져빅셜이 귀밋히 올나온다
> 왕손춘초 록연연에 푸릇푸릇 한숨이라
> 화포철연 한안이면 다시보기 기약업다
> 요지왕모 아니오면 장성불스 바릴손야
> 무정한 저빅일은 너일이면 잇근만은
> 알들한 우리청츈 한변가면 그분이라
> 이화도화 힝화방초 써는맛참 삼츈이라
> 어와우리 벗임너야 산천구경 놀노가싀
> (중략)
> 절미한 금오산은 션산이 주산이요
> 흘입한 치미졍은 만고충신 유허로다
> 야은션싱 방촉짜라 치미졍 놀노가싀

봄이 왔음을 알리며 산천 구경을 위해 놀러 가자고 말한다. 청춘 시절도 잠깐이며, 먼지같이 지나가면 그뿐이므로 이화와 도화가 피어 있는 봄에 놀러가자고 권유한다. 이어 벗들과 약속하고 부모의 허락이 떨어진 후 출발하기까지의 과정은 화전가 계열 작품들과 유사하다. 멀리 떨어진 먼 곳으로 가는 유람이 아니라 주변 명승지를 유람하러 가는 점도 화전가 계열 작품들과 공통된다.

이어 작품의 결말부에서는 놀이를 마치며 다시 일상의 직분으로 돌아가자는 자기다짐으로 끝맺고 있는 점 역시 화전가 계열 작품들과 유사하다. 집으로 귀환하며 "츈몽을 어서씨여 부모의게 효도ᄒ고 군자의게 공경ᄒ셔 상봉ᄒ슬 여ᄌ직분 천만지들 ᄒ여보싀"라 하여 여자의 직분을 다하자는 다짐으로 끝맺고 있다.

그러므로 일상공간에서 벗어나 어디로든지 떠나는 놀이의 성격을 띠고 있어 준비과정이 상대적으로 확장되어 재현되고 있는 것과는 대조적으로, 목적지를 향하는 노정은 구체적으로 나타나지 않는다. "구미시장 을릇지니 일보이보 순식간에 치미정이 닷첫구나"라 하여 도착지까지의 도정이 축약적으로 제시된다.

대신에 단장을 하고("칠보단장 구미닐지 유록도홍 온갓치복 철얼츠즈 닉여업고"), 벗님들과 함께 유람지로 향하는 걸음걸이를 바라보는("발지갓탄 청홍양산 틱양공 반첨가려 압서가라 되서거라 도로익 연속ᄒ야 청춘작반 가는거름") 등 나들이 떠나면서 치장을 하고 동무들과 함께 가는 자신들을 바라보는 시간을 즐기고 있다.

이 금오산 채미정은 경북 선산(善山)의 주산이자 만고 충신의 유적으로서 이 선산의 상징적 장소라 할 수 있다. 채미정은 구인재(救仁齋), 숙종이 길재의 충절을 기려 읊은 오언구의 어필을 보존한 어필각, 유허비각 등이 있는 곳이다. 이러한 노정은 야은 길재의 유촉을 따라가는 것으로 이 시기에 호명하는 길재는 시대적 함의를 갖는다.

> 닉성아니 여긔로다 후유한심 통곡나니
> 성첩이 무너지고 가덕가 분망ᄒ다
> 산천도 에와갓고 물식도 여전한더
> 엇지타 이지형이 이갓치 변천한고

내성 안 성첩이 무너져 있다고 하여 퇴락의 형상을 하고 있으며, 이에 통곡이 난다고 한다. 기울어져 가는 고려 말에 고려 왕조에 대한 충의를 지켰던 길재의 유촉에는 현재의 상황이 중첩되어 있다. '국파군망'·'통곡망극'의 표현과 퇴락한 옛터의 형상은 지나간 역사적 기억이면서 동시에 현재를 지시하는 표현이기도 하다.

이는 후암대에 올라 천지를 조망하는 데에서도 확인된다.

> 동으로 바리보니 쳘연도읍 경주서울
> 김부정승 바로터져 울능도가 수구되고
> 서으로 바리보니 단군거즈 평양도읍
> 더동강 흐을날물 눈압퓌 보니난듯
> 남으로 바리보니 한나산 말근정기
> 오쉭구름 영농한더 영주봉너 그곳인듯
> 북으로 바리보니 오빅연 송도서울
> 임진강 헐너가고 송악산이 거기로다
> 만고충신 야은션싱 일뤌갓치 고든마음
> 국파군망 흐올적이 통곡망극 그고지라
> 추추한 잡시소리 춘흥을 도도난 듯
> 황양한 디테청은 옛터만 나맛구나

사방을 조망하며 "반도 강산 우리 조선"의 역사를 회고하는 것이다. 이때 사방의 좌표를 구성하는 것은 천년 도읍 경주와 단군의 근거지 평양, 한라산과 고려의 송도로서, 각 장소를 머릿속에 그려본다. 이 장소들은 조선 역사를 구성해온 주요한 축들이다.

지금 이곳 야은의 고적지는 개성 송악산과 연결되어 있고, 현재는 과거로부터 이어져 내려온 것이다. 내가 살고 있는 이곳은 사방의 상징적 장소와 씨줄과 날줄로 연결되어 있는 장소이다. 이에 야은의 유적지는 과거의 단절된 장소가 아니라 현재의 상황을 환기시키는 장소로 자리한다.

이 작품에서 기행체험은 놀이의 성격을 지니면서도 적극적으로 역사고적을 돌아봄으로써 문화적 체험을 하고 있다. 누정의 제영, 고적에 대한 관심 등 기행체험의 대상들이 문화적 표지로 등장한다. 여성의 집단의식과 결합되어 있는 구경과 놀이에 대한 욕구를 보여주면서도 문화적 표지들을 확인하며 시대적 인식을 표출하고 있다.

2) 근대적 관광체험과 개인의식의 기미

이 시기에는 가사라는 전통장르 속에 새롭게 근대적 관광체험이 틈입하기 시작한다. 또한 향촌의 공동체적 의식을 바탕으로 향유층을 넓혀왔던 기행가사의 전통 속에서 개인의식의 기미가 표출되기 시작한다. 1920년대 창작된 신응교의 〈금강산탐승가사〉와 최송설당의 기행가사가 이에 해당한다.

'관광' 체험은 도시 중심의 생활과 밀접한 관련을 지니는 것으로, 도시의 떠들썩한 일상을 탈피하는 여가문화와 결합되어 있다. 여가문화는 도시의 상업성을 바탕으로 소비적 행락의 성격을 지니고 있다. 당시 일제가 정책적으로 권장한 이유도 이에 있다고 할 것이다.

이때의 관광은 '공간'과 '장소' 개념을 연관 지어 이해할 수 있다. 공간은 물리적인 환경 그 자체이고 어떠한 의미가 부여되지 않은 공터의 의미이며, 장소는 정치적·문화적·사회적 가치가 부여되어 일정한 인문학적 의미가 창출되는 공간이다. 장소는 경험하는 주체와의 상호 작용하며, 그것을 경험하는 주체의 인식작용, 정서와 상호작용하여 정체성을 드러낸다.[26]

즉 장소감이란 곧 그 장소에 대한 개인의 관념화된 생각을 의미하

---

26) 에드워드 렐프, 『장소와 장소상실』, 김덕현·김현주·심승희 역, 논형, 2005, 93~94면.

며, 장소와 인간 그 두 주체간의 의미 있는 관계가 있어야 한다. 반면 에드워드 렐프는 장소가 진정성을 상실했거나 심각하게 훼손된 상태를 '장소상실'이라 명명한다. 이는 장소의 획일화와 가짜 장소 생산의 두가지 양상을 보인다. 전자는 장소를 기능성, 효율성, 공공성의 입장에서만 바라보는 것이다. 장소는 의미가 제거된 균질적이고 등질적인 공간으로 오로지 효율성 측면에서만 측정되고 평가될 뿐이다.[27]

근대의 관광은 이러한 장소상실과 연관된 체험이라 할 수 있다. 이 시기 대표적 관광지는 금강산으로 금강산 유람은 대중적 관심사로 부상하여 매해 언론사 등에서는 금강산 유람단을 대규모로 모집하였다. 『매일신보』는 금강산 유람 관련 소식을 자주 게재하고 있으며, 여가 문화를 권장하는 분위기 속에서 김규진의 〈금강산유람가〉를 연재하기도 하였다.

이러한 관광의 성격이 1920년대에 들어 전통양식인 가사에 틈입하고 있다. 그간 가사가 소규모 집단 속에서 필사본으로 향유되었다면, 이러한 전통적인 향유방식에서 벗어나 잡지에 실리고 개인 작품집으로 출간됨으로써 작품의 성격도 변화하기 시작한다.

신응교 〈금강산탐승가사〉(1928) 잡지 『조선』에 발표된 작품으로 국한문체로 되어 있으며, 작품의 중간 중간에 산문체로 쓰여진 부분들을 삽입하여 형식적인 변용을 꾀한다.

---

27) 렐프는 장소감을 형성하는 요소로 물리적 환경, 활동(경험 행위), 그에 따른 의미(정서)를 들었다. 투안은 인간의 육체가 공간감과 장소감을 형성하는 토대라고 간주했다. 그는 장소와 장소경험의 주체인 사람의 상호성을 통해 만들어지는 고유한 특성을 장소의 정체성이라 부른다. 에드워드 렐프, 위의 책, 110~115면.

작품의 도입부에서 금강산은 '산수'로 불리기보다 '탐승지'로 호명되기 시작한다.

> 세계공원(世界公園) 어듸매냐 우리 조선(朝鮮) 금강(金剛)이라
> 금강산(金剛山)을 못본자(者)는 천하산수(天下山水) 말을 말나
> 금강산(金剛山) 한번보면 죽어 지옥(地獄) 면(免)한다고
> 한양역(漢陽驛)에 놉히걸어 탐승객(探勝客)을 권유(勸誘)한다[28]

'천하(天下)'와 '세계(世界)'의 용어가 혼재되고 있다. 즉 '천하산수(天下山水)' '세계공원(世界公園)'이라 하여 '천하(天下)'는 '산수(山水)', '세계(世界)'는 '공원(公園)'과 결합되어 있는 점이 눈에 띈다.

여정은 경원선을 타고 '삼방약수지-원산-장전-온정리-금강산-해금강-관동팔경'을 거쳐 경성으로 돌아오는 것이다. 이 여정은 경원선이 개통된 이후로 관광지로 유명해진 삼방약수지와 원산 해수욕장을 포함하는 것이다.

지은이는 경성에서 기차를 타고 출발한다. 기차를 타고 가면서 터널 속을 통과하는 체험은 기이하다. "기차 겨우 통할 골목 이리저리 골너드니 허다(許多)한 톤낼들은 간대마다 밤을 일워 일분간(一分間)에 주야변경(晝夜變更) 평탄(平坦)한 원야(原野)보다 이 역시(亦是) 기관(奇觀)이라"라 하여 '톤낼들이 일분 사이에 주야변경'하는 모습이 기이한 경관이라 한다.

'삼방약수'는 금강산 경유지로서 경원선 개통 이후 새롭게 개발된 관광지이다. 삼방역에 하차하니 "여관쏏이 등대(等待)"하여 친절한 길

---

28) 신응교, 〈금강산탐승가사〉, 『조선』 128호, 조선총독부, 1928. 6.

안내를 받고 있다. 삼방약수는 위장병 등에 특효가 있다고 알려지면서
많은 사람들이 관심을 갖는 곳이어서 이 약수에 대해 세세히 읊고 있다.

> 이상토다 삼방약수(三防藥水) 맛을 보니 약수(藥水)로다
> 무색징명(無色澄明) 적갈색(赤葛色)에 계상(繫狀)의 부유물(浮游物)
> 특이(特異)한 광물취(鑛物臭)며 상쾌(爽快)한 미산성미(微酸性味)
> 자극성(刺戟性) 난다음(難多飮)에 위장제증(胃腸諸症) 양약(良藥)이라

그 근처 고적들을 포함한 삼방 지역은 하나의 관광권역을 이룬다.
태봉 궁예왕릉, 와우구(臥牛坵), 동자암(童子岩), 세심천(洗心泉), 삼방
폭포 등을 열거한다.

> 명승고적(名勝古蹟) 무엇인가 태봉궁(泰封宮) 궁예왕릉(弓裔王陵)
> 삼방관(三防關) 청하곡(靑霞谷)과 와우구(臥牛坵) 동자암(童子岩)
> 선무대(仙舞臺) 고운산(高雲山)과 기각천(奇角泉) 봉래천(蓬萊泉)
> 세심천(洗心泉)과 삼방폭포(三防瀑布) 모도다 기관(奇觀)이라
> 약수천변(藥水川邊) 모혀안진 약수(藥水) 먹는 사람들은
> 조손(祖孫)과 모자(母子)이며 형제(兄弟)와 숙질(叔侄)들이
> 서로 권(勸)해 마시면서 병낫기를 기도(祈禱)하는
> 그 상태 가련(可憐)토다 인생(人生) 과연(果然)무엇이며
> 구구생활(區區生活)코자함이 그 의의(意義) 의문(疑問)이라
> 노소남녀(老少男女) 수십인(數十人)이 누른 얼골 말는 몸
> 병든 자도 만컨마는 호의호식(好衣好食) 하는 청년(靑年)
> 구경소일(求景消日) 하노라고 놀너온 자(者) 태반(太半)이라

'호의호식하는 청년 구경소일 하노라고 놀너온 자가 태반'이라고 하
여 삼방약수지는 부유한 젊은이들의 여가문화 장소로 저 도회지의 떠들

1장 : 작품세계와 통시적 전개 **81**

썩함에서 벗어날 수 있는 유흥적 성격의 휴식처로 부각된다.

이어 원산 해수욕장이 등장하고 있으며, 바다는 해수욕을 하는 해수욕장으로 바뀐다.

> 주인(主人)을 하직하고 경원선에 몸을 실어
> 안변등지(安邊等地) 다다르니 울창송림 청풍이며
> 일망무제(一望無際) 옥야(沃野)들과 과수재배(果樹栽培) 유명이라
> 동해안(東海岸) 제일항구(第一港口) 원산이 여긔로다
> 송도원(松濤園) 해수욕(海水浴)은 설비(設備)가 상당(相當)하며
> 명사십리 해당화는 옛말을 느끼도다
> 서양인(西洋人) 별장(別莊)들은 줄기로 느럿스니
> 구경도 구경이나 주인별장(主人別莊) 어대짓나

원산 바다의 풍경은 "송도원 해수욕장의 설비가 상당"하며, 서양인 별장들이 줄줄이 늘어서 있고 새로 짓는 별장이 있다. 이제 바다는 해변, 해수욕, 별장으로 대표된다.

> 화살갓치 속(速)한 기선(汽船) 어언간에 장전(長箭)이라
> 반기는 청년단(靑年團)들 친절한 금강안내
> 여관에 행리두고 항내일반 구경이라
> 유명한 포경회사(捕鯨會社) 웅장(雄壯)한 그 설비(設備)라
> 문압헤 세운 문(門)은 고래 압턱 긴 뼈인데
> 이십척(二十尺) 한아름에 희세(稀世)한 명물(名物)이라

금강산 입구의 장전항에 들른 후에는 항구 내 포경회사의 웅장한 설비, 그 문 앞에 세운 인공조형물인 고래 앞턱 이십 척이 넘는 긴 뼈

가 명물로 호명된다.

그동안 금강산의 장소 체험은 산에 오르내리는 유산체험이 중심이었다. 그런데 이름 좋고 정결한 풍악여관, 친절한 다점 주인, 가벼운 옷 입고 하는 온천목욕 등 안락하고 편안함을 추구하는 일정에서 보듯이 금강산 탐승은 이전과는 달리, 상업적이고 근대적 시설로 기획된 관광임을 보여준다.

이러한 관광체험은 종종 가사의 관습적 표현에 기대어 표현되고 있지만, 그 실질적 함의는 전통적인 산수유람과는 성격을 달리한다. "온천(溫泉)에 목욕(沐浴)하니 수일피곤(數日疲困) 이즐너라 우화등선(羽化登仙) 이아닌가"라 하여 우화등선의 관습적 표현이 근대적 관광시설인 온천욕으로 피곤을 잊은 안락함을 형용하고 있다.

> 미륵불(彌勒佛) 삼대자(三大字)가 석벽(石壁)에 완연(完然)토다
> 서예가(書藝家) 김해강(金海崗)의 산수애(山水愛)의 자취인 듯
> 폭포수(瀑布水) 맑은 물에 세수(洗手)하고 편히 안져
> 소리 듯고 구경하니 만사(萬事)가 무심(無心)이라
> 인간총욕(人間寵辱)이졋스니 선경과연(仙境果然) 이것이라

서예가 김규진의 서체를 암벽에서 확인하고 산수애의 자취를 보며, 선경에 들어 폭포수 맑은 물에 만사가 무심하여 인간영욕을 잊은 듯한 기분을 느낀다.

인간영욕을 잊은 탈속한 세계를 뜻하는 관습적 이미지로서의 '선경'은 떠들썩한 도회지와 대비되는 곳이다. 이어지는 산문체 부분에서 "명승지에 사는 사람 그 아니 행복인가 나도 역시 배를 띄고져 백구와 갓치 벗을 하며 출넝출넝 그 파도에 속되 귀를 씻고 십다"고 하여, 전

원 속 한가한 풍경을 그려낸다. 배를 띄우고 백구와 벗이 되어, 출렁 출렁 파도에 몸을 맡기고 속된 귀를 씻는 것은 세속의 영욕을 멀리한 어부라는 관습적 심상에 기대어 있다.

하지만 선경인 금강산의 함의는 도회지와 대척점이 되는 휴가지에 가깝다. 금강산이 주는 경이로움은 "이와가치 놉흔곳에 인적부도(人跡 不到) 하련마는 인가(人家)가 손을 맛고 다점(茶店)을 버렷스니 헐각(歇 脚)하고 가볼가나"라 하여 높은 곳에 벌여 있는 다점의 설비와 같은 인공시설이다.

여기서 금강산을 관광하는 주체는 정의를 주장하는 주체로서 세계 안의 국토에 있는 주체이다.[29] 이는 앞서 금강산을 세계 속 공원으로 소개한 것과 통하는 것으로, 금강산은 세계 안 국토의 일부로 자리한다. 공원은 근대적 여가시설로서 최남선이 기행문 〈교남홍조〉에서 언급하 는 것처럼 근대국가를 이루는 주요한 구성요소이기도 하다. 금강산은 천하 안 산수가 아니라 세계 공원으로 다른 열강들의 공원들과 어깨를 견주는 공간이다. 마찬가지로 구룡폭포를 세계 제일의 폭포로 호명하 고 있으며, 동서양 열국토의 절규하는 찬미성이 폭포소리보다 크며 웅 장하고 기이함은 북미의 나이아가라 폭포를 압도할 듯하다고 말한다.

이와 같이 근대적 관광체험을 다룬 까닭에 근래에 쓰여진 김규진의 필적을 빼고는 조선시대 이래로 축적되어 온 역사 고적을 비롯한 문 화적 기억들은 재현되지 않는다. 금강산은 관광지이자 세계 속 공원 으로 자리한다.

---

29) "정의주장(正義主張) 이내몸에 맹수인들 어이하리 너는오직나를알소냐 아마도자고 이래금강탐승객(自古以來金剛探勝客)은 이와갓치는못하얏슬듯"

〈금광유람가〉(작자미상 1923년경)30) 규방가사의 전통을 잇는 작품으로, 비로소 여행이 비교적 자유로워진 여성들이 여행을 즐기는 모습을 보여준다. 지은이는 당시 유행했던 금강산 유람에 오르고 있다. 그런데 정작 금강산 유람은 짧게 다루고, 오히려 금강산 유람을 마치고 들른 경성 유람의 내용을 비중 있게 보여준다. 향촌 여성으로서 풍문으로 들어왔던 도시 경성의 근대문물에 더욱 흥미를 지녔음을 알 수 있다.

이에 정작 금강산 유람을 할 때에는 이에 대한 언급이 거의 없이, 촉급한 호흡으로 경성에 도착한다.

> 세빅의 디동소리 가온도쌍 울이난다
> 원ᄒ던 금강순을 처처이 다본후의
> 힉금강의 선유ᄒ고 총셕졍을 도로도라
> 원산으로 올나가셔 인가을 구경ᄒ니
> 질비ᄒ고 장ᄒ도다 빅수졍 물을먹고
> 졍거장의 모도나와 경성으로 도착ᄒ니

'금강산 처처이 다 본 후에'로 금강산 유람을 요약한 후, '해금강 선유하고 총석정 도로 돌아 원산으로 올라가 인가 구경하고 백수정 물을 먹고' 경성에 도착하는 것이다. 금강산 유람도 좋지만 빨리 경성으로 가고 싶어 마음이 바쁜 모습이 엿보인다.

이후 경성에 도착해서 여관으로 향하는 길에 비로소 금강산 유람을 떠올린다.

---

30) 장정수, 「20세기 기행가사의 창작배경과 작품세계」, 『어문논집』 47, 민족어문학회, 2003에서 작품 창작연대를 추정하고 작품세계를 분석하였다.

> 경성와셔 싱각ᄒ니 제일상상 금봉우의
> 동셔남북 망견턴일 몽가쳥상 아일런가
> 잇긔아닌 비로봉은 팔월상설 비비한더
> 일쳑은 넘젹된덧 일난셔산 희가져셔
> 지쳑이 분간업시 십리보힝 빙판즁의
> 어리거던 그형상이 몽즁이도 역역ᄒ니
> 신만물 구만물은 별유쳔지 거긔로다

라 하여 비로봉에서의 위태로웠던 순간, 만물상의 기이함에 대해 회
상하고 있다.

　이는 그만큼 경성이 단지 금강산을 오가는 경유지에 머무는 곳이
아니라 이번 여행의 중심목적지임을 보여준다. 작품 속 경성은 매우
화려하여 정신이 쇄락해지는 곳이며, 황홀하기 그지없는 곳이다.

> 경성으로 도착ᄒ니 정신이 쇄락ᄒ고
> 총독부의 올나셔니 젼셩인가 이셩인가
> 황홀ᄒ고 난측하다 더궁젼 드러셔니
> 비참하고 한심할수

　이곳 경성은 조선 왕조 궁궐의 모습과 신문물이 교차하는 곳이다.
이에 왕조가 망한 궁궐에 들어서면서는 비참한 기분을 느끼지만 이내
경성의 활기차고 휘황한 분위기에 젖어든다. 전차를 잡아타고 '굉장
하고 찬란한' 상점을 구경하고 동물원, 식물원, 남산공원 등 도시의
풍물을 돌아보며 장한 기분을 느낀다.

　유흥에 대한 묘사도 비교적 자세하다.

영하의 거쳐가셔 파좌흐기 허슈흐야
일등명기 불너노코 일홈잇난 광더로다
낭여가 마조안즌 북장구 울리면서
남즌흔 그즈티난 엇지그리 무불통긔
보난사람 찬성이며 박슈소리 야단일시
쥬안상 차려노코 기싱의 권쥬가난
압압피도 양슌흐니

　　이러한 면모는 향촌의 여성에게 근대적 도시로서의 경성을 구경하는 것이 큰 관심사로 등장했음을 보여준다. 여행이 상점과 공원 등 근대 시설과 도시의 유흥을 즐기는 근대적 관광체험으로 변화하는 조짐을 보여준다. 이 작품에서는 근대 관광도시로서의 활기가 궁궐로 대표되는 왕조의 상징성을 압도하고 있다.

　　심복진 〈동유감흥록〉(1926년)[31] 작가는 일본 내지 시찰단의 일원으로서, 식민 정책에 의해 기획된 제국 일본 내지 시찰을 다루고 있다. 〈동유감흥록〉이 처음 기획된 의도는 유교지식인의 내지 시찰을 소재로, 일본의 우월성을 전시함으로써 식민정책을 정당화하고자 하는 정책에서 비롯된다. 여기서 일본이 전시하고 있는 것은 근대문물로서 기획된 문물 시찰의 성격을 띠고 있어, 향촌유교지식인이 근대

---

31) 임형택, 「신발굴 자료를 통해본 가사의 재인식」, 『민족문학사연구』, 민족문학사학회 22호, 2003, 30~31면에서 처음 〈동유감흥록〉을 소개하였다. 이외 박애경, 「내지사찰단이 바라본 일본-시찰단 보고문 〈동유감흥록〉을 중심으로」, 『한국고전시가의 근대적 변전과정 연구』, 소명출판, 2008 ; 김윤희, 「1920년대 일본 시찰단원의 가사 〈동유감흥록〉의 문학적 특질」, 『우리말글』 54, 우리말글학회, 2012 ; 유정선, 「1920년대 인쇄본 기행가사, 전통의 지속과 변용-〈동유감흥록〉을 중심으로-」, 『고전문학연구』 41, 한국고전문학회, 2012 등이 있다.

문명과 대면하며 느끼는 체험이 드러난다.

한편 형식적인 측면에서 이 작품은 장편가사로서 인쇄본으로 출간된 점과, 산문체와 가사체가 혼용되어 있는 특징을 지닌다. 연활자 본 책자로서 총 258면의 장편가사로, 작품 길이가 장편인 점은 종래 일본 통신사행의 체험을 보고해온 사행가사의 전통을 이은 것이라고 할 수 있다.

일본 시찰이라는 소재는, 기왕의 통신사행과 비교할 때 외교적 직임은 아니지만 공식적 일정으로 구성된 공적 여행이라는 점, 단체여행인 점은 전통적인 사행과 공통된다. 이는 자유롭게 일정을 구성하고, 관광의 노정과 여행 장소들을 선택할 수 있는 여행이 아님을 뜻한다. 이전의 통신사행이 일정한 제한된 코스만을 왕래할 수 있었던 것과 마찬가지로, 미리 짜여진 일정에 따라 주최 당국이 보여주고 싶은 것만을 보여주기 위해 정해진 장소만을 시찰하는 제한적인 성격을 띤다.

전체 구성은 서울 회집 후 〈부산으로 출발하는 국내 여정-일본으로 가는 여정-일본에서의 시찰여정〉으로 이루어진다. 부산에서 연락선을 타고 일본으로 출발, 시모노세키(下關), 오사카(大阪), 도쿄(東京), 교토(京都), 나라(奈良), 니코(日光) 등을 돌아본 내용이다. 각 장의 구성은 다음과 같다.

제1장 시찰단 출발-제2장 철도 연변 풍경-제3장 연락선 창경환-제4장 하관해협-제5장 구주 북부의 공업지-제6장 팔번 제철공장-제7장 복강방면-제8장 환명여관-제9장 대일본 맥주 주식회사 박다공장-제10장 구주 제국대학 의과대학 부속병원-제11장 복강현립 농사시험소- 제12장 엄도-제13장 오군항급 신호항-제14장 대판-제15장 내량공원-제16장 명고옥 황빈과 장야현의 편창제사주식회사-제17장 동경-제18장 일광-제19장 적지촌-제20장 경도-제21장 비파호와 도산어릉

당시 주요 시찰 코스는 도시의 근대적인 시설(관청가, 공원, 조폐국, 신문사, 백화점거리)·도시 주변의 천황 관련 유적(신사, 사찰)·도시의 공장들(병기창)·우량농촌 등이다.[32] 농촌의 모범촌은 지방 관료들의 필수코스였으며, 도시의 공장은 일본의 발전상을 상징하는 광경이었다. 이에 기계적으로 돌아가는 맥주 공장, 학교 시설의 대단한 규모, 제철회사의 정경, 여관의 친절한 서비스, 기차에서 만난 근대식 매너, 합리적인 재판소, 의과대학과 의회의 시설, 공원과 다과점의 세태 등 처음 목격하는 장면들이 집중적으로 재현된다. 전체적으로 볼 때, '문명, 청결, 위생, 풍요, 편리'라는 근대적 표상이 실감나게 재현되면서 경이와 찬탄의 시선을 보여준다.

이 일정을 담아내며 작품은 전통적인 가사체에 형식적인 변용을 시도한다. 총 258면의 장편가사를 21장으로 분장하고, 장마다 구체적인 제목을 붙이고 있으며 산문체와 가사체를 혼용하여 쓰고 있다. 각 장의 구성을 보면, 먼저 경물이나 지명, 기관의 명칭 등을 붙인 제목이 제시되고, 그 아래 산문체로 쓴 도입부와 가사체의 본문이 이어지고 있다. 이렇게 한 작품 안에서 가사체와 산문체를 혼용한 것은 종래에 볼 수 없었던 양식이다.

구체적으로 들어가 보면, 매 장마다 도입부분은 산문체로 그 장의 기술 의도와 전반적인 내용을 요약 제시한다. 이 산문체 부분은 시찰하는 각 영역을 포괄, 효과적으로 배치하려는 의도를 반영하며, 전체를 유기적으로 총괄하는 기능을 한다. 이에 제국 선전물로서의 기능을 수행하여, 각 장에 펼쳐진 개개 장면들을 근대적 시각과 제국주의

---

32) 박찬승, 「식민지 시기 조선인들의 일본시찰 : 1920년대 이후 이른바 내지시찰단을 중심으로」, 『지방사와 지방문화』 9권 1호, 2006, 216~220면.

적 시선으로 둘러싸 총체적 의미를 부여한다. 그에 어울리게 이 산문체 부분의 문체는 한문식 문장으로서 훈도적인 목소리, 정보 전달의 객관적 어조로 쓰여 있다. 그 결과 이 부분은 개인적 여행문학으로서의 정서와 실감이 휘발되고, 일본 제국에 대한 건조한 설명문으로 기울어진다.

반면 이어지는 가사체 부분은 기행가사에서 축적해온 문학적 관습을 잇고 있어 독립적인 의의를 지닌다. 이 가사체 부분에서는 가사 전통에 따라 계기적 설명 없이 상이한 장면들이 연속되는가 하면, 한 장면이 길게 이어지기도 한다. 여행하면서 느낀 정서적 교감이나 산란하는 의식과 같이 산문체의 대외적 명분이 통어하지 못한 균열들은 현장을 재현하는 가사체 속에 녹아있다. 즉 산문체가 대외적으로 표방하고자 하는 명분을 서술하고 있다면, 가사체 부분에는 선전적 명분 틈새로 새어나오는 미묘한 정서적인 동요나 의식의 균열들이 재현된다. 따라서 하나의 장 안에서 가사체와 산문체가 혼용된 결과, 가사체와 산문체의 정조가 서로 이질적일 뿐 아니라 가사체 내에서도 독립적 성격을 띤 장면들이 연속되면서 작품의 균질적인 성격을 동요시킨다.

1장 시찰단 출발 장면부터 3장 일본에 도착하기까지의 내용에서 산문체와 가사체 간 어조와 정조의 불연속성은 두드러진다. 다음은 제1장인 '시찰단 출발' 제목이 붙은 장으로서, 도입부에 해당하는 산문체 부분이다.

뎨일쟝(第一章) 시찰단 출발(視察團出發)
시찰단(視察團)은 일흔합병(日韓合倂)이후로붓터, 조선총독부(朝鮮總督府)에서 동화정칙샹(同化政策上) 필요로 인뎡(認定)ᄒ고 믜년츈ᄒ지

교에 단원덜을 모집ᄒ되 기(其), 자격(資格)의, 히당(該當)ᄒ쟈(者)ᄂᆞᆫ 즉
(卽) 군수(郡守) 면쟝(面長), 유림령수(儒林領袖) 인민ᄃᆡ표(人民代表) 공
직쟈(公職者) ᄃᆡ방덕망가(地方德望家) 급(及) 지산가(財産家)로써 조직
(組織)ᄒ고 차(此)의 샹당(相當)ᄒᆫ 려비(旅費)를 ᄃᆡ방비즁(地方費中)으로
보조(輔助)ᄒᆞ며 단쟝급수원(團長及隨員)이 령솔감독(嶺率監督)ᄒ고 려
비(旅費) 등 차션임등(車船賃等)은 일졀령솔쟈(一切領率者)이 공동(共
同)으로 담임용하(擔任用下)ᄒᆞ면서 삼쥬일(三週日) 혹(或) 일월간(一月
間) 일본각도시명승디로(日本各都市名勝地)로 주힝(周行)ᄒᆞ야 힝졍(行
政) 산업(産業) 교휵(敎育) 풍속(風俗) 사졍(事情)을 시찰(視察)ᄒ며 농촌
공쟝(農村工場)의 작업샹황(作業狀況)을 실디관광(實地觀光)ᄒᆞ야 유신
(維新)이러 오십년간(五十年間) 쟝족진보(長足進步)된 실젹(實跡)을 목
격(目擊)케ᄒ고 차(且) 소문소견(所聞所見)을 슈첩(手帖)에 긔록(記錄)ᄒ
야 회환후(回還後) 즉시(卽時) 감상록(感想錄)을 도(道) 군텽(郡廳)에 졔
츌(提出)케ᄒ고 각기소거부근면리(各其所居附近面里)로 순회(巡廻)ᄒᆞ야
인민(人民)을 회집(會集)ᄒ고 관광사항(觀光事項)을 샹셰강연(詳細講演)
ᄒᆞ야 사지히득(使之解得)케홈이 기(其) 취지목덕(趣旨目的)이니라

위의 산문체 부분에서는 이번 시찰단의 시찰 취지 내지 목적, 인원
구성, 비용조달방법, 일정 등이 소개된다. '조선총독부에서 동화정책
상 필요로 인정'하여 단원을 모집하였으되, 그 자격에 해당하는 사람
들은 군수, 면장, 유림영수(儒林領袖), 인민대표, 공직자, 지방덕망가
와 재산가이다. 그 목적은 "일본 각 도시 명승대로를 다니며 행정 산
업 교육 풍속 사정을 시찰하며 농촌공장의 작업상황을 관광하여 유신
이래 오십년간 장족 진보된 실적을 목격케" 하기 위함이다.

이와 같이 시찰단은 사회각계의 지도급 인사들이며, 그 시찰 목적
도 행정, 산업, 풍속 등 다방면을 시찰하여 유신 이래로 진보를 이룩

한 실적을 목격하기 위함이라는 무겁고 거창한 것이다. 이러한 내용
이 산문체인 훈시조의 논조로 서술된다.

　하지만 이어지는 가사체로 읊고 있는 시찰단의 모습은, 사회지도층
인사들이라는 점을 제외하면 엄숙하기보다는 근대의 문화에 아직 적
응하지 못한 어정쩡한 모습에 가깝다.

　　　　가자가자 구경가자 어듸로 구경가리
　　　　동양선진 듸화나라 문명시찰 구경가자
　　　　츙남도텽 쥬최로서 이십문쟝 사마자쟝
　　　　시찰단원 모집ᄒ니 남유강회 이아니냐
　　　　동화졍칙 만치마ᄂᆞ 관광시찰 그ᄲᅮᆫ인가
　　　　ᄒᆡ마다 봄철되면 년즁ᄒᆡᆼᄉᆞ 비슷ᄒᆞ다
　　　　단원덜은 누구신가 단원자격 일너보세
　　　　듸방ᄒᆡᆼ졍 관리들과 인민듸표 공직자며
　　　　ᄉᆞ림령수 학자네와 황금만릉 지산가라
　　　　왕복일할 예졍ᄒᆞ고 경셩으로 회집ᄒᆞᆯ시
　　　　훈시사항 ᄇ다보니 다심ᄒᆞ기 짝이웁다
　　　　치민ᄒᆡᆼ졍 ᄒᆞᄂᆞ으론 유치ᄒᆞ게 보앗든지
　　　　어린신랑 쟝가갈졔 거문옷슬 지어입어
　　　　유모교훈 비슷ᄒᆞ며 민탄그림 방비ᄒᆞ고
　　　　박쥐우산 집고가서 자진비를 맛지말며
　　　　려관드러 잘젹에는 ᄒᆞ녀ᄌᆞ루 촛지말고
　　　　고초가루 쥰비ᄒᆡᆺ다 구역날씨 먹어보며
　　　　지리가미 가졋다가 코풀씨예 긴이쓰고
　　　　슈쳡을낭 진엿다가 보ᄂᆞ듸로 긔록ᄒᆞ며
　　　　오즘눌씨 쥬의ᄒᆞ야 마루쳥에 누지말고
　　　　쏭눌씨에 죠심ᄒᆞ여 담비지를 털지말며

> 인히중의 일키쉬니 자유힝동 가지말고
> 수레박휘 서루치니 한눈을낭 팔지말며
> 불면신사 드러가서 가리침을 빗지말고
> 공원안에 수목에다 코를푸러 너지말라
> 식구나루 쩌러지자 단쟝이 썩나쎠며
> 하나둘식 뎜고흐니 중인소시 창피하다
> 삼십이인 단원들리 힝구들을 가지고서
> 제계히 느러서니 동서의관 각식일네

사찰단 일행에게 내린 훈시사항은 크게 매너와 위생에 관한 지침으로 요약해 볼 수 있다. 매너와 위생이란 근대의 규율을 몸에 각인하고 확인하는 과정이라 할 수 있다. 그 배후에는 문명과 야만을 배타적으로 경계 짓는 근대 특유의 이분법이 자리하고 있다.[33]

하지만 가사체가 보여주는 시찰단의 출발 부분에서 방점이 놓인 곳은 '~말며 ~말고'의 반복적 열거 부분으로, 행위를 규제하는 그러한 훈시가 '유모가 어린 아이들을 다루듯이' 구구하게 반복된다는 것이다. '몸'과 관련된 자질구레한 위생 규율의 훈시를 내리는 행정 어른, 저마다 동양과 서양의 각색 의관들을 차려입고 늘어선 삼십이인 시찰단, 일일이 점고하는 단장의 모습들로 포착된 출발 장면은 엄숙한 명분을 지닌 시찰단의 모습이기보다는 아직 훈육되지 않은 몸을 지닌 관광단의 모습이다.

이와 같이 기행가사에서는 근대를 통과하며 겪는 체험이, '몸'에 새겨지는 일상적 언어로 재현함으로써 정서적인 파동을 살려낸다. 이러한 형상은 무엇보다 장면화를 통한 시각적 재현으로 획득된다.

---

33) 박애경, 앞의 논문, 2008, 280면.

다음은 3장 부분이다.

메삼쟝(第三章) 련락션창경환(連絡船昌慶丸)

련락션(連絡船) 창경환(昌慶丸)은 도일려긱(渡日旅客)의 히륙교통(海陸交通)을 편리(便利)키 위ᄒ야 부산(釜山)으로 붓터 하관(下關)ᄭ지 일빅이십리(一白二十浬)를 긔ᄎ(汽車)와 련락(連絡)ᄒ 긔션(汽船)이니 기계도(其制度)가 굉장(宏壯)ᄒ고 쟝식(裝飾)이 화려(華麗)ᄒ야 일이숨등(一二三等)의 긱실(客室)구별(區別)이 유(有)ᄒ며 식당(食堂) 다과졈(茶菓店) 화쟝실(化粧室) 세면소(洗面所)의 설비(設備)가 극히 졍결(精潔)ᄒ야 평균(平均) 쳔여명(千餘名)의 려긱(旅客)을 능(能)히 용납게ᄒ되 긔차(汽車)가 부산역(釜山驛)에 도착(倒着)ᄒᄂ 동시(同時) 긔션(汽船)도 입항(入港)ᄒ야 약(約) 이시간(二時間) 유디(留待)ᄒ얏다 츌범(出帆)ᄒ야 하관(下關)에 도착(到着)ᄒᄂ디 션함(船艦)이 부두(埠頭) 목조션챵(木造船廠)과 부합(符合)ᄒ야 등션(登船)ᄒ기 용이(容易)ᄒ며 션톄(船體)가 거디(巨大)ᄒ야 하여(何如)ᄒ 광풍노도(狂風怒濤)가 격심(激甚)홀지라도 톄요긔현(體搖氣眩)의 폐(弊)가 무(無)ᄒ지라 션즁(船中)에서 기설비(其設備) 급(及) 광경(光景)을 긔록(記錄)ᄒ게니라

등선하기 용이하고 선체가 거대한 설비를 가진 연락을 기록하겠다는 취지에 따라 이어지는 가사체에서는 연락선의 굉장한 규모, 안락한 서비스, 편리한 제도, 화려한 위의 등 그 굉장함을 읊는다.

이 가사체 부분은 산문체 내용을 경험담으로 풀어놓은 것이다. 내부시설은 편리하고 정결하며 식당의 뽀이들은 온공한 태도이다. 선실 정경은 부상 대고와 신사, 선교사, 은행회사 출장원이 제제히 늘어앉아 신문 잡지를 보는 안락한 분위기이다. 층층한 객실은 휘황찬란하고 넓은 처소는 만인이 탈 만하다.[34)]

　　그런데 시선의 흐름을 쫓아 경탄의 어조로 묘사되던 외형적 현란함
은 시선의 이동에 따른 장면교체를 통해 그 정서적 흐름을 끊는 단층
적 풍경인 삼등실 풍경으로 이어진다. 이 가사체 부분에서는 노래 가
락, 독백체, 대화체 등이 넘나들고 시선에 따라 장면들이 자유롭게 확
장, 교체되면서 근대문물의 역동성이라는 단일한 정조에 균열을 일으
키고 있다.

> 삼등실노 너려가니 한구석의 모혀안진
> 흰옷입은 조선스롬 자탄가를 부르는디
> 반갑도다 반갑도다 그더덜은 어디가나
> 머리우에 수건쓰고 동져고리 싸람으로
> 말도쓰지 못ᄒ면서 민손쥐고 어디가나
> 만리동행 ᄒ는터의 말좀드러 보고지고
> 한스람이 썩나서며 너셔름을 드르시오
> 박토나마 논밧쩨기 디쥬농스 지여쥬고
> 게싹지의 집간조차 고변악치 집힝만나
> 족박살임 파산ᄒ고 부모쳐즈 갈나서서
> 류리기걸 당기다가 모진목숨 ᄯ치못ᄒ
> 극락셰계 일본으로 돈을벌너 가랴ᄒ오
> 한숨쉬고 눈물지며 목이 믹혀 말이읍네
> 어림업네 될 말인가 밧비밧비 물너가소
> 그디더런 너짱의서 이것 져것 다 쩌기고
> 산도 슬고 물도 슨데 뉘가 돈을 멕일텐가

---

34) "횡빈디판 부샹디고 강호경도 신사딜과 심목고준 션교사며 은힝회스 출당원이 제제
히 느러안져 신문잡지 보는고나 놉고나진 층층객실 휘황찬란 황홀ᄒ고 꾕하천간 널은
쳐소 만인용슬 되것더라 세면소와 화장실은 화려ᄒ게 설비ᄒ고 식당이며 다과졈은 각
종요리 판믹ᄒ네"

　　신셰싱각 가련치만 우리갈곳 바이웁너
　　우지마소 우지마소 권고훌졔 우지말소
　　그더쑤린 붉은눈물 가문바다 젹시운다

　자탄가의 노래 가락을 들여와 조선인 목소리를 그대로 재현하며, 대
화체를 사용하면서 연락선의 삼등실, 한 구석에 모여 앉은 흰 옷 입은
조선 사람의 목소리가 나타난다. 조선인은 일본행이 기박한 처지에서의
막다른 선택임을 들려준다. 이를 들은 저자가 그들에게 '극락세계 일본'
이 그릇된 환상임을 일깨우면서 "붉은 눈물이 가문 바다 적시우는" 비장
함이 흐르고 있다. 여기에는 같은 식민지 모국인으로서의 교감이 배어
있다.35) 이와 같이 가사장르 특유의 개방성에 따라 노래 가락과 대화체
를 수용한 결과, 가사체와 산문체의 내용상 이질성은 두드러진다.

　하지만 이후 일본 본토에 들어서는 일본의 근대 문명에 급속도로
빨려 들어간다. 그에 따라 각 장에서 산문체는 근대문물에 대해 요약
명시하는 기능을 하고 있으며, 이어지는 가사체는 산문체에서 명시한
근대문물을 감각적으로 재현해 내는 부연적 기능을 수행한다. 아래에
제시한 부분은 6장 팔번 제철소를 다룬 장으로서, 산문체의 설명 부
분과 가사체의 재현 부분이다.

　　팔번제텰소(八幡製鐵所)는 정부경영(政府經營)의 계(係)ᄒ니 구닉(構
　　內)가 삼만평(三萬坪)이요, 제품급지료운반(製品及材料運搬)의 텰도(鐵

---

35) 이어 일본에 도착해서 바라본 부두의 정경도 분주하게 오가는 근대의 전형적인 형상
　　인데 그 형상 속에는 아까 본 조선인들도 있다. "한편을 바라보니 갈곳 업ᄂᆞᆫ 빅의인(白
　　衣人)들 촌계관텽(村鷄官廳) 모양으로 션창(船艙)우에 헤미인다"라고 하여 불안하게
　　허둥대는 조선인들의 모습이 연락선의 한 풍경을 이루고 있음을 보여준다.

道)가 오십일리(五十一里)를 연쟝(延長)ᄒ며 일년졔작(一年製作)이 이십여만돈(二十餘萬頓)의 달(達)ᄒ니 일본졔텰소즁(日本製鐵所中) 거벽(巨擘)일뿐아니라 세계(世界)예 유수(有數)ᄒᆫ 디공장(大工場)인디 긔계사용(機械使用)은 기(皆), 뎐긔급셕탄(電氣及石炭)을 리용(利用)ᄒ야 공즁식도(空中索道)로 광물미탄(鑛物煤炭)을 운수(運輸)ᄒ야 탈텬조화(奪天造化)의 광경(光景)이 필두(筆頭)로긔록(記錄)ᄒ기 극난(極難)ᄒ더라

제강소의 쏘다노아 각죵 강텰 만드ᄂᆞᆫ디
집치갓튼 쇳덩이가 긔계밋테 끌녀든다
황홀난측 수션스러 이루긔록 어렵구나
한번눌너 납작ᄒ고 두번눌너 얄버지며
이리ᄒ면 동구라코 져리ᄒ면 모가지며
이럭ᄒ면 구멍뚤코 져럭ᄒ면 홈통파며
슬젹ᄒ면 느러나고 얼는ᄒ면 끈어져서
군함만들 판텰이며 선로 ᄶᆞᄂᆞᆫ 쟝텰들을
순셔잇게 지도ᄒ야 차뎨디로 만드르면
공즁의서 쌍쇠사실 으졋ᄒ게 나려와서
량끗테 지남텰이 슬젹물고 나가난디
밧비밧비 당기면서 한기식 집어다가
운송ᄒᆞᄂᆞᆫ 목판차에 졍졔ᄒ게 실어너니
능견난사 이것시오 귀신막측 ᄒ것시며

산문체로 제철소의 '탈천조화의 광경을 기록하기 극난하다'라 하여 기계설비와 규모의 대단함을 표현하기 어렵다고 설명한 후, 가사체 부분에서는 그 탈천조화(奪天造化)의 제철광경을 '납작하고 동구라코, 얄버지며, 모가지며' '공중에서 쌍쇠사슬이 의젓하게 내려오는' 장면으로 재현하고 있다.[36]

그런데 대판을 다룬 14장에서 가사체와 산문체 사이의 내용상 불연속적 단층은 다시 두드러진다. 대판은 동경에 버금가는 주요한 시찰 대상 도시로 공업지로 대표되는 곳이다. 도입부인 산문체 부분에서는 도로, 시가, 가옥, 수운, 시민의 풍채 등이 제일 상공업지로서의 위풍을 지니고 있으며, 그 번성함이 동경을 능가할 정도라고 기록한다.[37]

이어지는 본문의 가사체 부분에서 처음에는 대판 공장의 굉장한 규모에 대하여 묘사하고 있다. 이어 가사체 안에서 여러 장면이 교체, 병치되고 있으며, 하나의 장면이 돌출적으로 확장된다. 이 확장된 장면도 또한 노래의 차용 형식으로 자탄의 독백체, 대화체, 전언의 말투가 자유롭게 넘나들며 나타난다. 즉 공장 노동자들인 각 계층의 조선인들의 목소리들을 그대로 수용하면서 돌출적으로 확장되어 있다. 그리하여 본래의 취지와는 달리 도회지 대판의 음지로서 조선 동포들의 삶의 유전이 핍진하게 묘사된다.

이 대목에서는 "쏘한스롭 썩나서며 그게 무슴 슮음이냐"의 어구로 시작되는 장면들이 병렬적으로 중첩되면서 사대부, 공경대부, 머슴, 어부 등 상하 각층의 목소리가 연속된다. 기행가사의 문학적 관습인 '병렬'의 형식[38]을 통해 장면의 확장이 이루어지고 있다.

---

36) 마찬가지로 5장에서는 탄광지로서 구주가 "일본의 일더(一大), 공업디역(工業地域) 이 되엿더라"고 하여 일본 공업지의 최성대한 지역으로 설명한 산문체에 이어 가사체 부분에서는 그 번성함을 "구쥬북부 연희디방 공업덜이 발달되야 이곳져곳 공장굴둑 봄비뒤예 죽슌갓테 산도굴둑 물도굴둑 들도굴둑 집도굴둑 연간목도 굴둑갓고 가문구룸 연긔인듯"라 하여 공장의 굴둑이 봄비 뒤의 죽순처럼 솟아있는 장면으로 재현해 내고 있다.

37) "디판에는 연돌이 림립ᄒ야 막막흔 흑연이 벽공을 폐ᄒ고 깅히 구거가 종횡ᄒ야 도쳐 의 수운이 편리ᄒ고 가옥의 구조와 시가의 증돈과 도로에 슈축과 시민의 풍치등은 실노 동경과 여히 본방 졔일 상공업디라, 기 은성흠이 혹은 동경을 능가ᄒ겟더라"

또한 과거와 현재의 대조적인 생활은 반복적인 열거를 통한 장면화를 통해 대조적으로 재현된다.

붓그럽고 원통ᄒᆞ야 말ᄒᆞ기도 즁ᄂᆞᆫ타만
나는조션 량분즁에 셰셰공경 갑족이라
오ᄇᆡᆨ년간 흔텬동디 조샹셰덕 그만두고
ᄂᆡ평싱의 경력이나 ᄃᆡ강셜명 ᄒᆞ야보자
ᄂᆡ아에서 졋먹을ᄯᅢ 기싱등에 잔ᄲᅨ굴ᄭᅩ
무변남행 인ᄉᆞᄒᆞ면 쳐바도고 답례안코
식ᄉᆞ로 말ᄒᆞ자면 구미가 본ᄅᆡ읍서
잣죽에도 쳬증나며 생션구이 씹어빗터
싱강귤병 차탕관은 시글식가 별노읍다
호조가 돈고이오 션혜텽이 쌀광이며
오강부자 시량ᄃᆡ고 팔도슈령 봉물쥬어
쟝안갑뎨 너른집에 부귀힝락 누리더니
ᄂᆞᆫ데업ᄂᆞᆫ ᄃᆡ포소ᄅᆡ 산베락을 마진후에
모된일이 틀녀가니 ᄶᅦ그지가 나넌구나
큰집파라 젼셰들다 사글셰로 겻방ᄉᆞ리
묘막위토 젼당잡혀 발ᄯᅳᆼ불을 ᄃᆡ강 ᄭᅳ고
서화금긔 파ᄂᆞᆫᄃᆡ로 목구녕의 풀칠ᄒᆞ니

'기생 등에서 잔뼈가 굵고, 잣죽에도 체증이 나며, 생선구이도 씹어 뱉고, 생강 귤병 차탕관은 식을 새가 없다'라는 공경대부의 호강하던

38) 시간적 계기에 따른 순차적인 흐름에 얽매이기보다는 흥미로운 항목들을 나열, 병치하는 방식이다. 이는 각각의 장면들이 시간적 흐름 위에 놓여 있는 것이 아니라 시간적 흐름과 장소의 이동과정은 생략된 채 병치되어 구성되는 방식을 말한다. 유정선, 『18·19세기 기행가사 연구』, 역락, 2007, 164면.

시절과 이후 "사글셰로 겻방사리, 목구녕의 풀칠"하는 고단한 삶이 대
조적으로 열거된다. 공경갑족에서 난데없는 대포소리로 산벼락을 맞
은 후에 모든 일이 틀려 가는 과정, 곱게 자란 사지로 노동품도 팔 수
없어 은둔하여 대서(代書)해주고 돈푼이나 받으며 살게 된 현재로 전
락한 사연을 생생하게 들려준다. 또 "목구녕이 포청"·"목구녕의 풀칠"
·"게눈감치 듯시하고"·"낫노코 ㄱ 모르니" 등의 속담과 "시벽나가 오
줌누어"·"손발톱이 젓쳐지되" 등 삶과 밀착된 투박한 우리말 어휘들
을 통해 과거와 현재의 삶이 실감나게 묘사된다.

이어 어부가 '네 슬픔이 슬픔인지 호강인지 모르겠다'며 나서면서
역시 과거의 생애와 현재의 처지를 들려준다. 과거 고기잡이로 살아
온 생애는 매우 핍진하게 그려진다.

> 물살센데 주벅미기 사리들째 살미기와
> 낙비타고 주낫노키 중션타고 그물쳐서
> 영광법셩 강경논산 시셰쫏차 차져가며
> 한식째에 녹도가고 곡우째에 칠산가며
> 느진봄의 영평가셔 조긔잡이 디목볼졔
> 좌우그물 아가리로 들기시작 흐고보면
> 션머리가 드러오자 뒤짜라서 물녀드러
> 잠시간의 그물코가 물결우에 소서쓴다
> 북을치고 쒸어드러 사가라고 외치면은
> 중류에 썻든상션 모아드러 사고갈졔
> 돈읇다 집에보니 일녕싱활 흐노라니
> 사자잡을 쓰가지고 만경파도 쩌단일째
> 고싱인들 웃더흐며 위험인들 읍슬소냐
> 셋치밧기 져승이되 이노릇을 못면터니

한식 때에 녹도 가고 곡우 때에 칠산 가서 대목을 보기 위해 고기잡이 하는 하는 당시의 현장감이 생생히 살아 있다. 실제로 어부로 살아온 사람만이 발화할 수 있는 내용으로 좌우그물 아가리에 조기들이 몰려들고 잠시 후에 그물코가 물 위에 뜨면 북을 치고 뛰어드는 광경, 만경창파 떠다닐 때에 세치 밖이 저승길이 되는 광경 등은 사실적이다.

> 어업령이 실시되야 자유싱이 못혼다네
> 기슐잇고 경험잇고 권리잇고 자본잇는
> 머리싹근 작즈들이 삼삼오오 몰녀와서
> 희상측량 ᄒ고나며 허가쟝을 맛튼후는
> 비눌ᄒ나 못만지게 각기구역 금단ᄒ니
> 사싱결판 방식ᄒ나 그세력을 당홀소냐
> 빅사디 섬중에서 무엇먹고 사잔말가
> 직업을 쎄아기니 탕퓌가산 졀노되야
> 이곳으로 드러와서 공장노예 되얏시니
> 익고익고 슯어와라 이신셰를 어이ᄒ리

이후 '어업령이 실시되어 기술 있고 경험 있고 권리 있고 자본 있는 머리를 깎은 자들이 삼삼오오 몰려와서 해상측량 하고 허가장을 받은 후에 비늘 하나 못 만지게 구역을 금단하여 사생 결판하고자 하나 그 세력을 당할 수 없어, 공장 노예가 되었다'고 말한다.

이어 고공살이에서 시작한 소작농의 사연이 소개된다. "가진농역 세찬셴일 하나못홀 것시읍서 오륙월 단야밤에 집신숨고 멍셕틀고 동디셧달 셜한풍에 시벽나가 오줌누어 잠시노들 아니ᄒ니 상상머슴 공논도라 예서오라 졔서오라 사경돈이 졈졈느러 사오필의 도조소와 수

십셕의 쟝리벼를 여긔져긔 느러노와"라 하여 전답의 소작농으로 첫해 농사가 남과 같이 되었건만 구실 도조 다 제하니 먹을 것이 없고 머슴 살며 모아놓은 돈이 사년 농사로 다 없어진 사연, 지세령이 지주에게 세금부담 한다면서 작인에게 씌우는 것을 수수방관하는 현실, 관리들의 탐학상이 제시된다. 그리고 그러한 현실을 타개하기 위해 희망을 품고 건너온 일본 제국이 실제로 그들의 밝은 미래를 보장해줄 것인지에 대한 의문을 남긴다.

이와 같이 일제의 식민지정책으로 인해 파괴된 미시적 삶의 세목들을 재현하고 있다. 그것은 제국의 주변부를 구성하는 식민지인들로, 상하 계층민을 망라한 목소리들이다. 군로사령, 사대부, 공경갑부, 어부, 농부, 머슴들이 어업령, 임야령, 전매령, 도량형법, 지세법 등 근대적인 강압적 법제도들에 의해 어떻게 피폐한 삶을 살게 되었는지 보고한다. 이 부분을 작품 내용의 흐름에 비추어 보면, 산문체에 제시된 대판의 근대적 발전상을 감각적으로 재현하다가 이 장면이 돌출적으로 확장되면서 역동적인 근대상에서 벗어나고 있다.

전체적으로 산문체에서는 한문식 표현으로 한 장소의 지정학적 의미를 열거하고, 근대적 제도와 시설을 상찬하는 내용을 객관적 어조로 서술한다. 이를 이어 가사체에서는 장면화와 병렬의 문학적 관습을 통해서 일본 제국의 문물을 감각적으로 재현한다. 그렇지만 이 한문식 표현이 위주가 된 산문체와 기행가사의 문학적 관습을 잇고 있는 가사체 부분은 서로 어조와 정조가 상이한 균열들을 일으키는 경우들이 있다. 재현의 방식을 통해 구성된 개개 장면들이 산문체가 제시한 총체적 의미와는 별개로 독립적인 의미를 지니면서 나타난 결과이다. 즉 산문체는 일본 제국의 근대화를 시찰한 보고물이라는 취지에 맞추어 작품 전체에 통합된 질서를 부여하려는 의도에서 차용된 것으로, 완결된 텍스트를 지향한다. 그리하여 마지막 장인 제 21장의 귀결에서 산문체로 쓴 시 해설을 통해서 일본 시찰에 대해 느낀 경탄스러운 감회를 정리하고자 한다.[39]

결과적으로 산문체는 각 장의 가사체를 둘러싸고 있는 외피에 해당하며, 가사체가 담고 있는 동요하는 정서나 산란하는 의식에 일정한 질서를 부여한다. 하지만 한 작품 안에서 가사체와 산문체를 혼용한 결과, 두 형식 사이의 이질적이고 불연속적인 지층들은, 전통적인 삶을 살아온 향촌의 유교지식인에게 '근대'의 체험은 단일하고 일관된 논리가 아니라 단속적이고 착종된 혼란스러운 경험임을 드러낸다.

따라서 작가 심복진의 의식 속에서 '과거'로 호명되는 것은 지나간 것이기보다는 아직까지 잔존하는 무엇이다. 작품에서는 예전에는 있었지만 지금은 없어진 것(곳), 또는 바뀐 것(곳)에 대해 아쉬움과 향수를 드러낸다. 그리하여 옛 것에 머물고자 하는 보수적 충동은 새로운 것에 대한 감각적 이끌림, 미래로 나아가고자 하는 의식과 긴장성을 이루고 있다. 그 과거의 근간에는 유교적 질서와 이념, 전통적 세계관인 화이관이 놓여 있다. 이런 측면에서 〈동유감흥록〉의 작가 심복진은 문명/ 야만이라는 사회진화론의 인식구조[40]에서 전자에 대한 전

---

39) "만국(萬國)의 비와 슈리가 와 모히는 싸이요 구가(九街)의 풍경과 물색은 큰 도읍성 일너라 각 공장에 긔계는 귀신도 측량키 어려웁고 긔이흔 모양의 루(樓)와 디(臺)는 볼적마다 놀납도다"

40) 이 시기에 사회적으로 통용되는 담론에서 문명은 근대의 모든 미덕을 수렴하는 범주이고 그 이면에는 야만이라는 타자가 자리하고 있다. 이는 사회진화론에 근거한 것이다. 문명과 야만의 구도는 미개한 나라를 개화해야 한다는 제국의 욕망으로 포섭된다. 박애경, 「1920년대 내지사찰단 기행문에 나타난 향촌지식인의 내면의식」, 『현대문학의 연구』 42, 한국문학연구학회, 2010, 348~349면.

적인 추종을 보여주기보다는 양자 사이에서 동요한다.

도일을 위해 부산으로 향하는 국내의 노정에서는 충효 사적 등 유교 고적을 주목하는데, 이는 종종 사라지고 없다. 이에 옛 것에 대한 향수와 아쉬움을 드러낸다. 노량진에서는 소슬한 육신묘(六臣墓)를 돌아보고 있으며, 사충서원(四忠書院)이 면사무소가 된 것에 대해 씁쓸해 하는가 하면41), 경상도 지방에서는 추로지향(鄒魯之鄕)으로서 촌촌마다 정문(旌門)이 있었던 점을 회고한다.42) 부산에 도착한 후 일본으로의 항해를 앞두고는 부산 시가지를 굽어보며 역시 과거를 회상한다. 과거 통신사행의 문무의관(文武衣冠)이 드나들던 광경을 상상하며 '서글픈' 감회에 젖는다.43) 이때 과거의 함의는 복합적인 것으로, 일본과의 전도된 역학관계에 대한 착잡함을 함축한다.

그런데 최첨단 문물인 연락선에 승선한 후부터는 근대 문명에 급속히 빠져든다. 그간 향촌지식인으로서 타국을 평가하는 최종심급은 유교적 준거인 예악, 학술, 풍속 등이었다. 이제 예의에 준거한 풍속의 속상미악에 대한 시선은 물질적 편리, 근대적 매너인 서비스와 친절로 대치되기 시작한다. 도시의 경관은 수직적 위계질서에 따른 공간

---

41) "한강텰교 건너서며 로량진서 줌간쉬이니 오군문 습진터는 금고진퇴 볼수업고 일체 군신 제스ᄒᆞ든 륙신묘만 소슬ᄒᆞ며 원로존슝 ᄉᆞ츙서원 면사무소 괴이ᄒᆞ다"
42) "츄풍령 ᄂᆞ려가니 경상도의 초입이라 산천이 슈려ᄒᆞ니 인걸은 디령이라 긔호의 사부 근본 집집마다 고향일세 금오산 져문구름 감구지심 졀노난다"·"약목왜관 다다러서 츄로지향 바라보니 수ᄉᆞ의 ᄂᆞ린연원 낙동으로 흘너드러 가가마다 현숑이요 촌촌마다 정문이라 졔현 빅출 ᄒᆞᄂᆞᆫ중의 려헌션셩 나셧도다"
43) "룡두산에 줌간올나 시가디를 구버보니 번화도 ᄒᆞ다마는 왕수를 생각ᄒᆞ면 황량의 꿈을 ᄭᆡᆫ듯 쳐처마다 서급푸다 부산이라 ᄒᆞ는곳은 우리나라 남방중진 수군마튼 졀ᄯᅩᄉᆞ는 이디방의 상쟝이라 옥로부친 쳠ᄉᆞ도는 어디간지 볼수업고 텰도연변 언덕우에 진영ᄯᅩ만 황량ᄒᆞ다 (중략) 항구를 살펴보니 우션상션 무수ᄒᆞᆫ디 바다우에 옴겨지은 경복덕수 큰루션은 둥실둥실 챵랑우에 부가범틱 되어잇서 문무의관 볼수업고 품파리만 들낙날낙"

배치보다는 도시적 감성의 수평적 질서가 자리한다. 동경의 대표적 풍경은 공원 안44)과 다과점으로, 이 장소들은 여학생, 신사, 생도, 광고패, 문화경찰 등 다양한 각계각층의 사람들이 소통하는 장소이다. 그리하여 이들이 세련된 외양을 지니고 물질적 풍요를 누리는 도시적 감성에 이끌리고 있다.

그러면서도 이 작품에는 유교적 예의의식을 체질화한 유교지식인이 근대적 문명과 마찰하며 내면적 동요를 일으키는 지점들이 드러난다. 그것은 근대문물의 시찰과 전시라는 대외적인 명분과 어긋나는 반사적인 이질감과 거부감이다. '제국대학병원'을 시찰하며, 생리 해부학실에 전시된 인체들을 목격하자 '해괴'·'흉악'·'구역' 등 극단적인 용어를 구사하며 인도(人道)와 어긋남에 대한 거부감을 토로한다.45) 이는 근대의 주체로 구성되는 생물학적 개체로서의 신체적 표상46)이 유교의 '인도'와 길항하는 모습이라 할 수 있다. 또 변호사 제도는 '골육쟁송을 권고하여 삼강오륜을 끊게 하고 백년가약의 인연을 떼여 생초목에 불을 놓는' 것이라 하여 인륜을 파괴하는 것으로 비판한다.47)

---

44) 정부가 제공한 공공의 장소인 공원은 신분제도로 인해 분절되었던 도시의 공간을 일원화시킬 뿐만 아니라 동일하게 분절되었던 국민들까지도 하나의 공간 속에서 통합시킨다. 우미영, 「동도의 욕망과 동경이라는 장소(Topos)-1905~1920년대 초반 동경 유학생의 기록을 중심으로」, 『정신문화연구』 통권 109호, 한국학중앙연구원, 2007, 100면.

45) "그럭져력 이곳에다 인육시장 버렷고나 흉악ᄒ야 못볼거와 구역나와 못볼거와 꿈의 뵐가 못볼거와 해괴해서 못볼너라"

46) 고미숙, 『한국의 근대성, 그 기원을 찾아서-민족, 섹슈얼리티, 병리학』, 책세상, 2001, 129면.

47) "골육징숑 권고ᄒ야 삼강오륜 ᄯᅳᆫ케ᄒ기 빅년가약 인연 쩨여 싱초목에 불노키와 구허날무 교묘ᄒ게 증인교준 일너주기 (중략) 제자식도 아니라기 남의 친긔 위겨더니 이현령의 녹피왈자 허무밍랑 우습더라"

　　도시의 속도와 전통적 예절이 배인 몸 사이의 괴리 또한 각별하게
느끼고 있다.

> 쒸는슈레 나는슈레 피신ᄒ기 어려워라
> 공즁으로 오는슈레 이마우에 뢰명ᄒ고
> 디즁으로 가는슈레 발쓩아리 연긔나며
> 압슈레를 피해쥬면 뒤슈레가 달녀들고
> 뎐차를 비켜주면 자동ᄎ가 니다르니
> 길을건너 가랴ᄒ면 졋먹은심 다써가며
> 몃십분을 씸물다가 급류용퇴 싸져나니
> 인산인해 드럿지만 이곳와서 보갯구나
> 비지쌈을 흘녀가며 싸치거름 쒸여가서
> 해해둘너 차자보면 일힝들은 간곳업다
> 조선의복 유표ᄒ야 천신만고 쏫ᄎ가면
> 더듸온다 쑤지람을 과실읍시 듯고나니
> ᄒ릴읍시 위관밋헤 종졸모양 비슷ᄒ다
> 슴십년간 ᄌ유힝동 남의졀졔 츠음이라

　　몸이 도시의 근대적 '속도'에 적응하지 못하고 '위관(尉官) 밑의 종
졸(從卒)' 모양으로 꾸지람을 듣는 당황스러운 상황을 겪고 있다. 빠른
속도로 움직이는 도시 분위기에 대해 위압감과 함께 자연스럽게 섞이
지 못하는 어색함을 느낀다.[48] 그런가 하면 "스투른 양복"을 입은 모
습에 대한 어색함과 의관에 대한 우월한 자부심이 뒤섞여 있다.[49]

---

48) "쏬덩치는 뎐차들과 펄펄 쒸는 자동ᄎ가 련락부졀 덩기면서 만은사람 틱건만은 억기
　　쑥지 서로다니 팔놀이기 어려우며 수레박휘 마쥬치니 한눈팔기 위험ᄒ고 옷깃모와 쟝
　　막되며 쌈을 쑤려 비가되네"

49) "스투른 양복에다 검은주의 무명모자 드뭇드뭇 셕겻ᄂ더 이리기웃 져리기웃 단쟝이

　무엇보다도 착잡한 것은 우리나라와의 관계 속에서 제국 일본을 바라
보는 시선이다. 전통적인 화이관의 내면화 속에서 일본이 야만적인 오
랑캐 왜라는 무의식 또한 깔려 있는 것을 볼 수 있다.[50] 특히 과거의
역사적 기억 속에서 아직 오랑캐 왜로서의 잔상은 뚜렷하다. 시찰 장소
로는 역사유적지인 교토 명치천황의 묘인 도산어릉과, 도요토미 히데
요시의 유적지인 대판성 등이 필수코스였다.[51] 이 작품에서는 대판성
에서 풍신수길의 유적을 돌아보며 "감구지회(感舊之懷) 절로 나네"라 하
여 우회적으로 불편한 심기를 내비친다.[52] 마지막 귀착지인 비파호에
서 다시 풍신수길의 릉을 묘사하되, 그 죄과를 암시하듯 '풀 하나 나지
않는 추솔한 풍경'[53]으로 표현하고 있으며, 역시 심란한 감회를 우회적
으로 표출한다.[54]

　따라서 이 작품에서 제국 일본을 향한 시선은 동경과 선망의 시선
만은 아니다. 이러한 모호하면서도 부정적인 시선은 유학자로서의 정
체성을 형성하는 과거라는 자리에서 비롯한다. 내면화된 화이관은 제

　앞을서고 뒤짜라서 오난 것은 각도에서 멀니보넌 조선관광 단원이오"ㆍ"쳐음입는 양복
이며 두루미기 무명모즈 단톄힝동 약속ᄒᆞ야 훈일즈로 나아가니 엄연ᄒᆞ다 훈의관을 만
인앙시 ᄒᆞ는구나"

50) "이십 안팟 쳐녀거동 긔걸차고 탐스럽다 남녀평등 찻는세상 잔북쓰럼 잇슬소냐 하가
마와 붉근속옷 활활버서 붓치면서 삼삼오오 짝피지어 목욕실로 드러가니 아서마 우리
일행 례의지국 사람이니 남녀혼잡 희괴ᄒᆞ다 입향슌속 찾지마라"

51) 이와 달리 이 시기 다른 시찰단원들의 기행문을 보면, 대판성에 올라서는 경탄의
어조로 풍신수길의 장대한 기운을 느낀다고 표현하는 등 일본의 역사유적에 대한 부정
적인 언급은 보기 힘들다. 박찬승, 앞의 논문, 2006, 242면.

52) "닉판성에 드러가니 풍신슈길 예견터라 (중략) 치첩가의 놉히안져 삼비쥬를 마신후에
예견일을 싱각ᄒᆞ니 감구지회 졀노나네"

53) "풍신수길 쓰운터젼 지금와서 릉이되야 연로좌우 숑쥭들은 울울창창 욱어진데 (중략)
릉상에는 지갈 쌀고 풀ᄒᆞ나이 나지 안코"

54) "젹막공산 숑백틈에 두우소리 뿐이로다 조선사롬 이곳와셔 무훈감기 읍슬소냐"

국과 식민지라는 현재의 위계질서와 마찰하고 있다.

하지만 "조선 량반"으로서 여정 내내 특별대우 받는 것에 대한 자족감이 커질수록 중심부로 재진입할 수 있다는 기대감 또한 공존한다. 여정이 진행되면서 식민지 조선의 현실에 대한 언급은 줄어들고 시찰단이 특별대우를 받는 것에 대한 자족감이 커지고 있다. 총독부의 총독을 면회하고, 성대한 연회에 초대된 장면에서는 "일선늉화"에 적극적으로 동조하는 발성을 하고 있다.

> 만리시찰 우리일힝 특별디우 감스ᄒ다
> 도쳐마다 환영송별 간곳마다 료리일세
> 삼일에 쇼연밧고 오일에 디연ᄒ니
> 가진연회 허다ᄒ것 디강셜명 ᄒ야보자
> 총독부 츌댱소에 지등총독 면회ᄒ니
> 월로무사 치하ᄒ고 시찰상황 즈문ᄒ후
> 각귀본가 연구ᄒ야 스업셩공 바란다며
> 지공원 삼연졍에 오찬회를 비셜ᄒ고
> 니무국쟝 디총시와 비셔관에 수옥영부
> 기타이삼 관리들로 친졀ᄒ게 비힝식여
> 가시ᄶᅵ리 즈동차로 지공원에 당도ᄒ후
> 악슈경례 토진간담 무ᄒ감긔 깁퍼갈졔
> 오난슐잔 가ᄂᆞᆫ슐잔 관민일치 이아니며
> (중략)
> 삼십이인 단원이며 회샤직원 십여인과
> 기셩악공 모든스람 긔렵스진 박고나서
> 스오디의 즈동ᄎ로 수삼인이 젼송ᄒ네
> 연회비용 드러보니 천여원이 너머 짜네

> 불셕천금 샹둥딘우 일션늉화 그아니냐

연회의 규모를 들어 "불셕천금(不惜千金) 상등대우(上等待遇)"라 하고, 이것이 곧 일선융화(日鮮融和)라 말하며 특별대우를 받은 것에 고무되고 있다. 이에 유교지식인으로서의 자의식은 식민지 조선인의 형상을 재현하고 있지만, 조선 양반으로서 중심부 진입에 대한 기대감 속에서 제국주의에 대한 비판적 물음은 유보된다.

이 작품에는 일본 시찰을 계기로 개인적인 이력을 쌓고자 하는 향촌지식인의 현실적 욕망이 투영되어 있다. 이 작품은 근대물질문명을 향한 선망의 시선과 제국 일본의 선전 의도를 드러내면서도, 과거 유교적 질서에 대한 지향이 공존한다. 경세가라는 유교지식인의 자의식 속에서 일본 내 식민지 모국인의 현재의 삶을 투시한다. 그의 경세가로서의 포부는 일본의 학교를 시찰하며 교육제도 개혁에 관한 구상을 펼칠 때 제시된다.[55]

하지만 그의 입신에 대한 욕망은 계층적 이해가 우선하는 것으로, 시찰 중 특별대우를 받는 데에서 오는 자족감은 "조선 량반"으로서의 기득권을 유지하고자 하는 욕망을 내포한다.[56] 그리하여 조선양반으로서 특별대우를 받는 것을 "일선융화"로 이해하며, 이에 적극적으로 동조하는 태도를 보임으로써 입신에의 욕망을 우선하는 의식이 깔려 있다.

이를 볼 때 이 시기 향촌의 보편적인 유교지식인인 심복진은 근대

---

55) 정치대학의 창설 필요성을 언급하며 그 운용 청사진을 구체적으로 읊고 있는데, 이중 각 학년의 교과서는 전부 한문을 이용하자는 주장이 특징적이다.
56) "우리일힝 우더바다 힝리슈험 하지안테"(2장)·"사무원의 안닉로서 이등실에 드러가니"(3장)·"조선량반 식승에는 불꼬쓴쟝 그것실셰" 등의 언급에서 받는 대우에 대해 내비치고 있다.

문명을 내면화했다기보다는 모순된 충동 속에서 제국의 욕망에 영합
해 나간 것으로 이해된다.

 최송설당 기행가사(1921)[57) 이 시기 송설당의 가사작품들은 개인
시문집 『송설당집(松雪堂集)』을 통해서 발표되었다. 기왕의 규방가사
가 향촌을 중심으로 필사본 형태로 향유되어 온 반면에, 송설당의 기
행가사는 개인시문집 형태로 인쇄본으로 발간되었다는 점에서 주목
된다. 시문집에는 모두 10편의 기행가사가 실린다. 작품들은 단형에
속하며 각 작품들에 제목을 붙이고 있다.

송설당이 자신의 일생을 회고하는 내용의 가사 〈자술〉을 보면,
송설당은 맏딸로서 편친 노모를 모시고 동생들을 부양해 왔음을 알
수 있다. 그리하여 화순 최씨 가문의 문호를 보전하고, 가문을 번창시
키는 것이 일생일대의 책무였다. 그 구체적인 표지가 가세의 외형적
상징인 분묘를 수축하는 것으로, 저 멀리 북방의 정주와 선천에 있는
분묘를 봉축하고 비석을 세우는 일을 필생의 과업으로 인식한다.

이에 송설당의 여행지는 '서울, 고향, 조상의 선영'으로 요약된다.
이 작품들은 '충효'의 유교 이념과 '가문의식'을 근간으로 한다. 먼저
서울이 여행지인 〈감은(感恩)〉과 〈한양성중유람〉에서는 모두 왕조의
조종(祖宗)을 대표하는 한강수와 남산을 호명하며, 충의 이념을 표출
한다. 최송설당의 개인사에 비추어 보면 궁중에서 엄비를 모시는 등

---

57) 최송설당 가사에 대한 선행연구는 다음과 같다. 허철희, 「최송설당의 시가연구」, 『한
국문학연구』 15, 동국대학교, 1992 ; 백순철, 「최송설당 가사의 문체와 현실인식」, 『고
시가연구』 16집, 고시가학회, 2005 ; 김종순, 「최송설당 문학연구」, 한성대학교 박사
학위 논문, 2006.

왕실과 밀착되어 있었으므로, 왕조의 몰락은 각별한 감회를 불러일으
키는 것이다. 〈감은〉에서는 엄비의 묘가 있는 영휘원을 방문하고 있
으며, 왕조의 몰락을 확인하는 비감함의 정조가 지배한다.

> 쳔리지쳑(千里咫尺) 텰로(鐵路)길노 풍우(風雨)갓치 달녀오니
> 반기는 듯 한강슈(漢江水)요 긔약(期約)흔 듯 남산(南山)이라
> 남대문(南大門)을 얼는 드러 포덕문(布德門)압 당도(當到)흐미
> 문금(門禁)이 졀엄(切嚴)키로 들어갈 길 바이 업셔
> 이리져리 방황(彷徨)타가 비감(悲感)홈을 못 이긔어
> 뎐챠샹(電車上)에 급(急)히 올나 영휘원(永徽園)을 향흐가셔
> 두루두루 살펴보니 뎡(丁)ㅅ즈각(字閣)만 최외(崔嵬)혼데
> 양마셕(羊馬石)과 쟝군셕(將軍石)이 좌편우편(左便右便) 버려잇고
> 졔슈진셜(祭需陳設) 쑨이로다 요됴(窈窕)흐신 부귀긔샹(富貴氣像)
> 다시보기 어려워라 태산(泰山)갓치 놉흔 덕틱(德澤)
> 힉슈(海水)갓치 깁흔 은혜(恩惠) ᄎ셰앙보(此世仰報) 못다흐고
> 리싱(來生)으로 긔약(期約)흐야 가이업시 인통(哀痛)흐나
> 젹막황원(寂寞荒原) 쑨이로다 셔산(西山)머리 걸닌 히가
> 도라올 길 지쵹(促)흐니 두쥴 눈물 압흘 가려
> 길이 자못 희미(熹微)키로 이리 빗슬 져리 빗슬
> 분변(分辨) 업시 너려올 제

적막하고 거친 묘소, 이곳에서 바라보는 서산머리에 걸린 지는 해
의 심상은 왕조의 몰락을 뜻한다. 지는 해를 바라보며 몸을 가누지 못
하는 애통함을 느낀다. 흐르는 눈물로 인해 방향감각을 잃고 비틀거
리고 있어 절망적인 심회를 드러낸다.
　옛 가락국의 사적지인 김해지방을 노래한 〈김해회고〉 역시 회고적

정서가 깔려 있다.

> 십년전(十年前) 류람시(遊覽時)에 금릉산천(金陵山川) 반겻더니
> 이제다시 완샹(玩賞)홀 ᄎ 텰로(鐵路)로 나려갈시
> 구포역(龜浦驛)에 뎡거(停車)ᄒ고 선암(仙巖)나루 건너셔셔
> 활쳔(活川)들을 바라보니 반가올ᄉ 초션더(招仙臺)라
> 산(山)도 뎡녕(丁寧) 녯산인디 물은일야(日夜) 셔슈(逝水)로다
> 가락셩즁(駕洛城中) 당도(當到)ᄒ니 연ᄌ루즁(燕子樓中) 연ᄌ비(燕子飛)오
> 봉황디샹(鳳凰臺上) 봉황유(鳳凰遊)ᄂ 연ᄌ봉황(燕子鳳凰) 간곳 업고
> 븨인 루디(樓坮) 소슬(蕭瑟)ᄒ다 반묘방당(半畝方塘) 함허뎡(含虛亭)은
> 연화쳥향(蓮花淸香) 요젹(寥寂)ᄒ데 쥬렴(珠簾)밧게 빗친 명월
> 뎡비일문(停盃一問) 니 회포(懷抱)라 헌창(軒敞)ᄒ 텽뢰각(聽雷閣)은
> 젹막(寂寞)히 븨여 잇고 웅장(雄壯)ᄒ든 셩텹(城堞)들은
> 곡곡면면(曲曲面面) 퇴락(頹落)ᄒ고 굉걸(宏傑)ᄒ든 져 남문은
> 농상회ᄉ(農商會社) 거쳐(居處)되고 이릉샹(二陵上)에 푸른 풀은
> 왕손흔(王孫恨)이 깁헛구나

옛 가락국의 역사 고적은 '퇴락'·'부재'·'비어 있음'·'적요함'의 이미지로 나타나 쓸쓸하게 퇴락한 모습이다. 연자루와 봉황대에 연자와 봉황은 없으며, 빈 누대가 소슬하다. 함허정은 적요하고, 헌창하던 청뢰각은 비어 있고, 웅장하던 성첩들은 퇴락했으며, 굉걸하던 남문은 농상회사가 되어 있는 것이다. 이러한 풍경을 바라보며 "곡죠 곡죠 쳐챵ᄒ고" "보는 죡죡 샹심이라" 읊는다.[58] 이는 가락국 고적의 퇴락한 모습이

---

58) "져문 연기 ᄣ여잇고, 어젹셩은 쳐챵, 초션대와 홍봉암은 션불 왕젹 완연하여 보는 죡죡 샹심이라"

기도 하지만 그러한 형상에는 동시에 조선의 현실이 덧씌어져 있다.

〈발환경제(發還京第)〉는 총 21구의 단편으로, 고향에서 서울로 돌아오는 여정을 그린 작품이다. 기차를 타고 오면서 차창 밖으로 바라본 풍경으로 수원 정조의 릉과 사도세자의 릉이 완연함을 보고 있다.

> 미산역(梅山驛)을 다다르니 울울청청(鬱鬱靑靑) 져숑림(松林)은
> 빅령(百靈)이 호위(護衛)흔듯 륭건릉소(隆健陵所) 완연(宛然)호다

유구한 남산과 한강수의 위의를 확인하며 왕조에 대해 회고한다.

반면 〈한양성중유람〉은 좀 더 밝은 분위기로 역시 한양이 지니는 왕조의 창성지로서의 위의가 열거된다. 백악산과 한강수에 둘러싸여 이층 삼층 새로 지은 가옥들이 즐비한 모습 속에서 번성한 기운을 느끼며 미래를 기약한다.

> 이층삼층(二層三層) 선건가옥(新建家屋) 고더광실(高臺廣室) 질비(櫛比)호니
> 여염(閭閻)이 박디(撲地)호여 종명정식(鍾鳴鼎食) 이아닌가
> 슈호문창(繡戶紋窓) 류리세계(琉璃世界) 이목(耳目)이 현황(炫煌)호다
> 지리(支離)혼 질풍폭우(疾風暴雨) 신혼(神魂)이 아득타가
> 운권청텬(雲捲靑天) 시로보고 흉희(胸海)가 활연(豁然)호여
> 륙디힝선(陸地行船) 져뎐챠(電車)로 동물원(動物園)을 드러가니
> 날즘싱 길즘싱이 낫낫치 다모엿네

왕조의 멸망에도 불구하고 과거에 대한 비감함에서 벗어나 새로운 희망을 본 듯하다.

이 기행가사 작품들은 과거에 대한 회고, 왕조의 멸망에 대한 비감

함에 대해 읊고 있다. 왕비의 묘소, 왕의 능침 등을 소재로 왕조에 대한 회고를 통해서 충의 이념을 되새긴다.

다음으로 〈근친〉·〈약수동〉은 고향 방문을 소재로 한 작품들로, 역시 짧은 길이의 단편들이다. 송설당은 종종 어머니를 비롯한 형제동기들을 보기 위해 고향 금릉을 방문하고 있으며, 육친애를 확인하고 있다.

> 경부션(京釜線) 져긔차(汽車)로 쏜살갓치 ㅅ횡(駛行)ㅎ야
> 반쳔리졍(半千里程) 져금릉(金凌)을 순식간에 당도(堂到)ㅎ니
> 뎡거쟝변(停車場邊) 오동그늘 쳥풍고인(淸風故人) 완연(宛然)ㅎ다
> 뎨미붕우(弟妹朋友) 환영(歡迎)ㅎ야 악슈탐탐(握手耽耽) 반겨ㅎ고
> 빅발친당(白髮親堂) 질기심은 태산대히(泰山大海) 유경(猶輕)일듯
>
> 　　　　　　　　　　　　　　　　　　　　　　　　　　 −〈근친〉

> 련친지심(戀親之心) 더욱간절 텰마(鐵馬)를 촉힝(促行)ㅎ야
> 금릉고향(金陵故鄕) 나려가셔 모당젼(母堂前)에 비알(拜謁)ㅎ고
> 형뎨합셕(兄弟合席) 깃분졍의(情誼) 엇더타 비할손야
> 약슈동(藥水洞)에 령약슈(靈藥水)가 연년익슈(延年益壽) ㅎ단말을
> 고로샹젼(古老相傳) 들엇기로 구십모당(九十母堂) 시위(侍衛)ㅎ고
> 약슈동(藥水洞)을 향히가니 금릉ㅈ고(金陵自古) 명승디(名勝地)라
> 긔암괴셕(奇岩怪石) 업슬소냐 젼일(前日)보든 져바위가
> 약슈(藥水)를 등에실고 나를보고 반기는듯
> 사모(紗帽)바위 할미바위 망쥬셕(望柱石)이 이아닌가
>
> 　　　　　　　　　　　　　　　　　　　　　　　　　　 −〈약수동〉

〈근친〉과 〈약수동〉의 작품에서는 가족들을 만나는 기쁨 등 여행에 임한 감회를 주로 읊으며, 왕복 도정에 대한 묘사는 축약된다. 백발당

친이 즐거워하는 것에 기뻐하고, "너와함끠 만만슈를 우리친당 드러쥬소"라 하여 어머니의 장수를 기원하는 것이다.

이외 '선조 분묘의 봉축과 입석(立石)'을 위한 여정을 다룬 작품들이 대다수이다. 한 가문의 성원으로서, 그것도 아들이 없는 집안의 맏딸이라는 부담감 속에서 아버지의 유지를 받들기 위해 평생을 헌신한다. 〈선묘입석경영(先墓立石經營)〉에서는 평북 정주와 선천에 무사히 비석을 무사히 안배할 수 있었던 것에 안도하고 있다.

> 실젼션묘(失傳先墓) 봉심후(奉審後)에 묘젼립셕(墓前立石) 경영으로
> 셕공(石工)의게 부탁ᄒ야 비갈상셕(碑碣床石) 치련(治鍊)홀제
> 셔출셔문(西出西門) 잇고기로 가좌동(加佐洞)을 츳자가니
> 청청(靑靑)한 도면(稻田)속에 농가시졀(農家時節) 김민드니
> 어언간(於焉間) 황국단풍(黃菊丹楓) 가을빗이 찬란(燦爛)ᄒ다
> 이등져등 넘나들며 좌우(左右)로 감독(監督)ᄒ야
> 어셔밧비 쥰공(竣工)코져 일부일(日復日) 왕리홀제
> 셔산에 이등져등 지는히는 회환(回還)길을 지쵹ᄒ다
> 연희궁앞 회도(回到)ᄒ면 송림(松林)이 욱어지고
> 야식(夜色)이 침침(駸駸)홀제 왕ᄉ(往事)를 싱각ᄒ면
> 쳡쳡슈심(疊疊愁心) 지향(指向)업다 니졍셩(情誠)이 부족ᄒ야
> 션인(先人)의 끼친흔(恨)을 위로치 못홈인지
> 가을비가 지리ᄒ야 셕물운반(石物運搬) 념려러리
> 뎡쥬션쳔(定州宣川) 먼먼길에 무ᄉ(無事)히 도챡ᄒ야
> 션산하(先山下)에 안비(按排)ᄒ니 텬우신죠(天佑神助) 이아닌가

정주와 선천의 먼 북방길로 향하는 노정은 나타나지 않는다. 정성이 부족할까 염려하며 비석을 옮기는 노정에 오르고 있으며, 이어 무사히

안배할 수 있었던 것에 안도한다. 비갈상석을 정성껏 마련하며 갖는 뿌듯함으로 인해 결실을 맺는 황국단풍의 가을빛을 찬란하게 느끼고 있다. 이전 봄의 김을 매던 노동이 이제 가을의 결실을 맺을 수 있었던 것처럼, 비석을 온전히 안배할 수 있었던 것에 감사하고 있다.

〈송운동운석(松雲洞運石)〉은 1901년 증조의 신원이 이루어져 그 유혼을 위로코자 의대와 관곽을 갖추어서 봉안하는 과정을 읊은 것이다. 그 감격을 "돌마다 눈물일세"라 읊는다.

> 우리증조 철텬지원(徹天之冤) ᄌᄌ손손(子子孫孫) 유흔(遺恨)터니
> 텬일(天日)이 죠림(照臨)ᄒ사 광무오년(光武五年) 신원(伸冤)되니
> 명명유혼(冥冥幽魂) 봉안(奉安)코ᄌ 의ᄃ관곽(衣帶棺槨) 갓츄어셔
> 금천군(金泉郡) 송운동(松雲洞)에 면봉(緬奉)ᄒ야 뫼셧셰라
> 묘젼셕물(墓前石物) 경영ᄒ야 금천역(金泉驛)에 발송(發送)홀제

이외에도 가문의식이 표출된 일련의 작품들로서 조상에게 성묘하는 내용을 읊은 작품들이 있다. 〈무골산성묘(舞鵑山省墓)〉는 평안북도 선천에 있는 육대고조의 묘에 성묘하는 여정을, 〈백현급봉학산성묘(白峴及鳳鶴山省墓)〉은 칠대조와 팔대조에 비석을 세우는 여정을, 〈갈현성묘(葛峴省墓)〉는 선천에 있는 고조의 분묘에 성묘를 하는 내용이다. 이에 선조의 음덕을 기원하며, 후손으로서 할 도리를 다했다는 안도감을 표출한다.

> 성묘ᄎ(省墓次)로 몸을일어 륙디힝션(陸地行船) 져텰마(鐵馬)로
> 천리관셔(千里關西) 향히갈졔 북풍한긔(北風寒氣) 밍렬ᄒ다
> 뎡주역(定州驛)을 도착ᄒ니 역젼환영(驛前歡迎) 그뉘인고

> 로덕옹(盧德瀚) 승명렬(承禎烈)이 외척(外戚)이 그더로다
> 두스람의 인도(引導)되야 빅현션묘(白峴先墓) 향히갈계
> 우편을 바라보니 중중층층(重重層層) 더바위는
> 관더의샹(冠帶衣裳) 완연ᄒ고 동ᄌᆞ셕(童子石)이 시위(侍衛)로다
> 좌편을 구버보니 셔명강(西亭江) 맑은물은
> 쟝더(長帶水)가 이아닌가 팔더칠더(八代七代) 션묘계하(先墓階下)
> 비셕상셕(碑石床石) 향로셕(香爐石)과 망쥬셕(望柱石) 산신셕(山神石)을
> ᄎᆞ뎨(次第)로 모신후에 졔수진셜(祭需陳設) 위안ᄒ니
> 솟ᄂᆞᆫ것이 혈루(血淚)로다
>
> — 〈백현급봉학산성묘〉

천리 관서로 향하는 길은 맹렬한 북풍의 한기를 뚫고 가는 길로서, 조상의 묘에 비석을 모신 후에 눈물을 흘리고 있다.

이와 같이 고향을 소재로 한 작품들이나 선조의 분묘 봉축에 대한 여정을 다룬 작품들에서 여전히 가문 의식이 공고함을 볼 수 있다. 일생을 통해 선조의 분묘를 수소문하고 머나먼 북방까지 정성껏 마련한 비석을 실어 나르는 형상에는 가문보존의 일념에 견인되어 있는 송설당의 모습을 볼 수 있다.

그럼에도 불구하고 송설당의 작품들은 이전의 사대부 여성들이 지녀왔던 가문 의식과는 대조적이다. 이전 여성들은 한 가문의 성원으로서 자식이나 남편, 시가의 사회활동에 의지하고 있으며, 이들을 통해 자신의 사회적 성취 욕구를 대리 충족하는 형태였다. 아버지, 아들과 남편, 시아버지, 시숙 등으로 구성된 친정 또는 시집 가문의 성세는 딸이자 며느리인 여성 자신의 자부심의 근간이 되어왔다. 이에 비해 최송설당은 여성인 자신이 가문을 보존하고 현양하는 주체가

되어 있다는 차이점이 있다.

〈자술(自述)〉·〈술지(述志)〉의 작품에서 보듯이, 최종 목표는 가문 현양이라는 가문의식과 '효'라는 유교적 덕목의 실현이면서도, 그 목표를 위해 매진할 수 있었던 것은 강한 자의식 속에서 무엇보다도 자신이 해내야 한다는 개인적 성취감이며 이는 사회적 활동에 대한 욕망으로 확장되어 있다고 할 수 있다. 따라서 송설당의 가사가 한시와 함께 개인 작품집으로 출간된 것은 이러한 욕망이 투영된 것으로, 사회적 성취 욕구가 발현된 것이라 할 수 있다.

3. 1930년대, 고적의 복원과 이산 체험

이 시기 들어서 금강산 유람을 다룬 기행가사가 지속적으로 지어진다. 금강산은 수다한 고적과 설화, 경관 등이 어우러진 다사한 장소로 나타나며, 금강산에 온축되어 온 고적들에 대한 호명은 나라의 상실을 더욱 실감하게 한다. 이는 이 시기 금강산에 대한 관심이 고조되고 있었고, 관광지로 각광받고 있었던 상황에 기인하는 것이기도 하다.

특히 이 시기는 역사고적에 대한 관심이 증폭되고 있는데, 이 역사고적은 문화적 기억으로 의미를 전승해주는 기억이자 집단정체성을 형성시켜 주는 사회적 기억이다.[59] 공간은 기억이 만들어지고 전승되는 데 중요한 역할을 한다. 집단기억은 특정한 공간을 통해서 실체화되는데, 이때의 공간이란 단지 상호작용의 장일 뿐 아니라 특정 집

---

59) 김학이, 「얀 아스만의 '문화적 기억'」, 『서양사연구』 33집, 한국서양사연구회. 2005, 237~239면.

단의 정체성이 구체화되는 장소이다.[60)

이러한 시각에서 볼 때 이 시기 역사 고적의 복원이 지닌 의미를 되짚어볼 필요가 있다. 이 시기 역사고적에 대한 지대한 관심을 통해서 고적은 하나의 민족 또는 고장의 연원을 형성하는 장소로서, 구체적인 맥락 속에 놓인 장소로 복원되고 있다. 그것은 과거에 위치하는 단절된 기억이 아니라 현재를 지시해 주는 기억으로 나타난다.

한편으로 이 시기에는 조국의 상실로 인한 이산체험이 본격적으로 등장하기 시작한다. 이국으로 이주한 이산자로서 무국적의 삶을 살아가면서 정주하지 못하는 불안정한 의식을 표출하고 있다.

이 시기 작품으로는 〈금강산기행가〉(조애영, 1930), 〈금강산유람가〉(장일상, 1930), 〈관악산유산록〉(김일우, 1932), 〈금강유람가〉(금상기, 1934), 〈해인사유람가〉(정효리, 1934), 〈망월사친가〉(1931), 〈눈물 뿌린 이별가〉(김우모, 1940), 미국 기행가사(홍언, 1936~1937) 등이 있다.

1) 역사고적의 복원과 산수유람

장일상 〈금강산유람가〉(1930)[61) 순 한글체 기행가사로 장편이다.

---

60) 전진성, 「기억의 역사 : 새로운 역사·문화이론의 정립을 위하여」, 『한국사학사학보』 8, 한국사학사학회, 2003, 111면.

61) 이선옥, 「금강산유람기」, 『한국어문학연구』 13, 이화여대 문리대학 국어국문학회, 1973에서 처음 소개하였다. 후속 연구로는 김기영, 「〈금강손유람가〉의 작품 실상과 현재적 의미」, 『인문학연구』 통권 84호가 있다. 작품의 이본은 모두 4종인 것으로 확인된다. 김기영은 이선옥이 소개한 필사본 외에 『우리고장의 민요와 규방가사』(봉화문화원, 1995)에 실린 작품과, 장일상의 재종형인 장하상(1881~1929)의 부인인 풍양 조씨가 필사한 자료인 「〈금강산유람가(1)〉」, 『유학과 현대』 11집, 박약회 대구지회, 2010이 확인된다고 하였다. 김기영, 위의 논문, 6면. 이에 더하여 또 다른 이본으로는 권영철 편, 『규방가사 1』, 가사문학관(2002)에 실린 〈금강산유람가〉가 있다. 이로써 이 작품

장일상은 경북 칠곡에 사는 유자로서, 금강산을 유람하고 돌아오는 약 넉 달 동안의 여정을 읊은 작품이다. 이 작품에서 노정은 다소 특이하게 나타난다. 일반적인 금강산 유람과 달리 경주로 내려가 경주를 돌아본 후 '삼척-관동팔경-장전항-온정리-금강산-원산-철원-서울-고향'으로 귀환한다.

도입부에서는 산수 유람과 관련된 유명한 고사들을 동원하여 유람하게 된 경과를 밝힌다.

> 도덕노푼 공부자도 등틴손이 소쳔하요
> 거룩하신 주양부자 낭음비하 축음일시
> 사마자중 강희놀다 나히겨유 이십이요
> 동방부자 이퇴계은 청양손이 놀어실쩌
> 청양가를 지우시고 우리션조 여현션싱
> 쥬왕순 구경할제 쥬왕슐녹 꾸며시니
> 도덕이야 못할망졍 노름조초 못할손가

공부자와 사마자장의 유람, 이황의 청양산 유람과 장현광의 주왕산 유람을 들면서 이러한 기상과 정신을 본받고자 한다고 밝힌다. 이 고사들은 사대부 유람가사에서 관습적으로 인용되어 왔던 것들이다.

지은이는 1930년 경상북도 칠곡군을 출발한다. 왜관까지는 낙동강의 배를, 왜관에서 대구까지 경부선 철도, 대구에서 경주까지는 경동선 철도에 이어 관동팔경에는 동해의 배를 이용한다.[62] 구체적인 노정은 다음과 같다.

의 이본은 모두 4종인 것으로 판단된다.
62) 김기영, 위의 논문, 7면.

왜관역-경주-관동팔경-온정리-만물상-신계사-옥류동-구룡폭포-
상팔담-해금강-유점사-은선대-장안사-표훈사-만폭동-마하연-묘길
상-비로봉-명경대-망군대-장안사-단발령-철원-서울-약목역

집에서 출발, 경주에 도착하여 신라 혁거세의 고도임을 확인하며 불국
사, 석굴암 등의 역사고적을 둘러본다. 경주에서 동해로 나가 배를 이용해
삼척에 도착하여 죽서루를 비롯한 관동팔경을 본 후 장전항으로 향한다.

작품 속 금강산은 다사한 설화들을 간직하고 있는 장소이자 범용하면
서도 친근한 풍경을 이루고 있는 곳이다. 다음은 구만물상의 경관이다.

> 엇지보면 조관갓고 엇지보면 상제갓고
> 엇지보면 즁놈갓고 엇지보면 도스갓희
> 누누나난 더희안ᄌ 천연만연 지니도록
> 늘도졈도 아니ᄒ고 무엇ᄒ고 져기잇노
> ᄯᅩ한군더 눈을드니 온갖물형 다잇더라
> 홋쳥들고 밧가는놈 치쑥들고 말달인놈
> 죄짓고 민맞는놈 부모일코 우는놈
> 향 숩고 염불한놈 바랑지고 동양한놈
> 기형괴용 놀납도다 일필날기 아아닌가

온갖 형상들의 바위들이 몰려 있는 만물상의 형상은 핍진하면서도
해학적이다. 묘길상도 "귀하나히 신짝이요 손ᄒ나히 소두방"이라 하
여 그 거대한 형상이 일상에서 비근하게 접하는 사물들인 '신짝'과 '솥
뚜껑'에 비유됨으로써 그 모습이 실감나면서도 골계적으로 다가온다.
옥녀봉은 "이팔청춘 졀문부녀 분연지를 고이직고 금의홍상 단장ᄒ여
면경디고 웃는 모양"으로 젊은 부녀가 분연지를 곱게 찍은 단장한 모

습에 비유함으로써 역시 세속적이고 친근한 정경으로 표현된다.
 이어 은선대에 올라 금강산을 조망하고 있다.

　　쏘한군디 삼겨시니 신금강이 여기로다
　　천봉만봉 기절ᄒ니 금슈병풍 둘어쳣눈
　　쌜긋쌜긋 단풍입흔 픠옥치장 굉장한디
　　십이폭포 쎠러지니 열두칭이 분명ᄒ니
　　칭계칭계 흐른물결 날빗히 바시여셔
　　ᄉ방으로 빗흘쏘와 원근슨쳔 희롱한다
　　은가르를 헛쳔던가 빅비단을 픠엿던가
　　쳔만금을 쥬더리도 이런구경 못ᄒ리라

 단풍 든 모습은 패옥치장을 한 것으로 형용하며, 이 폭포수가 떨어
지면서 사방으로 빛을 발산하며 "원근의 산천을 희롱"한다고 한다.
이 금강산 경관들은 '멋을 내고 치장하며, 서로 희롱하는' 일상 속 풍
경으로 내려와 있다.
 만폭동을 묘사한 다음 장면도 만폭동 폭포수의 박력과 느낌이 살아
움직인다. 바람 따라 물결치며 용비늘이 드러나고, 달에 비친 물결의
흰 무늬는 칼날을 희롱하는 듯하다.

　　ᄉ방으로 드른물이 반셕우익 모이여셔
　　깁푼디는 빅옥갓고 얌푼디는 빅셜지어
　　바롤다라 치눈물결 용비늘이 드러나고
　　달에비친 힌문치눈 칼날을 히롱ᄒ다
　　온갖형상 지어너니 한물노셔 만폭이라
　　십니동안 반셕우익 유리셰기 안일넌가

　　물도히고 돌도히니 눈졍긔가 쎄기엿다

　이와 같이 금강산의 경관을 순 우리말로 핍진하게 그려낸다. "만학
천봉 압흘 막가 침침슈목 단풍쏙이 쏠고히고 검고누리 오식이 영농한
더 물소리 쿵쿵 나니"·"삼션더 놉히 안즈 구만물을 쳐다보니 칼긋갓
흔 바우 쏠이 깃더갓치 쑈바잇고 쌧쑥쌧쑥 옥돌빗흔 봉화갓치 버러셔
서 기기귀귀 만물형상 눈이 혈난 다 못본다"고 하여 "쏠고히고 검고누
리" 단풍 든 수목들의 오색영롱함, "쌧쑥쌧쑥" 만물상의 기기묘묘한
바위의 형상들이 핍진하게 묘사된다.

　이 비유들을 통해 재현된 금강산의 경물들은 경건하게 바라보는 산
수이기보다는 그 기괴함이 흥미를 끄는 일상의 범용한 풍경에 가깝
다. 그런 만큼 금강산 지형에 얽힌 민간 설화들이 다사하게 소개된다.
여기서 소개되는 금강산에 얽힌 설화는 삶의 철학이나 종교가 새겨진
것이기보다는 사람살이에 관한 흥미로운 이야기에 가깝다.

　예전부터 전해 내려오는 흥미로운 설화들이 이 시기에 이르러서 축
적, 확장되어 있다. 옥류동천 감사굴에 얽힌 설화, 팔담의 세숫대야
모양 바위에 관한 설화인 팔선녀와 총각이야기, 팔담과 구룡폭포의
월지국 오십삼불 전설, 혈망봉의 구무 설화[63] 등이 소개된다. 이중
팔담의 세수대야 모양의 바위에 얽힌 설화는 오늘날까지 널리 전하는
'선녀와 나무꾼' 설화에 해당한다.[64] 팔담과 구룡폭포에 얽힌 설화는

---

63) "혈망봉은 구무하나 미우 크다 줌놈말 드러보니 그 구무가 우연찬타 천지만물 소진
　　후의 금강손을 겹치다가 이 구무의 너러노코 후천지를 기다린다"

64) "팔선녀 노흘쎠의 엇든총각 하나이셔 지긔지고 나무ᄒ다가 ᄉ심ᄒᄂ 포수쑥겨 숨켜
　　달나 청ᄒ거날 총각인심 후하기로 남글덥허 숨커더니 포슈간후 ᄉ심나와 ᄉ람말을 능
　　히한다 오날나쥬 팔담누에 팔션녀가 모힐터니 모욕할쎠 씩를타서 한션녀의 오슬감촤

월지국의 오십삼불이 동해로 건너와 유점사에 들어가, 유점사에 살고 있던 구룡이 쫓겨나 팔담과 구룡폭포로 각각 들어갔다는 이야기이다. '누룩바우'와 '동자바우', '쥐바위', '사공바우'에 관한 이야기는 순전히 지형의 상사성에서 비롯된 재미있는 이야기들이다.

> 북쪽을 도라드니 누룩바우 헛터잇고
> 그엽히 뒤바우는 스람보고 놀란형상
> 들낭날낭 시양죄가 누룩한장 다먹으니
> 동즈바우 엽히셔셔 죄를믜우 직히다가
> 여러날 줌못즈고 몸이곤히 조우더니
> 누룩한장 일은지라 즈고나니 괘심흐여
> 고양이한쌍 불러너니 져죄들이 겁이나셔
> 발발발발 써는모양 츠마보기 어렵도다
> (중략)
> 오십삼불 북선시이 비거힝 줄못힛다
> 스공흐나 자바니여 돌옥의 가두더니
> 지금가지 그스공이 상투달고 갓치엿니

이 설화들은 김규진의 〈금강유람가〉에 실린 설화들인데, 보다 자세하고 재미있는 내용들이 더 부연되면서 확장되어 있다.

이중에서도 노춘의 처로서 성황당의 당주가 된 고씨 부인의 설화는 19세기 가사인 박희현의 〈금강산유산록〉에 나온 설화와 동일한 내용으로, 이 시기 다른 작품에서는 볼 수 없는 내용이다.

그동정을 슬퍼보면 조흔일이 이스리다 이총각이 그말듯고 과연그리 흐엿더니 쳥쳔빅일 비가와서 무지기 셔눈지라 칠션녀는 올나가고 한션녀 오시업셔 두루방황 흐던츠의 총각한틱 즙히여셔 빅연가연 다시민즈 숨남 숨여 두엇짜니"

> 고경군슈 노츈이가 월지왕의 후신으로
> 오십삼불 짜라와셔 유졈스를 창근할제
> 부인불어 ᄒᆞᄂᆞᆫ말이 나는가면 아니오니
> 그부인 디답ᄒᆞ디 당신 짜라 나도가오
> 고경군슈 할 일업셔 가줌힝츠 ᄒᆞ엿더니
> 즁노이 비를 마즈 방졍마젼 부녀셩품
> 소낙비가 져리오니 욱히덕셕 어이할고
> 노츈이가 이말듯고 여보시오 이부인아
> 셰간욕심 쑥이드니 신션되기 파의로다
> 이날부터 갈인후로 부부영결 이즈리로
> 군슈가셔 신션되고 부인와셔 셩황되야
> 이즈리 모셔노코 츈츄로 지ᄉᆞ지니
> 못간원한 푸러쥬니 자연영금 잇다ᄒᆞ디

'유점사를 창건하러 가는 도중에 소낙비를 맞자 방정맞은 부녀 성품에 장독대의 덮개를 덮어야 한다는 생각에 돌아선다'는 내용으로, 일상적인 생활정감이 배어 있어 해학적이다. 이외에도 명연담, 화룡담 설화 등 다채로운 설화들이 경관과 함께 제시된다.

그러므로 유람 길에 우연히 만난 처자와의 대화나 젊은 여성들의 용모에 대해 눈길을 주는 모습들도 자연스럽게 다가온다.

> 꼿갓흔 졀문여즈 슈십 명이 쪽을 지어
> 슌금빈혀 되이쏩고 보셕반지 손이 끼고
> 낫쓰을가 염여ᄒᆞ여 비단양산 피여들고
> 비곱풀가 조심ᄒᆞ여 알니 불너 졈심쥰비
> 동셔남북 노는 품이 여즁호걸 분명ᄒᆞ다
> 셔시영농 눈을 비쳐 즈쥬즈언 보기 되니

> 한번 보고 두 번 보니 업든 인정 절노 난다
> 그의 영광 짐죽ᄒ니 이팔쳥츈 되락마락
> 술엄스리 다던지고 구경츠ᄌ 당기ᄂᆞᆫ가

순금비녀를 꽂고 보석반지를 손에 끼고 낯을 그슬릴까 비단양산을 펴든 꽃같은 젊은 여자들을 맞닥뜨리자 그 영롱함에 감탄하면서도 '살림살이를 다 던지고 구경 찾아다니는가'라 한다. 아직 여성들의 유람행위가 일반적이지 않은 분위기를 보여준다.

특히 '여학생'을 우연히 대면하고 그 외모에 호기심을 드러내며 찬탄한다.

> 머리굿흘 질근 미고 반동가니 치마 입고
> 반구두를 다시 신고 손목시기 둘니면서
> 둘식둘식 역기겨름 더복더복 오ᄂᆞᆫ 소리
> 칠팔십명 둔취ᄒ니 희금강이 빗치난다
> 암셕우예 좌졍ᄒᆞ야 스방한번 두룬후에
> 짜글짜글 셔로웃고 팔ᄌᆞ아미 벗듯드러
> 홍슌을 반기ᄒ고 낭낭흔 옥음소리
> 온더구경 다ᄒ여도 이구경이 쳐음일시
> ᄉ진관을 불너니여 각기흔장 박혀더니
> 손묵죄고 죽난모양 볼슈룩 졀식이라

향촌의 유자에게 신여성의 외형은 호기심을 불러일으킬 만한 것이다. 머리를 질끈 매고 반동 치마를 입고 구두를 신은 모습은 신기하고 어여쁘다. 마찬가지로 신계사의 절 풍경에서 시선을 끄는 것은 어떤 부녀가 소복하고 불전에 단좌하여 합장 재배하느라고 사람이 온 줄

모르면서 딸을 위함인지 아들 낳기 위한 기원인지 기복하기 정신없는 모습이다.65)

또한 유람 중 위태로웠던 경험이나 일기, 지형에 따른 실감 나는 체험을 진솔하게 재현하고 있다. 추운 날씨, 버선발로 앉은뱅이처럼 엉금엉금 내려오고 있으며, 돌에 찧고 나무공이에 손을 베이며 배가 고파 정신이 없는 모습이 드러난다.

> "싹금질고 안즈스니 니외금강 발밋치요 바닷물은 멀리둘너 심신비록
> 상쾌하나 날이치워 못잇깃다 알니들 하는말이 여럼이도 핫옷준비 남드러
> 면 헛타하나 당히보니 과연이다"

> "신버셔셔 눌트리고 보션발노 안질방이 니몸이야 볼슈잇나 남을보니
> 우습도다"

> "니무지를 무러가니 하날갓흔 마철영의 니바닥이 길이되야 돌쏠짝이
> 발을 찌고 나무공이 손을비여 정신업시 가던잇까 지하나히 스십이라 집
> 도절도 아시업셔 비가고파 못견딜니"

특히 이 작품의 특징은 금강산이 기억의 장소이면서 현재와 소통하는 장소로서, 신구 조류가 교차하는 시대적 분위기를 반영하는 장소라는 점이다. 이제 장안사는 '일구도회(一區都會)'가 되어 있어 "경츌관도 여긔잇고 우편소도 저긔잇닌 기싱집과 여관쥬인 보게조키 버려셔

---

65) "황금부처 츠자보니 연화승이 압히눗고 손을 쏩고 무언하니 무선궁니 다시하나 엇던
부여 소복흐고 불젼이 단좌하야 향곱고 돈 쩐지며 합장졔비 하느락고 사람온줄 젼혀
몰나 기복하기 정신업다 아달느저 상성인가 쌸을위히 그러한가 치마비록 둘러시나 부
여변덕 괴변일니"

셔 술먹고 가무소리 스시로 부졀ᄒ고 한복판이 일등도로 즈동츠가 들
락날낙" 하는 곳이다. 앞서 소개한 것처럼 신여성인 여학생들이 수학
여행 온 모습과 대면하고 여성들이 자유롭게 외출 나온 모습을 바라
보기도 한다.

또한 '머리 깎고 출세한' 관인의 행차와 맞닥뜨리고 있다.

> 관힝츠가 지닉간다 팔인교이 올나안즈
> 츄종자가 구름갓다
> 알닉즈는 압ᄒᆡ셔고 쥬지즁놈 뒤에 짜라
> 이야뒤야 하는 소리 조흔 손쳔 바리더라
> 도지순지 무어신지 귀골자쳐 미우한다
> 제아므리 귀골이나 닉눈이야 상관잇나
> 머리 싹고 출세힛도 이젼마음 나마이셔
> 우리힝식 즈시보고 가마나려 엽ᄒᆡ와셔
> 거쥬셩명 무른후에 여헌후손 층송한다

'도지산지 무엇인지 귀골 자처 매우 하는데 머리 깎고 출세해도 이
전 마음이 남아 있어 여헌의 후손임을 칭송한다'고 하여 대유학자 여
헌 장현광의 후손이라는 자부심을 드러낸다.

반면 우연히 신지식인인 학생들이 연설하는 모습을 우연히 접하고
"안된 장란"으로 표현하며, 학생들에 대한 노골적인 반감이 표출되고
있다. 또한 서울 사는 선비가 마누라를 동행하여 함께 시작(詩作)을 하
는 모습을 부러워하기도 한다.[66]

---

66) "서울ᄉ는 엇든션비 마누라를 동힝ᄒ여 반셕우의 지금안즈 시쥭피고 글지우며 션비
한번 을퍼쥬면 부인엽ᄒᆡ 바다시니"

한편 유점사의 불교 사적에 대하여 이전에 왕가의 불도 숭상이 오늘날의 현실을 가져왔다고 보기도 한다.[67] 이에는 불교에 대해 배타적이었던 유자로서의 의식이 깔려 있다.

옥류동천에서는 사벽의 바위면이 새겨진 이름들로 반조정(半朝廷)을 이루었다고 하며, 조상의 이름을 찾고 있다. 만폭동은 조선시대 이래 제명문화(題名文化)에 따라 수많은 인사들이 이름을 새겨서 '반조정(半朝廷)'의 비유로 유명한 곳이다. 이에 지은이 자신도 글을 짓고 있다. 분설담에서는 사벽에서 이름을 확인하고 문장들이 많이 다녀갔음을 확인한다. 도솔암에서는 '백명 천명의 왕래객이 이 자리에 쉬면서 명함을 벽에 걸고 연필로 제명하여 도청 군청이 아닌데 팔도의 호적이 웬 일인고'[68]라 하여 역시 많은 제명들을 확인한다.

이어 서울로 향하는 것은 금강산 구경의 연장선상에 있으며, 금강산이 현재와 소통하는 장소로 자리하게 한다. 경성에 들러 남산에 오르는 여정은 처음 출발에서 던진 의문부호에 대해 마침표를 찍는 귀결점의 의미를 갖는다. 오백년 왕도의 도시가 변화하였으되, 우리 궁궐은 볼 수 없고 총독부만이 높아 있는 것이다.

> 오뷕년 왕도지지 변화ㅎ기 짝이업다
> 우리 궁궐 어디 가고 총독부가 놉하는고
> 창경원의 들다보니 독물식물 뿐이로다

---

67) "이런 보비 보고나니 나혼즈 보고다시 마음의는 즐거우나 우리나라 ㅎ는 일을 신즈되야 싱각ㅎ니 원통코도 분ㅎ도다 무손 영화 보시랴고 나ㄹ일을 아니보고 불도숭상 외호시와 포진쳔물 ㅎ시는고 오날세기 도ㄹ보니 통곡밧게 아니난다"

68) "뷕명쳔명 왕ㄴ죵이 이즈리에 싀이면셔 명함너여 벽의걸고 연필로 제명ㅎ니 도쳥군청 아니어든 팔도호젹 원일인고"

동남손에 안즈시니 보이는기 눈물이라
우리나라 장한 거동 회복할 길 전혀 업다

경성은 오백년 왕도(王都)로서 번화하기 짝이 없지만 부재와 소멸의 정취를 느끼고 있다.

금강산이 간직한 역사적 기억들은 한 나라를 구성하는 것으로, 그 기억들을 소환하지만 우리나라의 장한 거동을 회복할 전망은 전혀 없음을 확인하는 것이다.

김일우 〈관악산유산록〉(1932)[69] 이 작품은 불교의식집으로 간행된 『석문의범』에 부록으로 실려 있다.[70] 저자 김일우에 대해서는 자세히 알려지지 않았으며 불교 신자로 추정된다. 서울에 위치한 관악산을 유람하고 지은 작품으로, 관악산 역시 민간에 전해오는 설화를 간직한 곳이자 역대 왕조의 역사와 함께 한 불교 유적들이 축적된 장소이다.

관악산은 전통적으로 제사를 설행하는 명산의 하나로서, 한양의 정맥을 이루는 곳으로 인식되어 왔다. 우리나라에서는 백악산을 중앙으로 하고, 관악산을 오악 중의 하나인 남악으로 하여 사시로 제사를 지내고 있다.[71]

작품은 크게 세 부분으로 나뉘며, 〈산에 오르는 과정−최고봉에서

---

69) 임기중, 『불교가사연구』, 동국대학교 출판부, 2001에서 소개하였다. 이후 김기영, 「관악산유산록의 작품실상과 현재적 의미」, 『어문연구』 38, 2002에서 창작시기를 1932년으로 추정하였다. 즉 〈관악산유산록〉은 김일우가 1929~1932년 사이에 1박 2일에 걸쳐 관악산을 등반하고 1932년 9월에 지은 기행가사로 보고 있다. 김기영, 위의 논문, 111면.

70) 김기영, 위의 논문, 111면.

71) 『조선왕조실록』, 세종 2년(1420), 4월 27일, 2집, 381면.

의 조망-하산 과정〉으로 구성된다.

> 한강교-화장사-강선대-매지고개-비석대-연주암-결단고개-연주
> 대 불성사 삼막사-백련암-반월암-염불암-자하동

관악산은 불교 사적이 많이 남아있는 곳이므로, 불교 신자인 작가
는 이와 관련된 산의 지형과 내력에 대해 집중적으로 읊고 있다. 산
정상을 향해 오르며, '소 바위·감토 바위·결단고개·용마(龍馬)바위·
장로(長老)바위' 등 바위와 고개의 재미있는 명칭들이 소개된다.

또 연주암은 미륵도량이며 사원(寺院)이 서광을 이루고 있다. 연주
대는 주세불과 십륙나한이 인간 세상을 굽어보고 염화미소 하는 곳으
로, 의상대사가 처음 연 곳이며 효령대군이 조성한 암자가 있는 장소
이다. 최고봉의 매렴정에서는 기우제를 지내왔던 곳임을 회상한다.

특히 최고봉에 올라 각 방향의 산들을 바라보면서 역대 왕조의 사
적과 그에 얽힌 불교 사적을 회고한다. 왕업과 불교의 사적은 서로 얽
혀 한 나라의 역사를 형성하여 왔으며, 그 내력을 일일이 읊고 있다.
이에 관악산은 종묘사직이 위치한 한양의 남악으로서, 종횡으로 얽혀
있는 역사적 좌표 위에 놓인 중심점에 해당한다.

즉 관악산은 한양을 떠받치고 있는 남악으로서, 그 최고봉에 올라
한양의 전경뿐만 아니라 개성 시내까지 조망을 넓혀 나가고 있다. 사
방을 바라보며 지리적 조망권을 넘어서서 역사적 상상력을 확장시켜
나간다. 이러한 내력들은 성곽과 사찰뿐만 아니라 작은 암자와 전각
에 이르기까지 소상하다.

이에 삼각산, 북한산, 송악산, 도봉산, 운악산, 천보산, 마니산 등

을 호명한다. 북한산의 높은 성곽은 숙종대왕이 쌓은 것이며, 남한성의 아홉 절은 인조대왕이, 가평의 원통사는 보조국사가 설치한 곳임을 떠올린다. 송악산은 개성의 역사를 회상하게 하는 곳으로, 이 회상은 포은의 선죽교, 만월대, 두문동의 역사적 기억으로 이어진다. 또한 수락산 내원암은 정종대왕이 세자가 없어 위축기도 하던 곳이다. 또 도봉산 망월사는 혜거국사가 불도를 닦던 곳이며, 운악산 봉선사는 수진대사가, 천보산은 지공화상이 도를 닦은 곳이다.

특히 우리나라의 외세 침략 역사와 관련된 장소인 강화도를 회상하며 그 역사의 내력을 복원하고 있다. 전등사 전각집은 정화공주가 중수한 곳이며, 마니산 제천단은 단군태자가 쌓은 곳이다.

> 강화만을 바라보니 사대도에 둘재이라
> 마니산에 제천단은 단군태자 싸흔 배요
> 전등사에 전각집은 정화공주 중수일세
> 무죄하온 손돌이를 목을베힘 원일인가
> 고려행궁 조문하고 병인양요 생각하니
> 대해중에 일편고도 전장터가 되엿고나
> 병자호란 위급하야 호긔장구 침입하니
> 선원(仙源) 상공 김상용은 화약불에 몸던지고
> 유도대장 김경징은 속수무책 항복일세

이곳 강화도는 외적의 침입시 많은 왕들이 피난했던 곳으로서, 몽고란에서 병자호란과 최근의 병인양요에 이르기까지 전장터이기도 했다. 이 외적 침입의 역사와 관련된 역사적 인물들을 회고한다. 이곳에는 고려 몽고의 난을 피해 급히 강화도 바다에 도착한 왕에게 충성하였음에도 억울하게 목이 베인 뱃사공 손돌[72]의 전설이 전해져 온다. 병자호란 때 김상용은 묘사(廟社)의 신주를 받들고 빈궁과 원손을 수행해 강화도에 피난했다가 이듬해 성이 함락되자 성의 남문루에 있던 화약에 불을 지르고 순절하였다. 반면 김경징은 병자호란시 강화도 방어 책임자로서 성이 함락될 위기에 처하자 도망친 인물이다.

이어 수원의 역사적 기억을 환기하는데 능침과 사찰뿐 아니라 경판, 기복게에 이르기까지 매우 상세하다. 정조대왕은 수원 백리를 거동하며 사도세자의 현릉을 세우고, 능사인 용주사를 창건하였으며, 은중경판을 조성하고 기복게를 반포하였음을 읊고 있다. 정조의 효심에서 비롯된 수원 행궁의 위의 또한 엄연하다.

또한 봉은사는 선릉을 위하여 중건한 선종의 수사찰로 승과시를 치르던 곳이며, 보우대사가 주지로 있던 곳이다. 이곳의 판전각은 남호 율사가 새긴 유적이며, 삼막사의 백연암은 세조때 왕사가 된 학조대사가 득도한 곳이다.

이러한 내용들은 불교사에 정통한 저자의 지식에서 비롯된 것들이

---

72) 김기영, 앞의 논문, 2002, 117면. 손돌 전설은 경기도 김포군과 강화군 사이에 있는 손돌목이란 여울과 관련된 지명 전설이며 그 기본 플롯은 다음으로 나타난다.
  (1) 왕이 손돌의 배를 타고 강화로 피신하다. (2) 손돌은 적을 피하고 안전한 수로를 택하기 위하여 초지(草芝)의 여울로 가다. (3) 왕은 이곳의 지형이 막힌 것같이 생겼으므로 손돌을 의심하다. (4) 왕은 신하에게 손돌의 목을 베라고 명하다. (5) 손돌이 배에 있던 바가지를 띄우며 이것을 따라가면 험한 수로를 벗어날 수 있다고 유언한다. (6) 왕의 신하들이 손돌의 목을 베다. (7) 왕은 손돌의 유언에 의해 무사히 그곳을 벗어나다. (8) 왕은 손돌의 충성에 감복하고 무덤을 만들고 제사를 지내다. (9) 이날은 손돌의 원기(怨氣)에 의해 풍한이 나타나다. (10) 그 여울은 손돌의 목을 벤 곳이므로 손돌목이라 하다.
  설성경, 「손돌 전설의 변이유형 연구」, 『한국민속학』 6집, 1973, 3면 및 11~12면, 김기영, 117면 재인용.

많으며, 이러한 불교적 사적은 우리 역사의 저류를 형성하고 있다는 것을 말해준다. 그리고 한 민족의 정신적 유산의 유구함에 대해 환기한다. 이와 같이 각 산의 정기는 나라의 성쇠와 연결되어 있는 것이며, 산의 암자와 성곽, 사찰은 역사적 내력을 온축하고 있다. 그리하여 한양을 중심으로 사방의 역사적 사적을 읊고 있다.

이 작품은 불교 신자의 입장에서 관악산을 비롯한 명산과 사찰에 새겨져 있는 역사적 기억들을 생생하게 살려내고 있는데, 역사적 기억의 소환과 역사 인물들의 호명은 당시의 시대적 분위기 속에서 긴장감을 불러일으킨다. 장구한 세월 속에서 훑어보는 기억 속에는 울분을 일으키는 역사도 있고, 장한 사적도 있으며, 애처롭고 감동스러운 기억들도 있다. 병자호란 속에서 속수무책 항복하기도 했고, 병인양요도 있었으며, 정조의 수원 백리를 거동하던 효의 거행이 있었고, 선종의 본산인 봉은사에 판각들도 남아 있다. 강화도 앞바다의 여울에 얽힌 지명 전설을 비롯하여, 역사적 인물들, 절에 남아 있는 전각과 판각들, 암자에 이르기까지 역사적 인물들과 함께 호명하고 있다.

이후 하산 과정인 관악산에서 내려오면서 들른 자하동터는 수석조차 정결한 신위선생의 자취를 담고 있다. 남양만 잔잔한 물 조기배, 놀기 좋은 월미도, 남태령의 지지대 또한 감회 어린 시선으로 상상 속에 떠올려 보고 있다.

그런데 이렇게 유구한 정신적 유산과 역사 고적들을 일일이 호명하며, 상상하는 문화적 기억의 틈새로 무력감을 내비치고 있다. "화산고적 말하랴면 애처롭기 짝이업네"라 하며, 청계산을 바라보며 천진암에 덕적바위 함월스님 행적이 "춘풍추우 몇백년에 구실푸게 계시도다"라 하여 그 역사적 행적들은 이제 퇴색하고 무화되고 만 듯하다.

"장하옵신 그 행적을 요새사람 몰라보고 보승(保勝)조차 등한하니 그 것 아니 한심한가"라 하여 그 기억들은 요새 사람은 몰라보고 있을 만 큼 희미해지고 있다.

이러한 의식의 심상은 "공산무인 적막한데 염불소리가 처량하게 들릴 뿐"[73]인 풍경으로 대변되며, 나라 상실의 현실을 탄식하며 끝맺고 있다.

금상기 〈금강유람가〉(1934)[74] 작가가 1934년 4～5월에 걸쳐 40여 일동안 검당 유영환, 오산 남중섭, 장경신 등 시우들과 함께 금강산을 유람하고 돌아와서, 그 일정을 기록한 노정일기를 토대로 지은 장편 가사이다.[75] 국한문체로 한자 옆에 한글을 병기해 놓은 귀글체 필사본이다.[76]

작품 서두에 친구 이원국이 쓴 서문이 실려 있다.

> 내가 그의 장거(壯擧)를 알고 유람기를 얻어 보니 유람기(遊覽記)가 아니고 유람가(遊覽歌)였다. 그것은 일반적인 기록보다는 가사로 하는 것이 더 상세하게 많은 것을 실을 수 있기 때문이고 국한문을 섞어 쓴 것은 부녀자와 어린이도 읽을 수 있도록 하여 많은 사람이 보도록 함이었다. (중략) 고인이 말하기를 유산(遊山)은 독서와 같다고 했다. 이는 견문과 취미의 고하에 따라 다른 법인지라 그대는 이미 그것을 터득하였으니 지금부터 다시 유산하는 마음으로 독서하는 가운데 별개의 금강을 또 찾

---

73) "가든길을 도라서서 염불암을 차자가니 공산무인 한적한대 염불소래 처량하다"
74) 김기영, 「석호(石湖) 금상기(琴相基)의 〈금강유람가〉 고찰」, 『한국 언어문학』 59집, 한국언어문학회, 2006에서 처음 소개하였다.
75) 김기영, 위의 논문, 214면.
76) 이후 1996년 대보사에서 단행본으로 발간되었다.

을 수 있을 것인즉 이는 나와 그대가 같이 힘쓸 일이로다.[77]

이 서문에서 기행 체험을 가사로 쓰는 것이 더 상세하게 많은 것을
실을 수 있고, 많은 사람이 보도록 할 수 있다고 하고 있다. 유산의
행위는 견문과 취미의 고하에 따라 차이가 난다고 한다. 이러한 의식은
산수 유람을 유자의 문화적 교양으로 이해해 왔던 전통을 잇고 있다.

지은이는 금천에서 경부선을 타고, 경성에서 다시 경원선을 타고
철원까지 가서 전차로 내금강역에 도착하여 단발령에 오른다. 단발령
과 금강문, 활거리를 거쳐 금강역에 하차한다. 이후 금강산을 유람하
고, 삼일포, 해금강을 둘러보고 원산에서 경원선을 이용해 의정부를
거쳐 서울로 돌아온다.[78]

> 금천-경성-철원-단발령-금강문-활거리-금강역-만천교-장안사-
> 백천동 영원동-수렴동-백탑동-명연담-삼불암-표훈사-만폭동-수미
> 암-백운동-비로봉-마의태자묘-구성동-온정령-만물상-온정리-신계
> 사-동석동-옥류동 구룡동 외금강역-삼일포-해금강-원산-석왕사-철
> 원-의정부-경성-남문역-예천

장일상의 〈금강산유람가〉가 세속화해온 금강산 유람의 흐름을 잇
고 있다면, 이 작품은 사대부 문인의 산수유람 전통을 잇고 있다. 그

---

77) 余壯其遊, 而徵其遊錄, 盖不曰錄而曰謌者, 其意必以爲雖涓流小阜, 欲其不遺而發之
腔調也. 譯以國文者, 雖婦人孺子 欲其易曉而使之膾炙也. (중략) 惟古人所謂遊山似讀
書, 隨其見趣之高下者子已得之矣. 〈金剛山遊覽謌 序〉,〈금강산유산록〉.

78) 1920, 30년대의 금강산 유람이 내·외·해금강을 구경한 후 원산·석왕사, 그리고 삼
방약수를 보고 일단 서울로 돌아온 다음 각기 고향으로 돌아가는 것이 한 유행이었다.
김기영, 앞의 논문, 2006, 220면.

런 점은 같은 서예가였던 김규진의 〈금강유람가〉와 유사하다. 금상기의 〈금강유람가〉에서는 유람하면서 느낀 감흥을 그때그때 읊은 작품들을 싣고 있다. '신작시조'라 제목을 붙인 시조 1편을 비롯하여 30여 편의 한시를 짓고 있다. 이 시들은 경치가 주는 운치를 읊는가 하면, 역사고적을 마주하고 역사를 회고하며 감흥을 노래하는 감고(感古)의 내용을 담기도 한다. 이는 전통적으로 산수 유람을 통해 문장력을 도야하고, 산수를 유람하며 얻은 감회를 시로 표현해 내었던 문인들의 전통을 이은 것이다.

따라서 한 대상이나 장소의 정취, 형세, 기상을 드러내고자 하는 태도가 중심이 된다. 수많은 고사들을 동원하여 경물의 미감을 읊고 있으며, 수다한 사적과 정경을 세세히 복원하고 있다. 시선과 방향, 근경과 원경이 주는 미감에 따른 시정을 읊고 있다.

"원경(遠景)이 관감(觀感)되야 시흔슈 지어스니"라 하여 새로 발견한 구성동의 기절한 경관에 대해 여산폭포를 차운하여 시 한 수를 짓는가 하면[79], 명경대에서는 울창히 뻗은 수목 사이에서 햇빛을 볼 수 없는 가운데 각색 새소리의 우는 소리에 회포를 일으킨다.[80] 또 수렴동은 폭포수가 쏟아지는데 맑은 기운이 은근히 퍼져오는 곳이다.[81] 만폭동

---

79) "물을 짜라 나려가니 구성동(九成洞)이 기절(奇絶)흐다 천간디비(天慳地秘) 억만년(億萬年)에 亽년전(四年前)에 발견지(發見地)라 제일우에 구천폭(九天瀑)은 은흐구천(銀河九天) 츠명(借名)일네 여산폭포(廬山瀑布) 차운(借韻)흐야 절구(絶句)흔슈 지엇스니"
80) "구곡양절(九折羊腸) 좁분길노 위이굴곡(逶迤屈曲) 거러가니"·"참천(參天)흔 슈목(樹木)속에 일월성신(日月星辰) 볼슈업고 영금이슈(靈禽異獸) 우난소리 각싀회포(各色懷抱) 절노난다"
81) "폭포(瀑布)가 줄기되고 징담(澄潭)이 꼬치되야 태을진연(太乙眞蓮) 말근향기(香氣) 암암(暗暗)히 촉비(觸鼻)흐다"·"수렴폭(水簾瀑) 드러가니 구비 구비 폭포(瀑布)로다 산하한류(山下寒流) 곡곡청(曲曲淸)은 무이구곡(武夷九曲) 이안인가"

에서는 "진주담 다다르니 팔담중에 제일일네 우박갓치 쏘는 폭포 만곡
(萬斛)진주 흣터진다"라 하여 진주담이 제일이라고 품제하는데, 이는
우암 이래로 팔담 중 진주담을 최고로 품평해 온 전통을 이은 것이다.
봉황대에 올나가니 "천인기상 뇌락" 하고 강선대에 올라서는 "안계가
창활ㅎ고 흉금이 쇄락" 함을 느낀다. 이와 같이 경치가 품고 있는 기상과
취미가 중시된다.

또한 금강산의 역사고적에 대해 상세히 보고한다. 활거리는 태조대
왕이 활을 걸었던 곳이며[82], 장안사는 고려시대 일등미술인 십육나
한이 열좌한 조각이 있는 사성전이 위치한 곳이다.[83] 황천담은 마의
태자 성터로서 신라 망국시에 비분강개하여 숨어들던 곳이며[84], 그
위의 반석에는 동경의열(東京義烈)이라는 마의태자 필적이 새겨져 있
고, 태자가 말의 고삐를 걸었다는 계마석이 전한다고 말한다.[85] 반야
전은 법기보살 봉안처이며, 그 안의 대시루는 태조대왕의 하사품이
며, 표충각에서는 사명·서산·무학대사를 배향한 곳으로 동서의 벽에
역대 도승의 영정을 봉안하고 있음을 보여준다. 흘성루의 서편 재배
령(再拜嶺)은 고려 태조대왕이 절하던 곳이며, 명연담은 김동조사가

---

82) "활거리 지나가니 틱조더왕(太祖大王) 괘궁처(掛弓處)요"

83) "ᄉ셩전(四聖殿) 들다보니 십뉵나한(十六羅漢) 열좌(列坐)ᄒ더 난옹조ᄉ(懶翁祖師)
조셩(造成)이요 고려일등(高麗一等) 미술(美術)이라"

84) "신라말년(新羅末年) 망국시(亡國時)에 강긔비분(慷慨悲憤) 못이기여 금강산(金剛
山) 깁피들와 삼옷입고 숨어스니 의열(義烈)도 장(壯)커니와 유적(遺蹟)이 허다(許多)
ᄒ다"

85) "동경의열(東京義烈) 북디영풍(北地英風) 반석(盤石)우에 쎡여스니 당당(堂堂)ᄒ 춘
추필법(春秋筆法) 마의틱ᄌ(麻衣太子) 표충(表忠)이요 디관(大關)터에 계마석(繫馬石)
은 틱ᄌ당년(太子當年) 계마처(繫馬處)라 고금역ᄉ(古今歷史) 굴디(屈指)ᄒ니 일시흥
망(一時興亡) 부운(浮雲)일쇠"

죽은 곳으로 물소리가 울음소리와 같이 처창하다고 한다.[86]

이는 금강산에 관한 신라로부터 고려 조선으로 이어지는 역사적 흐름을 더듬는 것이며, 한 장소에 축적된 장소의 기억이기도 하다. 그것은 왕조의 역사이면서 동시에 민간에 전승되는 웃음과 전설의 역사이다. 이 경관의 표현들은 독창적으로 창조해낸 것이 아니라 경관에 부착되어 전승되어 오는 것들이다. 가사의 유장한 흐름에 따라 봉우리이름들, 역사고적들을 일일이 열거함으로써 공통의 기억을 호출하는 것이다.

그리하여 시인묵객들의 수적들인 매월당의 기문, 김규진의 거필[87], 양봉래의 유허, 나옹조사의 필적, 송우암의 유필, 구룡폭에서는 허목의 필적들을 목도하는 감회를 읊고 있다. 이 고적들은 금강산 경관의 일부를 구성하는 문화적 기억이라 할 수 있다. 그리하여 '그 글을 잠간 보아도 감창지심 절노난다'고 하여 매월당 김시습 기문의 원문을 싣고 있다. 이러한 역사고적에 대한 충실한 열거와 묘사는, 한 장소의 정신적 가치, 역사적 전통이 특정 장소의 장소성을 구성하는 인문지리적 전통에 따른 것이다. 한 장소의 장소성은 그곳을 시로 표현한 제영을 통해서 완성된다.

지은이도 역시 제명하여 걸고 있다.

> 오선봉(五仙峯)과 칠보디(七寶坮)와 삼인봉(三印峯)과 가섭봉(迦葉峯)과
> 그밧게 무슈군봉(無數群峰) 실줄 짜라 니다보고

---

86) "금동조〈(金同祖師) 비관처(悲觀處)라 어복중(魚復中)에 장〈(葬事)호일 수셩오열
　(水聲嗚咽) 처창(悽愴)호다"
87) "법긔보살(法紀菩薩) 〈디〈(四大字)는 김규진(金圭鎭)의 거필(巨筆)이요"

> 벽상(壁上)을 살펴보니 고금현판(古今懸板) 무수ᄒ다
> 소인묵긱(騷人墨客) 노던 ᄌ츄 광감디회(曠感之懷) 절로난다
> 우리 역시(亦是) 효빈(效嚬)ᄒ야 ᄉ인합작(四人合作) 게판(揭板)ᄒ니

그런데 이 작품은 산수 유람의 전통을 이어 그때의 감흥과 미감을 관용적인 전고와 고사를 통해서 표현하는 한편으로, 부분적으로 신조어를 구사하는 점이 특징이다. 지형과 경관의 재현을 위해 종종 신문명의 감각과 상상력에 기대고 있는 점이 달라진 점이다.

> 층암절벽(層巖絕壁) 구분길노 안심더 올나갈졔
> 철ᄉ(鐵絲)줄과 철교(鐵橋)다리 위험(危險)ᄒ기 짝이업다
> 간담(肝膽)이 선를ᄒ고 싱쌈이 졀노난네
> 틱평양(太平洋)에 비ᄒᆡᆼ긔(飛行機)들 위틱(危殆)ᄒ기 이를손가
> 난어상천(難於上天) 쵹도(蜀道)인들 험악(險惡)ᄒ기 이를손가

'촉도의 어려움(蜀道難)'이라는 고사와 관련된 관용적 표현과 태평양의 비행기의 고도를 상상하며 떠오르는 전율의 비유가 병치된다. 태평양 위를 날아가는 비행기의 형상이 주는 위태로운 감각, 박람회의 다양하고 다채로움이 금강산을 형용하는 비유로 나타난다. 또 "일산(日傘)갓튼 차일봉(遮日峯)은 태양광선(太陽光線) 갈와잇데"에서 차일봉을 '태양광선'을 가리우는 일산에 비유한다.

이와 같이 금강산의 산수는 때때로 지리적 지형물로 바뀐다. 지형의 험이와 외형 묘사를 위해 동일한 대상에 대해 고사와 전고를 동원하는가 하면, 신문물에도 비유하고 있다. 비로봉 정상에서 아래를 조망하며 느끼는 감회를 다음과 같이 말한다.

공부즈(孔夫子) 등틱산(登泰山)이 이에셔 더놉푸며
리틱빅(李太白)의 락안봉(落鴈峯)이 이예셔 더쾌(快)할가
비힝긔(飛行機)를 타고온들 이와갓치 놉피오며
망원경(望遠鏡)을 씨고본들 이와갓치 멀이볼가

산수의 취미 대상에서 비행기를 타고 오르는 관광지로 바뀌는 순
간이다. 최고봉에 올라 조망하는 감격을, 태산에 올라서야 천하가 작
다는 것을 알았다는 '공부자 등태산'의 고사와 함께 망원경으로 바라
보는 감각과 비행기를 탔을 때의 고도에 대한 상상력을 통해 표현하
고 있다. 여기에는 이 시기에 유행한 활동사진 속 풍경인 자동차 배,
비행기 등의 탈 것을 이용한 모험이 펼쳐지는 영화적 감각[88)이 개입
되고 있다.

또한 세계 속 금강산으로 부각시키고자 하며, 이때의 금강산은 보
편적 관광지로 이행되기도 한다. "세계만물 박람회난 금강산이 주최
일쇠"라 하여 종종 금강산은 세계 속 탐승지로 언급되며, 경관도 서양
의 건축물과 대비되기도 한다. 기이하면서도 위태롭게 바위에 매달린
형상으로 유명한 보덕굴에 대해서 '육십 칠척의 구리 기둥이 세계의
특색이며, 서양사람 벽돌충집을 자랑마라'고 하여[89) 서양의 건축물

---

88) 1910년대 중반 이후 모험활극물이 인기를 끌었는데, 미국영화의 영향, 그중에서도
자동차, 배, 비행기 등 탈것을 이용한 모험이 펼쳐지는 액션 스펙터클이 반향을 일으켰
다. 연쇄극은 오랫동안 '보는 자'였던 경험에서 습득한 공간 전유 테크닉으로 미국영화
에서와 같이 자동차나 기차의 경주라든가 활극을 활용함으로써 조선의 관광지를 재현가
능하고 즐길만한 공간으로 재구성하는 과정이었던 것이다. 백문임, 「조선 영화의 풍경
의 발견 : 연쇄극과 공간의 전유」, 『동방학지』 158, 동방학회, 2012, 270~298면.
89) "육십여척(六十餘尺) 구리기동 세계(世界)예 특색이라 천죽(天作)이 안이온니 인죽
(人作)이 분명(分明)ᄒ다 서양(西洋)사람 벽돌충집 재조(才調)잇다 자랑마라"

보다 우수하다고 말하고 있다.

그간 금강산이 선경으로서의 우주적 공간, 세속과 동떨어진 비의적 공간으로 나타났다면, 신문명의 비유를 통해서 즉물적이고 감각적인 면과 기능성 효율성이 강조된다. 얼마나 아찔한가, 멀리 볼 수 있는가에 초점이 있다. 또한 경성에 도착해서 바라본 전등불로 휘황한 야경은 구만장천의 별이나 추야의 달보다 더욱 화려하고 감각적이다.

이러한 표현들은 부분적으로 나타나지만 가사의 문학적 관습에서 탈피해 가는 변화상으로 주목할 만하다. 즉 이 작품은 산수 유람의 전통이 우세하면서도 부분적으로 영화적 상상력이나 관광체험의 기미가 나타난다는 점이 특징이다.

조애영 〈금강산기행가〉(1930)[90] 배화여고 여학생이었던 저자가 금강산으로 수학여행을 다녀온 기행체험을 다룬 것이다. 여학생의 신분으로 다녀온 수학여행을 소재로 하여 적극적으로 민족의식을 표출하고 있다. 금강산은 우리 민족의 상징적 장소로 나타나며, 나라를 상실한 데에서 우러나오는 정감을 표출한다.

---

90) 은촌 조애영의 가사작품에 대한 연구는 근대 규방가사를 다루는 총체적 접근을 비롯하여 개인 작가 연구에 이르기까지 다방면에서 이루어져 왔다. 권영호, 「해방 이후 근작 내방가사에 나타난 여성의식」, 『어문논총』 41, 한국언어학회, 2004 ; 김정화, 「현대 규방가사의 문학적 특징과 시사적 의미」, 『고전문학연구』 32, 한국고전문학회, 2007 ; 나정숙, 「은촌 조애영 연구」, 성신여자대학교 교육대학원, 1994 ; 박요순, 「여류 가사의 현황과 연구활동」, 『한남어문학』 28, 한남대학교 국어국문학회, 2004 ; 백순철, 「20세기 규방가사를 통해본 여성과 근대성」, 『동아시아와 근대, 여성의 발견』, 청어람 미디어, 2004 ; 백순철, 「규방가사와 근대성의 문제」, 『한국고전연구』 9, 한국고전연구학회, 2003 ; 백순철, 「은촌 조애영 가사의 문체와 여성의식」, 『한국고전여성문학연구』 22, 한국고전여성문학회, 2011 ; 허철회, 「은촌 조애영의 규방가사 고찰」, 『동국어문학』 7, 동국대학교 국어국문학회, 1995.

금강산 유람의 경로는 다음과 같다.

> 단발령−장안사−명경대−만폭동−진주담−내금강−백운대−은선대−십
> 이폭포−보덕굴−비로봉−유점사−천선대−만물상−상팔담−구룡연−해금
> 강−삼일포−총석정−외금강

우리 겨레의 대표적 강산인 금강산이 호명되고, 금강산 내 고적의
역사적 내력과 아름다운 풍광은 조국의 상실에 따른 슬픔의 정조를
환기한다. 금강산 내 신라 마의태자의 자취를 바라보며 나라를 빼앗
긴 점에서 동일시한다.

다음은 명경대 부분이다.

> 꼬불꼬불 들어가니 명경대의 앞이로다
> 글자한자 새김없이 문짝같은 큰바위는
> 전설만이 애처롭게 긴사연을 가졌어라
> 서라벌의 천년사직 무너지던 그때로다
> 낙랑공주 사랑하던 마의태자 숨어산곳
> 물소리도 잠잠하고 추성만이 소슬하다
> 산개울에 흩인칼돌 옛창검의 모습인데
> 붉은이끼 피묻은듯 옛사연을 아뢰는듯
> 나라빼긴 설움이야 예나지금 다를소냐

명경대는 불교의 명부 전설이 전하는 권역인데, 과거 신라 마의태
자 사적으로 특징되고 있다. 소슬한 산개울에 흩어 있는 칼돌은 옛 창
검의 모습이며, 붉은 이끼는 피 묻은 듯하다. 옛 사연을 지닌 과거는
나라를 상실한 설움이라는 점에서 현재와 상동성을 지닌다.

> 간곳마다 물소리는 무슨일로 느껴우노
> 이나라에 **뼈**저린 것 네가보아 왔거니와
> 너도 울고 나도 울고 구곡간장 다 녹는날

　'이 나라에 **뼈**저린 것 네가 보아 왔거니와'에서 보듯이 만폭동은 문화적 기억이 축적된 장소로 등장하며, 폭포수의 물소리는 울음소리로 형상화한다.

　금강산의 아름다움은 거대한 조국의 무게감과 상실의 아픔을 배가시키고 있다. 감각화되어 있는 개개 자연물은 감각적 아름다움을 구현한다. "맑은 가을하늘"·"흰구름은 오락가락 산허리를 감고가네"·"대막대기 의지하여 천선대에 올라가니 구름 한 장 날아와서 바람같이 지나간다"·"높은산을 기던물이 차례차례 떨어지고 물소리는 우레같이 산곡간을 울리누나 명주한필 걸어논듯 굼실굼실 번쩍번쩍" 등 경관들이 감각적으로 묘사된다.

　해금강에 이르러 이러한 감정은 고조된다.

> 바다 속에 혼자 서서 외롭기가 한정 없네
> 님을 찾는 나그네가 벙어리가 되었는가
> 금방 울음 터질듯해 안타깝고 가엾어라
> 동해바다 폭풍 속에 **뼈**만 남은 해금강아

　해금강은 외롭게 서서 울음을 터트릴 듯한 형상이자, 거센 폭풍의 힘에 의해 해체되어 **뼈**만 남은 앙상한 형상으로 그려진다. 벙어리가 된 듯 임을 찾는 나그네의 형상은 작가의 감정이 이입된 비유적 표현이다. 삼일포 역시 "집채같은 둥근 바위 벌거벗고 엎드린 양 눈이 절로 쏠리는데"라 하여 벌거벗고 엎드린 형상으로 묘사한다. 그리하여 비로봉에 올라 조국의 광복을 축원하지만 그것은 "슬픈 동경"이 되고 말 뿐이다.

따라서 이 작품에서 작가의 감정이 투사된 금강산이 그려지며, 금강산은 우리 강산이자 조국의 표상으로 부각된다. 조국의 강산인 금강산에 직접 오르며 나라의 상실로 인한 슬픔을 노래한다.

정효리 〈해인사유람가〉(1934)[91] 순 한글 필사본이다. 도입부에서 그간 여성으로서 살아온 삶을 반추하는 내용으로 시작하는 점을 비롯하여 전체적 구성은 화전가 계열 작품들과 유사하며, 여행이 놀이적 성격을 띤다. 그러면서도 이 작품은 다른 규방가사에 비해 상대적으로 해인사로 향하는 도정에서 보고 들은 체험을 자세히 읊고 있는 점이 특징이다. 가는 도중에 고향과 시집의 세거지 등을 거치며 그 고장의 역사적 내력을 상세히 읊고 있다.

작품은 늘그막에 찾아온 여유 속에서 여행길에 오르면서 지나온 삶을 반추하는 독백으로 시작된다. 젊은 시절로 거슬러 올라가 그간 여자로서 살아온 삶을 회고한다.

> 고금인정(古今人情) 일반(一般)이라 하물며 여자(女子)몸이
> 농중(籠中)에 갓친시라 규법니칙(閨法內則) 쏜을바다
> 빈게신명(牝鷄晨鳴) 드러와서 적인동부(敵人從夫) 사십연(四十年)에
> 동동촉촉(洞洞燭燭) 조심이야 일신(一時)들 노흘손가
> 봉양구고(奉養舅姑) 진성(盡誠)ᄒ며 싱순군자(承順君子) 더어렵소

91) 김일근, 「힌인사유람ㄱ」, 『文湖』 2집, 건국대학교 국어국문학회, 1962에서 소개하였다.

봉사접빈(奉祀接賓) 쩌쩌마당 주사고임(酒食苦任) 오작ᄒ며
싱남싱여(生男生女) 길울적에 그고싱(苦生)이 엇더홀고
소실금풍(蕭瑟金風) 침선방(針線房)에 잠혼정 편이자며
만화방창(萬化方暢) 꽂시절에 징점풍욕(曾點風浴) ᄒ야밧소
차호(嗟呼)라 여자소임(女子所任) 가지가지 심정(心曾)나네
세월(歲月)이 약유파(若流波)라 녹빈홍안(綠鬢紅顔)언제던고
소소빈발(蕭蕭鬢髮)헛뚜도다 제부제아(諸婦諸兒) 현철(賢哲)ᄒ야
치산고역(治産苦役) 막겨시니 함니농손(含飴弄孫) 우리들은
마황후(馬皇后)으 신세(身世)로다 기골풍영(氣骨豊盈) 강건(康健)홀제
명산디찰(名山大刹) 귀경(求景)ᄒ식

어느 새 노년이 된 지금 지난 세월을 돌이켜 보니 과중하게 부과된 여자소임에 "심정"이 날 정도이다. '봉제사 접빈객에 때때마다 주사고임 오죽하며 자식 낳아 기를 적에 그 고생이 어떠하며, 동동촉촉 조심이야 일신들 놓을손가'라 하여 "잠 혼 정 편히 자본 일이 없는" 지난날들을 회고한다. 이제 며느리를 보았으니 치산의 고역을 맡겨두고 "기골풍영 강건홀제 명산디찰 귀경"을 하자고 말한다. 여기에서 노년이 되어 그 세월들에 대한 보상을 받을 자격이 있다는 점을 넌지시 밝히고 있다. 또한 이 언명 속에는 노년의 여유로움을 즐길 자격이 있다는 것뿐만 아니라 이제야 유람하게 된 아쉬움의 의식이 엿보인다. 이어 여러 며느리들과 손주들의 배웅을 받으며 출발하는 장면은 그간의 세월동안 자신이 이루어낸 결실을 자부하는 마음이 배어 있다. 그리하여 '깃뿌오며 우읍도다'라 하여 뿌듯한 심정을 드러낸다.

이어지는 노정이다.

함양읍-이은대-학사루-사근역-남계서원-개평촌-남효리-안의읍-
광풍루-황석산성-거창-합천 부자정-권빈역-묘산역-안성촌-야로장-
홍류동-농산정-해인사-거창읍-안의-함양 팔량골

해인사로 출발하며 노정에서 마주친 길재의 이은대는 백세청풍(百
歲淸風)에 싸여 있다. 최치원의 학사루에 이어 문헌 정여창을 모신 남
계서원은 일도의 유림이 모여들어 춘추석전을 제행하는 곳으로서 거
룩한 예악문물로 칭송하고 있다.

또한 이곳은 작가 자신의 고향이기도 하여, 각별한 감회를 표출한
다. 유년시절에 같이 놀던 동무들에 대한 그리움과 여자유행에 대한
원망을 토로한다.

고힝산천(故鄕山川) 차자드니 감구지회(感舊之懷) 업살손가
오십연전(五十年前) 싱장촌(生長村)을 오십연후(五十年後) 다시오니
화포학이(華表鶴歸) 이아닌가
산천(山川)은 여구(如舊)ᄒ고 풍경(風景)은 불수(不殊)ᄒ더
엇더타 니으몸은 이갓치 노쇠(老衰)ᄒ고
무심(無心)ᄒ 산천(山川)에도 이갓치 감창(感愴)거든
ᄒ물며 사람이야 추동심사(觸動心事) 엇더홀고
유시(幼時)에 노든동무 천이지각(天涯地角) 헌터저서
인경길흉(哀慶吉凶) 망연(茫然)ᄒ니 ᄒ세월(何歲月) 존바람에
히후단회(邂逅團會) 모와드러 무수모수(某水某丘) 조흔풍경(風景)
흔흔(欣欣)이 길기볼고 무궁심사(無窮心事) 싱각ᄒ니
여자유힝(女子有行) 가소롭다

오십 년 전 성장하던 고향을 이제야 찾아오면서 각별한 심경을 느

낀다. 유년시절에 같이 놀던 동무들과 흩어져서 애경길흉의 소식이
망연하니 언제나 함께 모여 이 산천의 좋은 풍경을 함께 하며 즐겨볼
수 있을까 생각해 보는 것이다. 이에 여성의 삶을 제한해 왔던 '여자
유행'의 규범에 대해 생각하며 새삼스레 가소로움을 느끼고 있다.

개평촌에서는 정여창을 비롯한 친가의 장한 세덕을 '일국대반'(一國
大班)이라 하여 기리고 있다.

> 고루거각(高樓巨閣) 싸인곳이 기평촌(介坪村)이 저기로다
> 우리친가(親家) 장흔세덕(世德) 일두선싱(一蠹先生) 빅세덕(百世宅)에
> 게게싱싱(繼繼承承) 누린부귀(富貴) 일국더반(一國大班) 안일손가
> 첨피의의(瞻彼猗猗) 죽임(竹林)쏙에 겨평(巨坪)마을 저안인가
> 동한더성(東韓大姓) 진양강씨(晋陽姜氏) 천연복지(天緣福祉) 터를잡아
> 청전고가(靑氈故家) 장흔 범절(凡節) 세세상전(世世相傳) 누린성문(盛門)
> 나으차부(次婦) 친당(親堂)이라

이밖에도 모산역 안성촌은 시집의 세거지로서 구가세덕(舅家世德)
으로 선산 김씨의 가계와 그 가세를 읊고 있다.

안의읍에서는 황석산성의 임진왜란 시 의병활동 사적에 대해 읊고
있다.

> 교북동천(校北洞天) 바리보니 더성전(大聖殿) 놉흔집이
> 만세소왕(萬歲素王) 겨신곳이 힝단춘풍(香壇春風) 씌인난듯
> 북편(北邊)을 바리보니 황석산(黃石山) 험(嶮)한기세(氣勢)
> 용언충천(湧然衝天) 무섭도다 용사당연(龍蛇當年) 싱각ᄒ니
> 충의당당(忠義堂堂) 곽선생(郭先生)이 청야수성(淸野守城) 조령(朝令)
> 밧고

> 조선생(趙先生)과 손길잡아 사군민병 모라드려
> 저산성에 보장(保障)홀제 충의지사(忠義志士) 불소(不少)ㅎ며
> 용장예졸(勇將銳卒) 만컨마난 국운(國運)이 불길(不吉)튼가
> 천고소인(千古小人) 빅사림(白士霖)이 출전장(出戰場)이 당(當)한말가
> 일야창졸(一夜倉卒) 기푼밤에 기문납적(開門納賊) 이윈일고

안음현감 곽준, 함양군수 조종도가 끝까지 이곳에서 왜군에 항거하였으나, "천고소인" 백사림이 성문을 열고 도망치면서 패배한 전투를 회상하며 애통해 한다. 홍류동 농산정에서는 천고의 절작(絕作)인 최치원의 시를 읊어보기도 하며, 정자 주변의 풍광에 대해 읊는다.

이어 목적지인 해인사에 도착하여 눈에 띈 풍경은, 학교와 주재소가 동편에 배설되어 있고 소방기와 절 살림이 서쪽으로 포치되어 있다는 점이다. 더욱이 식수의 설치가 묘하다고 하여 눈 여겨 보고 있는 점이 특징적이다. 일상의 구석진 장소에 위치한 살림살이에 눈길을 주고 있다.

> 외문(外門)을 드르가니 자우힝각(左右行廊) 버려는디
> 학교(學校)와 주지소(駐在所)난 동편(東邊)에 빈셜(排設)ㅎ고
> 소방기(消防器) 절살임은 서방(西方)으로 포치(舖置)ㅎ며
> 구광누(九光樓) 놉흔집은 정북(正北)에 흘립(屹立)한디
> 누상(樓上)을 바리보니 큰북이 달려구나
> 제도(制度)으 굉장(宏壯)ㅎ미 보든중 처음이라

이어 전체 해인사의 법당과 풍경, 단청, 행각 등 배치를 묘사하며 석축도 묘하고 층계도 장하다고 감탄한다. 보광전의 경내 모습을 세세히 묘사한다.

동서벽(東西壁) 너른곳이 무수(無數)이 걸인회상(繪像)
수천련(數千年) 나려옴서 기심견성(開心見性) 득도(得道)ᄒ야
도통(道統)바든 제불(諸佛)이라 물욕(物慾)이 버서나고
본성(本性)을 깨다름은 유불(儒佛)이 일반(一般)이라
이도쏘한 성인(聖人)이니 엇지공경(恭敬) 안할손가

'물욕에서 벗어나고 본성을 깨닫는 것은 유불이 일반이라 이도 쏘한 성인이니 엇지공경 안할손가'라 하여 유교와 불교를 종교라는 점에서 동일한 성격을 지닌다고 보고 있다.

국일암에 이르러 여승들과 대면하자, 젊고 늙은 여승들에 대해 처량하고 애처롭게 보면서 각별한 심회를 토로한다. 곧 어서 빨리 환속하여 생남생녀 길러 내여 인간의 재미를 누리기를 권고한다.

소소빅발(蕭蕭白髮) 늘근 보살(菩薩) 적막신세(寂寞身世) 처양(凄凉)ᄒ고 아처롭다
절문 여승(女僧) 녹빈홍안(綠鬢紅顔) 고흔 얼골 속발위승(削髮爲僧)이 윈일고
조석공불(朝夕供佛) 파흔 후에 침방(寢房)으로 도라가면
독숙공방(獨宿空房) 적막흔디 그 고싱(苦生)이 엇더ᄒ며
추야삼경(秋夜三更) 두견성(杜鵑聲)에 잠인들 달기 잘가
고단신세(孤單身世) 눈가무면 부모유체(父母遺體) 중(重)흔 몸이
화중(火中)지가 될거시니 싱세흔적(生世痕迹) 어디 잇소
요보 절문 여승(女僧)드라 어서 빨이 속퇴(俗退)ᄒ야
싱남싱여(生男生女) 길너닉야 인간직미(人間滋味) 누리오며
일싱일사(一生一死) 흔정(限定)잇서 흔번 죽엄 못면ᄒ나
효자현손(孝子賢孫) 딕(代)을이어 계계승승(繼繼承承) 닉려감서
빅세힝화(百歲香火) 불절(不絶)ᄒ면 여자사업(女子事業) 제일이네

같은 여성의 입장에서 한 집안의 안주인으로 자손을 잇고 가문의
번성을 보는 것이 최고 행복함을 말한다.

또한 초파일에 불공을 드리는 모습과 실제 목격한 노대사의 설법이
관심사로 등장하여 해인사 노대사의 설법을 그대로 인용하고 있다.

> 수미호빅(鬚眉皓白) 노디사(老大師)가 예복(禮服)을 정제ᄒ고
> 자수(左手)에 파리치며 우수(右手)에 경문(經文)들고
> 연디(演臺)에 올나서서 호방(豪放)ᄒ 불음(佛音)으로
> 디중(大衆)을 깨친마리
> "이 자리에 선남선여(善男善女) 려분은
> 헌화(獻譁)을 금지(禁止)ᄒ고 경서(經書)을 드르소서
> 천상(天上)에 천당극낙(天堂極樂)이잇고 지하(地下)에 풍도지옥(風濤
> 地獄)이잇서
> 덕(德)을싹고 마음을 발킨즉 죽어육신(肉身)은 사라지나
> 영혼(靈魂)이 천당극낙(天堂極樂)으로 도라가 힝복(幸福)을 누리오며
> 윤회환싱(輪回還生)ᄒ야 디인군자(大人君子)되고
> 죄악(罪惡)을 지은즉 풍도지옥(風濤地獄)에 싸저
> 고통(苦痛)을 바드며 우마금수(牛馬禽獸)에 티여나서
> 전싱죄(前生罪)을 밧나니 여러디중(大衆)은
> 부처임게 공(功)을드려 수복(壽福)을 연장(延長)ᄒ며
> 악업(惡業)을 소멸(消滅)ᄒ라 부처임은 디자디비(大慈大悲)ᄒ사
> 디중(大衆)을 불싱이여기시니 허소이 듯지말소
> (중략)
> 소리마차 염불(念佛)ᄒ며 디중을 지휘(指揮)ᄒ애
> 합장비례(合掌拜禮) 직촉ᄒ니 망부위(亡夫爲)ᄒ 홀어미며
> 자식수익(壽厄) 비난여자 손자명복(命福) 티인할미
> 분분(紛紛)이 이러서서 선선이 절을하네

여와요보 사람드라 수요장단(壽夭長短) 부귀빈천(富貴貧賤)
정(定)한 수(數)가 잇난비라 빈다고 된단말가
허쑤고 우읍도다

　여성들이 절을 찾는 것은 삶 속에서 생사고락을 겪으며 종교에 귀
의하여 이를 극복하고자 하는 것이다. 노대사는 '부처님에 공을 들여
수복을 연장할 것이며 악업을 짓지 말면 복을 받을 것이며 인과응보
가 진정한 삶의 이치'임을 설파한다. 이에 남편이 죽은 홀어미, 자식
의 수액을 비는 여자, 손자의 명복을 비는 할미 등이 분분이 일어서서
절을 하는 모습이 이어진다.

　작가는 이러한 수요장단과 부귀빈천을 주어진 삶의 이치와 섭리로
이해하며, 이를 부처에게 발원해서 이룰 수 있다고 생각하는 여자들
의 모습이 헛되다고 읊는다. 하지만 이러한 모습 속에는 당대 여성들
에게 절의 의미가 단순히 유람의 장소가 아님을 알 수 있게 한다. 해
인사는 대장경을 비롯한 보물을 수장하고 있는 곳으로서 문화적 표지
이기도 하지만, 무엇보다도 삶의 고난과 실존적 위기에 직면하여 여
성들이 찾는 곳이라는 점이다. 손자의 명복을 빌고자 하는 할머니, 자
식의 장수를 축원하는 어머니 등의 모습을 확인하게 하고 있다.

　노정에서 드러나듯이 이 작품에는 유가에서 권장하는 부덕을 실천한
다는 자부심과 세덕(世德)으로 표현되는 가문의식이 깔려 있다. 노경의
여성이 비로소 여행길에 놀라 노정 속에서 고향과, 시집의 세거지를
거치며 감회를 토로하고 있다. 임진왜란 시의 의병의 사적을 비롯하여
해인사로 가는 길에 마주한 고적들은 현재의 삶을 구성하는 퇴적층임을
보여준다. 이와 함께 외출과 놀이에의 욕구를 바탕으로 일상 살림살이

에 대한 관심, 같은 여성으로서 여승을 바라보는 시선과 여성의 삶에 대한 교감 등 여성의 삶과 밀착된 정감이 실려 있다.

〈**종반송별**〉(1935) 작자가 밝혀지지 않은 규방가사 작품이다. 집안 일로 경성 여행길에 오르고 있다. 도입부에서 자신이 명문세가에서 성장하여 출가한 이력을 회고하며 시집을 오면서 떠나오게 된 친정식 구들과 친구들에 대한 그리움을 토로한다.

> 십오륙셰 방연이라 원노의 격승으로
> 타문우귀 출가ㅎ니 산고ㅎ환 구고은택
> 미신의 져져시며 군ㅈㅈ검 짝이업셔
> 사시댱츈 놀고쟈니 놀고ㅈ는 호걸이요
> 비단이불 수봉팀과 화류경대 은댱식의
> 좌우금침 버러잇고 내축편 관져댱을
> 나남업시 보비와셔 표일포미 됴요졀의
> 간곳마다 존대부라 존귀존구 귀듕군ㅈ
> 듯듯밧듯 ㅎ와시나 빅년사업 그만이라
> 모수무수 나던고대 시시쩌쩌 싱각나고
> 산비희벽 자모디뎡 오민의 경경ㅎ고
> 약상약하 노던동유 면면싱각 간졀ㅎ다
> 달빌영아 자라ㄴ셔 운녕대 방초록의
> 풀을쓰더 싸움ㅎ고 셰류창창 버들가지
> 회덕부러 내기할뎍 낙니망 즐긴몸이
> 츈몽의 낙화갓고 광풍의 취우갓치
> 각지동셔 ㅎ엿스니 소식조ᄎ 아득ㅎ다
> 희주ᄉ 깁고깁허 운산이 몽몽ㅎ니

어느고졀 지망ᄒ며 쳐조시 염셔스니
어느누가 견갈ᄒ며 안죽셔 업셔스니
쳣셔를 뉘견ᄒ리 무졍셰월 양유파라
사시가졀 변할덕의 경물의 구곡간댱
여ᄌ소회 일반이요

이번 여행을 계기로 출가하던 때로 거슬러 올라가 그동안 거의 여행을 하지 못했을 뿐더러 집안일에 얽매여 지내왔던 세월을 반추하며 자신의 삶을 되돌아보고 있다. 처음 시집 와서 겪게 된 문화적 충격이라 할 수 있는 경험들로서, 시집이 미신에 젖어 있고 남편은 늘 놀고 자는 군자 호걸이었다는 것을 떠올린다. 그리고 어머니에 대한 그리움, 유년 시절 동유들과 풀싸움을 하던 기억으로 거슬러 올라가 산지사방으로 흩어진 동무들에 대한 그리움을 토로한다. 사시가절이 변할 때에 구곡의 간장이 타는 것은 여자들 일반의 소회일 것이라 노래한다.

그러던 중 을해년에 청첩을 받고 경성을 향해 출발한다.

번기갓치 속한긔츠 거문연긔 디고동의
만수쳔산 뒤집ᄂᆞᆺ 산을넘고 물을건너
빅니산쳔 꿈속갓치 경셩역 당도ᄒ니
고대광실 대합실의 졔계창창 열좌한대
반가울ᄉ 두동군이 승긱듕의 씻겻구나
부상조일이 두려시 도다오고
운듕초월이 의회이 비최이니
하놀랍고 반가오니 미친사롬 방불ᄒ다
드리달아 손잡으니 악수상봉 분명ᄒ다
손잡고 셔로보니 모모할디 분이ᄒ여

빅발이 셩셩ᄒ니 여화갓치 고은태도
수명갓치 말근기딜 셔산의 디ᄂᆞ희빗
누라셔 붓들손야

경성역에 도착하여 친지들과 상봉하는 장면이 "하 놀납고 반가오니
미친 사름 방불ᄒᆞᆮ 드리달아 손잡으니 악수 상봉 분명ᄒᆞ다"라 하여
박진감 있게 재현되면서 길게 부연되고 있다. 오랜만에 친지들을 만
난 기쁨이 그만큼 크다고 할 수 있다.

젊은 시절 이후로 많은 세월이 흐른 후인 오늘에서야 만나보게 된
감회가 남다르다. 오랜만에 친지 집에서 만나게 된 친지들의 면면들은
세월의 흐름을 거쳐 오면서 외모가 변해 있다. 종형, 종손, 종제, 존고모
등 친척들에 대해 일일이 거명하며 외모와 성품에 대해 읊고 있다.

실질적으로 이번 여행의 큰 즐거움이자 기대했던 것은 경성 시내
유람이다. 작가에게 경성은 근대문물과 과거의 역사적 유산이 병존하
는 공간이다. 장안대로 너른 골목길에 벌여 있는 포목집, 화신상회 승
강기, 전등, 전차 등은 "이목이 현황ᄒᆞ고 심신니 표탕"한 정경을 이루
고 있다. 남산고원에서 바라본 경성의 전경은 인가도 웅장하고 지세
도 화려한 모습이다.

그런데 이러한 신문물과 함께 조선 왕조의 흔적이 남아있는 옛 궁
궐에서 더 각별한 감회를 갖는다. 이 궁궐은 아스만의 용어에 의하면
기념장소로서, 기념 장소는 과거의 세계와 현재의 세계 사이에 심연
을 만들면서 전통 단절과 망각에 대한 의식을 구체화시키는 기능을
담당한다.[92] 이곳에 전시된 유물들을 바라보며 왕대비 가례시의 광

---

92) 아스만은 세대 간 장소와 기념장소를 구분한다. 기념장소에서 과거와 현재는 현격한

경을 상상한다. 이는 구체적으로 왕대비 가례 장면으로 재현되는데, 왕대비 가례의 화려함은 한 왕조의 현존을 증거하던 장면으로 빛나고 있다. 만조백관이 좌우에서 시위하고 왕실이 모두 모여 웅장한 위의가 빛나는 모습을 떠올린다. 이러한 궁궐이라는 장소는 조선 왕조의 멸망을 실감하게 하며 허무함을 느끼게 하는 기억의 장소이다.

따라서 경성은 근대적 도시로서의 외양을 갖추고 있는 한편으로, 옛 왕조의 문화적 기억을 간직한 장소이다. 조선 왕조로서의 집합 기억은 여성으로서의 개인적 정체성을 이끌고 온다. 이는 여성으로서 자신의 처지를 돌아보게 하고 사회적인 활동이 제약되어 있는 상황에서 아무런 힘이 되지 못하는 모습을 아쉬워하게 한다. 우회적으로 남자들을 부러워하는 가운데 남자들이 나라를 위해 진력을 다했는지에 대해 묻고 있다.

> 헛부다 우리인싱 무용한 녀즈로셔
> 솔토지인 완신으로 보답쳔은 언톄흐리
> 민충뎡의 열흔이리 셰강국말 엇지흐리
> 울울챵챵 수목샤의 광활흔 대궐 뒤의
> 초록댱막 잔디우의 시롬업시 안즈시니
> 헛부고 송황흐다
> 어와 남즈들아 쳔하만물 삼겨날젹

차이를 지닌다. 즉 그 장소와 관련된 특정한 역사는 계속 전승되지 않고 급격히 단절되었기 때문에 그렇게 단절된 역사는 폐허나 유물 혹은 흔적의 형태로만 남아있다. 현재에 그 장소에서 벌어지는 삶은 그 잔재와는 무관하다. 그러나 그 장소에 남은 물질적 잔재는 새로운 문화적 기억이 발생할 수 있는 지점이 된다. 기념장소는 더 이상 존재하지 않는 것을 부분적으로 보존하면서 그것이 기억에 의해 재활성화되는 순간 시간의 불연속성을 가리키는 표지가 된다. 그것은 무언가 존재하면서 동시에 부재하는 것을 가리킨다는 점에서 기억과 망각의 이중적 구조를 잘 보여주는 장소이다. 윤미애, 「문화적 기억의 공간과 서울이야기」, 『카프카연구』 17집, 한국카프카학회, 2007, 233면.

다힝니 남주도여 유인이 최명인대
오힝뎡기 타나시니 그아니 쾌할손가
오빅여년 셰록지신 동녕수고 불변셕과
불수이군 셩혀말숨 누을두고 이른말고
어와 참남ㅎ다 우리힝디 참남ㅎ다

단순히 남성선망에 그치지 않고 그 역할에 대해 자문하고 있으며, 나라의 쇠망에도 아무런 역할을 하지 못하는 것에 대한 무력감과 자괴감을 토로함으로써 여성의 사회적 역할에 대한 욕망을 토로한다.

이어진 임진강 선유에서는 자신들의 놀음을 적벽강 소동파와 심양강 두보의 풍류에 비겨 '진솔풍류 지어낸다'고 표현한다. 이 시점에서는 흥취가 난만하여 술을 음미하고 글제를 내어 시를 짓는다. "청산은 그림도여 조회우희 단청니오 녹수는 글이도여 술잔의 쩌러지내"라 고양된 흥취 속에 있다. 종제가 자신을 '치마 두른 사군자'라고 발언하고 있는 것도 여성들의 글쓰기에 대한 욕망과 문장력에 대한 자긍심을 드러내는 것이다.

이 작품은 규방가사 전통을 이으면서 이 시기 기행이 여성들 자신의 사회적 역할에 대한 자각을 불러오고 있다는 것을 보여준다. 간만에 선유를 즐기며 고인의 풍류에 비유하는가 하면, 나라의 쇠망을 환기하며 여성의 처지를 한탄한다. 그리하여 즐거운 여행을 마치고 친지형제들과 이별하며 "남여동등 이시더의 엇지 이리 인존한고"라 하여 남녀가 동등한 시대에 여자의 현실적 처지는 그렇게 외부활동이 자유롭지 못한 것에 대해 아쉬움을 표출한다.

2) 이향 및 이산체험

1930년대는 이산체험이 본격적으로 등장하기 시작한다. 당시 간도
와 만주, 미국 등지로 흩어져 무국적자로 살아가는 이민자들의 삶과
체험이 나타난다. 나라를 잃고 한 곳에 정주할 수 없는 이산자들의 삶
과 정서는 여정 위에 있는 기행의 모티프와 상동성을 지닌다.

홍언 기행가사(1936~1937)[93] 이 작품들은 『신한민보』에 실린다.
『신한민보』는 1909년 미국 샌프란시스코 교민단체인 '국민회'의 기관
지로 창간되었으며, 당대 미국의 교민들을 대상으로 한 신문이다. 홍
언은 이 신문의 주간으로 활동하면서 개화가사 형태의 기행가사를
발표한다.

홍언은 1904년 하와이로 이주한 이후 독립운동가로 활동하였다.
미국 이민 1세들에게 재미—미국에 있는 행위는 고국으로의 귀환이 전
제된 일시적인 일이었다. 그러면서도 현지에서 생활인으로서 정착할
수밖에 없는 한민족은 문화적 충격과 흡수라는 과정에서 민족적 주체
성과 자기정체성 확립이 커다란 화두로 등장하여 정체성 혹은 삶의
진실을 발견하기 위해서 자기와 타자 사이를 끊임없이 왕래해야만 하
는 것이다.[94]

따라서 홍언은 조국으로의 귀향과 이민지에서의 정착 사이에서 끊
임없이 갈등하면서 조국과 이민지에 대한 이중적인 태도를 내면화하

---

93) 조규익, 『해방 전 재미한인 이민문학』, 월인, 1999에서 자료를 집성하였다. 선행연구
로는 박미영, 「재미작가 홍언의 몽유가사시조에 나타난 작가의식」, 『시조학논총』 25
집, 한국시조학회, 2006 등이 있다.
94) 박미영, 위의 논문, 178면.

고 있는 전형적인 이민지 작가이다.[95] 전통적 교육을 받은 것으로 생각되는 홍언은 특히 타국에 떠밀려 와서 살아가는 이민자로서, 정신적으로 지탱해줄 민족 정체성에 대한 갈망이 강하다. 그리고 민족의 정체성을 형성할 수 있는 원천에는 공동의 언어로 쓰여진 문학이 있다고 생각했다. 이때 문학은 전통적인 정서가 녹아있는 전통장르에서 찾고자 했으며, 국문시가의 관습적 심상들을 통해서 이산의 정서를 섬세하게 담아내고자 한다.

그런 점에서 길 위에 서 있는 여행자의 형상은 기본적으로 이산의 정서와 대응한다. 홍언이 '몽유시가'의 양식을 통해서 고국으로의 귀환에 대한 꿈을 그려냈듯이[96], 길 위를 가고 있는 여행의 모티프는 이주인으로서의 의식과 정서를 드러낼 수 있는 효과적인 문학적 장치로 기능한다. 그리하여 미국 이민 1세대인 홍언의 가사는 미국 내 이민자였던 작가의 의식을 보여준다. 미국을 여행하며 고국을 떠나 돌아가지 못하고 떠도는 이산의 정서를 그리고 있다.

홍언은 1935년 9월 2일 샌프란시스코를 떠나 1936년부터 오래곤, 애리조나, 뉴멕시코 등 미국 서남부 지역으로 독립운동 자금을 모금하기 위한 여행길에 오르고 있다. 이때 지어진 홍언의 기행가사는 여행길에서 마주한 서정적인 풍경을 마주하며 느낀 정서를 드러낸다. 이산체험을 사실적으로 기록하거나 묘사하는 것, 이민자 생활을 직접적으로 재현하는 것에 몰두하기보다는 그러한 생활을 목도하면서 느끼는 정서의 형상화에 더 관심을 기울인다. 그러한 이산의 정서를 서정적으로 드러낼 수 있는 소재로는, 도회지의 풍경보다는 산·집·산촌·해·꽃

---

95) 박미영, 앞의 논문, 2006, 178면.
96) 박미영, 앞의 논문, 2004.

·나무 등 자연의 풍광이다. 전통장르인 가사장르에 내재한 관습적 심상들을 차용하여 이산의 정서를 섬세하게 담아내고자 한다.

그런데 홍언의 기행가사 작품들은 길게 늘어지는 장편이라는 전통적 양식과는 많이 동떨어져 있다. 기행가사의 장르적 특징이었던 보고문학적 성격이나 산문체의 재현과는 거리가 멀다. 가사작품들은 짧은 길이로 이루어진 형식인데, 이는 끊어지는 단상들, 한 곳에 정주하지 못하는 단속적인 길 위의 삶과 대응을 이룬다. 독자에게 보고 들은 것을 보고하고자 하는 의식보다는 여행하며 접한 정경에 대한 자신의 감정을 독백하는 형식이다.

아래 작품에서 외연상 드러난 자연은 건곤으로 구성되는 우주적 경지에 가깝다. 그리고 경치를 구성하는 개개 경물들은 종종 관습적 수사로 표현된다.

  뎨일장
  一. 갈민기 갓흔 나는 바다이 죠아라고 단녀간 오순비우 못니겨 다시
    오니
  二. 천길이 깁허잇는 바닷물 출렁출렁 물가에 쫏차나와 섯는산 나직
    나직
  三. 밝은달 맑은 바람 갈민기 ㅅ 가지라도 외로운 나를 반겨 머물러
    잇으란 듯
  四. 이러케 유정한 것 금젼이 산다거나 련이로 밋는다면 너엇지 가젓
    으랴
  뎨이장
  一. 겨울의 모든 바다 성나서 흘듭거늘 고요한 오순비우 네홀로 봄이
    러냐?
  二. 힌빗이 다스하게 물길을 덥히주니 풀은빗 시리워서 연긔를 먹음

　　　　난 듯

三. 빅불은 갈민기난 디 뭇혜 올라안저 죠둥이 날기밋헤 낫잠을 자려
　　　난디

四. 바다가 엿흔물은 중류가 고요희진 그의미 몰으고셔 공연히 밀어
　　　온다

뎨삼장

一. 폭은한 긔운속에 바다가 녹으라져 명월을 품에품고 침침히 잠이
　　　드니

二. 큰 별만 드믄드믄 벽공에 빅여잇고 바람도 잔잔하야 자는 풀 닷칠
　　　셰라

三. 바다의 깁흔 졍을 명월이 홀로가져 흰비단 ㅅ 갈린 속에 두려시
　　　잠겻고나

四. 건곤이 부드러워 유졍한 이시각에 어혼의 도장방은 등화가 미진
　　　디셔

　　　　　　　　　　　　　　-〈오순비우 4장 몬트레이에서〉[97]

　　분련체 형식으로 각 장은 4행으로 구성된다. 천 길이나 깊어 있는
바닷물은 출렁출렁하고 바닷가에 서 있는 산은 나직나직하다. 이곳의
'바다'는 즉물적·감각적으로 형상화되어 따뜻하고 포근한 바다로 펼
쳐져 있다. 햇빛이 따스하게 물길을 덮어주고, 푸른빛이 시려서 연기
를 머금은 듯하다. 포근한 기운 속에 바다는 누그러져 밝은 달을 품에
품고 잠이 든다. 큰 별만 벽공에 박혀 있고, 자는 풀 다칠세라 바람도
잔잔하다. 건곤이 유정하고 부드러운 곳의 정적인 바다는 따뜻하고
포근한 온기를 전해줌으로써 위안을 받고 있다.
　　이러한 바다의 모습은 풍경에 가깝다. '건곤'이라는 관습적인 이미

---

97) 『신한민보』, 1937. 2. 25.

지를 차용하고 있지만, 이것은 공동체가 떠맡고 있던 영예로운 풍경
을 개개인이 현실공간 속에서 자유로이 절취해낼 수 있는 풍경으로
변용한 것에 가깝다. 공동체에 일종의 기호로 코드화 되어 있는 명소
구적의 표상을 상대화하고 탈각시켜, 개인이 눈앞의 현상으로서 풍경
을 표상[98]한 것이다.

> 一. 이강산 오는 동풍 지나다 빈동산에 들러를 주엇나더 봄빗이 거츨
> 고나
> 二. 썩기운 쟝마비가 한송이 피는 쏫은 츄이에 터진 입술 연지가 써
> 러지고
> 三. 눌러서 가시나무 자라지 못한 버들 밋흐로 버든가지 풀은 나츄
> 쯔며
> 四. 맘디로 자란 풀만 방석이 되얏으미 힛발이 저기와셔 쉬는 듯 비
> 치운다
> 五. 련당에 잇든 부용 소식이 막막하니 봄풀이 가득한들 군자를 맛날
> 게랴
> 六. 고요한 녯 란간에 인적은 업거니와 탑우에 비닭이가 그디로 나라
> 들어
> -〈다시 와보는 도산의 꽃동산(로샌질리쓰에서)〉[99]

  빈 동산에 들러 보지만, 봄빛은 아직 거칠다. 한 송이 피는 꽃 추위에
터진 입술연지같이 꽃잎이 떨어지고, 자라지 못한 버들의 아래로 **뻗은**
가지와 풀은 낮추어 뜨며, 햇발이 저 곳에 와서 쉬는 듯 비치울 뿐이다.
이에 부용 소식이 막막하여 군자를 만날 수 있으랴 하는 것이다.

---

98) 이효덕, 『표상공간의 근대』, 박성관 역, 소명출판, 2007, 81면.
99) 『신한민보』, 1937. 4. 8.

이 작품에서 '거친 봄빛'으로 추위에 터진 입술연지 같은 꽃, 낮추어 뜨는 풀은 가냘프고 연약하며, 상승하기보다는 하강하는 이미지가 우세하다. 이러한 자연물의 형상을 통해서 이산자의 정서를 드러낸다. 아직 봄빛이 완연하지 않은 동산, 거칠고 적막하며 비어 있고 낮으며 밑으로 자라는 정경에는 이산자의 불안정한 현실이 겹쳐 있다. 이 작품에서도 '부용'과 '군자'라는 관습적인 심상에 기대어 있으나, 그 실질은 이념적인 울림보다는 감각적인 자연이 생성하는 정조인 거칠고 낙하하며 밑으로 향하는 정서적 울림이다. 부용의 굳건하고 강인함, 군자의 견고함을 기대하고 있으나, 아직 적막하고 막막하다.

다음은 가사 〈평원의 농사집〉[100]이다.

一. 명산을 다지나서 평원에 너려시니 탐탁한 농사집이 사람이 사는 디라
二. 문압혜 보리밧은 시싹이 파릇파릇 집뒤의 과실나무 기지 곳 붉으스룸
三. 고요한 울타리에 흰닭이 헤여지더 싯노란 강아지가 닭 쫏차 ㅅ뒤어간다
四. ㅅ발닉줄 널어노은 어린이 다홍치마 이집의 인정에서 시로핀 곳 이어늘
五. 산에서 오는 너가 그다려 이세상은 아모맛 업는디니 산으로 가잘게면

산을 지나서 평원에 막 내려왔을 때 눈에 띈 농사집의 풍경이다. 이 농사집의 문 앞에는 새싹이 파릇파릇하고 집 뒤에는 과실나무 가지가

---

100) 『신한민보』, 1937. 5. 13.

불그스름하다. 고요한 울타리에는 흰 닭이 흩어져 놀고 있고, **빨래줄에**
는 어린아이의 다홍치마가 널려 있고, 샛노란 강아지가 닭을 쫓고 있다.

봄의 채색화에 가까운 풍경으로서, 애정이 넘치는 가정의 형상이
다. '파릇파릇한 새싹, 싯노란 강아지, 흰 닭, 붉으스름한 꽃, **빨래줄**
위의 다홍치마'로서 다사한 색이 어우러져 선명한 대비를 이루고 있
다. 애정 넘치고 정겨운 가정, 정주하고 있는 평화로운 가정의 정경은
지은이가 꿈꾸어 온 모습일 것이다. 이 시골집을, 작가는 거리를 두고
안이 아닌 밖에서 바라보고 있다. 자신은 그 안에 들어갈 수 없기 때
문에 '이 세상은 아모 맛이 없는 곳'이라는 것, '다시 산으로 가자고
한다면 어떨 것인가' 하는 독백으로 끝나고 있다.

그런데 이 애정이 넘치는 가정인 '집'의 형상도 가사의 전통에서는
생소한 이미지이며, 한 편의 채색화 같은 풍경도 관습적인 형상이 아
니다. 이 작품에서 시골집이 머금고 있는 생기와 정감은 채색의 감각
적인 이미지를 통해서 표현된다. 머뭇거림과 방황의 여운은 '산으로
가잘게면'이라는 종결형 어미가 아닌 가정형 어미로 끝나는 미완의
종결어를 통해서 전해진다.

〈아침의 밝은 빛〉에서 곧 밤을 새며 오는 길에 먼동이 터오는 것을
본다.

一. 밤시며 오는 길에 흑암을 지나보고 비로소 밝은 빗이 귀할줄 알
앗도다
二. 동으로 바라보니 히돗는 그편으로 이상히 붉은 구름 짠세상 갓차
운 듯
三. 승려의 밝은 눈은 홀웅한 극락시계 도사의 바라는 것 옥경이 거

```
         기로다
    四. 가는이 다 간다음 세상에 기흔 우리 밝은 빗 잇을 씨에 할일업시
         무엇인고?
                        -〈시 삼(三)수 아침의 밝은 빛(떤스미어에서)〉101)
```

아침에 동쪽에서 먼동이 터오는 때 이상하게 붉은 구름은 미묘한 긴장을 불러일으킨다. 그것은 기대와 체념을 함께 가져온다. 현실 너머의 이상세계에 대한 기대와, 지금 발을 딛고 있는 이곳 현실세계 사이의 긴장관계이다. 낙원이 있는 그곳을 바라보고 있는 우리는 할 일 없이 무엇하고 있는 것인가 반문한다.

홍언의 가사에서 자연은 구체적인 생존의 공간, 노동의 현장으로 나타나기도 한다.

먼저 홍언이 직접 밟고 느끼는 미국의 자연은 일상적인 삶의 생존 경쟁이 벌어지는 구체적인 공간[102]으로 나타나는 작품들이 있다.

```
    一. 무인한 이 벌판은 가난한 우리 형뎨 피 쌈을 흘리면서 베농사 하
       든더라
    二. 가을을 일즉 거더 슈레로 실어닐제 졔마다 꿈결인듯 금산을 싸앗더니
    三. 베 솟이 썰어지고 쥭졍이 남은 것을 비ㅅ가지 젹시워서 금산이
       문허젓소
    四. 누른 풀ㅅ 갈닌후에 베알이 잇을게랴 지는히 뉘엿뉘엿 검은식
       날아간다
                                    -〈베농장을 지나며〉103)
```

---

101) 『신한민보』, 1937. 5. 20.
102) 박미영, 앞의 논문, 2006, 196면.
103) 『신한민보』, 1937. 4. 29.

이 벌판은 가난한 우리 동포들이 피땀을 흘리면서 벼농사를 하던 신고한 노동의 현장이다. 그 노동이 결실을 이루는 가을, 수확의 계절에 산처럼 쌓아놓은 벼들, 벼꽃은 떨어지고, 죽정이만 남은 것에 비까지 내리며 적셔서 황금빛깔의 산이 무너진다. 지는 해가 뉘엿뉘엿 떨어지고 검은 새가 날아간다. '뉘엿뉘엿 떨어지는 해'와 '검은 새'가 겹쳐 있는 정경은 어두운 분위기를 느끼게 한다.

〈더위―중가주 태프트에서―〉[104]에서는 유전지대에서 불볕더위 아래에서 일하고 있는 동포들의 모습을 읊는다.

> 一. 기름광 사다리가 하늘에 다은 곳에 흰발이 다리밟고 니례를 오는 겐가
> 二. 넘어도 쓰겁기에 놀라서 쳐다보니 화경이 나츄걸려 인간을 티우런다
> 三. 모러가 다는 긔운 치밀어 이글이글 먼 산에 붉은 연긔 불빗에 빗치난듯
> 四. 이에서 좀더하면 터지는 기름광에 초목이 쓸어지고 금셕이 홀을 겐더
> 五. 여긔셔 사는 사람 네 어니 못가느냐 간난히 츄은 살림 더위를 참는게지
> 六. 헤여진 우리 형뎨 흘린 쌈 받아노면 강물도 되련만은 말라서 흔적업소

신고한 노동의 현장이 묘사된다. '가난해서 추운 살림'과 '이글이글 더위'의 추움/더위가 강렬한 대조를 이루면서 인간을 태울 듯한 더위

---

104) 『신한민보』, 1936. 9. 17.

와 싸우며 초기 이민자들이 흘린 땀의 고통을 조명한다. 흘린 땀이 쌓여서 강물을 이루는 것이 아니라 말라서 흔적이 없어진 것에서 상실과 고갈된 모습을 떠올리게 한다. 이와 같이 홍언의 기행가사에서는 고국을 떠나 타향에서 지내는 동포들의 삶이 생생하게 포착된다.

다음은 〈새스타 산의 절정〉[105]이다.

> 一. 쇠수레 가는길이 도라사 이리저리 쳔봉이 주춤주춤 만학이 아즐아즐
> 二. 전나무 소슨 중간 안기가 셔리웟고 음달진 언덕에는 흰눈이 ㅅ 시엿더라
> 三. ㅅ 지어진 구룸 ㅅ 잡에 아츰히 비어서서 비비에 빗치우니 은실이 밝앗으미
> 四. 음암의 폭포수난 구슬이 부서지고 그아리 시내물이 괄-괄 흘너간다
> 五. 공중에 걸친다리 무지게 꼿첫거니 절벽에 달린 집은 그누가 사는더냐?
> 六. 청산을 바라볼제 저먼곳 어이갈고 제가셔 도라보니 오든길 아득하오

새스타 산의 정상에서 내려다본 풍경으로 음달 진 언덕에는 아직 흰 눈이 남아 있다. 구름 가에 아침 해가 비치고 폭포수는 구슬처럼 부서진다. 아침햇살이 내리쬐어서 무지개가 꽂혀 있으며, "천봉이 주춤주춤 만학이 아즐아즐" 하고 폭포수가 부서지는 모습은 하루를 여는 생동감으로 차 있다.

그런데 그 곳에 서서 저 멀리 가야할 곳 청산은 아득히 멀고, 지나온 곳을 돌아보니 돌아가기에는 그 또한 너무 멀리 와 있다. 앞으로

---

105) 『신한민보』, 1937. 4. 15.

가지도 못하고, 돌아가지도 못하는 모습에는 어디에도 정착하지 못하고 머뭇거리는 이산자의 모습이 겹쳐 있다.

> 一. 무거은 안기속에 지척도 안보이니 제각기 거러가면 어디로 갈터인고?
> 二. 이몸을 쇠슈레에 든든이 실엇으믜 조곰도 쥬져업시 한길로 몰아간다
> 三. 바다에 가는비는 지남털 잇지만은 안기가 가리우면 빗길을 못찻거늘
> 四. 쇠슈레 근심업시 제더로 가는ㅅ 가닭 든든한 긔-도우에 시간을 맛홈이니
>
> -〈안개를 뚫고 가며〉[106]

이 작품 역시 '안개 속, 지척도 보이지 않는' 곳에서 어디로 향하여 가는지 지향점이 없다. 하지만 쇠수레에 몸을 든든히 싣고 종교적 힘에 의지해서 근심 없이 제대로 가고 있다고 말한다.

이와 같이 '길 위에 있음'·'머뭇거림'·'아득히 먼 곳'으로 표현되는 '정주하지 못함'은 홍언의 작품세계를 특징짓는 정조이다. 아직 길 위에 있음으로 해서, 그리고 아직 갈 곳에 도착하지 못하여 "고향에 잇건만은 고향맛 그리워서 궁금한 니고향이 타향과 갓다지오?"[107]에서 보듯이 단정적인 어조보다는 자주 물음을 던진다. 여기에는 조국을 상실한 이민자로서, 불안정한 이산의 정서가 묻어 있다.

---

106) 『신한민보』, 1937. 4. 29.
107) 〈조개를 먹으며〉, 『신한민보』, 1936. 11. 5.

〈망월사친가〉(1931) 규방가사로 전승되고 있으며, 작품의 화자는 남성화자로서 남성작으로 추정된다.[108] 즉 남성 화자의 규방가사로서 만주에서 귀국하는 여정을 그린 작품이다. 구체적인 사정은 자세히 나타나 있지 않지만, 공부를 하기 위해 부모 동기와 헤어져 홀로 귀국하는 것이다. 표면적으로는 고국으로의 귀환이라는 점에서 이산 체험을 종결하는 듯하지만, 여전한 망국의 현실 속에서 가족을 만주에 두고 온 서글픔은 이산자의 정서와 동일하다. 작품의 구성은 '귀국하게 된 동기, 귀국 과정, 귀국 후 심경'으로 되어 있다.

작품의 성격이 가족의 해체에 관심을 두고 있다는 점에서 남성화자의 작품이면서 규방가사로서의 특성을 공유한다. 처음에 부모 동기와 이별하는 슬픈 장면이 재현된다.

> 만쥬뜰 너른쳔지 이별ᄒ고 오든히가
> 갑ᄌ년 춘져리라 눈이녹고 어름푸러
> 죽은가지 다시살아 입도피고 곳도피여
> 춘셕이 녕농ᄒᆫ대 길임셩 일우에셔
> 춘흥겨워 노래ᄒ며 단쑴을 꾸어러니
> 그쑴이 다못가고 옛졔슉두 오시여셔
> 대택을 솔쳔ᄒ여 일시에 환고할젹
> 부모님에 명녕따라 아름다운 고국순쳔
> 압흐로 목젹하고 어머님 읍ᄒ셔셔
> 공손여필 ᄒ온후에 금옥갓흔 나에동싱
> 면면이 손을줍아 줄잇그라 나는간다
> 고국으로 나넌간다 너에들 녀러남미

---

108) 박경주, 『규방가사의 양성성』, 월인, 2007, 91면.

이별흔다 셜어말고 부모님 슬하에셔
가졍교훈 굿게바다 오른힝실 잇지말고
부모님계 효도흐여 조흔때를 긔다려셔
우리들 여러남미 악슈상봉 원이로다
졔졔이 이별한후 쓸인가슴 움겨안고
흐르는 피눈물노 옥기셜 젹시면셔
아버지 뒤를따라 문젼을 떠ㄴ셔니
읍흐로는 고국산쳔 듸우로는 졍든타향
이별하기 차마슬어 휘업손 거름으로
졍드럿든 산쳔초목 두번셰번 도라보며
잘잇거라 나는간다 눈물뿌려
죽별흔 목당강 졍거장을 눈겨레 당도흐니
죽별하던 나에둥싱 눈읍희 와연흐다

　이어 '목단강–봉천성–안동현–압록강–신의주–평양–경성–상주–영주'를 거쳐 고향에 도착한다. 그리고 고향 도착 후 보통학교까지는 친지들의 도움으로 마쳤으나 중학교에 입학하지 못한 것, 곤궁한 삶을 살아온 것, 아직 만주에 계신 부모에 대한 그리움에 대해 노래한다.

츙양공업 보통학교 일학년 입흐여
일년을 지낫더니 내운이 불힝흐여
퇴학장을 밧흐들고 일년간 녈두달을
눈물노 보ㄴ되에끗힉슉쥬 은덕으로
또다시 입학흐여스년을 단인후에
이년간 나문흑비 넷지슉쥬 보답흐고
뉵학년 졸읍장은 근근이 맛흐시ㄴ
나에팔즈 못대여셔 듕학가지 못가난것

듀야로 원이대여 일일이 싱각일셰
엇던스람 팔즈조화 중학대학 맛친후에
외국뉴학 하건마은 나의몸은 엇지하여
소학교 겨우맛쳐 나나리 오는고싱
면치를 못ᄒᆞᆫ고싱각스록 눈물일셰
(중략)
신미년 십월십일 초가집 한간방에
살임을 ᄎᆞ리고셔 친척에 동졍식은
때때로 바다가며 ᄌᆞ유로운 싱활노셔
성공을 목적ᄒᆞ고 굿게굿게 먹은마음
임에로 아니대여 빅스가 불슌ᄒᆞ여
엇지ᄒᆞ면 조흘손가 남에ᄌᆞ식 다려다가
금에옥식 못할망졍 마음이ᄂᆞ 편케ᄒᆞ면
도라오는 힝복이라 긔다리고 잇건마ᄂᆞ
나나리 오는고통 면치ᄂᆞ 못할내라
ᄌᆞ연이 부란이라 줄인비 움쎠안고
기한을 억졔하여 조셕거리 맛당차ᄂᆞ
익쓰고 잇ᄂᆞᆫ모양 보고잇난 나에마음
엇듯타고 층양할가 야속ᄒᆞ다 셰상이여

　지금에 처한 가난이 가족의 이산으로 인한 부모의 부재에 기인하는 것으로 여기고 있다. 가난으로 인해 친척들이 제공해주는 도움으로 근근이 살아가고 있는 현실과 학업을 지속하기 힘든 상황을 토로한다. 신미년에 혼인을 하였으나 "남의 자식 데려다가 금의옥식하게는 못할 망정 마음이나 편케 해줄 수 있기를 바라나 나날이 오는 고통을 면치 못하게 하고 있다"는 자책감을 느끼고 있다.

따라서 이 작품은 이산으로 인한 가족의 해체와 가난한 현실을 드러내고 있다. 가난한 현실의 고통과 부모와 헤어져 있는 그리움을 노래한다.

김우모 〈눈물 뿌린 이별가〉(1940)[109] '만주망명가사'[110]로도 지칭되는 이 작품은 역시 망국으로 인한 이산체험을 다루고 있다. 일제강점기 가일마을은 전통유림에서 혁신유림으로 전화한 가일 권문이 사회주의 독립운동을 활발하게 펼쳤던 곳이다. 김우모는 가일마을 초창기 독립운동의 중심이었던 권준희의 며느리이다. 1940년 자식들이 있는 만주로 들어가며 〈눈물 뿌린 이별가〉를 창작하였다.[111]

이 작품은 그동안 삶의 터전이었던 고장을 떠나는 슬픔을 노래하고 있으며, 당시 전통적인 삶을 살아왔던 여성들에게 이향이 어떤 의미로 다가왔는지 잘 보여주고 있다. 도입부에서는 벗들을 향한 호소에 이어 이산하게 된 역사적 맥락을 읊으면서 현실 인식을 보여주고 있다. 그리고 자식과 손자가 있는 곳, 만주를 향하여 기차를 타고 떠나는 것으로 끝나고 있다.

> 서럽도다 서럽도다 망국백성 서럽도다
> 아무리 살려해도 살 수가 바이없네

---

109) 선행연구는 다음과 같다. 고순희, 「일제강점기 가일마을 안동 권씨 가문의 가사창작-항일가사 〈꽃노래〉와 만주망명가사 〈눈물 뿌린 이별가〉」, 『국어국문학』 156집, 국어국문학회, 2010.

110) 고순희는 만주망명지에서 독립투쟁의 배경을 가지고 창작되었던 가사문학을 '망명지 가사문학' 혹은 '만주망명가사'로 유형화하고 있다. 고순희, 「일제강점기 만주망명지 가사문학-담당층 혁신유림을 중심으로」, 『고시가연구』 27집, 2011, 38면.

111) 고순희, 앞의 논문, 2010, 137~140면.

> 충군애국 다 팔아도 먹을 길 바이없고
> 효우를 다팔아도 살아날 길 바이없고
> 서간도나 북간도로 가는 사람 한량없네
> 가자가자 나도가자 애국하는 사람 따라
> 가자가자 너도 가자 돈 골병 든 사람아
> (중략)
> 부모분묘 다버리고 속절없이 가는구나
> 동기숙질 다버리고 눈물겨워 어이갈꼬
> 여보소 붕우들아 우리여자 각성바지
> 각처에서 모여들어 형이되고 제가되어
> 재미나게 살자더니 오늘이 왠일이냐

  아들의 독립투쟁 때문에 떠난 망명길이었으므로 국망의 현실을 개
탄하는 등 자기 신변에 대한 관심을 넘어서 대담하게 현실과 맞서는
작품세계로 확장되어 있다.[112]

  그러면서도 이 고장을 떠나는 것은 '부모분묘를 다 버리고, 동기숙
질 다 버리고 이웃과 친구들'을 버리고 가는 것이라 하여 이 고장이
단순히 거주지가 아니라 동기와 이웃, 친구들과의 친화적 경험을 포
함하는 총체적 장소임을 보여준다. 이 작품에서 '가일마을'은 조상의
내력과 음덕이 쌓여 있고 부모의 분묘가 있는 장소이자 정서적 안식
처로서 이곳을 떠나는 정신적 상실감이 크다는 것을 보여준다.

  이 점에서 이 가일마을은 세대 간 장소라 할 수 있다. 세대 간 장소
는 가문의 삶이 오랫동안 이어져 왔다는 사실을 토대로 하는 곳으로
그곳에 터를 잡았던 가문의 정체성을 만들어가는 장소적 특질을 지니

---

112) 고순희, 앞의 논문, 2010, 148면.

고 있다. 세대 간 장소는 인간과 장소 사이에 밀접한 관계를 지니는데 장소는 그곳에 대대로 사는 사람들의 삶과 경험의 형식들을 규정하고 사람들 역시 그 장소에 자신들의 전통과 역사를 침투시킨다.[113]

이 작품에서는 자신의 세대 간 장소라 할 수 있는 가일마을을 떠나는 고통과 서러움을 토로한다. 가일마을은 조상의 흔적이 혁혁하고 장구한 세월동안 삶의 터전이었던 장소이다. "청산이 둘러있고 낙낙장송 우거진데 동구에 못이 있어 팔대지의 하나"인 곳으로서, "조상님이 혁혁하고 오백년 살았도다 이 좋은 명기에서 나는 어찌 떠나가며 못물에 뜬 부평초야 내신세도 너같고나"라 한탄한다.

특히 다음의 부분에서는 이 고장이 자신의 마지막 죽음을 맞이하여 가는 길까지 함께 할 곳이자 종국에는 묻혀야 할 장소임을 말한다.

> 가일(佳日) 동네 저 못뚝에 행상(行喪) 위에 높이 누어
> 너화넘차 소리 듣고 선영계하(先塋階下) 가렸더니
> 이 어디로 간단말가 북국나라 간다하네

저 못뚝 위를 지나갈 행상 위에 '높이' 누워 너화넘차 소리를 들으며 떠나는 마지막 모습에 대한 상상은 죽음 이후에 위엄을 지니고 안식할 수 있는 장소가 바로 이곳임을 말하는 것으로서, 이 가일마을이 작가에게는 개인적 정체성을 이루어왔던 장소임을 보여주고 있다.

이러한 장소를 떠나는 고통은 "가련하다 이내설움 통곡하니 가이없다 어른아해 전송소래 철석간장 다썩는다"고 표현한다. 하지만 저 만주에서도 자녀들과 손자들이 기다리고 있으므로 체념하고 갈 길을 재

---

113) 윤미애, 앞의 논문, 2007, 233면.

촉하고 있다. 그리하여 고진감래 될 것이며 부귀공명할 것으로, 백발 노인이 이렇게 행차하는 것이 호강일 수 있다고 자위하며 희망찬 미래를 기약하는 것으로 끝맺는다.

이 작품에서는 이산을 추동하는 독립투쟁에 대한 굳건한 신념을 보여주면서도 조국의 독립이라는 명분보다는 이산의 고통을 표출하고 있다는 점이 특징이다. 당시 만주로의 망명이 집안 차원에서 이루어진 것으로 현실을 타개하기 위한 단호한 결단이면서도, 전통적인 삶을 살아온 여성에게 얼마나 큰 고통이자 불가피한 선택이었는지를 드러내고 있다.

2장 : 향유양상 및 형식

1. 향유양상

1900년 이후 기행가사의 향유양상은 다양하게 전개된다. 전대에 이어 소규모 집단인 집안과 촌락을 중심으로 필사본으로 유통되는가 하면, 다수의 독자 대중을 대상으로 한 신문매체에 게재되거나 개인 시문집의 형태로 발간되어 인쇄본으로 향유되고 있다.

통시적으로 나타난 작품의 향유 형태는 다음과 같다.

• 1990년~1910년대 필사본 7편

〈해서노정기〉(1900) · 〈대일본유람가〉(이태직 1902) · 〈서유견문록〉(이종 응 1903) · 〈해유가〉(김한홍 1908) · 〈선운사풍경가〉(이홍구 1910) · 〈노정가 라〉(1913) · 〈금강산유산가〉(정연옥 1917) : 필사본 7편

1900~1910년대 기행가사 작품들은 총 7편으로 모두 필사본으로

전승되며, 인쇄본은 아직까지 출현하지 않고 있다. 이들 작품들은 대부분 사행가사 및 규방가사의 전통을 잇고 있다. 필사본으로 향유되는 작품들은 전통적 유교 이념에 기반한 가문의식의 확인, 촌락을 중심으로 한 여성들 간 유대의식 등 공동체 의식을 바탕으로 한다. 사행의 내용을 다룬 해외 기행가사작품들의 경우도 봉명하는 신자(臣子)로서의 임무를 수행하는 사절의식을 근간으로 한다.

장편가사 작품으로는 〈해서노정기〉·〈대일본유람가〉·〈서유견문록〉·〈해유가〉 등 4편이며, 단편으로는 〈선운사풍경가〉·〈노정가라〉·〈금강산유산가〉 등 3편이다. 규방가사로 향유되는 작품들이 주로 단편에 속한다.

• **1920년대 인쇄본 13편/필사본 2편**
〈금강유람가〉(김규진 1919. 12~1920)·〈동유감흥록〉(심복진 1926)·최송설당 기행가사 10편(1922)·〈금강산탐승가사〉(신응교 1928) : 인쇄본 13편
〈금광유람가〉(1923년경)·〈금오산채미정유람가〉(1928년) : 필사본 2편

1920년대는 인쇄본 13편과 필사본 2편으로, 1920년대를 기점으로 기행가사가 신문 잡지에 게재되고 작품집으로 발간되면서 인쇄본 작품들이 등장한다. 김규진의 〈금강유람가〉가 『매일신보』에 실리고, 〈금강산탐승가사〉가 잡지 『조선』에 게재된다. 최송설당 기행가사와 심복진의 〈동유감흥록〉은 작품집으로 발간되고 있다.

이 시기는 인쇄본 기행가사 작품들이 등장한다는 점에서 주목된다. 인쇄본 가사들은 작품의 다양한 형식적인 변용을 꾀한다. 작품에 제목을 붙이거나 단형화하고, 산문체를 삽입하기도 한다. 인쇄본의 경

우 장편과 단편이 공존하며, 필사본은 모두 규방가사로 향유되고 있
는 작품들로서 단편에 해당된다.

- 1930~40년대 : 인쇄본 22편/필사본 8편

〈홍언 미국기행가사〉 22편 : 인쇄본 22편

〈금강산기행가〉(조애영 1930) · 〈금강산유람가〉(장일상 1930) · 〈관악산
유산록〉(김일우 1932) · 〈해인사유람가〉(정효리 1934) · 〈금강유람가〉(금상
기 1934) · 〈종반송별〉(1931) · 〈망월사친가〉(1931) · 〈눈물 뿌린 이별가〉(김
우모 1940) : 필사본 8편

1930년대는 인쇄본 22편/필사본 8편이다. 이중 인쇄본 22편은 홍언
의 『신한민보』에 실린 작품들이다. 전 시기에 이어 신문에 발표됨으로
써 다수의 독자층을 상대로 향유되고 있지만 한 작가의 작품들이라서
양적인 지표에 비해 실질적으로 인쇄본이 갖는 의미는 크지 않다. 전
시기에 이어 기행가사가 지속적으로 신문매체에 발표되고 있다는 점과
필사본의 향유도 지속된다는 점이 특징이다. 다음으로 필사본은 〈금강
산기행가〉 · 〈금강산유람가〉 · 〈해인사유람가〉 · 〈종반송별〉 · 〈망월사
친가〉 · 〈눈물 뿌린 이별가〉 등 6편으로 규방가사에 속한다.

이상의 향유 형태를 보면, 기행가사의 경우 1900년~1910년대에는
필사본만으로 향유되던 것이, 1920년대에 이르러 신문매체 및 잡지
게재와 개인문집의 발간 형태로 유통되기 시작한다. 이어지는 1930~
40년대에도 이 흐름을 이어 필사본이 창작되는 한편으로, 신문매체에
발표되고 있다.

　이러한 지표를 살펴보면 19세기까지 필사본으로 향유되어 왔던 기행가사가 1920년대에 이르러 인쇄본으로 향유되면서 문학적 성격의 다양한 변화를 가져오고 있다는 점을 볼 수 있다. 이를 통해 문학 환경의 변화에 맞추어 기행가사가 다양한 변화를 모색했던 것을 확인할 수 있다. 구체적으로 보면, 독자층의 확대를 위해 향유방식의 변화를 추구하는 한편으로, 필사본 형태의 향유가 여전히 큰 비중을 갖는다는 점이다. 1930년대의 경우 인쇄본이 22편이 창작되어 다수의 인쇄본 작품들을 볼 수 있는데, 이 수치가 지니는 실질적인 의미는 적다. 이 작품들이 실제로는 한 작가에 의해서 창작되고『신한민보』라는 동일한 발표매체에 발표된 점을 고려하면, 필사본의 향유 비중도 여전히 크다고 볼 수 있는 것이다. 필사본으로 유통되는 경우에는 한 가문을 중심으로 가전(家傳)되는 경우가 많으며, 후대로 갈수록 규방가사의 비중이 높아지면서 규방가사의 형태로 향촌을 중심으로 향유되는 특징이 있다.

　그러면 이러한 향유양상과 작품의 성격이 어떤 상관관계를 지니는지 알아보기로 한다.

1) 필사본, 향촌 중심의 향유와 문학적 관습의 지속

　필사본은 향촌 중심으로 향유되고 있으며, 작품의 주제의식에 비추어 볼 때 기행가사 장르의 문학적 관습을 그대로 계승하고 있는 경우가 많다. 그 결과 장편인 작품들은 대부분 필사본이다. 즉 필사본 향유는 가사의 문학적 관습을 계승하는 결과를 낳고 있다. 유림의 산수 유람 전통, 불교 신자들의 유람 전통, 향촌여성들의 규방가사 창작의 전통이 지속되고 있다.

이들 필사본 작품들은 규방가사를 제외하고는 대부분 장편인 경우
가 많으며, 기행가사의 문학적 관습과 결합하여 장편화 한다. 향촌의
세거지를 중심으로 유통되고 있으며, 향촌의 유림, 향촌 여성으로 구
성되는 작자층의 의식과 긴밀한 관련을 맺고 있다. 유림의 산수유람
가사라 하더라도 독자층을 여성들까지 상정하고 지어지고 있어 규방
가사의 형태로 향유되기도 한다.

따라서 전체적으로 후대로 갈수록 규방가사로 향유되는 폭이 커진
다. 전체 작품들 중 규방가사로 향유된 필사본들은 〈노정가라〉(1913)
· 〈금강산유산가〉(정연옥 1917) · 〈금오산채미정유람가〉(1928년) · 〈금광유
람가〉(1923년경) · 〈금강산기행가〉(조애영   1930) · 〈금강산유람가〉(장일상
1930) · 〈종반송별〉(1931) · 〈망월사친가〉(1931) · 〈해인사유람가〉(정효리 1934)
· 〈눈물 뿌린 이별가〉(김우모 1940) 등 9편이 규방가사로 향유되었다.
이중 남성작은 〈금강산유람가〉(장일상) · 〈노정가라〉 · 〈망월사친가〉 등
이며, 이 세 작품은 〈금강산유람가〉(장일상)의 이본이 규방가사집에 전
하고 있는 등 규방가사로 향유되었다.

2) 인쇄본, 형식적 변용과 문학적 자장

인쇄본들은 당대의 시대적 조류를 반영하고 있으며 양식상 새로운
형식적 실험이 이루어진다. 발표 매체의 형태로 구분해볼 때 (1)신문
잡지매체 게재, (2)개인 시문집 발간 등의 형태로 나타난다.

(1) 신문잡지 매체 게재

이 신문잡지 매체에 발표된 경우는 시각적 배치와 지면구성을 고려하고 있어 음영물로서가 아닌 독서물로서 변화해 가는 모습을 반영한다. 근대 기행가사가 실린 신문잡지 매체는 『매일신보』와 『신한민보』, 잡지 『조선』이다. 인쇄본 기행가사가 구체적으로 어떠한 성격의 매체와 지면에 실리고 있으며, 어떠한 문맥 속에서 향유되고 있는지 살펴보기로 한다.

『매일신보』와 〈금강유람가〉 가장 먼저 발표된 인쇄본 기행가사인 김규진의 〈금강유람가〉가 연재된 『매일신보』는 1910년 이후 한글로 쓰여진 국내 유일한 신문이었다. 조선총독부 기관지이면서도 유일한 조선어 중앙지로서의 위상을 지녔던 『매일신보』는 당대 문학의 유통에 결정적인 영향력을 지니고 있었다.

그런데 이 『매일신보』의 언론매체적 성격에 대해서, 조선총독부의 기관지였지만 강압적이고 일방적인 선전도구였다기보다는 복합적이고 다면적 성격의 공론장으로서의 성격을 지니고 있었다고 보아야 한다는 시각이 우세하다.[1) 이점에서 이 시기 『매일신보』는 공론장으로서 다양한 세력이 경쟁하는 장이었으며, 이중 또는 다중언어적 상황을 반영하는 장이기도 하였다.

1912년 『매일신보』는 지면의 혁신을 꾀한다.[2) 1912년 3월 1일 이후

---

1) 김현주, 「식민지에서 사회의 사회적 공공성의 궤적-1910년대 『매일신보』에서 이광수의 사회담론의 의미」, 『한국문학연구』 38집, 동국대학교 한국문학연구소, 2010, 223면 ; 윤상길, 「'식민지 공공영역'으로서의 1910년대 ≪매일신보≫」, 『한국언론학보』 55권 2호, 한국언론학회, 2011, 69~70면.
2) 권보드래, 「1910년대의 이중어 상황과 문학 언어」, 『한국어문학연구』 54집, 한국어

부터는 한글판을 폐지하는 대신에 3면(사회면)과 4면(문화면)을 한글 전용으로 제작한다. 이렇듯 지면을 내용상 그리고 언어표기상 분할하게 된 지면개편의 중요한 요점은 하나의 신문지면 속에서 언어적이고 내용적인 분화를 꾀하여 지면을 비균질적인 공간으로 만드는 것이었다.[3]

무엇보다 이러한 지면 개편의 기저에 놓여 있는 식민권력의 의도는 일제의 식민통치 이념을 담고 있는 1,2면의 정치와 경제 기사에 기존의 전통적인 조선인 지식인 계층에 익숙한 한문체를 사용함으로써 전통적 지식인 계층인 유학자를 교화 포섭하기 위한 의도였다. 이러한 지면구성은 1910년대 중반 이후까지도 지속되는 한편 식민권력이 의도하였던 유학자 포섭은 일정 정도 성공을 거두어 상당수의 조선인 유학자들이 외부필진으로 참여하고 있다.[4] 『매일신보』는 1910년대 초부터 조선인들을 지도하고 대표할 집단으로 조선 귀족과 중앙 및 지방의 유림을 지목하고 이들이 조선인들 사이에서 헤게모니를 행사할 수 있도록 다양한 담론적 지원을 했다.[5]

따라서 1916년 9월 시점에서 보면 『매일신보』에서 유학지식인들은 해박한 한학 지식 및 전통적인 한문학의 문체와 클리셰에 의해 구별되는 배타적인 발화공간을 점유하고 있다.[6] 이후 한문학과 신문학이 경쟁의 관계 속에서 1917년 이후로 한문학은 급속도로 쇠퇴해 가고 있고 신문학이 한글운동과 맞물려 중심으로 자리잡게 된다.[7]

문학연구학회, 2010, 15면.

3) 윤상길, 앞의 논문, 2011, 71면.

4) 윤상길, 앞의 논문, 2011, 71면.

5) 김현주, 앞의 논문, 2010, 246~247면.

6) 김현주, 앞의 논문, 2010, 246~247면.

7) 유석환, 「문학시장의 형성과 인쇄매체의 역할(1)–1917년 전후의 문학사의 국면」, 『민

이러한 경쟁 구도 속에서 해강 김규진의 〈금강유람가〉는 1919년 12월 12일부터 1920년에 걸쳐 연재되고 있다. 지면 구성상 제 1면은 국한문체가 위주인 면으로 한시작품들이 주로 실리는 면이었는데, 이 1면에 연재된다. 이와 같이 유학지식인들이 중심이 되는 전통적 학문의 자장 속에 〈금강유람가〉는 위치한다. 김규진은 실질적으로는 자신이 제작한 서화를 판매한 근대적 서화가로 활동하면서 경제적 자립을 획득했지만, 그의 사회적 명성은 시를 함께 짓는 전통적인 문인화가로서의 면모에 기대어 있었던 것으로 보인다. 그는 『매일신보』에 한시를 많이 발표하였고, 1917년에는 동 신문에 〈서화담(書畵談)〉을 연재하였다.

이런 점에서 이 〈금강유람가〉는 사대부 문학 전통과 결합되어 왔던 가사의 흐름을 계승하고 있다. 사대부 문사로서의 산수유람 전통에 닿아 있으며, 국한문체로 쓰여지고 작품 속에 한시가 삽입된다. 그리하여 금강산이라는 전통적인 유람 장소를 대상으로 장편인 작품을 분절하여 연재하고 있다.

따라서 유교지식인들이 중심이 되는 전통적 학문의 자장 속에 위치하면서도 신문에 연재되고 있다는 점에서 시대적 흐름에 따르는 변화를 시도한 것으로 볼 수 있다. 더욱이 이 작품은 연재가 끝난 직후 1920년 11월 경성 회동서관에서 활자본으로 발간됨으로써 문학 시장의 상품으로 재탄생한다.

이 회동서관 활자본 작품에는 신문 연재 당시에는 없었던 체제들로서 노정 약도, 내용요지, 그림, 노정이수표(路程里數表), 금강산노정준비

족문학사연구』 48권, 민족문학사연구소, 2012, 114면.

일람표 등이 첨부되어 있어, 단순한 문학작품만이 아닌 여행 안내 지침서의 역할을 해내고 있다. 금강산 탐승 노정 약도에서는 작자 자신이 여행한 노정을 상세하게 그리고 있으며, 작품 끝에는 다른 작품에서 볼 수 없는 여행에 필요한 준비물을 자세하게 제시한다. 식료류, 기구류, 의복류, 자동차표 등이다. 이어 '탐승노정이수표'에는 탐승거리를 수치화하여 보여준다. 이 단행본의 가격은 40전으로 책정된다.[8]

이 책이 얼마나 팔려 나갔는지는 알 수 없으나, 기행가사 작품이 하나의 문학상품으로 기획되고 있는 것을 보여준다. 당시 전통적으로 익숙한 정서를 담은 산수 유람의 소재를 가져와서 이를 독자들의 필요성에 맞게 상품화하는 과정에서 여행 지침서로서의 내용을 첨부하고 있다.

이 시기는 문학의 사회적 가치가 부각되면서 돈과 작품의 교환, 전문작가의 탄생, 현상문예의 적극적인 시행이 이루어지기 시작한다. 문학전집이 상업적 전략으로 채택되기 시작하며[9] 삽화와 지면 배치가 독자들의 관심을 끌기 위해 전략적으로 구성된다. 이 〈금강유람가〉도 신문에 실리고 활자본으로 출간되어 판매되었다는 점에서 이러한 상품의 성격을 띠기 시작한 것으로 볼 수 있다.

잡지 『조선』과 〈금강산탐승가사〉 신응교가 지은 〈금강산탐승가사〉는 1928년 잡지 『조선』에 게재된다. 월간종합지적 성격을 갖는 잡지

---

8) 권경숙, 「해강의 금강유람가 연구」, 동아대학교 석사학위 논문, 2002, 14~15면.
9) 이러한 문화적 현상을 설명하기 위해 유석환은 '문학시장'이라는 용어를 설정하고 있다. 문학시장이란 생산자로서의 작가와 소비자로서의 독자를 매개하는 사회적 공간으로 여기에서 문학텍스트는 하나의 상품으로서 교환된다. 유석환, 앞의 논문, 2012, 78면.

『조선』은 조선총독부가 직접 발행한 선전지로서, 1920년 7월부터 1944년 11월까지 발행되었다. 그 분량의 방대함이나 총독 정무총감 등을 포함한 필진의 정치적 영향력에 비추어 볼 때 일제시기 전체를 통틀어 가장 중요한 선전매체 중 하나였다고 보아도 무방할 것이다.[10]

특히 1920년 7월 조선으로의 제호 및 체재 변경 이후 총력전체제로 돌입하기 직전인 1936년까지 사이에 관찰되는 『조선』의 매체적 성격은 중요하다. 이전까지의 관보적 성격을 거의 탈각하고 마치 대중용 고급교양잡지와 같은 형식을 취했다. 『조선』은 서두에 항상 사진화보를 게재하였고 이어서 본란의 다양한 기사들을 중심으로 사이사이에 여백록, 시단 등을 게재하였다.[11] 이에 이 잡지는 독자를 상대로 한 의도적 기획물로서, 다양한 문학작품들이 게재되고 있다. 이중 일반 기사에서 가장 큰 비중을 차지한 것은 통치의 정당화나 홍보선상에 있는 기사들이었다. 하지만 조선의 명승, 역사, 문화 등에 대한 기사들과 같이 상대적으로 비정치적인 기사들의 비중도 적지 않았으며 신춘잡감과 같은 신변잡기류의 에세이도 심심찮게 게재되었다.[12]

특히 이 잡지는 식민지의 시각적 재현 전략을 구사한 잡지로서 시각적 이미지를 중요시하여 표지사진을 비롯하여 사진화보를 많이 실었다는 특성을 지닌다.[13] 잡지 『조선』에서 세련되고 활기차며 능동

---

10) 조형근·박명규, 「식민권력의 식민지 재현전략」, 『사회와 역사』 90, 한국사회사학회, 2011, 179면.
11) 조형근·박명규, 위의 논문, 2011, 180~185면.
12) 조형근·박명규, 앞의 논문, 2011, 186면.
13) 잡지 『조선』의 표지는 조선(퍽 드물지만 일본)의 아름다운 명승경관이나 촌락의 목가적인 풍경사진을 싣는 것으로 일관했고, 간지에 게재되는 삽화도 꽃이나 나무 등 유사한 범주에서 벗어나지 않았다. (중략) 잡지 『조선』이 재현대상으로 삼으려한 제재 중 조선의 풍경과 시설이 중요하게 고려되었다는 점, 내지 즉 일본에 조선을 소개

적인 면에 주목하여 재현한 조선은 근본적으로 과거에 속해 있다. 반면 조선의 현재는 아름답고 신비로우며 목가적이지만 수동적인 질료로 재현된다. 즉 잡지 『조선』은 이미지들의 계열화, 충돌, 포함이라는 전략을 통해 조선을 재현하고 있다.[14]

이러한 잡지의 성격에 맞게 이 작품에서는 가사의 형식적인 변용을 시도하는데, 산문체의 삽입이 그것이다. 산문체를 적절히 배치하여 지면구성을 함으로써 시각적인 면을 고려하고 있다. 이는 김규진의 〈금강유람가〉와 비교해 볼 때 시각적 독서물로서의 성격을 띤다. 또한 〈금강산탐승가사〉가 재현한 금강산유람은 이전의 산수 유람과는 다른 근대적 관광의 성격을 띠고 있는데, 이는 일제의 선전매체로 기능한 잡지 『조선』의 성격과 일치한다.

『신한민보』와 홍언의 기행가사 홍언이 지은 22편의 기행가사가 미국 교민회 기관지인 『신한민보』에 실린다. 『신한민보』는 국민회 북미지방총회의 기관지이다. 전신은 『공립신보』로 1909년 2월 10일자부터 『신한민보』로 개칭하였다. 순 국문으로 발행했는데, 미주교포의 대부분이 노동이민자였던 실정을 반영한 것이다. 이 『신한민보』는 독립운동 매체로서, 국내 신문이 게재할 수 없는 반일적 내용을 싣고 있다. 고정란에 무장의병소식을 전하고 실력양성론과 무장투쟁론이 모두 제시되었다. 미주에 거주하는 교포와 유학생들에게 국문과 한국 역사 등을 통해 조국에 대한 관심과 애정을 유도하였다. 1910년대 초

하는 것이 사진화보의 중요한 목적 중 하나였다는 점이다. 조형근·박명규, 앞의 논문, 2011, 186~187면.

14) 조형근·박명규, 앞의 논문, 2011, 201~207면.

3,000부 발행하였고, 미국 본토 7·800부, 멕시코 3·400부, 하와이 5·600부, 나머지 1,500부는 연해주지방으로 발송하였다.[15]

홍언은 1936년 1월부터 1937년 사이 '동희슈부'라는 필명으로 22편을 『신한민보』에 발표한다. 홍언은 가사작품의 서두 또는 후미에 작품을 짓게 된 동기나 창작 맥락을 설명하고 있다. 작품들은 단형으로서 역시 형식적인 변용을 시도하고 있다. 1행에 1구를 싣고 있어 충분한 여백을 주고 있으며, 각 연마다 숫자를 표시하고 있다. 따라서 전대 기행가사의 문학적 관습에서 벗어나 있다.

이러한 창작 행위는 홍언 개인에 의해 시도된 실험적이고 일시적인 성격을 띤다. 근대계몽기 시사평론란 가사가 고정란에 실리면서 지속적으로 게재된 반면, 이 기행가사 작품들은 사조란에 실리며, 양적인 면에서 많지는 않다.

(2) 개인시문집 발간

심복진의 〈동유감흥록〉과 송설당의 기행가사 작품은 모두 개인의 작품집으로 발간되었다는 의의가 있다. 이들 작품들은 모두 경성에 소재한 출판사에서 출간되고 있다.

『**동유감흥록**』 공주의 유교지식인으로 추정되는 심복진의 〈동유감흥록〉이 활자본으로 1926년 경성의 동창서옥(東昌書屋)에서 간행된다. 국문체로 한글 옆에 한자를 작은 글씨로 병기하고 있다. 당시 동창서옥은 경성에 위치한 비중 있는 출판사로서, 인지도 있는 출판사에서

---

15) 방선주, 『재미한인의 독립운동』, 한림대학교 출판부, 1989.

활자본으로 간행되었다는 것은 가문 중심의 한정된 독자층을 넘어서서 다수의 독자층을 상정하고 있었다고 볼 수 있다. 가격은 일원으로 매겨져 있다.

따라서 작가가 향촌의 유교지식인이면서도 향촌을 넘어서 경성의 출판사에서 발간됨으로써 유통의 확대를 꾀하고 있다. 책 앞머리에 김완진의 서문과 함께 당대 정계 거물들의 휘호를 붙이고 있어 책에 권위를 싣고자 한다. 이 책은 시찰단의 일본 시찰을 소재로 하여 일본의 발전상을 널리 선전하기 위하여 기획된 것이므로, 이 책의 출판에는 상업적인 목적보다는 정치적 의도가 개재된 것으로 보인다.

이 인쇄본 가사는 산문체와 가사체의 혼용이라는 형식적 변화를 시도한다. 한문투의 산문체와 한글의 가사체가 혼용되어 유교지식인의 교화적 목소리와 보고적 성격이 공존한다. 이러한 일련의 형식적 변화들은 독서물이자 상품으로서 판매를 의도했던 점과 관련된다고 생각된다.

『송설당집』과 최송설당 기행가사 최송설당의 개인시문집인 『송설당집(松雪堂集)』은 1922년 3권 3책의 석판본으로 간행되었다. 역시 국문체로 한글 옆에 한자를 작은 글씨로 병기하고 있는 형태로, 가사는 권2 〈언문사조(諺文辭操)〉에 실려 있다. 총 324면이며, 작품집 구성은 총 3권으로 제 1권에는 한시 240여 수와 산문 약간 편, 제 2권에는 한글가사 총 49편, 3권에는 당대 유명 인사들이 송설당의 한시에 차운하거나 송설당에 대해 쓴 작품들로 되어 있다.

1910년 이전까지 단독으로 편찬한 여성문집들은 생전에 스스로 적극적인 편찬의지를 갖고 출간한 경우는 없으며, 대부분 자신의 글을

버리거나 밖으로 알리는 것을 원치 않아 사후에 남편이나 동생, 아들
에 의해 다시 정리되고 편집되어 세상에 나오게 된 경우이다. 이에 비
해 『송설당집』은 역사상 본인 의사에 따라 본인 스스로 편간한 최초
의 여성 개인문집이었다.16)

또한 이 송설당의 가사가 개인 문집이라는 전통적인 형태로 출간했
다는 점을 주목할 필요가 있다. 당대에 문집의 형태로 출간했다는 점
이 의미하는 것은 전통적 문학관의 자장 안에서 가사를 지었으며 그
러면서도 출판이라는 형태를 갖추었다는 것으로 다의적 성격을 띤다.
인쇄본은 향촌이나 촌락, 가문 위주의 소규모 공동체를 중심으로 향
유되는 양상과는 다르다. 특히 규방가사의 경우 필사본으로 향유되어
오면서 여성 간 연대의식을 표현해왔다는 점을 감안할 때 새로운 시
도임을 알 수 있다.

그러므로 자신의 의지에 따라 문집을 출간했다는 것은 재래의 문학
적 관습을 공유하면서도 여성의 문학창작행위가 공공의 장 안에 놓였
다는 의미를 지닌다. 송설당 문집의 서문을 쓴 운양 김윤식도 한학자
로서 당대 사회 원로로 대우받았던 비중 있는 인사이다. 1915년 『운
양집』으로 일본 학사원상을 받았으며17), 그가 죽었을 때에는 사회장
으로 하려는 사회적 움직임이 있었을 정도로 사회적 영향력이 컸던
인물이다.18) 또한 최송설당의 문집에 차운시나 문을 남긴 면면들도
당대 사회저명인사들이 많다.19) 이로 인해 그의 문집은 기존의 가문

---

16) 김종순, 「송설당집의 문학사적 의의와 근대성」, 『한성어문학』 26, 한성어문학회,
    2007, 195~196면.
17) 권보드래, 앞의 논문, 2010, 18면.
18) 김현주, 「김윤식 사회장 사건의 정치문화적 의미」, 『동방학지』 132, 동방학회, 2005.
19) 문집에 참여하고 있는 사람들의 성격을 보면 벼슬을 밝히고 있는 사람이 40여 명으

이나 학맥에 국한되었던 문집의 소통 범위를 확대하고 있다.[20] 또 발행된 해에 세계 각국도서관에 보내졌다는 기록[21]이 있는 점을 고려할 때 더욱 그러하다.

특히 규방가사의 통시적 흐름 속에서 규방가사가 시문집에 실리며 문학작품으로 활자화했다는 점이 새로운 변화라고 볼 수 있다. 이 시기까지 여성들은 언문으로 쓴 자신의 가사를 '심심풀이, 소일거리'로 표현하는 경우가 많았다.

> 상두(床頭)에 언저두고 상유만경(桑楡晩景) 무사할제
> 심심소일(消日) 보거드면 와류강산(臥遊江山) 될듯ᄒ야
> 디강디강 적어시나 이시(意思)가 우미(愚迷)ᄒ고
> 문필(文筆)리 취졸(稚拙)ᄒ여 치소(取笑)꺼리 춤괴(慙愧)ᄒ니
> 웅문디가(雄文大家)보신분너 눌너김작 ᄒ옵소서
> ―〈해인사유람가〉

이는 겸양의 뜻을 나타내는 것이기도 하지만, 절실하고 진지한 자기표현의 행위로 생각하는 경우라 하더라도 '문장'과 대등한 범주인 문학으로 인식하는 것은 드물었음을 보여준다.

반면 송설당은 가사작품을 '언문사조'라 제목을 붙인 장에 싣고 있어 가사를 문학으로 인식하고 있음을 보여주며, 자신의 문학행위를

26% 정도인데 그중 전직 벼슬을 밝힌 사람은 21명으로 전현직이 반반이다. 벼슬은 내무대신을 비롯하여 특진관, 비서관, 참의, 종2품, 정3품, 감찰, 참봉, 군수, 주사, 과장, 진사 등이다. 김종순, 앞의 논문, 2007, 201면.

20) 김종순, 앞의 논문, 2007, 210면.

21) 김희곤, 「송설당의 삶과 꿈」, 『최송설당 기념학술대회 자료집』, 송설당기념사업회, 2004, 43면.

스스로 인식하면서 적극적으로 글 쓰는 행위를 향유하고자 하는 의식을 보여준다. 그리고 이를 문집으로 간행함으로써 자신의 문학행위를 대외적으로 표방하고 있다는 점에서 의의가 있다.

즉 국문시가인 가사를 2권에 수록, 별권으로 구성했다는 점에서 한시와 동등한 비중과 위치를 차지하고 있다. 동일한 내용이 각기 언어 매체가 달리 실린다는 체제는 우선 독자층을 고려한 배치이다. 그러면서도 운양 김윤식은 작품집 서문에서 "국문가사에 있어 더욱 장처가 있다"고 언급하고 있어서 주목된다.

> 국문가사에 있어서는 더욱 장점이 있어 격률과 성조는 맑고 깨끗하며 글의 뜻은 온화하고도 완곡하여 마치 창해의 노룡이 구슬을 뱉어 희롱하여 영롱한 보배의 광채가 은은히 파도에 어리듯 하니 부인이 배우지 않았는데도 이같이 능한지와 꾸미지 않았는데도 이같이 능한지를 알지 못하겠다.22)

이는 가사작품들이 문집 체제 속에서 한시의 단순한 번역이 아니라 독립적인 가치를 지니고 있음을 보여준다. 그리하여 가사작품들은 한시와 마찬가지로 본격적인 문학작품으로서의 위치를 점하고 있다.

그런데 사회적으로 인정받는 방식이 전통적인 형태인 '문집'의 인간(印刊)을 택했다는 점이 특징이다. 부덕과 문재를 칭송받는 글을 싣고 문필활동으로서 집서(集序)와 한시, 문, 부록에 차운시, 사부, 서, 설 등을 싣는 문집의 전통적인 체제를 갖추고 있다. 또한 언문사조라

---

22) "至若國文歌詞, 尤爲長處而調格沖淡, 辭意和婉, 如滄海老龍, 戱他頷下明珠 玲瓏寶彩, 隱映於波濤之間, 未知夫人不學而能如是乎, 不工而能如是乎."〈松雪堂集序〉, 金允植, 『松雪堂集』 권1.

하여 '사조'라는 단어를 사용한 점 등 재래의 문장에 대한 인식의 자장 안에서 가사를 창작한다. 따라서 최송설당의 작품집은 여성의 작품집이면서도 신여성의 문학 활동과는 또 다른 의미를 지닌다고 하겠다.

이상에서 보듯이 1920년대 이래 기행가사가 시대적 요구에 부응하여 신문잡지 등 인쇄매체에 실리는가 하면, 작품집으로 출간되고 있다. 이러한 향유양상의 변화가 갖는 의미를 당대의 문학적 환경 속에서 파악할 필요가 있다.

한시가 주로 실리는 면에 국한문체로 실린 〈금강유람가〉, 전통적인 문집의 형태로 간행된 작품집에 실린 최송설당의 기행가사는 인쇄본 기행가사 작품들이 전통적인 문학관의 자장 안에서 향유되고 있음을 보여준다. 김규진의 〈금강유람가〉는 국한문체로 한시의 관용적 표현들과 한시의 삽입 등의 특성에 비추어 볼 때 사대부 가사문학의 전통을 잇고 있다. 또한 송설당이 정치적·사회적 역량을 과시[23]하기 위해 택한 공공의 장은 유림을 비롯한 전통적 지식인층이 중심인 장으로, 한시 및 국문시가라는 전통적인 양식과 문집이라는 의장을 통해서 이루어내고 있다. 한문학의 문재를 현시하고자 했던 욕망, 유교적 가치에 대한 지향과 사대부적 교양을 추구했던 점에 비추어 볼 때 이러한 문필행위와 문집간행으로 인한 성취감은 개인에게 유리한 담론을 형성하기 위한 도구라기보다는 유교적 가치를 내면화한 송설당 자신의 개인적 성취 욕구를 충족시키는 자기실현행위에 가깝다.

『송설당집』은 석판본으로 간행된 문집이지만, 전통적인 문집 간행

---

23) 김종순, 앞의 논문, 2007, 201면.

의 방식과 체제를 그대로 따르고 있기 때문에 시각적 독서물로서의
변화는 크지 않다. 이 당시 구활자본이 편집체제와 장정의 면에서 획
기적인 새로움을 추구하여, 적정한 활자 크기를 배치하고 띄어쓰기,
대화자 표기, 한자 병기가 시도되었고, 일러스트를 도입한 표지장정
을 갖추고 있다는 점24)과 대비된다. 이에 비해『송설당집』은 한자를
병기한 점 정도이다. 이에 비해서는 상대적으로『동유감흥록』은 가사
체와 산문체의 교차를 통해 독서물로서의 시각적 효과를 꾀하고 있지
만 이 역시 제한적이다.

당대의 출판경향을 보면 1926년 당시까지 족보 문집이 가장 많이
출판되는 책임을 보도하고 있으며25) 특히 1920년대에 가장 많이 출
판된 책은 족보로 1910년대 말부터 급격히 증대했다. 총독부 경찰 조
사에서도 1920년대의 단행본 중 족보류가 가장 많았던 것으로 보고
있다.26) 따라서 이들 가사작품집들은 구활자본과 유교 경전을 주로
읽던 전통적 독자들, 촌락공동체를 배경으로 한 전대의 독자들의 전
통적 생활조건을 가진 독자들27)을 중심으로 향유되기를 의도했다고
할 수 있다. 1910~1920년대에 전통적 독자층은 전체 독자층 가운데
에 상당히 많은 비중을 차지한다.28)

김규진의『금강유람가』와 심복진의『동유감흥록』은 경성의 출판사

---

24) 천정환, 「주체로서의 근대적 대중독자의 형성과 전개」, 『독서연구』 13호, 한국독서
    학회, 2005, 7면.
25) 1926년 11월 16일자『동아일보』, 천정환, 위의 논문, 22면 재인용.
26) 천정환, 「독서의 근대, 근대의 독서-1920년대의 책 읽기」, 『역사문제연구』 7호, 한
    국역사연구회, 2001, 33면.
27) 천정환, 앞의 논문, 2005, 9면.
28) 천정환, 앞의 논문, 2005, 23면.

에서 간행됨으로써 독서물로서의 전환을 시도한다. 특히 독자층의 확대를 의도하고 상업적 기획물로 출간되고 있다. 하지만『금강유람가』도 국한문체로 한시의 삽입 등의 특성을 지녔다는 점에서 전통적 독자층을 대상으로 하였을 것으로 보인다.『송설당집』은 상업적 의미보다는 공식적인 출간 자체에 의미를 부여한 것으로 보이며, 문집형태라는 점에서 역시 전통적 독자층을 대상으로 하고 있는 것으로 보인다.

2. 형식

1) 단편화 경향

향유방식과 형식 및 문체는 밀접한 관련을 맺고 있다. 필사본 향유라는 전통 속에서 기행가사는 구술적 전통을 이으면서 독자를 향한 보고문학으로서의 문학적 관습을 발달시켜 왔다. 내가 직접 보고 경험한 이국체험을 마치 눈앞에 펼쳐져 있는 듯 세세히 묘사함으로써 독자들에게 그대로 생생하게 실감을 전하는 것이 기행가사의 특장이다. 기행가사는 이러한 장르적 특징을 확장시켜 오면서 장편화 해왔다. 이는 외국여행을 비롯한 여행이 제한적으로 허용되었던 당시에, 독자들의 호기심을 충족시키기 위한 문학적 기능을 수행해 왔다. 전시기 기행가사의 흐름을 보면, 19세기에 들어서면 장편화가 전반적인 현상으로 나타나고 있다. 약 2,000~3,000구가 넘는 작품들이 다수로, 대부분의 작품들이 장편화한다.[29]

---

29) 유정선, 앞의 책, 2007, 151면.

20세기 근대 기행가사에 이르러서는 전체적으로 19세기에 비해 단편화하는 경향을 보인다.

<표 1> 작품 분량별 분류

분량	편수	인쇄본/필사본	해당작품
약 100~200구	37편	인쇄본 32편/ 필사본 5편	이홍구 <선운사풍경가> 김우모 <눈물 뿌린 이별가> 김일우 <관악산유산록> 조애영 <금강산기행가> 작자미상 <노정가라> 최송설당 작품 10편 홍언 작품 22편
약 300~400구	2편	필사본 2편	작자미상 <금광유람가> 작자미상 <금오산채미정유람가>
약 500~700구	2편	인쇄본 1편/ 필사본 1편	신응교 <금강산탐승가사> 작자미상 <망월사친가>
약 800~900구	3편	필사본 3편	이종응 <서유견문록> 김한홍 <해유가> 작자미상 <종반송별>
약 1,000구	5편	인쇄본 1편/ 필사본 4편	김규진 <금강유람가> 금상기 <금강유람가> 안동 유자 <해서노정기> 장일상 <금강산유람가> 정효리 <해인사유람가>
약 2,000~3,000구	2편	인쇄본 1편/ 필사본 1편	심복진 <동유감흥록> 이태직 <대일본유람가>

표에서 보면 20세기 초인 1900~1910년대에는 전대의 장편화 전통을 이어 대장편의 작품들이 창작되지만, 이어 인쇄본이 출현하면서 단편화하는 경향을 보인다. 특히 전 시기에는 나타나지 않았던 100구 미만의 작품들이 등장하고 있다는 점이 특징이다. 이와 같이 100구 미만의

단형 작품들은 인쇄본 작품들이며, 제목이 붙어 있고, 단상의 성격을 띠는 작품들이다. 최송설당과 홍언의 작품들이 이에 해당한다.

반대로 장편인 경우는 문학적 관습을 이어 전통적인 향유방식으로 향유되는 필사본들이 대부분이다. 장편화를 선도해온 문학적 관습으로는 보고문학적 성격을 실현하는 '장면의 극대화' 기법과 '병렬'이 있다. 여행지를 유람하며 구체적 계기 없이 포착한 대상을 중심으로 장면의 전환과 연속이 이루어지는 병렬의 기법과 묘사한 대상을 세세히 묘사하여 재현하는 장면의 극대화의 기법이 구사된다. 기존 가사의 문학적 관습 속에서는 장면 장면이 자유롭게 확장되면서 독립성을 지니며, 하나의 대상을 구성하는 다양한 요소들을 각기 떼어내어 극대화시킨 후 병치하여 보여준다.[30]

이와 같이 장편화된 가사는 개방성을 실현하면서 특정 부분이 비정상적으로 돌출되기도 한다. 이는 '작품 전체의 유기적 구성', '인과성'의 요소들보다 대상들을 사실적으로 묘사, 재현하는 것과 전체를 구성하는 부분들의 독자성이 두드러진다. 작품 속 장면들 간 자유롭게 교체되고 있으며, 장면들 사이의 계기적 설명은 생략되기도 한다.

2) 가사체와 산문체의 혼종

1920년대 이후 출현한 인쇄본 기행가사들은 다양한 형식적 실험을 한다. 그중에서도 가사체와 산문체가 혼용되어 있는 작품들이 등장한다. 〈동유감흥록〉과 〈금강산탐승가사〉는 가사체와 산문체가 혼종되어 있다. 이는 기왕의 구술적 기록물과 독서물로서의 성격이 착종되

---

30) 유정선, 앞의 책, 2007, 164면.

면서 나타난 결과로 보인다.

〈동유감홍록〉은 기왕의 기행가사에 산문체를 삽입한 양태로서, 각 문체의 작품내적 기능을 대비해 봄으로써 기행가사 내 문학적 관습의 특징적 국면을 고구해 볼 수 있는 자료이다. 장편의 가사에 산문체가 틈입함으로써 작품을 여러 장으로 분장한 경우이다.

〈동유감홍록〉은 본래 장편화의 전통을 계승하면서도 산문체를 차용하여 여러 장으로 분장하고 있다. 〈동유감홍록〉은 총 21장으로 구성되어 있는 장편가사로서, 각 장에는 경물이나 지명, 기관 등으로 이루어진 제목이 붙어 있다. 그리고 각 장의 구성은 산문체와 가사체로 혼용되는데, 서두 부분은 산문체로 서술되며 앞으로 다룰 대상에 대한 객관적인 정보를 제공한다. 이어지는 부분은 본격적인 본문에 해당하는 내용으로 가사체로 쓰여진다. 이와 같이 총 21장으로 분장(分章)한 점, 장마다 구체적인 제목을 붙인 점, 산문체로 된 도입부분의 삽입 등은 새롭게 나타난 형식이다.

각장 도입부의 짧은 산문체 부분을 제외한 가사체 부분은 독립성을 띠며 장편 사행가사의 문학적 관습을 따르고 있다. 가사체로 이루어진 부분 부분의 장면들은 별개로 놓여 있어, 기행가사에서 축적해온 문학적 관습 속에서 실감 나는 대상으로 살아 움직인다. 특히 대상을 눈에 보이듯이 세세하게 재현하는 묘사 부분에서 우리말 의태어를 다채롭게 구사하면서 장면을 재현한다. 장면 재현의 결과 각 부분이 비정상으로 확장되어 있는 경우들이 있으며, 각 부분은 독립성을 지닌다.

이와 같이 가사체 부분이 이러한 문학적 관습들을 이어 개개 장면들이 독립적 성격을 지니는 한편, 산문체를 차용하여 장편가사를 여러 장으로 분절하고 각 장에 제목을 붙인 결과 도정들을 전체 속에서 의미화하여 유기적인 구성체로 완성시킨다. 즉 독서물로서의 완성도를 추구하면서 전통적인 가사작품에 일정한 틀과 의도를 입히고자 한다. 따라서 전체 장소들을 지정학적 의미를 중심으로 구획하고 총괄적 의미를 부각시키려는 산문체와 독립적 장면들이 교체되고 병치되는 가사체가 하나의 장(章) 안에 혼종되면서 이질적인 균열을 일으키고 있다.

그런데 이러한 이질적인 문체들의 착종은 독서물로서의 시각적 효과를 고려한 것이기도 하다. 산문체와 가사체의 혼용형식은 산문체와 가사체를 엇갈려 배치함으로써 시각적 효과를 꾀한다. 산문체의 설명 부분은 정연한 4.4조의 가사체 부분과 시각적으로 구분되어 효과적으로 각 장의 내용을 요약하여 전해주는 것이다.

신응교의 〈금강산탐승가사〉도 가사체와 산문체를 혼용함으로써 형식적 변용을 시도한다. 이 작품은 한층 독서물로서의 시각적 효과를 의도한 작품이다. 잡지에 발표된 이 작품은 중간 중간 산문체로 자신의 정회를 요약하여 보여주고 있다. 이 산문체 삽입 부분은 3단의 가사체 길이에 해당되는 세로쓰기로 쓰여있어 시각적인 구획을 꾀한다.[31] 이는 발표된 매체가 잡지라는 인쇄물인 것에 기인한 결과로, 음영 위주로 구술물로 즐겼던 전통적인 향유방식과 달리, 가독성을 고려한 결과로 보인다.

> 다점(茶店)에 나려오니 반겨하는 그주인
> 이십육칠 여자네라 다(茶)를 먹고 편히쉬며
> 금강산미(金剛山味) 문답하니 농담(弄談)이 반(半)일너라
> 다시나려 전진(前進)하니 온정리(溫井里)가 불원(不遠)이라

---

31) 유정선, 앞의 논문, 2012, 283면.

마중나온 여관하인(旅館下人) 인간친절 늣길너라
사면금강(四面金剛) 그윽한속 별건곤(別乾坤)의 촌락(村落)이라
보고십든 온정리(溫井里)를 지금이야 당도로라
수십처(數十處)의 다수여관(多數旅館) 탐승객(探勝客)을 위함인 듯

흐르는물소리와지저거리는새소리는 다시나의심회를유쾌케하더라

위의 가사체 부분은 4음보에 맞추어 4.4조로 쓰고 있는데, 그 순간
의 감흥을 산문체로 한 행에 이어서 쓴다.

풍악여관(楓岳旅館) 일음조타 친절하고 정결토다
가벼운 옷가러입고 온천(溫泉)에 목욕하니
(중략)
산범을압헤놋코평심(平心)으로보앗스니 대장부(大丈夫)의자랑거리이
외(外)에또다시어데잇나
정의주장(正義主張)이내몸에 맹수(猛獸)인들어이하리 너는오직나를
알소냐 아마도 자고이래금강탐승객(自古以來金剛探勝客)은 이와갓치는
못하얏슬듯

이 부분은 특히 가사체를 통해 일정과 그에 따른 감회를 읊는 부분
이 이어지다가, 범을 만난 각별한 경험 부분에서는 산문체로 한 행에
이어서 쓰고 있다. 가사체의 흐름이 이어지다가 산문체로 화자의 감
회를 풀어서 설명함으로써 시각적으로 기행체험을 강조하고 종합하
여 보여주고자 한다. 이 산문체는 〈동유감흥록〉에 비해 작품 중간 중
간 내용상이나 통사상 특정한 규칙이 없이 삽입되어 있어 실험적 성
격이 강하다. 띄어쓰기가 되어 있으나 의미단락이나 통사구조에 맞지

않는다. 또한 "산범을압헤노코평심으로보앗스니"와 "정의주장이내몸
에 맹수인들어이하리"는 4.4조로 이루어져 있지만 그에 맞추어 휴지
(休止)를 두지 않고 산문체로 이어서 쓰고 있다.

3) 가사체의 형식적 변용

(1) 연재에 의한 분절

김규진 〈금강유람가〉의 경우 신문에 짧은 길이로 연재하는 형태로
발표되고 있어 외형적으로 보면 새로운 형식을 생성한 것으로 비쳐진
다. 하지만 한 장소인 금강산을 유람한 내용의 장편가사를 단지 분절
해서 실은 것일 뿐이어서 금강산 유람 가사의 문학적 관습을 계승하
고 있다.

연재 형식을 살펴보면,

> ①
> 신선루을나아가니.
> 우화유세독립ᄒ야.
> 탈 간이등선이라.
> 장경루하장경암은.
> (중략)
> 신라태자 방수성은 석축여전 나마스니. (끝)[32]
>
> ②
> 상불복종 장하도다.[33]

---

32) 『매일신보』, 1919. 12. 13.
33) 『매일신보』, 1919. 12. 14.

위의 ①과 ②는 나뉘어 연재된 것으로, ①에서 신라태자의 방수성에 대한 표현의 통사구조를 끝맺지 않은 상태에서 끝나고 있다.

①
만회암 들어가니 해수관음 도량이라
남순동자 해상용왕 동서에 특립ᄒᆞ고
관음봉전 태자바위 □□싯고 등대ᄒᆞ다
석탑기구 위험ᄒᆞᆫ데 쇠ᄉᆞ슬 더위잡고
백운대 올나안져 중향성 ᄇᆞ라보니
법기보살 설법ᄒᆞ든[34]

②
범천궁이 여게로다
대지북□ 눌여가셔 금강수 마신 후에
쇠사슬 다시 잡고 왓든 길노 회정ᄒᆞ야
마하연 널여가셔 일야□숙 ᄒᆞᆫ 연후에
내원통 ᄎᆞ즈들어 천수관음 앙첨ᄒᆞ고[35]

역시 분절되어 연재된 ①과 ②는 통사구조에 의거한 분절이 아님을 보여준다.

이는 분절의 단위가 의미구조가 아님을 보여주며, 역시 말의 흐름이나 운율을 시각적으로 드러내는 '눈으로 읽기'보다는 '보고 읊조리는 것'에 주안점을 둔 것으로 보인다. 이 작품은 신문에 연재되면서 장편인 작품을 지면관계상 분절하여 실은 것일 뿐, 여타 형식적인 변화는 보이

---

34) 『매일신보』, 1919. 12. 18.
35) 『매일신보』, 1919. 12. 19.

지 않는다. 앞서의 예에서 보듯이 매회 실리는 작품의 종결 부분은 작품의 통사적 단위나 의미구조에 대응되지 않으며, 종결어로 끝나지 않고 연결어미로 끝나는 것이 대부분이다. 이와 같이 지면의 제한이 있어 대상에 따른 분절을 시도하나, 분절은 형식의 기저자질로 기능하지 않고 있으며, 전대의 문학적 관습에 충실하다.

(2) 단형과 분련체 형식

근대기행가사에는 전대에 비해 짧은 길이의 작품들이 등장한 것이 특징이다. 최송설당의 기행가사와 홍언의 작품들이 이에 해당한다.

최송설당의 기행가사는 앞장에서 살펴본 것처럼 각 작품마다 제목을 붙이고 있는 점, 각 장소에 대한 개인적인 감회를 짧게 읊은 점 등이 특징이다. 이때 붙여진 제목들은 한시의 제목들과 흡사하며 짧은 길이로 이루어진 작품이 많다. 이는 여행에 관한 시적 자아의 감회를 표출하는 것에 초점이 있음을 말해준다.

그 결과 노정의 제시나 정보를 보고하고자 하는 의식보다는 대상에 대한 개인적인 감회를 표출하는 경우가 많아 기행가사의 문학적 관습과는 거리가 있다. 기행가사 이외의 가사작품에서도 송설당은 정서적 감회를 표출한다는 의미의 제목을 많이 붙이고 있다. 〈감은〉(感恩) · 〈서회〉(敍懷) · 〈추감〉(秋感)에서 보듯이 새로운 계절을 맞이하며 느끼는 감회나 특별한 정서적 감응을 드러내는 작품들이 많다. 이는 한시 형식과 유사한 것으로, 작가의 문학창작의 장르적 기반이 본래 한시에 있었기 때문일 것[36]으로 판단된다.

---

36) 김종순, 앞의 논문, 2007, 101면.

반면에 보고문학적 특성인 전언의 말투나 독자에게 말을 거는 대화체 표현은 찾아보기 힘들다. "갈현산소 향히갈졔 비창흔 니회포가 솟는것이 눈물이라 뉘라셔 아라볼가"라 하여 '이닉회포'가 아닌 '닉회포'이며, 〈송정감회〉에서는 "비감히도 쓸더업고 탄식흔들 무엇ᄒ리 고금스가 일반이기 닉회포를 닉가위로"라 하여 청자에게 공감을 구하기보다는 자기위안하고 있음을 보여준다. 그에 따라 독자에게 말을 건네는 보고의 형식이 아니라 내면의 목소리를 들려주는 독백 형식을 취하고 있다. 그 결과 장면의 재현이나, 묘사가 많이 줄고 자신의 활동과 그에 따른 개인적인 감회 표출이 위주이다.

한편 근대 기행가사로서 형식상 혁신적인 변화를 보여주는 작품은 홍언의 미국 기행가사로서, 근대계몽기 가사의 형태인 분련체 형식을 취한다. 이 작품들은 파격적인 형식인 짧은 길이로 이루어지며, 각 작품마다 제목이 붙어 있어 독립된 작품으로서의 성격을 띤다. 이때의 제목은 격식에 얽매이지 않은 구체적인 제목을 붙인다. 여정을 드러내는 제목이 붙기도 하고, 서정적인 풍경에서 딴 제목을 붙이기도 한다. 그리고 가사 작품의 서두나 후미에 작품을 짓게 된 동기를 비롯한 창작 맥락에 대한 설명을 덧붙이고 있다.

작품들이 짧은 길이인 만큼 이국에서 마주한 정경들에 대한 단상 형식으로 이루어지며, 가사의 문학적 관습인 보고문학적 특성은 거의 보이지 않는다. 거기에는 이국을 여행하는 여행자 개인의 시선이 있다.

앞서 소개한 작품 〈오순비우〉에서 보듯이, 작품을 4장으로 분장한 후, 다시 각 장을 4행으로 구성하고 있다. 그리하여 노래로 인지하고 있음에도 '연'의 단위로 인식한 결과, 각 장을 다시 한 행씩 분절하고 있으며, 각 행의 앞에 일련번호를 붙이고 있다. 그리고 여행하면서 마주

한 대상에 대한 정서적 체험을 읊고자 하여, 개인의 서정이 두드러지게
된다.

> 一. 빈동산 깃흔너를 바리고 갈수 업서 룽라도 갓흔 여기 옴겨다 심
>   으노라
>
> 二. 「장터」가 안이어니 ㅅ 걱길가 근심하랴 풀은 눈 쓰고보면 츈광이
>   바다갓다
>
> 三. 피는 쏫 솜이되여 날아를 가려거든 평싱이 츄은 사람 옷우에 부
>   텨잇고
>
> 四. 가지는 한들한들 빅년춘 가는허리 연하게 풀은입은 부용의 고흔
>   눈섭
>
> 五. 동풍이 건듯불졔 내흥이 졀웁거든 ㅅ 괴고리 업더리도 츔츄어 우
>   줄우줄
>
> 六. 힝여나 삼한공자 도라를 오게되면 산호편 던지고셔 빅마를 미일
>   게나
>
> (주) 장터난 중국 디명이니 중국 고시에 잇으되 장터버들 장터버들 응당
> 남의 손에 히잡혀 ㅅ 걱길게로다 이난 나라 망한 후 녯 경성을 슬퍼하난시
> 오 빅년춘과 부용은 다 이전 조선 명긔의 일홈이다
>
>   -〈버들을 옮겨 심으며〉[37]

여기서 보듯이 '버들을 옮겨 심으며'라는 제목 아래 6행으로 구성하
고 있다. 작품 본문 아래에 주를 달아, 작품 속에 사용된 전고인 중국
고시와 지명, 작품의 주지(主旨)에 대한 설명을 덧붙이고 있다. 이는
독자들이 고전시가 작품 속에 자주 등장했었던 관습적 표현에 익숙하지
않은 것을 고려한 것이다.

---

37) 『신한민보』, 1937. 4. 8.

3장 : 장르적 성격

1. 구술적 전통과 시각적 독서물

구술적 전통 속에 필사본으로 향유되어 온 기행가사는 1900년 대 이후 독서물로 이행해 가는 과정을 보여준다. 구술적 전통과 독서물로서의 성격이 혼재되는 대표적인 예는 앞서 살펴본 대로 가사체와 산문체의 혼종 형식의 출현이다.

1920년대 인쇄출판업계에는 대규모의 자본이 등장하고 출판사가 정착하고 있다. 즉 근대적 취미이자 소비의 일환으로서의 독서가 급속히 확대되고 있다. 이 저작물들의 독서방식으로는 전통적인 음독이 아닌 묵독이 서서히 자리 잡아 가고 있다. 근대 학교에서의 묵독 규율은 이를 확장시키고 있다. 하지만 근대 학교 교육의 영역 밖에 놓여 있던 사람들에게 음독은 여전히 독서의 중요한 수단이 되고 있다.[1]

---

[1] 1910년대 이전에 이른바 딱지본이라 불리는 구활자본 신구소설들도 상당수 띄어쓰기를 하고 있었다. 그러나 1920년대 이후 오히려 이런 신구소설들에서 띄어쓰기가 사라진다는 사실은 이 소설의 독자층이 눈으로 책을 읽지 않았다는 사실, 즉 음독에 의존했

이와 같이 묵독이 영역을 넓혀가고 있는 가운데에서도 전통적인 음독의 독서방식 또한 지속되고 있다.

기행가사에서 음영성은 작품 향유의 동인이 되어왔다. 유명한 도시, 유람하여야 할 도시가 반드시 포함되어야 하지만 언급한 도시의 구체적인 지리나 장소감이 그리 중요하지는 않다. 그러한 장소 이동이 말을 규칙적으로 엮는 방식에 따라, 즉 장소 이동이 율문의 율동감에 따라 전개된다는 사실 또한 중요한 것이다.[2] 즉 금강산기행가사의 특성이 이미지 구성방식에만 있는 것은 아니다. 그러한 이미지 구성 경험이 율문의 음악성에 대한 경험과 동시에 통합적으로 이루어진다는 점이 더욱 중요하다. 이미지와 소리가 통합되는 바, 노래로 그린 그림지도를 상상·와유(臥遊)하는 즐거움을 경험할 수 있게 한다. 이점이 평면으로 그린 그림이나 지도와도 다르고, 개인적인 체험과 감회, 생각을 끊임없이 환기하는 유산시문과도 구별되는 금강산가사만의 특징이라고 하겠다.[3] 이를 보면 가사의 구술적 전통 속에서 지속되어 온 가사의 율독성이 가사문학의 문학적 성격을 형성하는 데에 큰 비중을 차지한다.

이러한 구술적 전통에 비추어 볼 때, 〈동유감흥록〉은 구술적 전통과 시각적 독서물로서의 성격이 복합되어 있다고 생각된다. 문장 구두법을 보더라도 서양식 구두법이 채용되기 이전의 구두점은 의미상의 단락을 표시하는 것이 아니라 말의 흐름이나 리듬 같은 운율을 표

다는 점을 반증한다. 천정환, 앞의 논문, 2001, 17~25면.
2) 염은열, 「금강산 가사의 지리적 상상력과 장소 표현이 지닌 의미」, 『고전문학연구』 38권, 한국고전문학회, 2010, 29~30면.
3) 염은열, 위의 논문, 31~32면.

현하는 것이었으므로 문장이란 읽고 이해하는 것이자 동시에 '보고 소리 내어 읽는' 것이기도 했다.[4]

〈동유감흥록〉의 산문체에 나타난 구두법을 보면, 구술적 전통이 혼재되어 있는 것을 볼 수 있다.

> 데팔장 환명려관
> 환명려관은, 복강시니에, 지한, 보통려관인더, 기, 졔도가, 극히, 화려광더치눈못ᄒ나, 일본, 려힝즁, 데일보로, 숙박ᄒᆞᆫ, 쳐이기, 셜비의, 현상과, 졉더의, 친별ᄒᆞᆷ을, 실긔ᄒᆞ얏슨즉, 더판, 경도, 동경 등 각, 고등려관의, ᄉᆞ치ᄒᆞᆷ은, 츄츄가지홀지어다
>
> 동경시는, 본쥬의, 동부, 관동평야의, 즁앙, 무장(무ᄉᆞ시)국의, 동남에, 지ᄒᆞ야, 동경만의, 연ᄒᆞ고, 약, ᄉᆞ빅년간덕쳔막부를, 치ᄒᆞ얏든, 디방이더니, 명치원년칠얼에, 동경이라, 기칭되고, 익이년슘월의, 대도로 명ᄒᆞᆫ후로, 시셰가 츅년발젼ᄒᆞ야, 금일에ᄂᆞᆫ, 동양뎨일의, 디도회로, 세계의셔, 구지ᄒᆞᄂᆞᆫ, 더도시가되고, 시가는, 궁셩을, 즁넘으로, 기통ᄒᆞ니, 동서의, 쟝이, 이리이십륙뎡이오, 남북이, 슘리십일뎡이며 면격이, 오방리여요, 인구는, 약이빅오십만을산ᄒᆞ야, 경셩의, 약, 십비가, 상당ᄒᆞ더라

이는 〈금강산탐승가사〉에 비해서는 상대적으로 의미구조에 맞추어 띄어쓰기에 따른 구두점이 찍혀 있지만, 몇몇 부분에서는 의미구조에 맞지 않는다.

또한 작품 속 산문체의 문장은 거의 대부분 '~더라'라는 전언의 어투로 끝맺고 있으며, 각 장을 끝맺는 부분인 가사체의 종결 부분도 독

---

4) 이효덕, 앞의 책, 2002, 184면.

자에 대한 전언으로 끝나는 경우가 많다. "힝리슈험 하지안테"(2장)·
"간식츠로 진렬횟데"(6장)·"쳔긔조션 큰공장은 이만직공 잇다ᄒ데"(13
장)가 그 예들이며, 이외에도 독자에 대한 전언의 어투는 작품 곳곳에
서 볼 수 있다.

한편 〈금강산탐승가사〉는 가사체의 흐름이 이어지다가 산문체로
화자의 감회를 풀어서 설명함으로써 지면상 시각적인 분할을 시도한
다. 시각적인 분할을 통하여 산문체는 기행체험을 강조하고 종합하여
보여주고자 한다. 이 산문체는 〈동유감흥록〉에 비해 작품 중간 중간
특정한 규칙이 없이 삽입되어 있으며, 산문체의 띄어쓰기가 의미구조
에 맞지 않는다. 산문체 부분을 다시 보면,

> 송아지풀띠기는늙은이와 아희의손을잡고한가히산보하는 것 동구의 그
> 모양은석양판에볼만하다 그도또한금강경개도읍는 듯
> 명승지에서사는사람그아니행복인가 나도역시배를띄고져백구와갓치벗을
> 하며 출넝출넝그파도에속되귀를씻고십다 묘하도다해금강아그어이이리
> 된가 造物主의모든積功 여긔에끗을한듯

띄어쓰기는 의미상의 단락에 맞지 않고 임의로 띄어 놓은 듯하다.
이와 같이 1920년대에 이르러서는 기행가사가 형식적인 변용을 통
해 독서물로의 변화를 보여주는 흐름을 확인할 수 있다. 구술적 전통
속에 향유되어 온 기행가사가 독서물로 변화해가는 과정을 보여주는
작품들이 산견되는 것이다. 이 시기 인쇄매체와의 결합은 시각적 매
체를 위한 작품으로서의 의미를 지니며, 가사장르의 다양한 형식적
실험을 보여준다. 그리하여 가사장르 특유의 개방성을 실현하면서
향수층의 요구를 담아내고자 한 것으로 보인다.

2. 보고문학적 성격과 개인적 서정

1) 문학관

기행가사의 문학적 성격이 구술적 전통으로부터 독서물로 이행하고 있는 것은 문학관의 변화와 맞물린 문제이기도 하다. 청중과 소통하면서 집단적 정서를 읊는 노래에서 개인적인 서정을 표현한 노래로 이행하는 변화와 관련된다.

1900년대는 근대문학의 싹을 보여준 시대로 평가되고 있으나 다른 한편 미적 효과를 발휘하는 글쓰기로서 문학의 가치는 아직 형성되어 있지 않다. 한국의 경우 미적 예술적 영역의 발견은 정적(情的)인 존재로서의 인간을 발견하는 과정과 나란히 가는 것이다. 지정의라는 인간 이해가 아직 1900년대에는 형성되지 않았기 때문이다.[5] 문학이라는 용어는 아직 문(文) 개념의 자장 안에 있었고 문학이라고 지칭할 만한 독자의 영역도 아직 형성되어 있지 않았다. 이때까지 문학은 시·서·예·악을 모두 포괄하고 있었다.[6]

이후 근대문학의 출발은 개인의 등장, 미적 감수성의 분화, 문학이 독자적 제도로서 자율성을 획득해 가는 과정과 직결된다.[7] 1910년대 문학은 정적(情的) 학문으로 미를 추구하는 영역이라는 개념정의가 이루어지기 시작한다. 문학이 정=미라는 가치에 발판을 두고 있다는 생각은 점차 상위 범주인 예술을 발견해가기 시작한다.[8] 1900년대까지

---

5) 권보드래, 「한국 근대소설의 이론」, 소명출판, 2000, 34면.
6) 권보드래, 위의 책, 28~30면.
7) 서은경, 「1910년대 후반 미적 감수성의 분화와 '감정'이 부상되는 과정-유학생 잡지 『삼광』을 중심으로-」, 『현대소설연구』 45, 한국현대소설학회, 2010, 176면.
8) 권보드래, 앞의 책, 2000, 28~30면.

풍속이라는 틀에서 논의되어 왔던 시, 소설이 문학으로서의 정체성을 획득하고 연극의 대본 또한 문학으로 인식되기에 이른 것은 1910년대의 일이었다.[9]

1920년대 동인지 문학을 중심으로 문학 속에 등장하는 개인 역시 사회적 규범과 통념이 내재된 공적 개인이 아닌 개개의 욕망에 휘둘리는 사적 개인들이다. 개별적 개인들의 구체적 삶과 그 속에서 겪는 갈등과 욕망을 사실적으로 보여주는 근대적 문학이 등장한다.[10]

따라서 문화의 구술문화적 요소는 점차 전일적인 인쇄문화에 의해 구축(驅逐)되는데 이에 결정적인 역할을 하며 문화적 변동을 야기한 것은 확대되고 내면화해간 글쓰기였다. 이들 책의 글쓰기는 근대적 자아의식과 그 표현의 욕망, 낭만적 연애, 문학, 예술 등의 새로운 코드들과 관련된다. 1920년대 전반기 문학이 갖는 낭만성과 감상성은 단지 세계관의 문제가 아니라 이러한 문학 저변의 글쓰기 양태와도 관련된다.[11]

그런데 이러한 인식의 전개는 유학생을 중심으로 한 근대 교육을 받은 신지식인들을 중심으로 이루어지고 있었다는 점이다. 이광수, 최남선 등 근대 지식인들을 중심으로 문학에 대한 재정의가 이루어진다.

반면 근대 기행가사의 경우는, 1920년대 경성에서 출간된 작품들의 경우도 전통적 한학지식인들에 의해, 문(또는 문장)으로서의 문맥 속에서 창작되고 있는 것을 알 수 있다. 이런 면에서 1920년대 인쇄본

---

9) 권보드래, 앞의 책, 2000, 101면.
10) 서은경, 앞의 논문, 2010, 176면.
11) 천정환, 「1920~30년대 소설독자의 형성과 분화과정」, 『역사문제연구』 7호, 역사문제연구소, 2001, 83~85면.

기행가사들이 여전히 전통적인 글쓰기와 문장의 자장 속에서 창작이
이루어졌다면, 근대 기행가사에서 문학관의 변화를 반영한 결과물은
1930년대 지어진 홍언의 기행가사이다.

　홍언의 기행가사는 역시 단형의 작품들을 지은 1920년대 송설당의
가사 작품들과 성격을 달리한다. 홍언은 이 시기 문학관의 변화에 따
라 단형의 개인적 서정을 읊은 것으로 보인다. 1900년대 이래로 신문
잡지 매체들은 문예란을 운영하고 있는 경우가 많은데 이 경우 한시
를 위주로 싣는 경우가 많다. 홍언의 작품들이 발표된 『신한민보』에
는 문예란인 사조란을 두어 문학작품을 싣고 있으며, 문예비평과 문
학관에 대한 논설문들도 지속적으로 싣는다.

　그런데 홍언의 기행가사 작품들은 문학작품을 싣는 사조란에 실린
다. 이는 『매일신보』에 연재된 김규진의 〈금강유람가〉가 별도의 사조
란(詞藻欄)이 있었음에도 사조란에 실리지 않았던 점과 대조된다. 또
한 근대계몽기 가사가 다른 국문시가와 달리 『대한매일신보』의 사조
란에 실리지 않고 시사평론란에 실렸던 것과도 상이하다.

　이러한 양상은 『신한민보』의 편집 성향과 여기에 실린 문학평론,
문학에 관한 논설들을 참고해 볼 때, 가사를, 서구의 문학 개념이나
양식에 대한 이해를 바탕으로 문학으로 인식한 결과로 보인다. 그러
므로 여기서 홍언의 문학관 내지 시가관을 살펴볼 필요가 있다.

　홍언에게 있어서 시(詩)와 가(歌)의 개념의 변별성은 뚜렷하지 않다.
작품 〈아침의 밝은 빛〉(떤스미어에서)에서는 '시 삼(三)수'라 작품을 지
칭하고 있다.[12] 그러면서도 작품 〈오순비우 4장 몬트레이에서〉는 "도

---

12) 『신한민보』, 1937. 5. 20.

처에 다 읍죠림이 잇엇다"고 하여 역시 가사의 전통적인 연행방식인 음영의 양식으로서 읊조리는 것으로 표현한다. 이를 볼 때 고전시가 인 가사를 창작한 배경은, 미국에서 발행되는 신문에 게재되고 있어 서구적 문학관이 작용하고 있으면서도 주로 노동이민자들인 재미동 포들을 대상으로 하였기에 전통시가의 대중적 감화력을 염두에 둔 결 과로 생각된다.13)

다른 작가와 달리 홍언은 뚜렷한 문학관을 정립하기 위해 끊임없이 모색하며 작품 창작 활동에 참여하고 있다. 왜냐하면 홍언은 문학이 민족 고유의 정서를 담고 있는 것으로서 민족 정체성을 형성하는 원 천이라고 인식했기 때문이다. 나아가 세계 문학의 보편적인 규준에 맞추어 민족문학을 창출하고자 하는 소명의식을 가지고 작품창작에 임한 때문이기도 하다.

그리하여 문학의 기능과 지향점에 대한 논의를 지속적으로 펼치고 있다. 이에 작품 수는 적지만 다양한 형식을 실험하고 있다. 여기에서 기본적인 원칙은 가창을 전제로 한 실험이다. 당대 삶의 터전인 미국 에서 만나는 서양 노래를 중심으로 하는 새로운 시 형식의 모색이 주 요과제였다.14)

'추선'이라는 필명으로 발표한 논설 〈시인론〉에는 홍언의 문학관이 드러나 있다.

---

13) 〈논설 : 노래를 말함〉(『신한민보』, 1918. 8. 1·8. 8)·〈국문을 풍월로 쪼니여〉(『신한 민보』, 1914. 8. 6)·〈리정두, 一년시단 총 회고〉(『신한민보』, 1929. 11. 28·12. 5·12. 12·12. 19·12. 26)·〈상항 국어학교에 대하여〉(『신한민보』, 1927. 11. 24) 등의 글이 실린다.
14) 박미영, 「재미작가 홍언의 시조 형식 모색과정과 선택」, 『시조학논총』18집, 시조학 회, 2002, 184면.

시인이라 싱젼에 우대를 받앗거나 천대를 받앗거나 죽을 쩌에 기갓치
죽엇거나 벌너지 갓치 죽엇거나 알아볼 필요가 업고 다만 그 작품은 훗터
겨 민간 풍요와 가곡에 들어와서 민족 정서를 잡아 끌어 문화 정신에 미여
주는 것이며 노러하는 자이나 노러를 듯난 자이나 누구의 시인지 알지
못하지만은 입에 순하고 귀에 순희서 다 갓치 좃타고 한다. 시인은 물론
싱리학상에 불완젼한 자오, 쏘 심리학상에도 불완젼한 자이며 이는 시인
이 총명과 정서를 한편으로 쓰난 까닭이다.[15)

여기서 '시'와 '가'의 구분이 명확하지 않다. '시인의 작품이 흩어져
서 민간의 풍요(風謠)와 가곡에 들어와서 민족정서를 잡아끌어 정신에
매여 주는 것'이라 하여, 개별 시인의 창작품인 작품과 민간에서 전승
되어 집적되는 노래와의 변별의식이 강하지 않다. 문학으로서의 '시
(詩)'와 노래로서의 '가(歌)'에 대해 뚜렷한 변별의식을 지니고 가사를
창작하지 않았다는 것을 짐작하게 한다.

그런데 앞서의 인용문에서 언급된 것처럼 민족정신의 형성에는 민
족의 정서를 일으키는 것이 중요하다는 점을 지적하고 있다. 민족의
정서, 곧 한 민족의 고유한 정서에 주목한 점은 기행가사의 창작하면
서 기행체험에서 우러나오는 '정서'를 의식했다는 것을 의미한다.

말이 그러치 (중략) 사람이 궁하야 주리고 춥게 되면 어느 결을에 한가
스럽게 시를 쓰고 안졋스랴? 녯적에 한 시인은 가을에 시 한 수를 써놋코
자못 득의할 쩌에 돈 받으러 온 사람이 야단하는 바람에 시 싱각이 믹혀서
다시 더 쓰기 못하얏다. 그러나 시인이 늑김이 잇어 시를 쓸 쩌는 아모리
주리고 춥더리도 쓰든 시를 다 쓰고야 마는 것은 싱각하는 길을 차져들어

가는 싸닭이오, 이를 비유로 말하면 산궁수진하야 다시 더 갈 길이 업다
고 의심하는 곳에서 버들이 어둠침침하고 욱어진 곳이 환하게 빛이우는
가운데 다시 열리는 길을 바라보고 차츰차츰 묘경을 밟아 들어가는 것과
갓고 이로 말미암아 용긔가 싱겨서 능히 ㅡ 체 간난을 닛는 것이며 이
써의 늑김이란 늑김은 깁히 물성을 감하야 자연을 그리면 진경을 옴겨다
놋코 대중의 질고를 읍조린 즉 그 졍셔로부터 가련한 상터와 슯히 부르짓
는 소리를 아울너 붓 끗헤 나타나나니 이는 자긔가 궁한 싸닭에 궁한 대중
의 졍경을 자긔과 갓치 늑기는 것이다. 그러서 시는 [궁에서 나와야 한다]
는 것인지?[16]

반복해서 등장하는 '늑김'은 곧 정서, 정서적 감응을 의미하는 것으
로 보인다. 자연을 바라보며 깊이 물성을 느끼며 이를 시로 표현하는
것이며, 대중의 질고(疾苦)를 읊조리는 것도 그 고통에서 우러나오는
느낌을 드러내는 것이라고 본다.

이와 같이 한 민족이 공통의 생활터전과 문화 속에서 공감하며 형성
해온 정서가 침전 되어 있는 것이 '시' 또는 '가'라고 본 점이 특징이다.
이 기행가사 작품들이 『신한민보』 사조란에 게재되고 단형의 형식 속에
개인적인 서정을 반영한 점이 이러한 문학관에서 비롯되고 있다.

시(詩)와 가(歌)의 핵심이 정서적 울림이라는 홍언의 문학관은 시를
다룬 또 다른 산문 〈조선기생시화〉에 잘 나타난다. 〈조선기생시화〉
중 '부안기생 계생'편에서 계생의 시를 소개하며 해석을 덧붙인다.

> 一. 취하신 님의옵셔
>   라삼을 잡으시니

---

16) 『신한민보』, 1943. 11. 25.

二. 라심이 찌어져서
　　손끚헤 묻아나오.
三. 한 라삼 익기오리
　　니 다만 겁너난 것
四. 힝여나 우리 사랑
　　그갓치 끈어질가

　　　　　　　　　　　　　　－〈술 취한 손님에게〉

이 시난 한문으로 쓰엇고 쪼한 한시법을 갓초앗으되 오직 한문에 묻어 잇난 중국인의 넘시(긔미)난 다 씻어 바리고 순연한 우리 동방의 식치를 가져서 그 음죠가 몹시 다졍스러우니 이러한 시에셔 조선 여자의 졍셔를 차져볼 수 잇난게고 므릇 조션 남자란 이러한 졍셔에 사랑을 미여두어야 그 사랑이 견고하야진다는 것이라. 만일 한문의 긔미를 가진 중국 기셩이 이런 시를 쓰게 되면 데 三四졀을 반드시 아러와 갓치 쓰엇을지니

三. 날 사랑 한다면셔
　　니 라삼 웨 찌져요?
四. 라삼이 찌어질 쩌
　　사랑도 끈어졋지!

중국 기셩이라고 다 그러케 쓰리만은 디치로 보면 중국 녀자의 남자에 디한 졍셔가 보통 그러하다난 것이다. 왜 그런고 하니 중국 남자의 녀자에 디한 졍이가 죠션 남자의 녀자에 디한 졍이와 다름으로써 그 녀자들의 남자를 잡어밀난 졍셔 즉 남자를 조종하난 수단이 조선 녀자와 달은 것이라. 그런고로 중국 기셩은 이상과 갓흔 시를 쓰엇으리라난 것이라.

이에 만져 시법에 한하야 말하면 시난 각기 졔 셩졍에셔 나오기 까닭에 시에셔 젹으면 긔인의 품격, 크면 민족셩을 차져볼 수 잇나니 이것이 시를 쓰난 쟈의 가쟝 주의할 졈이라.[17]

위 글의 요점도, 시에는 민족 고유의 민족성과 정서가 투영되어 있다는 것이다. 이를 위해 뛰어난 작품들이라고 판단한 조선 기생들의 한시 작품을 예로 들어 설명한다. 그리고 만일 같은 내용을, 중국 기생이 짓는다면 중국 민족 고유의 민족성과 정서가 투영되기 때문에 다른 표현이 될 것이라고 설명한다.

주목되는 것은 그러한 요지를 설명하기 위해서 동원된 매개들이다. '닙시, 긔미, 식치, 음죠' 등 정서적 울림을 지시하는 다양한 어휘들을 들여온다. '그갓치 쓴어질가'(조선 기생의 시)–'사랑도 쓴어젓지!'(중국 기생의 시)로 대비시키고 있는데, 전자는 은근하면서도 안타까움의 여운을 담은 의문형으로 끝나는 것에 비해, 후자는 직접적이면서도 단정적이며 힐난하는 듯한 어조를 담은 감탄형으로 끝난다.

이는 시적 함의에서 느껴지는 정조와 태도, 그것으로 알 수 있는 민족적 정서를 대비시켜 보여주고자 하는 것이다. 곧 시(詩) 또는 가(歌)가 정조와 뉘앙스, 색채로 표현될 수 있는 미세한 정서적 울림을 지닌 작품이라는 의식이 엿보인다.

이때 시인은 바로 민족 정서를 이끌어 내어 문화 정신의 형성과 발현에 기여하는 사람이라고 본다.

> ―민족의 싱존이 물론 다수 사람의 싱활 안젼에 잇거니와 쏘한 문화라는 것이 잇어서 그 민족의 졍신을 믹여주는 것이며 이 칙임은 시인이 지고 잇는 것이 맛치 무인이 무용의 칙임을 지고 잇난 것과 갓흐니 이로 보면 ―민족 가운데 시인도 잇어야 할 것이다.[18]

17) 『신한민보』, 1943. 11. 4.
18) 『신한민보』, 1943. 11. 18.

3장 : 장르적 성격 **217**

문화와 민족정신을 형성하는 책임이 시인에게 있는 점을 말한다. 시와 민족정신의 형성이 긴밀한 관련을 맺고 있다는 점을 강조한다.

이와 같이 『신한민보』에는 '문예'라는 용어가 사용되면서 문학의 기능과 본질에 대한 주장과 논박이 오간다.[19] 이 '문예를 둘러싼 논쟁'은 문학사상 줄기차게 지속되어 왔던 논란인 '순수/참여'의 논쟁을 포함하여 '국문시'의 정체성, '시인'의 정체성, 나아가 우리 민족문학의 정체성에 관한 고민의 과정이다.

이때 사용되는 용어인 '문예'는 세계적 규준에 비추어 자국문학의 전통을 돌아보고 있는 것으로, 민족 정체성의 정립으로 확산되는 문제이기에 핵심적 논제가 된다. 이 『신한민보』에 실린 이러한 논쟁들은 미국의 문화 속에 살아가는 이민자들의 자기동일성 찾기와 연관된다. 그들을 정신적, 정서적으로 통합시킬 수 있는 구심점으로서의 문예, 그리고 세계적으로 통용되는 보편적인 규준에 합치되어 자국의 문학으로 내세울 수 있는 문예를 치열하게 모색하고 있다.

> 그 뿐만도 안이라 시는 가곡에 마즈야 되는 고로 운이 잇스야 한다. 운이 잇셔야만 가곡에 들어맛는다. (중략) 우리 문사와 시인들이 무엇보담도 특별 쥬의할 것은 곳 우리 시에도 염과 운을 보아서 셰계문학게에셔 통용하는 보통 규측더로 하야만 될 것이다. 염이 업는 시나 운이 업는 시를 금후로난 좀 덜 써너엿스면 우리 문화 향상과 문예싱활의 큰 영

---

19) 월성, 〈문예계의 신류힝〉(『신한민보』, 1929. 9. 26), 〈국문시에 대하야〉(『신한민보』, 1928. 11. 1)·임영빈, 〈문예비평 : 김퇴진군의 「시가一속」〉(『신한민보』, 1929. 6. 13)·김퇴선, 〈임영빈군의 문예비평을 읽고〉(『신한민보』, 1929. 7. 11)·임영빈, 〈지미동포의 문예싱활〉(『신한민보』, 1929. 7. 4)·리정두, 〈임영빈씨의 문예비평을 반박함〉(『신한민보』, 1929. 7. 25·8. 1·8. 15)·임영빈, 〈문예잡론 : 리정두씨를 답함〉(『신한민보』, 1929. 8. 29·9. 5)

광이 될이라 한다.[20]

이에 기왕에 분리되어 있는 '시(詩)'와 '가(歌)'의 성격을 통합시켜 우리 시가 전통 속에서 형식을 이끌어 내어 세계적 기준에 맞추어 변용하여 그들 이산자들의 삶과 정서를 담아낼 수 있는 방법에 대해 모색한다. 홍언의 기행가사가 보여주는 새로운 형식도 그러한 시도 중의 하나이다. 앞서 〈조선기생시화〉는 모두 3·4조 2행을 분련체처럼 사용한 정형시로 번역해 놓았다. 그리고 조선 정가(正歌)와 비교하는 말들로 이들 한시를 평가하고 있는 것으로 보아 〈조선기생시화〉에서의 한시 번역체는 음악이 전제된 형식[21]으로 보인다. 또 국문시가에서 음악을 분리시키지 않으려는 노력[22]에서 시와 가를 그 성격과 기능면에서 동일시하고 나아가 양자의 성격을 결합시키고자 한 것으로 생각된다.

따라서 홍언의 기행가사가 단형으로의 형식적 변용을 추동하는 인자가, 한정된 지면이라는 측면도 배제할 수 없지만 '정서를 감발하는 문학'이라는 시가관 또는 문학관도 작용하고 있음을 짐작할 수 있다. 이는 동일한 조건을 지닌 김규진의 〈금강유람가〉가 구술적 전통에 충실한 장편의 형식을 고수하고 있으며, 작품을 분절하여 연재하고 있는 데에서 알 수 있다. 홍언의 경우 시와 가에 대한 뚜렷한 변별의식은 없지만, 노래에 대한 교화론적 기능보다는 정서적 감화의 기능을 우선하고 있다.

그런데 『매일신보』에는 김규진의 작품 이후로 가사의 게재는 지속

20) 〈국문시에 대하야〉, 『신한민보』, 1928. 11. 1.
21) 박미영, 앞의 논문, 2002, 190면.
22) 박미영, 앞의 논문, 2002, 197면.

되지 않고 있다. 또 한정된 독자를 대상으로 한 교포신문인『신한민보』에 실린 작품도 민족의 정체성 형성을 위한 의식적인 창작물인 점을 고려하면, 기행가사와 대중매체의 결합은 지속된 현상이거나 일반적인 양상은 아니었다. 이들 작품들 대부분이 형식적 실험이라는 실험적 성격이 강하며 고정된 형태나 지속적인 현상이 아니라 일시적 현상이라는 성격을 띤다. 근대계몽기 가사의 경우『대한매일신보』시사평론란 가사가 시도한 분련체라는 형식적 실험은 계몽기라는 시대적 요구에 적극적으로 부응할 수 있었고, 고정란을 확보함으로써 오랜 기간 동안 연재될 수 있었다.

이에 비해 이 시기 신문 잡지에 실린 기행가사는 양적인 면에서 근대계몽기 가사에 비해 적으며, 일시적인 실험으로서의 성격을 띤다. 그렇지만 다양한 형시적 실험을 통해서 전통적 양식이 새로운 문학적 환경에 대응하고 있는 모습을 반영한다.

2) 개인적 서정의 문학

〈동유감흥록〉은 개인 단권 작품으로 발간되어 독서물로서의 성격을 지녔지만, 작가 개인의 내면적 독백이라는 성격보다는 독자를 향한 보고문학의 성격을 지닌다. 보고적 성격은 독자에게 구경거리, 볼거리 등 보고 들은 것들을 기록으로 남겨 보고하고자 하는 의식이다. 본래 작품이 지어진 의도가 널리 일본 제국의 발전상을 선전하기 위한 것이므로, 장면 묘사의 관습을 활용한 견문의 생생한 재현, 독자에 대한 전언체의 사용으로 특징된다.

반면 최송설당의 기행가사에서는 기행과 서정이 결합하고 있다.

1910년대에 부각된 정은 개인으로서의 솔직한 반응을 요구하며, 저마다 능동적인 주체로 생각하며 행동할 것을 기대한다. 여기서 중요한 것은 집단이나 보편이 아니라 자연인으로서의 개인이다. 자기 자아라는 낯선 단어는 문제적인 영역으로 떠오른다. 자아란 세계를 해명하는 열쇠이며, 내부와 외부를 가르는 기준이고 자유로운 활동과 최고의 표현을 요구하는 주체[23]이다.

이에 비추어 볼 때 송설당의 기행가사가 보여주는 개인은 이러한 주체적 개인과는 차이를 지니며, 집단과 보편을 실현하는 개인이라는 점에서 양자의 가치가 중첩되어 있다. 1920년대 개인시문집으로 발간된 최송설당의 『송설당집』에 실린 기행가사는 근본적인 문학관의 변화를 반영한 결과물은 아니지만 결과적으로 개인의 문학작품으로서의 성격을 강화하고 있다. 당시 규방가사의 창작과 향유는 향촌을 중심으로 공동체 의식을 바탕으로 한다. 당시 향촌은 아직 전통적 질서가 유지되는 곳으로서 가문의식 등 집단의식이 우세한 곳이다.

규방가사 〈눈물 뿌린 이별가〉의 작가 김우모의 경우를 보면 19세기 후반에 출생하여 평생을 전통 유림 문중에서 살아온 전통여성으로서, 가사 창작의 관습에 익숙했다.[24] 〈눈물 뿌린 이별가〉의 관련 기록을 보면 가사가 향촌의 특정 마을을 근거지로 한 가문을 중심으로 향유해온 향유관습을 짐작할 수 있다.

이 가사는 안동군 풍천면 가곡동 권경룡(權景龍)의 조모 의성 김씨(義城 金氏)께서 지금부터 66년 전 경오년(庚午年)에 만주로 이민을 떠

---

23) 권보드래, 위의 책, 2000, 34~35면.
24) 고순희, 앞의 논문, 2010, 149면.

나는 처절한 심회를 금치 못하여 지었다. 김씨(金氏)부인은 검제 김(金)
초산영감님의 손녀이다.25)

"검제김초산영감님의 손녀"라는 기록에서 '검제'는 안동 서후면 '금
계마을'을 〈북천가〉의 작가 김진형을 말한다. 1986년 기록인데도 '김
초산영감님'이 누구를 말하는지 대부분의 사람들이 아는 것을 전제로
한 기록이다.26) 이와 같이 한 집안이나 몇 가문, 마을이나 촌락 등
소규모 공동체를 중심으로 독자들을 이미 알고 있는 상황에서 향유되
고 있음을 보여준다.

이에 비해 최송설당의 작품들은 여성의 연대의식을 비롯한 집단적
의식에서 벗어나 있다. 최송설당은 가문의식과 유교적 충효이념 등
집단적 가치에 충실하다. 최송설당의 기행가사 대부분이 '가문'과 연
관된 내용들이다. 하지만 작품은 이를 수행해 내는 송설당 개인의 여
정과 거기에서 우러나오는 개인의 감회에 초점이 있다. 가문을 일으
켜 세우고자 하는 여성 개인의 노력과 심회가 중심이 된다. 그리하여
'어화 벗님네야'로 대표되는 청자 불러들이기 화법을 볼 수 없으며,
보고적 성격을 띤 장편이 아닌 단형의 작품들이다.

앞서 살펴본 홍언의 작품들도 여행하면서 느낀 개인적 서정을 표출
하고 있다. 홍언이 궁극적으로 추구한 것은 민족정체성을 형성하는
데에 일조할 수 있는 것으로, 민족 전체가 교감할 수 있는 집단적 정
서를 담아낸 문학을 짓는 것이다. 하지만 이러한 목표를 위해서 창작
한 기행가사는 여행하며 느낀 개인적 감회를 단상의 형식으로 담아내

25) 이대준 편저, 『낭송가사집』, 세종출판사, 1998, 179면.
26) 고순희, 앞의 논문, 2010, 150면.

고 있다. 이는 세계 규준에 맞추기 위한 것이다.

실제로 전통장르인 기행가사의 문학적 성격은 홍언이 설정하고 있는 '세계 규준'과 현격하게 상이하다. '개인의 내면'이나 '정서' 등의 면보다는 독자에 대한 보고문학으로서의 성격을 강화시켜 왔다. 이러한 독자에 대한 보고의식에 따라 문학적 관습을 형성시켜 온 결과로 독자층을 확대해 올 수 있었다. 여행하며 보고 느낀 견문의 사실적인 재현은 개인적 정서와 내면보다는 독자에 대한 보고에 관심을 둔다. 이러한 시각에서 대상에 집중하고 있으며, 이동 경로나 특정 장소 및 대상을 유람하게 된 경위 등이 생략된 채 대상이 잇달아 교체되면서 묘사되기도 한다. 열거와 묘사는 다양성과 규모의 장대함을 제대로 그려 그 모습을 눈앞에 있듯이 살려내고자 하는 의도와 결합된다.

김규진은 〈금강유람가〉에서 작품 창작의 동기를 밝히면서 독자에게 "와유 금강(臥遊金剛)하는 자료로 남기고자 한다"고 하였듯이, 독자에게 눈앞에 보이듯이 재현하고자 하는 의식을 보여준다. 또한 이태직의 〈대일본유람가〉 본문에 등장하는 다음의 언급도 이러한 보고문학적 성격을 지시한다.

> 자선회라 하는것은 금년봄에 지났는데
> 보지는 못했어도 이야기를 들었으니
> 그도또한 별일이니 대강기록 하여보자

자선회에 대해서 상세히 기록하면서 "그도 또한 별일"이라 하여 기록하겠다고 밝히고 있다.

이홍구의 〈선운사풍경가〉에서 작가가 본문에서 밝히고 있는 창작

동기는

> 선운산(禪雲山) 자시알이면 기절경치(氣絶景致) 만컨마은
> 탈생후세(脫生後世) 일개인(一介人)이 천백년(千百年) 증왕사(曾往事)을
> 난가지실(難可知悉) 하갓기로 약거기개(略擧其槩) 하엿로라"

라고 하여 후세의 독자에게 오래된 사적들을 알리고자 작품을 짓는다
고 밝힌다.

　이러한 성격들은 그간 보고문학적 성격을 강화시켜 온 흐름을 잇는
것이다. 20세기 초에 이르러서도 이러한 독자에 대한 보고문학적 성
격은 기행가사 향유의 추동력으로 계승되고 있다. 외국기행가사 작품
들에서도 기이한 이국의 풍물과 신기한 근대문물에 대한 세밀한 묘사
가 확장된다. 이 시기 기록물로서의 성격을 계승, 강화시키고 있는 것
은 이국에서 체험한 경이로운 근대 문물들에 대한 세밀한 재현이다.

　이에 비해 최송설당의 기행가사는 여행을 하며 갖는 개인적 소회와
내면적인 독백에 초점이 있다. 전언의 말투나, 독자에게 말을 거는 대
화체 표현은 찾아보기 힘들다. 독자에게 말을 건네는 보고의 형식이
아니라 내면의 목소리를 들려주는 독백 형식을 취하고 있다. 그래서
장면의 재현이나 묘사 부분이 많이 줄고 자신의 활동과 그에 따른 개
인적인 감회 표출이 위주이다. 자신의 개인적 회포를 타인인 누구도
알 수 없음을 말하면서 이 다음에 부친 앞에서나 아뢸 수 있을까 하는
것이다. 이는 누구에게도 말 걸 수 없고, 누구의 위안도 받을 수 없는
부분으로, 단지 스스로 독백을 뇌까리는 개인의 문체인 것이다. 이러
한 영역은 개인의 내면이자 사적 영역으로 부를 만한 것이다.27)

그리하여 작품 속 여행은 놀이로서가 아니라 특정한 목적을 지닌 여행인 경우가 많다. 그간 기행을 소재로 한 규방가사에서 여성들의 여행은 놀이적 성격이 강하다. 반면에 송설당의 기행가사는 이러한 놀이적 성격과는 거리가 있다.

최송설당의 또 다른 작품인 가사 〈향일화〉이다. 향일화는 '충'을 상징하는 알레고리로 기능해왔다. 충을 뜻하는 관습적 이미지를 차용하면서 그것을 통해 자신만의 고립된 내면을 읊고 있다.

> 향일화는 츙신화라 키도 크고 헌양ᄒ다
> 닌마당에 심은 뜻을 그뉘라셔 침쟉ᄒ랴
> 달과갓치 둥근 쏫이 희를 향ᄒ 기우리니
> 아참씨는 향동ᄒ고 져녁씨는 향셔ᄒ여
> 한씨라도 일치안코 츙심셩의 직혀간다
> 쏫닙마다 빗누르니 즁앙졍식 이아닌가
> 임을 향ᄒ 일편단심 슈유인들 옴길손야
> 슉상한풍 소슬한데 화엽이식 불변ᄒ니
> 뒤뜰에 셜즁고송 네가덕실 닌벗인듯

"닌마당에 심은 뜻을 그뉘라셔 침쟉ᄒ랴"라 하여 해바라기를 내 마당에 심을 뜻을 그 누가 짐작할 것인가 자문하고 있다. 아무도 모르는 자신만이 간직한 뜻을 암시하고 있다. 자신만의 개별적 심상이 아닌 관습적 심상을 차용하여 자신만의 내면세계를 읊고 있는 중첩적 태도가 송설당의 작품 세계를 특징적으로 보여준다.

---

27) 언제나 존재해왔지만, 문제적인 무게를 얻지 못했던 〈내면〉은 여기서 비로소 핵심적인 문제영역이 되었다. 자기 말고는 누구도 알 수 없는 정신적 과정, 다른 사람은 기껏해야 추측할 수 있을 뿐인 사적 영역이 출현한 것이다. 권보드래, 앞의 책, 2000, 248면.

이와 같이 여행하며 느끼는 개인적인 감회와 내면의 고백 등 개인적 서정을 표출하는 결과, 작품은 단형의 형식을 갖추게 된다. 홍언의 가사와 최송설당의 가사는 그러한 점에서 보고문학적 성격을 탈각하고 개인적 서정을 보여주는 작품들이라 할 수 있다. 이는 홍언의 경우에는 문학관의 변화가, 송설당의 경우는 가사를 한시와 대등한 문학으로의 인식이라는 변화가 작용한 결과라 할 수 있다.

근대 기행가사,
전통의 지속과 변모

1장 : 산수 유람 문화의 지속과 변모

1. 산수 유람과 관광

1) 산수 유람의 전통

산수 유람은 한문학인 유산기(遊山記)를 비롯하여 기행문학의 한 흐름을 형성하는 주요한 전통으로, 조선시대 사대부들의 정신세계와 결합되어 있다. '유관'(遊觀)·'유산'(遊山)·'유상'(遊賞)으로도 표현되는 유람(遊覽)은 조선 중기 이래 사대부의 산수취향의 정신사적 흐름과 밀접한 관련을 맺고 있다.[1]

그중 기행가사에서는 산수 유람의 창작 전통이 하나의 유형으로 형성되어 왔다. 조선시대 사대부 문화 속에서 16세기 송강 정철이 지은 〈관동별곡〉은 사대부들이 지향하는 미의식의 정점을 보여주고 있다. '광대무변의 우주 속에서 북두성을 기울여 드넓게 펼쳐진 창해의 물

---

1) 이혜순·정하영 외, 『조선 중기의 유산기문학』, 집문당, 1997, 263~269면.

을 마시는' 형상 안에는 그 시대 사대부들의 로망인 호방한 기상과 정신적 자유로움의 경지를 보여준다.[2] 그런 점에서 송강의 〈관동별곡〉은 이후 사대부 기행가사의 전범으로 자리한다.

기행가사의 전통 속에서 산수 유람만을 집중적으로 다룬 기행가사는 18세기 이래로 지속적으로 지어진다. 산수 유람의 전통은 사대부 문인들이 산수를 유람하며 심성을 기르는 한편으로, 산수의 정취를 즐기고 경치를 완상하는 문화적 행위로 존재해왔다. 특히 공자의 '태산에 올라 비로소 천하가 작다는 것을 알았다'는 '등태산 소천하(登泰山 小天下)' 고사의 활달한 기상과 함께 산수 유람이 문장력을 도야하는 데에 도움이 된다는 사마천의 '남유강회(南遊江淮)' 고사 또한 산수 유람이 성행할 수 있었던 요인이다.

전 시대로부터 이어져 온 기행가사의 통시적 흐름을 살펴보면, 18세기 이후 벼슬길에 나아가지 않고 처사로서의 삶 속에서 산수 유람을 즐기는 풍조가 등장한다. 산수를 유람하며 현실세계의 영욕을 탈피하여 정치와 현실적 욕망을 초월하는 정신적 자유로움을 지향하는 것이다. 처사적 삶을 자처하고 이루어지는 산수 유람은 맑은 정취와 고고한 기상을 기르고 아취로서의 풍류를 즐기는 문화로 특징되었다.[3] 이때의 산수 유람은 감각적인 즐거움, 쾌락과는 변별되는 아취로서의 풍류이다. 전통적으로 유가에서는 완물상지(玩物喪志)를 경계해 왔으며, 산수를 유람하며 기생을 동반하고 질탕한 유흥을 벌이거나 감각적인 쾌락을 누리는 것을 경계하고 있다.

---

2) 성기옥, 「사대부 시가에 수용된 신선모티프의 시적 기능」, 『국문학과 도교』, 한국고전문학회, 1998 ; 최규수, 『송강 정철 시가의 수용사적 탐색』, 월인, 2002.

3) 유정선, 앞의 책, 2007, 50면.

　권섭의 〈영삼별곡〉(1704)과 박순우의 〈금강별곡〉(1739), 신광수의 〈단산별곡〉(1774) 등에서 당시 처사를 자처하고 풍류를 즐기는 양상을 볼 수 있다. 이 시기에는 경치가 아름다운 승지를 찾아다니며 유람하고, 그 승경을 미적인 기준에 따라 평가하는 품제가 유행한다. 각기 심미적 감식안에 대해 자부하며 금강산의 승경에 대해 미적인 면을 품평하고, 그 우열에 대해 품제하는 전통이 있었다. 또 시·서·화로 금강산 유람의 기록을 남기고 문인들 사이에 서로 주고받기도 했다. 예술적 성향을 지닌 문인들 사이에서 산수 유람이 유행하면서 진경산수화의 성행과도 연관을 맺고 있었다.

　권섭의 〈영삼별곡〉은 처사로서의 삶 속에서 전국 각지의 승경을 유람하는 산수 유람의 체험을 그려낸다. 경치의 심미성을 향유하며 그 속에서 흥취를 느끼는가 하면 풍류를 구가하는 것이다. 또 승지에 남아 있는 선현의 제영(題詠)과 시, 문인의 수적(手迹)을 돌아본다.

　또한 당시에 선인 풍류의 전범으로 인식된 것이 소식(蘇軾)의 적벽유(赤壁遊)이다. 자신의 풍류를, 선인의 풍류를 본받은 것으로 표방하고 있다. 이에 적벽유를 본받아 선유(船遊)를 즐기면서 '포의지유(布衣之遊)'의 소박하면서도 자유분방한 풍류정신을 재현하고자 한다. 신광수의 예에서 보듯이 실제로는 공직에 부임하고 있었으면서도 그 자신의 산수 유람이 소박하고 정신적인 자유로움을 지향한다는 점에서 '포의지유'를 표방하기도 한다.

　이러한 산수 유람의 전통으로 인해 작품에서는 여행지를 오가는 왕복노정보다 유산(遊山)체험을 중시하는 것으로 나타난다. 당시 가장 인기가 높았던 유람지는 금강산이었으며, 금강산에 오가는 노정의 경우 지명만이 간략히 열거된다. 금강산 경내에 들어서도 숙식, 지형 등

실제로 유람하며 겪는 체험이나 경과는 간략히 서술하며 승경 자체에 관심을 두고 있다. 이와 같이 가사작품에서 왕복노정이 간략하거나 거의 드러나지 않는 전통은 18세기까지 지배적인 경향이다.

19세기에 들어서 산수를 유람하며 완상하는 산수 유람의 취미는 여전히 존속한다. 그중에서도 금강산 유람이 더욱 성행하여 금강산 유람가사들이 집중적으로 창작된다. 특히 19세기 기행가사는 이전 시기에 비해 장편화 한다. 이 시기 산수 유람의 전통을 이은 가사로는 이상수 〈금강별곡〉(1856), 조윤희 〈관동신곡〉(1894) 등이 있다. 이들 작품들에서는 전대에 이어 여전히 산수미의 감상에 주안점을 두면서 금강산에 왕래하는 도정이 축약되는 전례를 그대로 잇고 있다.

2) 산수 유람과 인문지리

20세기 초에는 금강산 유람을 비롯하여 국내 산수 유람을 다룬 작품들이 다수 있다. 이홍구 〈선운사풍경가〉, 김규진 〈금강유람가〉, 김일우 〈관악산유산록〉, 금상기 〈금강유람가〉, 신응교 〈금강산탐승가사〉, 작자 미상 〈백운산유람가〉[4] 등을 들 수 있다. 이중 3편이 금강산 유람을 소재로 다룬 작품들인 것으로 보아, 역사적으로 가장 애호되었던 유람 장소인 금강산이 이 시기에도 여전히 인기를 끈 것으로 나타난다.

이중 이홍구의 〈선운사풍경가〉, 김규진 〈금강유람가〉, 금상기 〈금강유람가〉, 김일우 〈관악산유산록〉, 작자 미상의 〈백운산유람가〉 등

---

4) 이 작품은 일제강점기 작품으로 추정되지만 정확한 창작연대가 밝혀지지 않은 작품이다. 따라서 기행가사의 통시적 흐름을 살펴본 1부에서는 다루지 않았고, 본 2부에서 작품을 소개하고 살펴보기로 한다.

은 전대의 산수 유람 전통을 잇고 있다. 이들 작품들에서는 유람지인 산에 오가는 도정은 축약적으로 제시되고 있으며, 산수에서의 유람을 집중적으로 읊고 있다. 이는 사대부 문사들의 산수 유람의 전통을 계승한 것으로, 선현의 역사적 발자취를 되새기고 산수의 정취를 즐기며 심미적 체험을 하고자 한다.

이들 계열의 작품은 모두 비교적 장편에 속하는 필사본들이다. 김규진의 〈금강유람가〉만이 『매일신보』에 연재된 인쇄본이지만, 앞서 1부에서 살펴본 것처럼 실질적 의미에서 형식적인 변용은 크지 않다. 장편의 내용을 지면관계상 분절해서 실은 것일 뿐, 실질적으로는 기행가사의 관습을 그대로 잇고 있기 때문이다. 이는 산수유람 전통이 유가의 정신사적인 흐름과 결합되어 있기 때문에 상대적으로 전통을 고수하는 면이 있기 때문인 것으로 생각된다. 금강산 경치의 아름다움을 완상하며, 그 풍광이 주는 심미적 정취를 즐기는 것이다.

또한 이들 작품들은 충·효·열의 사적과 전현의 제영이 한 장소의 장소감을 형성하는 준거가 되는 인문지리의 전통을 잇고 있다. 인문지리의 전통 속에서 충효열의 이념적 실천과 시문의 제영이 한 고장의 풍속의 속상미악(俗尙美惡)을 구성하는 주요한 잣대가 되고 있다. 이들은 산수를 유람하며 특히 유교 사상의 궤적들이자 지역 문화 전통과 관련된 고적들을 호명함으로써 정신적 유산으로 소환한다.

이는 조선시대 지리지인 『동국여지승람』의 편찬체제가 대표적으로 보여주듯이, 통치를 목적으로 편찬된 읍지(邑誌)에 그 고을의 명승지, 누정뿐 아니라 제영의 항목이 들어가는 것과 유사한 맥락으로서, 산수에 우유음상(優遊吟賞)함으로써 정화(政化)와 유통을 이룰 수 있다는 의미와 통한다.[5] 이는 자연과 인간의 사상·태도·미학적 정서를 뜻하

는 인문이 결합한 결과라 할 수 있다.[6]

이러한 전통을 이은 것으로 보이는 대표적인 작품들이 김규진 〈금강유람가〉와 금상기 〈금강유람가〉이다. 20세기 초 서화가인 김규진의 금강산 유람가사를 이어 역시 서예가인 금상기도 이를 본받아 금강산 유람가사를 짓는다.

김규진 〈금강유람가〉(1919~1920)가 창작동기 부분에서 밝힌 '명사십리의 가취(佳趣)', '요산요수(樂山樂水)의 의취(意趣)'에서의 '가취(佳趣)'·'의취(意趣)'는 산수 유람의 취미로서 산수에서 풍겨지는 이념적 울림과 심미성을 지시하는 것으로 보인다. 따라서 서화가인 해강 김규진은, 금강산의 풍광이 주는 심미적 정취를 느끼며 이를 시서화로 표현해 내고 있다. 지장암의 절묘하고 심원함, 백탑동의 기기괴괴함, 능파루에서 바라보는 산광수색(山光水色)의 가려함 등의 심미적 정취를 느끼며 이를 예술로 승화시키고자 한다. 또한 작품 곳곳에서 감정이 고조될 때 한시를 읊고 있으며, 만폭동을 비롯한 경관에 필적을 새기고 있다. 이는 시서화가 결합한 유산 문화를 잇는 것으로, 그림에 시를 제하고 글씨를 써서 화첩을 만들기도 하는 전통을 잇고 있다.

특히 금강산의 사적들을 미술 작품으로 바라보고 금강산을 유람 중 곳곳에 산재해 있는 유서 깊은 미술 작품을 확인한다는 점은 이전과

---

5) 양보경, 「조선시대 읍지의 성격과 지리적 인식에 관한 연구」, 서울대학교 박사학위 논문, 1987, 33~40면.

6) 경관이란 눈을 통해 감각적으로 들어오는 풍경(view)이나 경치(scene)와 다른 의미의 용어로 쓰이는 개념이다. 역사지리학자 다비는 경관에 대해 정의하기를 "사람들과 그들이 살고 있는 세계의 조화와 통합", "자연과 인문(인간의 사상, 태도, 미학적 정서를 말함)이 결합한 결과, 다양한 힘들의 순간적인 균형이자 평형상태라 하였다. 전종한·서민철·장의선·박승규, 『인문지리학의 시선』, 논형, 2010, 283면.

는 다른 점이다. 이에 금강산은 불교 미술의 보고로서 역사적 가치뿐
아니라 예술적 가치를 지닌 장소로 나타난다.

이와 같이 금강산 내 불교 사적의 예술적 가치를 읊은 것은 이전에
는 볼 수 없는 모습이다. 불교사적은 그 역사적 가치로 인해 언급되어
왔는데, 이제 미술작품으로서의 의미까지 부여받고 있다. 이는 김규
진이 근대 예술가로 활동한 점과 관련된다.

해강은 경물에 얽힌 설화에 대한 관심도 많아 다채로운 설화를 소
개하고 있다. 18세기 사대부의 금강산 기행가사에서 경물에 얽힌 설
화들은 누락되어 왔다. 이어 19세기 금강산 가사에서부터 불교 관련
설화는 서서히 복원되고 있는데, 유학자 이상수(李象秀)의 〈금강별
곡〉(1856)을 보더라도 허탄하다는 전제를 덧붙이고 있기는 하지만 불
교적 내용의 설화를 싣고 있다. 이제 20세기에 이르러서는 금강산 경
물에 부속된 설화들도 정신적인 유산이라는 의식 속에서 다양한 설화
들을 읊고 있다.

전체적으로는 산수의 심미적 체험과 시서화로의 표현에 관심을 갖
고 있다. 이에 이 작품은 새롭게 『매일신보』라는 인쇄매체에 연재되
는 형식을 취하면서도 전대 사대부 문인들이 산수를 유람하는 전통의
연장선상에 있는 작품이다.

이후 1930년대에 창작된 금상기의 〈금강유람가〉 역시 산수 유람의
전통에 따라 시인으로서 금강산의 산수에 대해 읊고 있으며[7], 수많은
고사들을 동원하여 경물의 미감을 읊고 있다. 또 전현들의 수적들인
매월당 김시습의 기문, 양봉래의 유허, 우암 송시열의 유적, 미수 허

---

7) "벽상을 살펴보니 고금현판 무수하다 소인묵객 놀던자취 광감지회 절로난다 우리역
   시 효빈하여 사인합작 게판하니"

목의 필적들과 근래 새겨진 김규진의 서체를 확인하고 있다. 이러한 정신적 유산들은 유학자들의 수적들로 기왕의 기행가사에서 자주 언급되었던 것들이다. 특히 김규진의 〈금강유람가〉와 마찬가지로 유람하면서 느끼는 산수의 정취를 시로 짓는 전통을 계승하여 기행가사 작품 속에는 유람 중에 지은 다수의 한시가 삽입된다.

이 역시 전통적으로 문장과 산수유람이 결합되어 왔던 사대부 문인들의 전통을 잇고 있다. 전통적으로 산수 유람이 문장의 발월지기(發越之氣)를 키운다는 인식하에 산수유람을 하며 지은 시문을 소개하는 것이 일반적이었다. 또한 유람을 마친 후 얻은 시의 수가 유람의 성패를 좌우하는 하나의 요인이 되고 있었다. 이러한 전통을 이어 가사 작품의 본문 속에 유람 도중에 지은 한시들을 제시하고 있다.

이홍구 〈선운사풍경가〉, 김일우 〈관악산유산록〉, 작자 미상의 〈백운산유람가〉 또한 모두 산수를 유람하며 산수의 정취를 즐기는 동시에 장소에 새겨진 역사적 발자취를 돌아보는 작품들이다.

이홍구의 〈선운사풍경가〉에서 선운사는 한 고장에 위치한 장소로서, '선운사'가 대상이 되어 있다는 점이 특징이다. 그간 사대부 문화에서 불교 사찰을 대상으로 집중적으로 노래한 작품은 거의 없다. 금강산 유람가사에 등장하는 절을 비롯한 불교사적은 배제되는 경우가 많았으며, 이정표에 불과한 경우가 많았다. 이후 19세기 최말 작품인 조윤희의 〈관동신곡〉에서부터 금강산 경내 불교사적을 적극적으로 우리나라의 역사 유산으로 재해석하고 있다. 하지만 이도 금강산을 구성하는 하나의 경관이자 고적으로 자리하는 것일 뿐, 불교신자로 추정되는 무명씨 작품들을 제외하고는 금강산 불교 고적을 적극적으로 노래한 작품은 드물다.

〈선운사풍경가〉에서는 선운사를 비롯한 주변 경관이 한 고장의 중심 장소로 자리한다. 작가의 향리 주변에 위치한 선운사의 창건 내력과 연혁, 경내 고적과 풍광, 주변 경물을 세세히 재현한다. 여기에는 절에 남아있는 고적들인 추사 김정희의 글씨로 남아있는 백파의 비명(碑銘), 의운국사의 영정, 검당선사 유상 등과 함께, 용문(龍門) 등 지형에 얽힌 민간의 전설들도 포함한다. 이와 같이 경치뿐만 아니라 비명, 설화에 이르기까지 선운사의 장소성을 구성하는 요소들로 부각되고 있는 것은 인문지리적 전통을 이은 것이라고 하겠다.

작자 미상의 〈백운산유람가〉 역시 필사본으로 전하며, 산수 유람의 전통 속에 놓여 있다. 작가와 시기는 미상이지만, '호테루(樓)'·'괴환차(交換車)' 등의 용어가 등장하는 것으로 보아 1910년대 이후 일제 강점기에 지어진 작품으로 추정된다.[8]

작품에 나타난 노정은 '전북 고창 선운사—백운산—변산반도' 등 백운산 일대를 열흘간 여행하고 서울로 돌아오는 내용을 담은 기행가사이다. 이 작품 역시 한시가 삽입되어 있고 한 장소를 구성하는 효자의 고적, 선현의 고적 등 인문 지리에 관심을 기울인다. 특히 유교적 전통의 사상적 퇴적물인 하서 김인후가 지은 시, 백파비각에 남겨진 추사 김정희의 필법 등 명현들의 제영과 수적들을 돌아본다.

> "선현고적(先賢古蹟) 싱각ㅎ니 하서선생(河西先生) 지신 시에"

> "구암촌에 다달나서 영모정(永慕亭)을 바리보니 변처사(卞處士)의 정자(亭子) 터라"

---

8) 임기중, 『한국가사문학 주해연구』 8권, 아세아문화사, 2005, 37면.

"백파비각(白坡碑閣) 바리보니 추사의 필법 황홀ᄒ다 대웅보전 바리보니 고려창건 대찰이요 검당대사(黔堂大師) 도량(道場)이라"

"백허당 바리보니 김효자(金孝子)의 효성처(孝感處)라 암상에 씨인 글자 자세히 살펴보니 비인력지소급(非人力之所及)이오 조화옹의 묘력(妙力)이라"

또 장연강에 이르러서는 송연재(宋淵齋)의 記文을 회고한다.

일엽주 자바타고 어수(漁叟) 불너 타어(打魚)ᄒ야
회지팽지(膾之烹之) 안주ᄒ고 세잔갱작 만신 후에
문듯 고사를 싱각ᄒ니 송연재(宋淵齋)의 타어처(打魚處)라
연재(淵齋) 선생 유람시에 타어기문(打魚記文) 지엇더라

이 연재 송병선(宋秉璿 : 1836~1905)은 을사늑약 시에 자결한 순국지사인데 이곳을 소재로 한 연재의 기문을 회고하고 있다. 이밖에도 '나려시대 승려인 도선(道詵) 옥룡자의 공부ᄒ든 고암(古菴)인 소요암', '서충효의 죽림정, 양복계의 연정' 등 충효 사적과 전현 문인들의 수적 및 제영들을 소개한다. 이렇게 연재 송병선을 비롯한 충신과 효자들을 호명해 보는 것은 일제강점기 현실에 비추어 긴장성을 획득한다.

특히 구황봉·전좌암·승지암·채일봉·옥녀봉·선인봉·우산봉·옥계치 등 민간에 전래하는 지명들이 대거 열거되고 있다. 정상인 상상봉에서 내려다본 조망에는 다양한 지명들이 등장하는데, 민간에서 전해지는 기이한 이름들이 호명된다. 지형의 상사성이나 전래 설화로부터 유래하는 갖가지 이름들인 형제봉·어옹봉·사자봉·형제봉·종조리봉·노구바우·장사산·봉화대 등 봉우리와 바위들의 재미있는 이름들이 열

거된다.

마찬가지로 김일우의 〈관악산유산록〉에서 관악산은 기본적으로 불교사적을 집적한 장소이면서도 민간의 삶의 저변을 가로지르는 역사적 집적물이다. 관악산은 그간 사대부 문인들이 중점적으로 노래한 주류적 대상에서 벗어나 있었다. 서울에 위치하되 남산과 달리, 많은 문인들의 주목을 받지는 못하였다. 관악산은 기행가사의 산수유람 전통 속에서 등장하지 않았던 장소로 이 시기에 이르러 비로소 중심 대상으로 부상한다.

관악산 역시 바위, 고개 등 다수의 경관들이 민간 설화와 함께 전해오고 있으며, 암자와 사찰, 성곽 등 불교적 사적들을 갖고 있다. 이러한 다수의 설화와 사적들을 소개하는 기본적 인식은 인문지리적 사고로부터 비롯한다. 곧 산의 정기는 한 나라의 흥망성쇠와 연결되어 있는 것이라는 인문지리적 사고가 깔려 있다.

특히 민간에 전해오는 흥미로운 지명들과 설화들을 복원한다. 바위와 고개의 재미있는 명칭들을 소개하고 있으며, 그중에서도 불교와 밀접한 산의 지형과 내력에 대해 집중적으로 읊고 있다. 산 정상인 최고봉에 올라 각 방향의 산들을 바라보면서 역대 임금의 사적과 연결된 불교사적을 회고함으로써 불교사적은 한 왕조의 역사와 얽혀있는 시대의 증좌로 나타난다. 남한성의 아홉 절, 수락산 내원암, 용주사, 도봉산 망월사, 운악산 봉선사, 천보산 등이 호명된다. 그리하여 "공산무인 적막한데 염불소리가 처량하게 들릴 뿐"이라는 결구는 이러한 역사적 회고가 현재에 대한 대항적 의미를 지니고 있다는 점을 보여준다.

특히 일제강점기에 왕실로부터 사대부, 민간에 이르기까지 날줄과 씨줄로 엮어진 역사들을 호출하는 것은 공동의 기억을 환기한다는 점에서 긴장력을 갖는다. 임금을 향한 충성을 위해 누명을 쓰고 죽은 손돌의 전설은 어느 때보다 그 정서적 울림이 크다. 그리하여 민간에 전해오는 생생한 설화들과 이름들을 소개하고 있는 것은 단지 회고적 정취에 머무르지 않고 공동의 역사적 기억들을 복원하는 것이다.

이러한 산수유람 가사들은 지워지고 있는 역사적 기억을 환기한다는 점에서 의미 있다. 이러한 지명들, 설화들은 민간에 침강해 있는 것들로서, 우리나라 역사에 얽힌 토속적인 것이며 고유의 것이라는 점에서 그 역사적 장소의 아우라를 형성하는 것들이다. 그것은 단지 역사로서의 정신적인 실체, 이념적인 가치를 환기하기보다는 민간의 삶 속에서 우러난 웃음과 정감이 배어있는 유산들이다.

이와 같이 이 시기 산수유람 가사는 공동의 역사적 기억으로 새겨져 있는 역사적 장소들의 구체적인 아우라를 세밀하게 복원하고 있다. 그것은 왕조의 사적, 사대부 문인들의 정신사적 유산뿐만 아니라, 자기 고장 주변에서 늘 들어오고 보아왔던 민간의 역사까지 포함하고 있다. 그리고 그 과거를 거쳐 왔던 공동의 기억이 현재를 향하고 있다는 점에서, 그것이 내함하는 정서적 충전력은 크다.

3) 여가문화와 관광

신·구 문화가 교차하고 길항하는 20세기 초, 산수 유람의 전통이 이어지는 한편으로 근대적 관광이 자리하기 시작한다. 관광이라는 사회적 현상은 19세기 전반 서구의 교통기술의 쇄신과 사회변화, 그중에서도 철도교통의 발달과 함께 탄생, 전개되었다. 이는 곧 관광이 중세까지의 순례와 직인과 성직자의 편력, 17~18세기 귀족과 상류계급의 자제들이 교양을 위해 각지를 여행한 그랜드 투어를 한편으로는 계승하면서도 이러한 어느 것과도 다른 근대적인 현상으로서 대중화하고 산업적으로 조직화되었다는 의미로 이해된다. 근대관광은 서구 사회가 제국주의로 성장하는 과정에서 성립한 것이다.[9)]

우리나라에서 일제강점기에 시작된 근대 관광은 일본 제국주의의 욕망에 닿아 있다. 근대 관광의 조건인 교통체계가 발달함에 따라 조선 내 근대관광은 1920년대에 본격화되었다. 관광사업 주최자가 각급 학교나 청년단체에서 각 신문사 지국으로 이행하여 각 신문사 지국이 관광사업에 주도적으로 참여하였다. 관광형태도 학생층을 중심으로 했던 수학여행에서 역사유적지나 자연경관을 위주로 한 명승지 관광으로 이행하고 있다. 이는 관광수요층이 학생층에서 여성을 포함한 일반 대중으로 이행하고 있음을 알려준다. 사설철도와 도로의 건설에 따라 금강산, 백두산, 칠보산, 지리산, 묘향산 등 관광지가 다양화함에 따라 1920년대의 국내관광은 명승지와 사적지, 금강산 등을 중심으로 활발히 성장하고 있으며, 이러한 지역을 관광지로 개발하기 위한 사설철도의 건설, 숙박시설 및 위락 시설의 건설 등이 이루어졌다.[10)]

철도는 근대 관광의 대표적인 지표라 할 수 있다. 중세의 위계질서로부터 벗어나 균질적인 공간의 구획이 나타난다. 자연적인 지형의 종속으로부터 자유로운 길, 왕실의 권위와 무관한 곳에 인공적으로 만들어진 직선 형태의 평평한 길은 그 자체로 새로운 풍경이었다.[11)]

---

9) 조성운, 「1930년대 식민지 조선의 근대 관광」, 『한국독립운동사연구』 36집, 한국독립운동사연구소, 2010, 371면.

10) 조성운, 위의 논문, 376~378면.

11) 김동식, 「철도의 근대성-〈경부철도노래〉와 〈세계일주가〉를 중심으로」, 『돈암어문학』, 돈암어문학회, 2002, 46면.

가사의 흐름 속에서 1920년대에 잡지 『조선』에 실린 신응교의 〈금강산탐승가사〉(1928)에는 전통적인 산수 유람이 근대적 관광체험으로 이행해 가는 모습이 드러난다.

작품에서 금강산은 공원으로 명명되면서 여가 문화의 장소인 관광지로 인식되고 있다. "세계공원 어드매냐 우리 조선 금강이라"라 하여 금강산이 천하가 아닌 세계 속 금강산이며, 산수가 아닌 근대적 시설인 공원으로 호명하고 있다. '산수'라는 용어는 유교문화의 전통 속에서 사대부 문인들의 산수유람 문화와 결합되어 있다. 이에 비해 공원은 근대에 들어 나타난 공간 개념으로, 인공적으로 조성된 근대적 관광시설을 지시한다. '공원'은 특히 근대를 상징하는 장소이다. 정부가 제공한 공공의 장소인 공원은 신분제도로 인해 분절되었던 도시의 공간을 일원화시킬 뿐만 아니라 동일하게 분절되었던 국민들까지도 하나의 공간 속에서 통합시킨다.[12]

그런 점에서 이 작품의 표제도 '금강산유람가사'가 아닌 '금강산탐승가사'로 명명된다. 금강산은 도시와 대척적인 장소로 놓여 있으며, 도시의 떠들썩한 분위기에서 벗어난 공간이다. 즉 속세와 대척되는 장소라는 점은 이전과 동일하나, 그 함의는 다르다. 백구와 벗하는 모습, 세속의 때를 벗고자 귀를 씻는 형상 등은 보편적으로 등장하는 관습적 이미지에 해당한다. 그렇지만 정신사적 함의를 지니기보다는 도시에서 벗어난 안락하고 한가로운 휴양지에 가깝다. 이곳은 편안한 다점, 안락한 여관이 있는 곳이며, 금강산의 구경거리는 인공시설이

---

12) 이 시기 공원이 갖는 국민통합적 전략은 신분과 계급의 무화에 기초하고 있다. 즉, 신분제도에 의해 분절되고 단절되었던 자들이 동등하게 제공되는 공원의 장소를 통해 일본인이라는 국민으로 일원화되었던 것이다. 우미영, 앞의 논문, 2007, 100면.

큰 몫을 차지하게 된다.

앞서 살폈듯이 금강산은 산수 유람의 전통 속에서 '선경(仙境)'으로 형상화된다. 속세의 때를 씻고 '인간세계의 영욕을 잊고 만사 무심한' 정취는 줄곧 금강산이라는 공간이 지닌 장소 감이었다.[13] 기행가사의 전통 속에서 '선경'은 전통적인 상상적 이상향을 형상화한 것으로, 구체적인 지리적 인식이나 물리적인 장소로 놓여 있지 않다.

반면 이제 이곳은 지리적 좌표 위에 놓인 물리적인 공간으로, 세계 속 우리 국토의 일부이다.

> 폭포야 구룡폭포야 세계폭포허다만컨마는 네가오직제일이로다너에게 만이러함은 조물자의 편애인 듯
>
> 수천년의자고이래불는탐승객그수즘짓얼마인가 동서양열국토(東西洋列國土)의 절규하는찬미성이네소리보다컷을게라
>
> 비로의놉흔봉과금수금강속에서여차웅장여차기(雄壯如此奇)는아마도 북미(北米)의나이야가라를압두(壓頭)할뜻

작품 첫 머리에서 세계 속의 공원으로 호명한 것과 대응하여, 이 구룡폭포는 세계폭포와 어깨를 겨루는 폭포로, 우리 국토에 속해 있는 곳이다. 국토의 한 장소로서 북미의 나이아가라 폭포와 비교되는 대상이다. 지리적인 대비를 이루면서 이를 제압할 만큼 웅장하고 기이한 곳이다. 그리고 이곳을 찾는 동서양 여러 국가의 문사들이 찬미성을 터트리는 곳이기도 하다. 북미 나이아가라, 동서양열국토, 세계폭포 등 지구상의 좌표 위에 놓인 장소들을 열거한다.

이렇게 국토 안에 위치한 산수는 유교의 정신사적 흐름과 결합한

---

13) 염은열, 앞의 논문, 2010, 17면.

구체적인 장소로 나타나지 않는다. 조선총독부가 발행한 잡지 『조선』 1935년 8월호에는 조선의 산수를 주제로 한 기획 〈수필 산수호〉 총 49편의 글이 실려 있다. 여기서 강조하는 것은 단연 조선의 아름다운 산수이다. 조선의 산수는 이들에게 근대화 문명화의 타자로서 근대화 된 일본인의 정서에 향수의 공간, 근대 문명에 찌들지 않은 순수의 공간으로 자리매김 된다.14)

이 〈금강산탐승가사〉도 동일한 잡지에 실렸다는 점에서 '조선 산수의 타자적 표상화'라는 제국주의적 기획에서 자유롭지 못한 것으로 보인다. 이 작품에서 금강산에 전해오는 불교 사적과 전설, 사대부 문인들의 수적 등 문화적 기억들은 탈각되어 있다. 금강산 가는 길도 새롭게 개발된 약수터, 휴양지와 바다, 해수욕장들의 풍경으로 구성되며, 금강산 역시 휴양지에 가깝다. 금강산은 공동의 역사적 기억, 민간의 삶의 내력이 침전된 구체적인 장소가 아니라 막연한 향수의 공간, 속세로부터 벗어난 편안한 휴식처로서 형상화되고 있다. 속세와 대척되는 공간의 형상화는 현실세계로부터 관심을 이탈시키는 기획으로부터 자유롭지 못하다.

한편 금상기의 〈금강유람가〉는 앞서 살펴본 것처럼 사대부 문인의 산수 유람의 전통을 이은 작품이다. 그러면서도 20세기를 살아가는 동시대의 미감 속에서 산수 유람의 전통에서 이탈해가는 조짐을 확인할 수 있다. 작품 속에서 지형과 경관에 대한 비유를 종종 신문명에 비유하고 있어, 금강산의 산수는 전통적으로 새겨져 있는 이념적, 정서적 울림을 탈각하여 때때로 지리적 지형물로 바뀐다. 지형의 험이

---

14) 우미영, 「근대 여행의 의미 변이와 식민지/제국의 자기 구성 논리-묘향산 기행문을 중심으로-」, 『동방학지』 133권, 연세대학교 국학연구원, 2006, 336면.

와 외형의 묘사를 위해 동일한 대상에 대해 고사와 전고를 동원하는
가 하면, 동시에 신문물에 비유하고 있다. 종종 금강산은 세계 속 탐
승지로 언급되며, 경관도 서양의 건축물과 대비되고 있다. 우주라는
공간 속이 아닌 세계라는 위계질서 속에서 금강산을 바라보고 있으
며, 고적도 규모나 기교 등 인공적 건축물과 비교하고 있다.

이에 산수 유람의 전통을 계승하여 문인의 산수유람 취미를 보여주
고 있으면서도, 금강산의 특정한 경관은 활동사진의 감각에 가까운
것으로 재현되는 감각적인 공간으로 하강하기 시작한다.

2. 노정의 재현과 세태풍속의 확장

1) 노정 재현의 전통

여행지에 오가는 노정을 재현하는 전통은 장편화 하고 있는 19세기
기행가사로부터 본격적으로 전개된다. 산수유람을 노래한 산수유람
가사들이 여행지로의 왕복도정을 생략하거나 축약하는 것과 달리, 관
리로서 공무를 수행하는 가사작품들과 일 계열의 금강산 유람가사들
은 목적지를 오가는 노정에서 겪는 다채로운 체험들을 담고 있다.

19세기에는 특정한 공무수행의 현장 체험을 사실적으로 기술한 작
품들이 나타난다. 구강(具康)의 〈북새곡〉(1812)은 암행어사의 공무를
수행하기 위해 육진을 비롯한 북관지방을 두루 돌아보고 서울로 돌아
온 체험을 다룬 작품이다. 이 과정에서 수령이 행하는 정사의 득실을
염탐하고 민은(民隱)을 살피는 암행어사의 직분에 따라 북관민의 생애
와 요속을 중심으로 세세히 관찰하고 있다. 더욱이 암행이라는 특수

한 직임으로 인해 신분을 감추고 숙식을 해결하는 데에서 오는 어려움과 삭방의 혹독한 추위, 험준한 지형 등으로 인해 겪는 행역의 어려움이 실감나게 기록되면서 장편화 하고 있다. 또한 북방에서 마주한 생소한 풍속과 우스운 체험 등이 여실히 기록된다.

이와 함께 19세기 금강산 유람가사 중 산수 유람행위가 세속화 하면서 금강산을 왕래하는 왕복노정이 확장되는 계열의 작품들이 있다. 그간 산수 유람이 처사적 삶 속에서 심성을 기르는 방편으로 기능하면서 금강산은 세속의 티끌을 없애고 심성을 정화하는 장소였다. 그리하여 금강산 유람이 심성을 기르기 위한 것으로 왕복노정이 축약되는 대신 금강산 경내에서의 유람에 집중해왔다.

반면에 19세기에는 금강산 왕복노정에서 대면하게 되는 일상적 경험세계에 대한 관심이 반영되면서 도정이 확대되어 제시되고 있다. 금강산은 일상세계와 절연된 탈속적인 선경(仙境)으로 놓이기보다는 촌리(村里)라는 경험적인 공간의 연장선상에 놓여 있게 된다. 이는 도시의 발달에 따른 물질주의라는 새로운 가치관의 부상과 긴밀한 상관성을 지닌다.

그 결과 흥미로운 구경거리를 비롯한 세속화된 경험들이 재현된다. 금강산에 오고가는 도정에서 겪는 일상사들을 다채롭게 읊고 있으며, 험한 지형을 오르내리며 겪는 유산체험과 흥미로운 일화들을 기록한다. 19세기 금강산 유람가사인 박희현(朴熺鉉)의 〈금강산유산록〉(1855), 홍정유(洪鼎裕)의 〈동유가〉(1862)가 이에 해당한다.

이와 같이 노정의 확대는 금강산 유람의 성격이 사대부 문사로서의 경건한 산수유람의 전통에서 벗어나 일상적인 유흥의 성격을 띠게 된 것을 보여준다. 가는 도중에 목격한 흥미로운 구경거리인 며느리와 시어머니의 싸움 장면, 시골의 소박한 살림살이, 도시의 뒷골목, 누추한 싸구려 막가, 색주가의 체험, 세도가의 모습, 임금의 동가(動駕) 장면 등을 그려낸다.[15]

이들 금강산 유람가사의 작가들은 모두 서울을 준거로 하는 문화적 정체성을 지니고 있다. 서울을 문화적 준거로 삼는 의식은, 전통적으로 처사적 삶과 결합하여 산수지락의 정신적 의미를 지녔던 산수유람 의미가 변화하고 있는 점을 보여준다. 도시문화를 준거로 한 의식이 확산되면서 금강산을 오가는 길에 마주한 도시문화와 생활상에 대한 관심을 드러낸다.

그 결과로 일상적이면서도 비속한 삶의 겹겹들이 틈입한다. 그럼으로써 산수 유람은 고고한 심미적 정취를 즐기는 문인들의 문화체험에서 점차 우리의 일상으로 내려와 일상의 일부를 이루는 여행체험으로 자리하게 된다.

2) 노정의 재현과 세태풍속의 묘파

이러한 전통의 흐름 속에서 20세기 초 기행가사에 형상화된 여행길에는 역사의 뒷켠으로 물러나는 구지식인의 동요하는 의식이 투영된다. 여행지로 향하는 도정에는 이행기를 통과하는 향촌의 유교지식인들의 의식이 투사된다.

〈해서노정기〉, 〈노정가라〉, 장일상 〈금강산유람가〉의 작품들에서 여행지로 향하는 도정은 확장되고 있으며, 신·구 문화가 교차하면서 출현하는 세태와 풍속들이 재현된다. 이들 작품들은 〈－노정기〉, 〈노

---

15) 유정선, 앞의 책, 2007, 112~125면.

정가라〉라는 제목에서 보듯이, 목적지로 향하는 길 위의 도정을 재현하는 것에 의미를 둔다. 목적지에서의 여행 못지않게 왕복노정 속에서 겪는 체험이 큰 비중을 지닌다. 그리하여 노정의 확대 속에 구경거리뿐만 아니라 '이야기 거리'로서 재미있고 우스운 일화들을 함께 담고자 한다.

이에 반해 근대적 관광 체험은 철도와 기차의 체험으로 특징되는데, 기차를 탐으로써 노정이 생략된다. 기차나 자동차의 속도가 여행하는 공간 사이의 내용인 관계를 파괴해 버림으로써 풍광 공간은 지리적인 공간이 된다.16) 달리는 기차에 앉아서 가는 여행에서는 걷거나 말을 타고 갈 때만큼 공간을 밀도 있게 경험할 수 없다. 속도에 의해 대상들은 시선에서 재빨리 벗어나게 되고 따라서 세밀히 묘사될 수 없다. 기차 밖의 풍경을 연속적으로 변화하는 그림으로 체험하도록 한다.17)

관광에서 자연은 공간으로 체험되는 대신 풍경으로 감상되며 인간은 삶을 통해 이해되는 대신 표면적 특질들로 구성된다.18) 이러한 풍경인식은 대중언론매체의 역할과 맞물리면서 더욱 고조된다. 각 신문사 지국들은 탐승단 모집을 주최, 거기에 실리는 기행문들은 시각적으로 감각화된 풍경의 창출에 큰 영향력을 행사한다.19)

반면 기행가사에서 보통 도보로 이루어지는 노정은 획일적인 코스로 가는 것과는 달리 고생과 모험을 생생하게 부각시킨다. 풍문으로

---

16) 장정수, 「20세기 기행가사의 창작배경과 작품세계」, 『어문논집』 47, 2003, 민족어문학회, 132면.
17) 김현주, 『한국 근대산문의 계보학』, 소명출판, 2004, 137면.
18) 권보드래·길진숙 외, 『소년과 청춘의 창』, 이화여자대학교 출판부, 2007, 33면.
19) 우미영, 앞의 논문, 2006, 338면.

만 듣던 신문물을 직접 목격하고, 그 휘황함에 압도되는 동시에 새 것
이 옛 것을 대치해간다는 점에서 감정적 동요를 느끼고 있다. 이 점에
서 여행 공간은 시각적으로 감상되는 것이 아니라 구체적으로 체험되
는 장소이다. 몸으로 어두운 곳을 더듬어가며, 험한 오르막길에 오르
고 있으며 얼음이 얼은 강을 깨질까 조바심치며 건너가기도 한다. 단
지 금강산 경내에서의 유람뿐만이 아니라 오가는 노정 속에서 보고
들은 경험을 풀어놓는다.

특히 노정의 상세한 재현은 여행지를 현실적인 문맥 위에 올려놓는
효과를 가져온다. 구체적인 장소들을 거치며 다양한 체험을 하는 가
운데 도착하는 곳은 식민지 조선이라는 맥락 안에 놓인 장소이다. 이
시기 금강산 유람가사에서 부각된 노정에서는 신·구 문화가 접변하
는 상징적 현장인 경성을 비롯하여 여타 고을들의 모습이 재현된다.
그리하여 목적지인 금강산도 세속과 동떨어진 공간이 아니라 사회적
위계질서를 그대로 보여주는 현실의 장소가 된다.

안동 유자의 〈해서노정기〉(1900)는, 노정이 확장되어 있는 가사들
중 가장 먼저 지어진 가사이다. 이 작품은 전통적인 가치이면서 집단
적 가치인 가문과 충의 이념에 대한 지향을 보여준다. 즉 선조가 신원
(伸寃)이 된 사실을, 황해도 풍천의 절도에 있는 후손들에게 알리고자
한다는 점에서 한 가문의 정체성 확립과 결속을 위한 기행이라고 할
수 있다. 산 넘고 물 건너 한겨울의 추위를 견디며 황해도를 향해 나
아가는 모습이 핍진하게 재현된다.

경상도 안동으로부터 출발한 여행은 고달프고 힘든 여정이 된다. 아
직까지 신문물인 기차는 등장하지 않으며, 도보로 가는 노정이 상세하
게 재현된다. 지명들이 구체적으로 제시되며, 일기·지형·숙박 등의

체험들을 읊고 있다. 그 결과 1900년대 곳곳에서 신·구 문명이 공존하고 있는 정경들을 보여준다. 이 황해도 지방으로 향하며 혹한과 싸우는 모습은, 구강의 〈북새곡〉에서 재현된 북방길의 모습과 유사하다. 도보로 황해도 해주지방을 매서운 추위와 싸우며 매우 힘들게 찾아가고 있는 모습들 속에서 지형과 일기, 요속 등이 사실적으로 재현된다.

이와 함께 근대문물에 대한 관심도 공존한다. 회정에서 들른 경성은 신구문화가 교차하며 명암이 엇갈리는 곳이다. 도시의 풍경은 외국인과 새로이 세워진 건물들로 구성된다. 그 외형적 화려함과 경이로움은 인정하면서도, 활보하는 외국인들에 대해서는 적대감과 위기감을 느끼고 있다.

그런데 이와 같이 결국 임무를 달성하지 못한 작가의 모습과 시대적 상황은 유비적 대응을 이룬다. 이러한 작가의 모습은 20세기 초 시대적 격동기에 옛 문화와 신문화가 뒤섞이는 풍경 속에서 시효가 만료되고 있는 가문의식을 붙들고 있는 형상이다. 이러한 임무의 좌절 속에서 구지식인인 향촌선비로서의 갈등과 동요가 잠복되어 있다.

따라서 19세기 가사의 노정이 서울로부터 향촌의 정치적 문화적 소외라는 세태를 재현하였다면 이제 근대이행기에 이르러서는 신·구 문화가 교차하는 역사적 상황을 재현한다. 거기에는 전통적인 유교이념을 내면화한 향촌지식인으로서 전통적인 이념이 시대적 이데올로기로서의 위력을 상실해가는 상황을 체감하는 데에서 오는 갈등이 투영된다.

〈노정가라(1913)〉 역시 명승지 유람이 아니라 출가한 딸을 만나러 가는 여정이라는 점이 특징이다. 경상도에서 충청도로 나아가는 여정으로 이때의 노정은 도보와 기차여행이 교체되고 있으며, 거쳐 가는 장소들에 대한 체험들이 비교적 자세히 드러난다. 향촌의 보통 아버지라 할 작가가 찾아가는 노정을 구성하는 체험들은 범용한 일상사로 채워진다.

그렇기 때문에 기획된 관광과 달리, 1910년대 경상도와 충청도 지방의 변해가는 모습이 생생하게 그려진다. 장터와 어두운 골목길, 쇠락한 고적의 모습에 시선이 머무는 것은 기획된 기행문들과 다른 모습이다. 경상도에서 충청도로 향하는 노정에서 처음 근대적인 교통시설을 비롯한 신문물과 신풍속을 접하게 되면서 느끼는 문화적 충격이 드러난다.

향촌에서 살아온 작가에게 이러한 근대의 속도와 규모로 상징되는 신문명은 경이로움이자 동시에 과거와 전통적 가치의 패착을 의미한다. 그 노정에는 휘황한 신문물과 함께 허물어져 가는 퇴영적 고적이 공존한다. 노정의 확대 재현 속에는 향촌민으로서 신풍속과 신문물을 대면하면서 문화지체로 인해 새로움에 융화되지 못하여 왜소해지고 위축되는 심리가 투영되어 있다.

장일상 〈금강산유람가〉 또한 금강산에 오가는 왕복노정이 전체 여정 속에서 큰 비중을 갖는다. 경주에 들러 불국사, 석굴암 등을 돌아보는가 하면, 이어 동해로 가면서 망부석, 오작교와 삼척을 둘러본 후 금강산으로 향한다. 숙박과 주막체험을 비롯한 다양한 일화들이 등장한다.

그런데 이 작품을 특징짓는 것은 금강산이 구체적인 현실적 맥락 안에 위치한 장소로 제시된다는 점이다. 금강산에 들어서 부딪히는 경험들은 당대의 세태를 보여주는 것들이다. 신계사에서 불공드리는 부녀의 용모와 행동, 유람 온 젊은 여성들의 모습, 처음 본 여학생들의 차림새, 학생들의 연설 장면 등이 모두 관심사가 된다. 그리고 전통적 지식인으로서 신지식인인 학생들에 대한 반감을 표출하기도 한다. 즉 학생들이 연극장을 벌인다는 소식을 듣고 보러 갔으나 연설을 마친 후에 박장하는 것에서 거부감을 느낀다. 저물어져 가는 구지식인인 향촌의 유자가 떠오르는 신지식인 계층이라 할 학생들에게 갖는 적대적 태도라 할 수 있다.

또한 작가 자신이 금강산에서 겪은 체험은 당시의 사회적·문화적 위계질서를 그대로 반영하는 것이기도 하다. 마하연을 찾아가는 길에 일인으로 짐작되는 대관 행차로 인해 엄금하는 칼 찬 순사들과 총 멘 병사들과 부딪치자 곤란한 상황에 빠질까 우려하며 오던 길을 돌아가게 된다. '괘씸하고 분한 마음이 사십 평생 처음'이라고 할 만큼 모욕감을 느끼고 있다.

또 도지사의 행차와 부딪치기도 한다. 도지사는 팔인교에 앉아 추종자가 구름같이 모여들고 있으며 머리를 깎고 출세한 인물로 나타나는데, "예전 마음이 남아 있어 자신이 여헌의 후손임을 칭송" 한다고 하고 있다. 아직 사회적으로 유교지식인에 대해 존숭하는 분위기가 남아 있다는 점을 애써 언급하며 스스로 유자라는 점에 자부심을 드러내고자 한다.

이와 같이 현실적인 문맥 위에 놓여 있어, 금강산 유람뿐 아니라 경성을 둘러보는 것도 정서적 파동이 크다. 왕조의 쇠망으로 인한 왕실의 부재와 신문물을 확인하며, 경성은 번화하기 짝이 없지만 우리나라의 국권을 회복할 길이 없음을 확인하는 것이다.

이러한 작품들에서는 노정의 재현을 통해서 향촌 유교지식인으로서의 위기의식과 착잡함, 현실에 대한 고민이 투영된다. 풍문으로 전해 듣는 신문물에 대해 직접 목격하고, 그 실질적 모습을 확인하기도 하며, 후손 간 유대의식을 이어 꺼져가는 가문의 정체성을 바로세우기를 욕망하기도 한다. 또한 근대 문물의 경이로움에 찬탄하면서도 새로운 질서에 소외되고 위축되어 가는 위상을 체감하기도 하는 것이다.

3) 흥미지향의 유흥체험

여행에서 재현된 노정 안에는 여행길에서 경험한 흥미로운 일화들
이 있다. 이 역시 19세기 이후 세속화 되고 있는 흐름을 이은 것으로,
세속적인 유흥적 체험들이 소개된다. 전통적으로 유흥체험의 보고는
규범에서 벗어나 흥미를 추구하는 성격을 확연하게 보여주면서 기행
가사의 장르적 성격의 변화를 견인해 왔다. 산수 유람이 자수하는 처
사로서의 산수지락과 관련된 산수 유람의 성격을 띠고 있었던 것에서
본격적으로 탈규범적인 성향을 띠게 된 것은 일상적인 유흥체험이 반
영되면서부터라 할 수 있다. 주로 남녀 간의 애정사를 내용으로 하여
청루, 색주가 등 유흥공간이 등장하고 있어 통속적인 성격이 두드러
진다. 19세기에 오면 관찰자의 입장이 아닌 자신의 경험으로서 기방
과 청루 등 유흥공간이 빈번히 등장하고 있고, 기녀들과의 유락적 내
용이 확대되면서 유흥체험의 비중이 확대되어 왔다.

20세기 들어 〈해서노정기〉·〈노정가라〉·〈금강산유람가〉 이 세 작
품은 모두 주막에서 주모와의 사이에 있었던 애정사라 할 수 있는 일
화들과 우스웠던 일들을 진진하게 다루고 있다. 주막에서 본 여인의
외양이나 품성뿐만 아니라 서로 간에 은밀히 오가는 정서적 교감, 수
작에 해당하는 가벼운 이야기 등이 묘사된다. 주막에서 나온 음식과
안주 등도 소개한다.

이러한 애정사에 해당하는 일화들이 여행의 목적 못지않게 비중 있
게 다루어진다. 이러한 유흥체험은 흥미로운 이야기를 보고하고자 하
는 의식에서 비롯된 것이기도 하다. 〈해서노정기〉에서 가사를 쓴 동
기를 밝히고 있는 부분을 보기로 한다.

우리 동뉴 멋멋치냐 날마다 모혀안즈
니약이 져 이약 우시기도 할거시디
안으로 노소업시 우리니길 단녀온후
천니밧 소문풍속 굼굼키도 홀거시라
왕닉경성 긔록ᄒ녀 이약이 겸 듯계홀가
디강만 젹즈히도 거리 니쳔스빅녀리
우슬말도 디강이오 고샹홈도 다못ᄒ다
셰상의 반상간의 니니말숨 드러보소
부모 쳐즈닛는스롭 쳘니원녁 부디마소
저 고샹도 만커이와 부모쳐즈 인가되뇌
ᄒ물며 날갓타니 무다형뎨 ᄒ낫몸이
니번 희셔 쳘니길이 분슈업고
쳘리업다
언문이 부족즌나 할말이스 무궁ᄒ나
심신도 슈란ᄒ고 디강만 니약이오

　독자에 대한 전언으로 "천니 밧 소문풍속"을 궁금해 할 것이므로 '우
슬 말'과 고생을 대강이나마 이야기한다고 적고 있다. 천리 밖의 소문과
풍속을 비롯하여 재미있는 이야기를 들려주고자 한다고 밝힌다. 이와
같이 노정을 확장하여 재현하는 전통에는 유자로서의 근엄한 얼굴이
아니라 일상인의 표정이 드러난다. 여행길에서 겪은 자잘한 웃음거리
와 흥미로운 일들, 특히 여행길에 숙식을 위해 들르게 되는 주막과 주
모, 음식 등에 관한 일상적인 이야기들이 펼쳐진다. 그 결과 이들 작품에
는 진지하고 엄숙한 유자의 얼굴과 소시민의 일상적인 표정이 공존한다.
　이와 같이 노정이 확장되어 있는 작품들은 필사본들로서, 주로 향촌
인 영남의 유교지식인들이 지은 필사본들이 중심이 된다.

2장 : 사행가사 전통의 지속과 변모

1. 사행가사의 전통

1) 화이관

조선시대에 국외기행은 공식적인 외교활동을 위한 여행으로 한정되는 것이 일반적이었다. 중국으로의 사행과 일본으로의 통신사행이 대표적인 외교 기행으로, 공식적인 사절의 신분으로 떠나는 여행이다. 당시 이러한 외교 여행은 표류하는 경우를 제외하고는 외국을 여행할 수 있는 거의 유일한 기회였다. 이점에서 조선 후기 사행가사는 우리나라 유교지식인들의 세계관의 추이를 보여준다.

18세기 사행가사로는 일본으로의 통신사행을 다룬 김인겸의 〈일동장유가〉만이 전한다. 이어 19세기 사행가사로는 중국으로의 연행을 다룬 작품들로 김지수의 〈서행록〉(1828) · 홍순학의 〈연행가〉(1866) · 유인목의 〈북행가〉(1866)가 있다. 작가는 사대부들로서, 외교사절로서 여행하는 까닭에 작품들은 공식적인 외교절차에 따른 구성을 갖추고 있는 것이 일반적이다.

18세기 사행가사인 〈일동장유가〉부터 장편화 하기 시작하여, 19세기에 이르면 대부분의 사행가사는 본격적으로 장편화 한다. 이때부터 사행가사는 이국기행의 체험을 세세하게 재현하는 문학적 관습을 마련하고 있다. 그리고 점차 공식적인 외교일정에 따른 사행으로서의 무게를 허물고, 다채로운 이국체험을 재현하게 된다.

사행가사의 일반적인 구성은 '도입부-국내노정-국외노정-회정-복명'으로 구성된다. 도입부에서는 사행에 참여하게 된 과정, 사행의 일원들 소개, 사행의 목적 등이 소개된다. 국내노정에서는 관가를 중심으로 한 공식적인 접대 절차를 주로 기록하며, 외교적 절차를 수행하며 사절로서의 책무감과 심리적인 부담감이 토로된다. 또 여정에서 마주하는 고적들에 대한 감회를 덧붙이고 우국충정을 다짐하고 있다.

국외노정은 외교사절로서 본격적인 외국기행이 펼쳐지는 부분이다. 국서전달이라는 공식적인 절차를 마치고 나서는 개인적인 견문의 내용이 위주가 된다. 이후 '회정'에서는 본국으로 귀환하는 과정이 간략하게 소개된다. 작품에 따라서는 귀국 후 임금에게 사행의 경과를 보고하는 복명의 절차를 제시하기도 한다.

퇴석(退石) 김인겸(金仁謙)의 〈일동장유가〉(1764)는 정례적으로 이루어졌던 일본으로의 통신사행을 소재로 한 작품이다. 김인겸은 안동 김문의 서얼 출신으로, 직임은 종사관에 직속된 삼방서기였다. 국외노정에서는 국서전달을 비롯한 외교적 절차와 임무수행의 과정이 서술된다. 이 과정에서 나타난 양국 간의 외교적 갈등과 시창수의 직임 수행 과정이 충실하게 기록된다.

　김인겸은 화이관에 근거한 대의명분의식이 강하여 보수적인 대외
인식을 보여준다. 그리하여 퇴석 김인겸은 사행의 절정이라 할 수 있
는 국서전달의 의식에 참례하라는 상급직책관의 권고에도 불구하고
불참하고 있다. 이러한 태도는 당시 사행단 일원들 중에서도 가장 보
수적이라 할 정도로서 향촌 유교지식인으로서의 보수적 대외인식을
견지하고 있다. 그리하여 귀국 후 임금에게 복명하는 자리에서 "시율
은 참혹하여 제술을 모르더이다"라고 보고하며, 일본에 대한 예악의
우위 인식을 강하게 피력한다. 이러한 보수적 대외인식으로 인해 오
랑캐인 일본의 학문적, 문화적 수준을 낮게 평가하고 있다. 학문과 예
악의 우위적 입장에서 오랑캐를 제압하려는 의식을 보인다.

　이와 같이 화이관에 기반하여 예악과 관련된 문화적 우위의식은 확
고하다. 그러면서도 문명의 발달을 실감하고 있고 특히 도시 시정의
번성함과 관련된 문물의 발달에 대해서 주목한다. 그의 대의명분론이
화이론에 입각하여 보수적인 성향을 지니면서도 도시의 번성함과 문
물의 발달을 적극적으로 긍정하는 모습을 보이고 있다.

　19세기에는 중국 사행가사만이 전하며, 총 작품의 수는 김지수 〈서
행록〉(1828)·홍순학 〈연행가〉(1866)·유인목 〈북행가〉(1866)까지 모두
3편이다. 작품 총 편수는 적지만, 홍순학의 〈연행가〉를 비롯한 일부
작품은 다수의 이본을 양산할 만큼 인기를 끌었다. 이중 〈북행가〉는
규방가사로 향유되어 왔으며, 작품 내용도 개인적인 애정사를 대폭
그려낸 점에서 나머지 두 편과 이질적이다.

　김지수의 〈서행록〉과 홍순학의 〈연행가〉는 이 시기 가장 인기를 끈
계열의 작품들이다. 두 작품은 영향관계가 추정될 만큼 내용상 유사
점을 많이 지니고 있다.[1] 홍순학의 〈연행가〉는 다수의 이본이 전하는

복수의 텍스트로 존재할 만큼 관심을 끌었는데, 이 〈연행가〉에 영향을 주었으리라고 추정되는 작품이 〈서행록〉이다.

김지수의 〈서행록〉(1828)은 19세기 작품 중 가장 먼저 창작된 작품이다. 작가는 서울에 거주하는 사대부로서, 출사하지 않은 한사로 수행원의 자격으로 참여한다. 홍순학의 〈연행가〉(1866)는 당대 유력 가문인 노론계 남양 홍씨 출신으로, 25세의 젊은 나이에 서장관으로 임명되어 연행에 참여한다. 이러한 개인적 처지에 따른 의식의 차이가 곳곳에서 표출되지만, 전체 구성의 큰 틀은 유사하다. 두 작품의 구성을 보면 전체 구성의 면에서 거의 유사하며, 개인적 관심사의 변화에 따른 세목별 비중의 측면에서 차이를 보여준다.

19세기에 중국으로의 사행 길은 예전에도 그랬듯이 선택된 사람만이 오를 수 있는 길이었다. 청국으로의 사행은 고단하고 길며 일정한 책무를 지닌 여정이었지만, 풍요로운 대국의 풍문은 당대 지식인들의 호기심을 불러 일으켰다. 이 시기에는 '오랑캐 나라로의 사행'이 갖는 긴장감이 이완되는 한편으로, 한쪽에서는 여전히 청으로의 연행을 배척하는 경향이 공존하고 있었다.

당시 중화사상과 화이관에 근거하여 중국은 세계의 중심으로 인식되었기 때문에, 연행체험은 큰 의미를 지니는 것이었다. 국경을 넘으면서 광활하게 펼쳐지는 요동벌의 장관은 대국으로서의 표상이 되며, 조선 지식인들을 압도한다. 중국에서의 여정은 유교지식인들인 사대부들에게 있어 이미 학습과 풍문에 의한 추체험을 통해서 익숙해진 역사고적들과 마주하는 과정이다.

---

1) 두 작품은 작품의 양과 구성방법, 가사를 쓴 동기와 견문한 바를 왕환 도중에 매일 써나갔다는 점이 동일하다. 임기중, 『연행가사연구』, 아세아문화사, 2001, 65면.

이후의 노정에서 대면하는 경관은 중국 고대로부터 현전하는 고적들로서 역사적 전고에 얽힌 곳들이다. 공동체에 일종의 기호로 코드화되어 있는 명소구적의 표상[2]으로, 그 지명을 호명하는 것만으로도 감회에 젖는다. 곳곳에서 처음 대하는 청국의 번화한 모습에 감탄하기도 하지만, 대체로 북경에 도착하기 전까지의 여정에는 대의명분을 환기하는 역사적 자장 안에 머물러 있는 장소가 많다.

목적지인 북경에서의 공식적인 일정은 천자를 만나 표문을 전달하는 외교적 절차이며, 그 외에는 개인적으로 보내는 시간으로서 개인적인 관광과 그곳 문사와의 교유가 큰 몫을 차지한다. 북경은 천자가 있는 황도라는 상징적 의미를 지니는 곳으로, 청나라 치세를 알아볼 수 있는 곳이다. 북경을 구성하는 중심 풍경은 "대궐, 인가, 시전, 절간"이다. 이러한 '궁궐/인가'라는 공간배치는 중세의 위계적 세계상[3]을 보여준다. 천자의 존재 및 치세의 상징으로서의 궁궐과 인가(人家), 풍물을 대표하는 시전, 풍속의 상징인 불사(佛寺)가 그것이다. 이것은 위로는 왕으로부터 아래로는 여염의 민간에 이르기까지의 번성을 표상한다.

또한 북경은 중화 중심의 세계상을 구성하는 중심 풍경으로서 고대의 유제가 현존하는 공간이다. 공자의 신위가 모셔져 있는 태학과 학궁이 그대로 남아 있음을 확인하며 문화와 학문의 연원에 대해 확인한다.

이곳에서 서양인과의 접촉은 개인적으로 방문한 천주당에서 이루어진다. 서양 및 서양인에 대해 신기하면서도 미개하다고 이해하며 그 외모에 대해서는 적개심을 갖고 있다. 서양인이 중국에 상주하는

---

2) 이효덕, 앞의 책, 2007, 81면.
3) 이효덕, 앞의 책, 2007, 233면.

것은 중국을 세계 중심으로 인식하는 사고 속에서 자연스러운 것으로
받아들인다. 〈서행록〉에서는 처음 대하는 서양인의 외모에 대해 신기
해하며, 중국의 교화를 받기 위해 서양의 나라들이 중국에 머물고 있
을 것이라는 견해를 피력한다. 이후 후대에 지어진 홍순학의 〈연행
가〉에서는 서세동점의 위기의식이 팽배해지면서 서양인에 대한 위기
의식과 강한 적대감이 표출되고 있다.

2) 이국풍물의 견문 확장

〈일동장유가〉에서는 공식적인 외교 일정이 일기체 형식으로 기록
되는데, 외교사절을 비롯한 수행원들 사이에 벌어지는 이면의 일들도
세세히 기록된다. 공식적인 외교 이면에 벌어지는 다채로운 일들이
공적인 일정과 교직되면서 기록되고 있다. 국내노정에서는 통신사행
을 맞이하고 보내는 공식적인 행사와 외교적 실무 외에 일상적이고
흥미로운 일화들을 자세히 묘사한다.[4] 차모로 통칭되는 기생들과 군
관, 역관, 비장 등 관속들 사이에 벌어지는 애정사라 불릴 만한 골계
적인 일화들을 보고한다. 또한 수행원들 사이에 신분적 갈등을 빚기
도 하는데 이러한 갈등들도 상세히 기록한다.

국외노정에서는 보고적 목적에서 이국에서 호기심을 갖고 있고 궁
금한 모습들을 더욱 확장하여 묘사한다. 중의 복장, 외모와 도주(島主)
의 배 모양, 가마 모양, 음식, 연향절차뿐만 아니라 사적이고 비속한
내용으로 볼 수 있는 우리나라 군속들을 유혹하는 유녀(遊女)들의 행
태, 유흥공간인 청루와 여인네의 용모에 이르기까지 망라한다.

---

4) 최상은, 「〈일동장유가〉와 사대부가사의 변모」, 『반교어문연구』 6집, 1995, 96~98면.

외교일정을 다룬 사행가사이면서도 공식적 일정 이면에 벌어지는 사적인 내용, 재미있는 일화들을 들여오는 관습은 19세기 중국 사행가사작품들로 이어진다. 19세기 들어 사행가사의 변모 중 눈에 띄는 현상은 대 장편화되면서 이국견문을 담은 내용이 확대되고 있다는 점이다. 청으로의 연행을 소재로 한 〈서행록〉·〈연행가〉는 모두 이국견문록으로서의 성격이 강화되고 있다.

그리하여 19세기 중국 사행가사에는 청국의 이색적 풍물들이 세밀히 재현된다. 특히 물화들이 다양하게 전시된 장시의 장면이 확대되어 재현되는 것이다. 대국으로서의 북경은 불사나 궁궐의 규모가 '기절(奇絶)'하거나 '황홀'할 만큼 장대하고, 물화가 찬란하게 다양한 장시(場市)들의 풍경에 관한 장면들로 재현된다.

한편 유인목의 〈북행가〉는 사행가사로서의 엄숙성이 해체되고 개인의 흥미로운 관심사가 부각되는 모습을 보이고 있다. 국내노정이 국외노정 못지않게 확대되면서 더욱 큰 비중을 차지하고 있다는 점도 이 작품만의 특징이다. 그리고 이러한 국내노정은 주로 기녀들과 향락을 즐기는 내용들이 중심이 되어 뚜렷한 변모를 보이고 있다. 즉 청국으로 오가는 왕복 국내 노정에서 기녀와의 애정사가 자못 진진하게 확장되어 있다. 기녀와의 만남과 이별이 반복되는 구성으로, 기녀와의 감정적 교감을 세세히 드러낸다.

따라서 공식적인 외교절차인 사행을 수행하며 수행원이 지녀야 하는 규범적 제약이 거의 드러나 있지 않다. 앞서 두 작품과 대외인식의 측면에서는 동일하나, 사행의 규범을 허물고 있으며, 사절로서의 책무감에서 벗어나 한껏 자유롭게 풀어져 있다.

이상에서 볼 때 사행가사는 외교 사절로 이국여행에 참여하며 그 결과 이에 참여한 사대부 문사로서의 시선이 중심이 된다. 이들에게 타국을 평가하는 최종 심급이 되는 것은 풍속과 학술, 예악 등이다. 유교문화의 시각으로서 의관으로 대변되는 '예의'의 측면에서 평가하는 시각은 화이관에 입각한 시각으로, 관혼상제의 풍속을 속상미악이라는 예악에 대한 시선에서 품평하고 있다.

그렇지만 후대로 갈수록 학문적 교유와 외교활동, 정세파악의 내용은 줄어들고 본격적인 이국견문기로서의 성격이 강화된다. 이에는 공적인 외교사절로서의 책무감이 엷어지고 사행으로서의 무게에서 벗어난 사적인 유람의 시선이 우세해지기 때문이다. 그리하여 점차 개인적인 이국유람의 성격이 강화되면서 이국을 견문한 내용이 확대되고, 그 결과 장편화하고 있다.

2. 유교지식인의 자의식과 세계상의 변모

이러한 사행의 전통을 계승하여 외국으로의 사행체험을 다룬 작품들이 1900~1920년대에 창작된다. 더욱이 이 시기는 전 시기에 비해 상대적으로 외국기행의 기회가 많아졌으므로, 사행체험 이외의 해외기행체험을 다룬 가사작품들이 출현한다. 그리하여 근대 기행가사에서 외국기행의 대상국은 전통적인 외교상대국이었던 중국이 제외되고, 일본 및 서구를 비롯한 다수 국가들이 등장한다. 이러한 작품 속 여행지의 변화는 곧 세계상의 변모를 시사한다.

따라서 외국기행을 소재로 한 가사에서는 역사적 변환기에 처한 유교지식인의 내적인 갈등이 투영된다. 중화사상에 입각한 세계상이 점진적으로 변모해 가는 의식의 변화가 확인된다.

이 시기 〈대일본유람가〉·〈서유견문록〉·〈해유가〉·〈동유감흥록〉이 지어진다. 이중 〈대일본유람가〉와 〈서유견문록〉은 모두 유교지식인들이 외교사절로서 외국을 방문한 내용을 다루고 있어 사행가사의 전통을 잇고 있다. 이들 작품들은 각각 일본과 영국을 여행하고 있으며, 시대적 전환기에 직접 접한 서양에 대한 견문을 보고한다.

이와 같이 외국기행을 다룬 근대 기행가사 작품들은 유교지식인들의 세계상이 변화해 가는 모습을 반영한다. 종래의 세계관은 중국이 천하의 중심에 놓이는 화이관으로, 중국과 자국의 관계에 지대한 관심을 가져왔다. 이제 중국보다는 서구와 일본이 세계의 중심에 위치하는 가운데, 세계질서 내에서 자국의 위계를 생각하게 된다. 이에 이 시기 기행가사에는 전통적인 지식인으로서 유교적 세계관이 동요하고 재해석되는 과정을 담는다.

1) 일본기행, 문명과 유교적 이념의 길항

이태직의 〈대일본유람가〉(1902)와 심복진의 〈동유감흥록〉(1924)은 통신사행의 전통을 이은 작품들로서, 제국 일본이 점차 세계의 중심국이 되고 있는 시대상이 투영된다. 유교지식인들로서 역사적 격변기에 벌어지는 사건들을 접하며 느끼는 혼란을 반영한다. 즉 근대이행기에 전통적인 유자로서의 정체성에 혼란이 오면서 동요하고 있는 과정을 여과 없이 보여준다.

18세기 김인겸의 〈일동장유가〉(1764)를 끝으로 19세기까지 일본으로의 통신사행을 다룬 가사작품은 아직까지 보고되지 않고 있다. 한 세기를 뛰어넘어 20세기 초 〈대일본유람가〉와 〈동유감흥록〉이 통신사행의 전통을 잇고 있다. 두 작품 모두 일정한 공적인 임무수행을 소재로 하고 있다. 이중에서도 〈대일본유람가〉는 〈일동장유가〉를 이어 외교관으로서 외교적 책무를 수행하는 데에서 오는 고충을 다루고 있다.

〈대일본유람가〉는 17세기 이래로 이어지는 통시적인 흐름 속에서 통신 사행가사의 귀결이라고 할 수 있다. 일본에서의 외교관 주재체험을 다룬 작품으로서, 외교관으로서의 공적인 책무감이 드러난다는 점에서 공통된다. 당시 신지식인이라 할 유학생의 시각이 아니라 전통적 지식인인 유교지식인이 바라본 근대 일본을 재현하고 있는 점이 특징이다.

작가 이태직은 외교관으로 일본에 부임하여 일본의 신문물과 제도를 접하고 있다. 이색적인 풍물들뿐만 아니라 풍속, 제도에 이르기까지 다방면의 견문을 재현한다. 여관, 수도 동경의 구도, 법령의 규모, 궁궐, 황제의 처소뿐 아니라 동물원의 낙타, 코끼리, 야시와 같은 이국 풍물, 고적지 금각사, 일상적인 생활문화인 자리 편 거동, 저녁밥에 이르기까지 망라된다.

그중에서는 우리나라에서 볼 수 없는 선진적인 것이 많다고 생각한다. 그것들은 조지소, 전등기계, 맹아원, 여학교, 자선회와 같은 가시적인 문물로부터 교육제도와 조세제도에 이르기까지 다양하다. 맹아원과 자선회를 비롯한 근대의 문명은 경이롭고 본받을 만한 것으로 인식한다. 맹아원에 대해 '병신도 아니 버리는' 정신과 맹인을 가르칠 수 있는 '기이하고 신통한' 기술에 대해 상찬한다. 처음 알게 된 자선회도 "구차한 사람들을 구제하는 방략"이라 하여 긍정적으로 보고 있다. 작가는 이러한 근대적 제도들을 실질적으로 유교 정신의 연장선상에서 바라본다.

그리하여 관혼상제의 풍속에 대해서는 그 속상미악(俗尚美惡)을 논하며 비판하고 있으며, 풍속과 문명의 불일치를 느낀다. 이는 교육제도나 조세제도처럼 제도의 측면에 볼 때 그 선진성을 인정하지만 일본 고유의 풍속들은 예의지국의 관점에서 견융의 풍속이라고 본다. "망칙하고 고이한" 무도회, 혼인잔치, 장례 등 관혼상제의 풍속은 예의지국인 우리나라의 형식과 맞지 않는 것으로 내외법에 어긋난다고 본다. 이외 사촌 간 혼인 풍속, 상례 시 울지 않는 모습 등에서 예의에 어긋나는 오랑캐의 풍속임을 확인하고 있다. 이러한 문명과 풍속의 불일치에 대한 인식 속에서 아직 일본에 대해 견융으로 바라보는 시각이 우세하다.

또한 군주의 단발 소식에 이어 자신이 자발적으로 단발을 하게 되면서 갈등을 느낀다. '단발'은 화이관의 중심을 이루는 의관의 주요 상징으로, 예의국가로서의 자부심에 균열을 일으키는 사건이다.

이는 풍속과 문명과 국력이 길항하는 의식이기도 하다. 중화와 이적을 구분 짓는 중화사상의 근거는 예절과 의관이라는 예의로 표상되는 질서이다. 일본은 이적이면서도 국력으로 인해 세계의 중심으로 자리하며, 예의의 한 축을 이루는 의관의 표상이 단발령을 통해서 와해되고 있는 것이다. 이로 인해 그간의 화이관에 입각한 세계상이 균열을 일으키고 있다.

이러한 의식은 화이관의 균열을 단적으로 보여주는 것이다. 예의를 표상하는 의관이 이제는 자부심의 상징이 아니라 웃음거리가 되고 있다는 것을 의식한다. 19세기까지 중국으로 연행하는 우리나라 사신들은 오랑캐의 의관인 좌임(左衽)에 대조되는 우리의 의관에 대해 자부심을 피력하곤 하였다. 의관은 외형적으로 중화의 상징으로 기능하는 것이었다. 이제 유교이념에 기반한 견고했던 화이관이 동요하며, 이를 대체하는 새로운 위계질서인 서구 중심의 세계질서에 대해 눈뜨기 시작한다.

이어 1926년 지어진 심복진의 〈동유감흥록〉 역시 전통적인 향촌의 유교지식인으로서 제국과 식민지 모국이라는 위계질서에서 오는 갈등이 투영된다. 내지시찰이라는 공식적 목적을 지닌다는 점에서 사행가사의 전통을 계승하고 있다.

〈동유감흥록〉은 근대 물질문명을 향한 선망의 시선과 제국 일본의 선전 의도를 드러내면서도, 과거 유교적 질서에 대한 지향이 공존한다. 일본으로 향하는 국내노정의 확대는 이러한 시각이 반영된 것이라 할 수 있다. 이는 이 시기 유학생으로 대표되는 근대지식인들이 지은 일련의 일본기행문과 차이를 지닌다. 이들 기행문들에서는 일본-조선 간 귀가 여정에서 국내에서의 여행체험이 배제되어 있고 자폐적 내면만이 확대된다. 이는 식민지 모국으로의 여정을 거부하려는 의식에서 과거를 배제하고 미래로 향한 시각5)이 우세하기 때문이다.

작품 속에서 과거의 근간에는 유교적 질서와 이념, 전통적 세계관인 화이관이 놓여 있다. 충효사적에 대해 응시하고 있으며, 일본과의 전도된 역학관계에 대한 착잡함 등을 내비친다.

또한 일본의 근대적 제도를 종종 중국 고대의 역사와 동일시함으로써 근대 문물과 제도를 유교의 이상과 동일시한다.

---

5) 차혜영, 「세계체제 내 식민지 근대의 심상지리」, 『한국 근대문학의 형성과 문학 장의 재발견』, 소명출판, 2004, 172면.

"무의범과 과실범은 원측으로 무죄되니 생재사사 삼대제도 유형지휼
그아니며"

"록관교 다리건너 북원시의 고대공수 하우시에 귀신독긔 오졍력사 심
을비러 파니운하 모범흐야 산을 뚤어 강만드니 비파호수 맑은물이 경도
식수 되단말가"

일본에서 시행되는 형법인 과실범이 원칙으로는 무죄가 되는 형률
이 삼대의 제도와 법도와 일치한다고 본다. 또 하우氏의 치수(治水)와
파나마 운하, 비파호수의 식수 공사를 연결시킨다.

이러한 중국 고대라는 유교적 이상세계와 일본 근대의 제도를, 시
공간을 가로질러 연결 지음으로써 유교적 논리 속으로 절충시키고 있
다. 이에는 현실적인 시공간의 거리를 무화시켜 사회적 문맥을 지워
버림으로써, 동양일원주의라는 일제의 제국 이데올로기가 작동하고
있다. 이러한 세계상은 동양과 서양의 대별 의식 속에서 일본의 지배
논리를 정당화할 근거를 마련한다.

이와 같이 근대 문명에 대한 찬탄 속에 유교적 논리 속으로 완충시
키고 있다. 이러한 유교적 논리는 동양일원주의로 수렴될 위험성을
안고 있다. 그렇지만 동시에 이 역시 화이관의 세계상 안에서 일본을
위치시키고자 하는 태도라 할 수 있다.

그리하여 유교적 예의의식을 내면화한 유교지식인이 근대적 문명
의식과 충돌하며 균열을 일으키는 지점들이 드러난다. 전체적으로 동
양일원주의로 구성되는 세계상에 비추어 이러한 균열들은 미미하지
만 대외적 기표 이면에 침전되어 있었던 유교지식인들의 의식적 갈등
을 잘 보여주는 것이기도 하다.

특히 내지 시찰단의 방문지 중 역사 유적지는 주요한 코스였는데, 이는 일본의 과거와 전통에 대한 재평가를 위해 기획된 것이다. 이에 역사고적의 재해석을 통해서 과거 야만적인 이적(夷狄)으로서의 일본상은 재구된다. 이는 특히 일본 내 유교 유적에 대한 주목을 통해서 이루어진다. 이에 동경의 야스쿠니 신사에서는 천추강상(千秋綱常)의 뜻을 기린다는 충의 수사를 통해 유교적 의미를 부여하기 시작한다.[6] 그리고 공자묘와 대성전을 방문하고 유교 유적의 자취를 기린다. 이렇게 왜에서 유교 유적을 부각시킨 것은 이전 가사에서 볼 수 없었던 내용이다.

하지만 전통적인 화이관의 내면화 속에서 일본이 야만적인 오랑캐 왜라는 무의식 또한 깔려 있는 것을 볼 수 있다.[7] 임진란 관련 풍신수길 사적을 향한 시선처리 등에서 우회적으로 비판적인 태도를 보이기도 한다. 그런 관점에서 일본의 유교문화는 역사적으로 학술적 우위에 있었던 우리나라에서 전해진 것들이라는 역사적 사실이 종종 환기된다.

과거에 대한 환기는 작자 심복진의 화이관 및 유교이념의 내면화가 비교적 강고함을 반영한다. 이는 다른 내지시찰단원들의 기행문에서 일본의 불교와 신도(神道) 문화를 찬양하고 조선의 유교문화를 비판하는 태도[8]와도 분명한 차이를 보여준다.

---

6) "부사견뎡 삼졍목에 졍국신사 츠져가니 쳔샹품쳔 디촌씨의 세동상이 서잇는디 가영이리 슌졀공신 별격관폐 초혼사라 음풍이 쇼슬ᄒ고 령혼이 사롓는듯 츄상졀 여일츙은 쳔추강상 늠늠ᄒ며 살신셩명 어려운일 류방빅셰 ᄒ엿구나"

7) "이십 안팟 쳐녀거동 긔걸차고 탐스럽다 남녀평등 찻는셰상 잔북쓰럼 잇슬소냐 하가마와 붉근속옷 활활버서 붓치면서 삼삼오오 쫘픠지어 목욕실로 드러가니 아서마 우리 일행 례의지국 사람이니 남녀혼잡 희괴ᄒ다 입향슌속 찾지마라"

8) 박찬승, 앞의 논문, 245면 ; 박애경, 앞의 논문, 2010, 353~354면.

따라서 이 작품에서 제국 일본을 향한 시선은 동경과 선망의 시선만은 아니다. 근대문명 내지 제도가 제시하는 미래의 전망에 대한 유보적 태도가 암시적으로 나타나기도 한다. 작가가 일본에서 목도한 조선인들은 식민지 현실을 보여주는 인간 군상들로서, 현실을 타개할 꿈을 안고 일본으로 건너온 사람들이다. 그런데 작가는 그들의 모습에서 밝은 내일을 보기보다 암울한 현실을 확인하기도 한다. 이러한 모호하면서도 부정적인 시선은 유학자로서의 정체성을 형성하는 과거라는 자리에서 비롯한다. 내면화된 화이관은 제국과 식민지라는 현재의 위계질서와 마찰하고 있다.

이와 같이 20세기 일본기행을 다룬 가사 작품들은 근대문명의 중심에 있는 일본과 대면하며 유교지식인들의 세계관이 동요하는 모습을 보여준다.

2) 서구기행, 국토와 세계의 위계

다음으로 세계의 중심이 서구로 변화하고 지리적 인식이 확장되는 것을 직접적으로 보여주는 것은 영국과 미국을 여행한 기행가사 작품들이다. 이 작품들에서는 역시 유교지식인들의 세계상의 변모와 함께 서양인식의 변화를 엿볼 수 있다.

20세기에 이르러서 이종응의 〈서유견문록〉과 김한홍의 〈해유가〉에서는, 중국 영토의 경계에서 끝나 있었던 지리적 상상력이 중국 너머의 공간으로까지 확장된다. 이전과 달리 영국과 미국 땅에 직접 발을 디디면서 중국 너머의 세계를 경험하게 된다. 이에 중국 너머의 세계에 대한 상상의 공간이 구체적인 지리적 공간으로 바뀌고 있다.

근대 기행가사에 드러난 세계상은 지리적 관념과 도덕적 관념이 혼재되어 있다. 작품 안에는 물리적 개념인 '세계'와 유교적 세계관을 지시해 왔던 '천하(天下)'라는 용어가 혼재되어 있다. 이것은 도덕적 가치체계를 함의하는 화이관의 세계관으로부터 물리적·지리적 체계로 구성되는 세계상으로의 이행을 의미한다.

종래 서양에 대한 인식은 19세기 중국 사행가사에 형상화된다. 서양과는 직접적 소통이 아니라 중국에 상주하고 있는 천주당과 그곳에 파견된 선교사들과의 접촉을 통해서 간접적으로 이해되어 왔다. 그전까지 서양은 중국 속에서 경험하는 상상체였다. 기행가사 작가들은 중국의 천주당과 북경에 체류하는 서양인들과 접촉하면서 간접적으로 서구를 체험하였다. 19세기 〈서행록〉을 쓴 김지수 역시 북경에서 천주당을 방문하고 그곳에서 처음 서양인을 만났었다. 이제 서구가 우리나라의 외교권에 들어오고 서양을 직접 여행하게 됨으로써 서양에 대한 인식의 변화를 가져온다.

이종응의 〈서유견문록〉은 외교사절의 일원으로 참여하여 영국을 여행한다는 점에서 사행가사의 전통을 잇는다. 황명을 받들고 사행에 임하는 소감을 피력하며 사행길에 오르고 있다. 그리고 공식적인 일정에 맞추어 외교절차와 의전에 대해 소개하고 있다.

이 작품에서 영국과 미국은 세계의 중심으로 자리하며, 이국에 대한 상찬의 정서가 깔려 있다. 영국은 유교지식인의 시각에서 볼 때 유교적 이상사회와 질적으로 다르지 않게 비춰진다. 영국에서 왕의 존재는 서양의 나라라고 해도 본질적으로 동일한 질서를 지니고 있다고 생각하게 하며, 외모의 이질성을 큰 것으로 느껴지지 않게 한다.

이러한 정경은 19세기 연행가사 작가들이 청국에서 확인한 장면들과 중첩된다. 영국 역시 '왕정을 중심으로 한 물질적 번영'으로 요약되는 것이다. 이처럼 영국이 서양국이면서도 가시적인 유사성으로 인해 유교지식인들에게 친근하게 다가왔다는 것을 알 수 있다. 작가 이종응은 유교지식인의 시각에서 서양을 이해하고 있다.

이와 같이 〈서유견문록〉에서는 서양국에 대한 동경과 찬탄이 주조여서 19세기 중국 사행가사에 나타난 서양인식과는 많이 다르다. 19세기 중국 사행가사인 〈연행가〉·〈북행가〉에서 서양인은 강한 적대적 대상으로서 서양인의 외모는 "요물"·"기괴함"으로 표현되었던 것에서 이제는 '옥경의 선관'·'요지연의 왕모'로 표현된다.

반면 오는 길에 접한 흑인을 비롯한 제 3세계에 대해서는 부정적이다. 서양 이외의 외국인에 대해 원시적이고 미개함, 기괴함이라는 부정적 인식을 보임으로써 제국 중심의 세계적 위계질서를 그대로 받아들이고 있다.

한편 영국의 이국적인 세태와 풍물들도 세세하게 재현하여 보고하고 있는데, 이점은 이전 사행가사가 형성해온 문학적 관습이다. 이에 이국의 풍물과 세태로서 여성의 외모, 시장의 정경, 집치레, 동물원, 희장(戲場) 등의 세목들이 재현된다.

김한홍의 〈해유가〉는 현실을 타개하기 위해 미국으로 향하는 전통적 지식인의 시대적 고민을 반영한다. 기행동기가 종래처럼 사행이 아니라, 실질적으로 노동이민을 위해 출국하고 있다는 점에서 유교지식인의 사회적 위상이 퇴색해 가는 풍조를 반영한다.

이 작품은 유교적 지식인이 근대와 어떻게 접속하고 있는지 보여준다. 작품에는 '가문'과 '평등', '묘당'과 '국민'의 어휘가 뒤섞여 있다. 생존경쟁의 장이자 우승열패의 이치가 지배하는 곳인 '세계'와 도덕적

경륜의 장인 '우주'가 작품 속에 공존하는가 하면("우주중간 일장부로 무슨 사업 의당할가"), 종묘사직의 "묘당"과 '국민'으로서의 자격("묘당안위 전매ㅎ니 국민자격 참치ㅎ고")이 공존한다. 이러한 혼재된 의식은 진보적 사고와 보수적 사고가 혼재되어 있는 작가의 의식에 대응하는 것으로 보인다.

이 작품에서 세계의 중심은 영국이나 미국 등의 서구로 인식되고 있으며, 서구라는 준거틀에 비추어 자국의 현실을 비판하고 있다. 미국으로 가는 배 안에서 미국인에게 유교는 "사농공상 귀천 두고 상중하 분간닌터"라는 의견을 듣기도 했으며, 미국에 체류하면서는 스스로 이제 유도(儒道)로는 문명을 이룰 수 없다고 단언한다.

이는 전통적인 유자로서 자기부정이라 할 파격적인 발언이다. 그만큼 의식의 변화를 암시한다. 미국은 억조인민이 동등하고 상하가 화목하다고 보며, 미국의 정치계를 요순세계로 비유함으로써 긍정하고 있다. 이렇게 '억조인민이 동등'한 요순세계로서의 미국에 대한 정의는 지나치게 낙관적이고 편중된 의식으로 비친다.

하지만 이러한 발언은 자국의 현실에 대한 비판을 정향하고 있는 것으로 보인다. 문명계와 대극되는 세계에는 우리나라 유교전통이 놓여 있으며, 당대 유교의 특징적 부면으로 지적되는 계급의식, 의관제도, 예의에 치중한 형식주의 등을 비판하고 있다.

그런데 작품의 결말 부분은 다시 복고적 태도를 보여주고 있다. 향촌으로 귀향하여 가문의 사적을 돌아보고 선현의 사적을 돌아봄으로써 다시 유교이념으로 회귀하고 있는 듯 보이기 때문이다. 이러한 결말은 출발과정과 미국 체류시에 보였던 의식과 상치되는 것으로, 미국에서의 근대 체험을 실질적으로 사회에 접목시킬 수 있는 통로는 없었던 것으로 판단된다.

이 시기 서구기행가사에는 당시 유교지식인의 사회적 위상이 투영되어 있다. 그리하여 서구중심의 세계질서를 직접 목격하고 이를 인정하고 있으며 자기쇄신의 필요성을 느끼고 있다. 그리하여 유교지식인으로서 전통적 학문인 유교에 대해 회의하기도 하지만, 이를 실현할 수 있는 출구는 없었던 것으로 생각된다.

3) 이산체험의 등장

1930년대 기행가사에는 이산의 체험이 실려 있다. 이산은 일제강점기 이후 근대에 새롭게 등장한 역사적 경험이다. 〈망월사친가〉·〈눈물 뿌린 이별가〉, 홍언의 기행가사들은 이산의 체험을 노래한다.

〈망월사친가〉·〈눈물 뿌린 이별가〉 등은 전통적인 향유방식인 필사본 규방가사로 향유되며, 여전히 가족 속에서 모국의 상실을 노래한다. 이중 〈망월사친가〉는 남성화자의 남성작으로 추정되는데, 역시 가족에 대한 그리움을 노래한다는 점에서 규방가사의 일반적 특성과 일치한다. 이 〈망월사친가〉와 〈눈물 뿌린 이별가〉는 무엇보다 '가족'과 '고향'에 방점을 두어 '가족'에게 망국의 의미가 무엇인지, '향촌 여(남)성'에게 이산의 의미가 무엇인지 보여준다. 이 작품들에서는 일제의 강압이라는 현실인식 속에서 고향을 떠나야 하는 상황이 순응해야할 현실이라는 것을 인정하면서도 어쩔 수 없는 슬픔을 표출한다. 전통적인 삶을 살아온 사람들에게 고향과의 분리가 뜻하는 아픔과 가족해체의 슬픔을 여실히 보여주고 있다. 또 독립투쟁을 위한 이산이 당위적 현실이면서도 그 현실은 가난의 생활임을 토로한다.

그런데 미국 이민 1세대인 홍언의 가사는 1부에서 살펴본 것처럼 기왕의 사행가사 전통에서 벗어나 있다. 이 작품들은 동일하게 이산체험을 다룬 〈망월사친가〉나 〈눈물 뿌린 이별가〉를 비롯한 만주 망명 가사들과도 성격을 달리한다. 이 만주 망명 가사들은 필사본으로 유통되면서 굳건한 독립투쟁의지를 밝히며 한 가문 내에서 유통되고 있다. 즉 만주망명 가사들은 혈연관계인 가족과 가문을 중심으로, 공동체적 결속을 토대로 창작 향유되던 작품들이다. 이 작품들은 고향이 있는 모국에서 떠나와 만주에서 떠돌아다니면서도 공동체 의식을 바탕으로 하고 있다.

반면 홍언의 기행가사는 신문에 인쇄본으로 게재된다는 점에서 향유방식이 상이하다. 홍언은 한학을 습득했지만 이민지에서 동요하고 갈등하며 공동체에서 분리된 이산자의 불안한 정서를 노래하고 있다. 작품 속에 등장하는 중심 이미지들은 관습적인 심상들이 아니며, 차용된 관습적 이미지들도 그 함의는 이전과 다르다. 개인이 바라보는 풍경을 통해서 이산의 정서가 포착된다는 점이 특징이다.[9]

이와 같이 이산자로서 여기에 정착하지 못하는 머뭇거림, 불안정함의 정서는 감각적인 비유를 통해서 섬세하게 표현된다. 이는 길 위에 서 있는 개인의 시선과 목소리를 통해서 드러난다. 이것은 개인적 관조로서의 세계가 출현한 것과 맞물린다.[10] 작품이 담고 있는 풍경은

---

9) 이 원리는 홍언의 희곡작품과 유사하다. 희곡작품으로는 〈신무더 동포〉, 〈반도영웅〉, 〈희문 열혈〉 등이 있다. 희곡의 등장인물 설정은 고소설이나 전통장르에서 사용한 방식을 그대로 차용한다. 인물 성격 창조방식을 전통예술 갈래에서 원용하고, 공연방식은 서구 연극형식을 원용하는 방식을 취한다. 이홍우, 「1910년대 재미 『신한민보』 소재 희곡 연구」, 『한민족어문학』 45호, 한민족어문학회, 2004, 32~34면.

10) 자기 코기토 의식 내부라는 것이 내면적인 전향 속에서 성립됨으로써 풍경의 발견이 이루어진 시점이다. 이효덕, 앞의 책, 2007, 87면.

개인이 느끼는 정서를 담고 있다는 점에서 공유의 미학을 갖고 있는 기행가사의 전통과 갈라진다. 하나의 국가공동체에 소속되지 못하고 정주하지 못하는 이산자의 정서는 새롭게 부상한 경험들로, 공동체를 중심으로 발달해온 기행가사의 형식적인 변용을 통해서 표현된다고 하겠다. 홍언이 그렇게 민족정서와 정체성의 정립에 대해 실천적 노력을 기울인 것은 이국에서 민족정체성의 혼란을 겪었기 때문일 것으로 생각된다. 이에 기행가사의 문학적 관습인 보고문학적 성격을 탈피하여 세계 보편의 규준에 따른 문학을 마련하고자 한다. 그 결과로 개인의 시선을 중시하게 되면서 그의 작품들은 형식적으로도 가장 파격에 가까운 짧은 운문인 단문의 형식으로 귀결된다.

3장 : 규방가사의 전통과 여성의 기행체험

1. 여행, 놀이, 연대의식

1) 규방가사의 전통

　조선시대 이래 여성들에게 여행은 집 밖으로의 외출이자 놀이이다. 당시 여성들에게 외출은 흔치않은 기회로서 큰 기쁨이었다. 규방가사에서 나들이를 소재로 한 화전가가 중심 유형으로 자리 잡은 것은 그만큼 여성들에게 외출이 중요하고 즐거운 일이었음을 말해준다. 마찬가지로 여행도 화전놀이처럼 가사노동에서 놓여나 정서적 해방감을 만끽하는 놀이로서의 성격이 짙다. 일상의 책무에서 벗어나 외부 경물을 구경하고자 하는 욕구, 그리고 놀이에 대한 욕구가 여행을 추동하고 있다.

　일상에서 벗어나는 탈일상성[1]으로서의 놀이적 성격은 일상에서의

---

1) 요한 호이징하, 『호모 루덴스』, 까치, 2008, 26면.

탈주를 꿈꾸는 당대 여성의 의식이 투영되어 있다. 이때의 '일상'이란 여성의 삶과 경험을 지배하는 지배적 이념이자 남성 중심의 주류문화이며, '놀이'란 공간적 이동을 통한 이로부터의 일시적인 이완 내지 일탈을 뜻한다.[2] 여성들이 외부에서 마주한 대상들은 문화적 표지로 나타나기보다는 정서적 상관물로 나타나는 경우가 많다. 외부의 대상물들에 대한 경험은 놀이라는 본원적 욕구이자 삶에 깃들여 있는 정감을 일깨우는 일상적인 체험에 가깝다.

19세기에 지어진 것으로 알려진 유명씨 규방가사 작품들로는 연안 이씨 〈부여노정기〉(1801)·〈이부인기행가사〉(1821)·은진 송씨 〈금행일기〉(1845)가 있다. 이들 작품들을 지은 여성들은 집안 일로 여행길에 오른다. 〈부여노정기〉와 〈금행일기〉는 각기 아들과 시숙의 관직 부임에 따른 것이며, 〈이부인기행가사〉는 친정 방문을 위한 것이다.

〈부여노정기〉는 연안 이씨(1737~1815)가 아들의 관직부임길인 안동에서 부여까지 이어지는 여정에 내행으로 함께 하면서 겪은 체험을 담은 작품이다. 아들의 관직부임길을 소재로 한 까닭에 작품 구성이 사대부 기행가사 중 벼슬길에 부임하는 여정을 담은 작품들과 닮아있다. 따라서 전체 내용 중 관직에 부임하는 노정의 비중이 크다는 점에서 사대부 기행가사와 친연성이 높다. 작품의 도입부가 강호에 한거하는 상황에서 관직 부임의 길에 오르는 것으로 표현된 점, 성은에 대한 감축의 표현과 부임길 행차, 부임 후의 모습으로 이어지는 내용들이 사대부 가사에서 벼슬길에 부임하는 과정을 그린 작품들과 닮아있다. 이는 사대부 기행가사에 나타나는 관인의식이 가문의식으로 환

---

2) 유정선, 「화전가에 나타난 여성의 놀이공간과 놀이적 성격」, 『한국고전연구』 19, 한국고전연구학회, 2009, 60면.

치되어 나타났을 따름으로, 둘은 의미론적 대응을 이루고 있다. 가문
의식의 공고함과 양반가 부녀로서의 보수적 규범에 충실한 태도, 아
들의 관직부임이 수식하는 집안의 성세에 많은 비중을 두고 있기 때
문이다.[3]

　따라서 한 여성으로 오랜만에 여행길에 오르는 감회를 드러내는 내용
은 많지 않다. 가는 도중에 친정오빠와 잠시 재회하고 벗을 만나고 있지
만, 반가운 정회나 그간의 쌓인 회포에 대한 토로는 간략히 언급된다.
개인적인 관심사보다는 집안경사인 남편의 회갑연을 기뻐하는 부분,
아들에 대한 기특한 마음과 죽은 며느리에 대한 애석한 마음을 나타낸
부분 등 한 집안의 안주인으로서의 의식이 중심을 이루고 있다.[4]

　이에 비해 〈금행일기〉는 구경과 놀이에 대한 욕구가 문면에 표출된
다. 이 작품은 은진 송씨가 1845년에 시숙이 공주의 관리로 부임한
것을 계기로 공주의 관아에 다녀와서 지은 작품이다. 이 작품은 본격
적인 여정보다는 '여행길에 오르기까지의 과정과 귀가 후의 경과'를
그린 부분이 큰 비중을 지니며, 여행길에 오르게 된 감회가 생생히 실
려 있다. 도입부에서 그간의 시집의 내력을 설명하며 가세의 부침과
그 과정에서 느꼈던 기쁨과 슬픔들을 곡진하게 토로한다. 마무리 부
분에서는 시어머니에 대한 염려와 안부에 대한 궁금증, 다시 이별하
게 된 데에서 오는 안타까움, 시어머니와의 만남이 환기한 친정부모
에 대한 그리움 등이 절절이 표현된다.

---

3) 유정선, 「〈금행일기〉에 나타난 기행체험의 의미」, 『규방가사의 작품세계와 미학』,
　역락, 2002, 216면.
4) 김수경, 「〈부여노정기〉-최초의 기행 소재 규방가사-」, 『규방가사의 작품세계와 미
　학』, 역락, 2002, 110면.

반면 집과 목적지 사이의 왕복 노정은 소략하다. 노정 속 지명이나 경관들이 잘 나타나지 않으며, 자신의 개인적 감회를 중심으로 읊고 있다. 가문에 대한 관심, 가족 성원에 대한 친화의식이 종종 여행의 노정이나 견문의 내용들을 대신하고 있어, 여행을 정서적 체험으로 받아들이는 모습을 보인다.[5]

기행체험을 다룬 부분에서도 금강변에 펼쳐진 경치뿐만 아니라 '금강 선유'에서 나들이 준비 과정에서의 치장, 가족 성원 간 정서적 교감과 균열이 큰 비중을 지니며 섬세하게 그려진다.[6] 특히 일상생활의 정감과 밀착되어 있는 대상을 세밀하게 드러낸다는 점이 특징이다. 공식적인 장소뿐만 아니라 구석지고 내밀한 곳에까지 시선이 머물고 있다. 내책실, 의생방, 찬합실, 수청방, 군노청 등 호기심을 끄는 노비들의 생활공간과 기녀들의 방까지 둘러보고 있는 것이다.

〈이부인기행가사〉 역시 감명 깊게 보아온 경물만을 선택적으로 제시하여 지나온 노정을 재구성한다. 친정으로 향하는 도중 목도한 고적의 역사적 기원이나 종교적 의미를 찾기보다는 삶에 깃들인 정감을 환기한다. 의병 창의의 유적을 지나가면서 충의를 되새기기보다는 많은 사람들의 죽음에서 느끼는 처연함과 입절실천(立節實踐)의 어려움을 이야기한다.[7]

이와 같이 여성이 지은 기행가사에서 외부로의 이동은 일상적인 생활 영역과 가사노동에서 벗어나는 의미가 컸다. 일상사가 주는 긴장

---

5) 유정선, 앞의 논문, 2002, 214면.
6) 집안 어른을 모신 조심스러움과 엄숙한 분위기, 어른을 모셔야 할 위치에서 잠시 구경에 정신을 잃은 모습 등이 나타난다.
7) 김수경·유정선, 「〈이부인기행가사〉에 나타난 19세기 여성의 여행체험과 그 의미」, 『한국고전여성문학연구』 4, 한국고전여성문학회, 2002, 324면.

감에서 놓여나 억제되어 있었던 감정을 분출해 보는 정서적 해방감이 크다.[8] 후기 작품으로 갈수록 노정의 제시보다 감회의 서술이 앞서는 것도 바로 이러한 성향에서다. 놀이의 욕구라는 여성의 경험적 세계[9] 가 바탕이 된 결과이다.

그리하여 여행의 성격도 홀로 떠나는 여행보다는 가족, 이웃이나 친구 등 여러 명이 함께 하는 여행인 경우가 많다. 그리고 함께 여행 중인 성원들 사이의 감정적 흐름과 정서적인 교감에 대해 많은 관심을 기울인다. 그간 여성 고유의 삶을 살아온 세월에 대한 공감을 바탕으로, 여행의 동반자들 사이에 오가는 정서적 교감이 여행의 중요한 요소가 된다. 여행 구성원들이 함께 나누는 웃음과 즐거움, 이야기가 여행의 큰 즐거움인 점은 여성들의 여행이 놀이의 욕구를 바탕으로 한 것임을 보여준다.

또 가사를 비롯한 일상생활의 영역을 맡아 수행하면서 '몸'으로 부딪치며 갖게 된 시각은 여행하면서 구체적인 삶의 세부와 얽혀있는 공간까지 문학화 한다. 공식적으로 드러나는 곳, 외형적으로 부각되는 정면의 모습을 넘어 구석진 곳, 감추어진 곳에 대한 응시가 나타난다. 그리고 대상이 갖는 문화적·사회적 의미보다 그것이 환기하는 정감에 대해 읊는다. 이런 점들을 종합해 볼 때 기행을 소재로 한 규방 가사 작품들은 고유한 작품세계를 형성하고 있다.

---

8) 유정선, 앞의 논문, 2002, 215면.
9) 나정순, 「내방가사의 문학성과 여성인식」, 『고전문학연구』 10집, 한국고전문학회, 1995, 279~280면.

2) 여행과 연대의식

20세기 초 근대 여성 기행가사인 〈해인사유람가〉·〈금강산유산가〉·〈금광유람가〉·〈종반송별〉·〈금오산채미정유람가〉·〈금강산기행가〉 등 대다수의 작품이 모두 규방가사의 전통을 계승하고 있다. 모두 필사본으로 전하며, 소규모 공동체 안에서 전승되는 가운데 전통적 형식을 유지한다.

정연옥 〈금강산유산가〉·조애영 〈금강산기행가〉·작자미상의 〈금광유람가〉. 이 작품들은 당시 유행했던 금강산 유람을 다룬 규방가사 작품들이다. 이중 〈금강산유산가〉와 〈금강산기행가〉는 금강산에 오가는 노정에 대해서는 자세히 다루지 않고 금강산 경내를 돌아본 내용이 중심이다.

정연옥의 〈금강산유산가〉는 금강산 내의 경물과 고적을 노래한다. 금강산은 불교유적지이면서 문인의 족적이 남아있는 고적지이기도 하다. 그렇지만 금강산의 고적은 종교적 비의를 지닌 곳이거나 심미적 정취를 지닌 곳은 아니다. 경치는 매우 일상적이고 친근한 풍경을 이루고 있다. 또한 고적을 통해서도 여성으로서의 삶을 응시하고 있다. 기이한 외형으로 유명한 보덕굴을 읊으면서 기이한 지형보다는 그곳에 모셔놓은 보살 형상이 자신과 같은 여자임을 환기한다. 이렇게 여성 고유의 삶의 정감을 환기한다는 점은 규방가사의 전통에 잇닿아 있다.

정효리의 〈해인사유람가〉와 작자가 알려지지 않은 〈금오산채미정유람가〉 및 〈종반송별〉은 공동체적 연대의식을 바탕으로 한다. 여행이 놀이로서의 성격을 지니고 있으며, 가사노동에서 놓여나는 기쁨과 함께 공통된 처지의 구성원들이 일상에서 놓여난 기쁨을 누리는 유대의식이 곳곳에 묻어난다. 이점에서 놀이적 성격이 강한 화전가 계열 작품들과 유사하다.

이들 규방가사에서는 '혼인으로부터 시작된 삶과 그간의 처지를 환기하는 내용의 도입부, 출발, 귀가'의 구성으로 되어 있어, 화전가 계열 작품들과 유사하다. 도입부에서는 이번 여행이 여성의 삶 속에서 얼마나 오랜만에 얻은 기회인지를 읊고 있다. 이는 그 당시 전통적인 삶을 살고 있는 향촌여성들이 일반적으로 놓여 있는 상황이라 할 수 있다. 이와 같이 향촌여성들에게 집안일에서 놓여나 숨을 돌리며 여행길에 나서는 감회는 각별하다.

여행 동반자들에 대한 관심도 작품 속에서 큰 비중을 지닌다. 동반하게 된 인물들의 개성과 용모에 대해 찬탄의 수사로 소개하고 있다.

> 자동차(自動車)로 발정(發程)ᄒ니 누귀누귀 동반(同班)인고
> 학발동안(鶴髮童顔) 숙고임(淑姑任)과 선용도골(仙容道骨) 우동형임(愚洞兄任)
> 이표(儀表)가 수연(粹然)ᄒ야 임사지덕(姙姒之德) 나타나고
> 요조현숙(窈窕賢淑) 디실(竹谷)형님 명모호치(明眸皓齒) 조흔틱도(態度)
> 왕소군(王昭君)과 방불(髣髴)ᄒ고 녹빈홍안(綠鬢紅顔) 디천(大川)사람
> 유한정정(嬬嫻貞靜) 순흔틱도 밍덕요(孟德耀)가 분명(分明)ᄒ고
> 기골풍영(氣骨豊盈) 뇌산틱(磊山宅)은 기상(氣像)이 헌앙(軒昂)ᄒ야
> 선봉장(先鋒將)이 넉넉ᄒ고 화식지(嘩鋜哉)라 약국딕(藥局宅)은
> 요지벽도(瑤池碧桃) 먹은난가 노당익장(老當益壯) 부럽도다
> 제제창창(齊齊蒼蒼) 여중의표(女衆儀表) 이만하면 무던ᄒ되
> 나으용모(容貌) 도라보니 무렴취틱(無廉醜態) 창피ᄒ오
>   ―〈해인사유람가〉

'학발동안 숙고님, 선용도골 우동형님, 요조현숙한 대실형님, 유한정
정한 순한 태도를 지닌 대천사람, 노익장을 과시하는 약국댁, 기골풍영
기상이 헌앙한 뇌산댁' 등 각 인물의 특성을 다채롭게 설명하고 있다.
〈종반송별〉역시 도입부에서 이번에 여행길에 오르게 된 감회를 읊
는 데에 많은 부분을 할애하고 있다. 또 경성에 도착하여 친지들을 상
봉한 기쁨과 친지들의 면면들을 비중 있게 묘사한다. 종반들의 외모
와 개성의 비유가 큰 비중을 차지하는 이유는 그들 사이의 친목과 교
감이 여행을 의미 있게 하는 주요한 요소이기 때문이다. 오랜만에 마
주한 친지들 사이에 오가는 정감이 무엇보다도 이번 여행길을 뜻 깊
게 하는 것이다. 이런 의식으로 인해 가까운 친지들뿐 아니라 방계 친
지들까지 일일이 호명하며 외모와 성격을 묘사하고 있다.

> 방듕을 도라보니 반가울스 나의동뎨
> 만고풍상 빗바롬의 오당은 사라디나
> 화안은 완연ᄒ다 순후다뎡 중호씨ᄂ
> 공도빅발 무관이라 션풍도골 근본니오
> 동반안면 고스ᄒ고 쳐남의딕 수습모양
> 그아니 수치되가 다뎡ᄒ다 파형씨ᄂ
> 경연결셰 그린안면 반갑고 시로와라
> 모발은 희엿스나 ᄆ옴은 이팔이라
> 진담일수 기몽이오 유관ᄒ다 우리동손
> 만득유의 수ᄒ여 션풍도골 도여시니
> 댱내용복 의망이오 워승의 일반지룡
> 이별곡 한마대의 원적수심 도아내고
> 팔십지년 존고모ᄂ 창안빅발 션악니오
> 빅수희로 ᄌ손만당 노릭복유 히한ᄒ오

다졍ᄒ다 하회동형 경셰안면 반가우며
빅옥ᄌ딜 총고총아 순후은ᄌ 셔실이며
어엿부다 오실이야 어미젼형 흡ᄉᄒ니
단뎡ᄒ고 쟁그랍다 그이이 디뎡친쳑
면면상대 신긔ᄒ다

－〈종반송별〉

'화안이 완연한 종제, 순후다정한 증호씨, 선풍도골인 종손' 등이 이야기된다.

또 하나의 특징은, 여행이 '놀이'의 성격을 지니고 일상의 규범에서 놓여난 정서적 해방감을 구가하는 데에 목적이 있으므로, 작품 속에서 여행 공간이 조성하는 분위기와 정조의 재현에 많은 부분을 할애하고 있다는 점이다. 주변 경치에 대한 다채로운 형용과 수사의 열거, 고조된 흥취의 반복적 표현 등이 나타난다. 흥취의 표출에 대한 표현 부분이 확장되는 반면, 종종 노정에서 본 경물의 연혁과 역사, 고적의 내력은 축약적으로 제시되거나 생략된다.

다음은 작가를 비롯한 일행이 해인사로 향하는 정경이다.

정자(亭子)에 나려서서 수보(數步)를 드러가니
석경(石經)은 기구(崎嶇)ᄒ고 녹음(綠陰)은 무름녹아
일월(日月)이 음음(陰陰)ᄒ다
빅영장경(白翎長頸) 학두룸이 송임(松林)쪽에 잠드럿고
단홉현의(丹頜玄衣) 강남연자(江南燕子) 비거비리(飛去飛來) 날고잇다
편편황금(片片黃金) 쇠고리난 수양가지 벗부르고
빅포낭관(白布郞官) 힌오리는 청강(淸江)에 목욕(沐浴)ᄒ네
수국수국 풀국시는 발머리에 놀닉날고

귀촉도 자규성(子規聲)은 두견화지(杜鵑花枝) 인원(哀怨)ᄒ네
처처(處處)에 음영(吟詠)소리 소인문사(騷人文士) 흥미(興味)깁고
직자가인(才子佳人) 노는자리 취수홍장(翠袖紅粧) 선선ᄒ네
구비구비 쌀인반석 볼사록 기절(氣絕)ᄒ고
칭암절벽(層巖絕壁) 마는제명(題名) 자자(字字)이 명필(名筆)이네
어와우리 벗임녀야 이런경처 어더밧소
악양누(岳陽樓) 조타ᄒ이도 칠빅평호(七百平湖) 썬저두면
보잘 것 다시업고 봉황디(鳳凰臺) 싱지(勝地)라도
이수삼산(二水三山) 쑨이오며 등왕각(藤王閣)이 조타ᄒ ᄂ들
삼강오호(三江五湖) 덥펴노면 망할거시 어더잇소
가산여수(佳山麗水) 발근곳디 추월춘화(秋月春花) 시절짜라
십이장천(十里長川) 가진경기(景槩) 홍유동(紅流洞)이 제일이네
　　　　　　　　　　　　　　　　　　－〈해인사유람가〉

"편편황금 꾀꼬리는 수양가지 벗 부르고", "백영장경 학두루미 송임(松林)쏙에 잠드럿고", "해오리는 청강에 목욕"하고 있으며, "수국수국 풀국식는 발머리에 놀늬날고"라 하여 황금빛 외형의 꾀꼬리는 벗을 부르고, 학두루미는 송림 속에 잠이 들었고, 풀국새는 발머리에서 날아다니는 정경은 명랑하고 밝다. '명랑한' 분위기를 조성하는 나열식의 어구가 반복됨에 따라 수다한 풍경들이 열거되면서 다채롭고 경쾌하고 명랑한 정조를 형성한다. 즉 '벗님늬'와 함께 집안일에서 놓여나 외출을 나와 있는 이 순간 느끼는 기쁨이 벅차고 유쾌하다는 것을 보여준다.

또한 수많은 선인의 유람 고사를 인용하며, 자신의 이번 유람이 그에 못지않음을 말한다. 악양루, 봉황대, 등왕각 등은 선인들이 유람하며 문학화 했던 명승지들로서 이들과 비교하며 십리장천의 갖은 풍경

을 지닌 홍유동이 제일이라 한다. 이러한 수다한 승지들을 열거하며 비교해 보는 것은 이번 유람의 흥취와 기쁨을 보여주는 한편, 남성의 주류문화를 공유하고자 하는 의식이 투영된 결과이다.

이렇게 여성들의 여행길은 경치의 생명성이 넘치고 즐거운 감정이 고조되면서 명랑한 분위기를 이루는 것이 일반적이다.

> 동청용 셔빅호는 현무주작 둘넛구나
> 녀산폭 좃타한들 이이서 더나허며
> 홍유동 경치런들 이이서 더조흘가
> 실실이 부는바람 부춘산 쳥풍이요
> 푸룻푸룻 저시졀은 수양산 고스이라
> 빅운으로 일산삼고 송수을 쓰우잡아
> 스문을 추즈가니 도로도 험할시고
> 기암절벽 조흔곳이 일칭화각 날나갈 듯
> 약수암 쇠북소리 한산스가 이안인야
>
>   −〈금오산채미정유람가〉

여산폭포나 홍유동의 경치인들 이보다 낫겠는가 자문하며 푸룻푸룻한 수풀을 바라보고 청풍을 맞으며 나아가고 있다.

다음은 〈종반송별〉에서 임진강 선유에 나선 부분이다.

> 임딘강 드러셔니 십니의 쩌친다리
> 구간난강 굉댱ㅎ고 듕유의 션유ㅎ니
> 인간의 허다고포 강수의 소멸ㅎ고
> 심신니 상쾌ㅎ고 마음이 즐겁도다
> 무무고촌 싱당몸이 이러한 명승디의

가진호강 무진경치 이몸의 형황ᄒ고
일신니 송구ᄒ다 희석을 구어보니
창파은 유유ᄒ여 디양을 둘너잇고
희석을 구어보니 수십쳑 깁흔물의
어니연비 홍을돕고 쳔일니 은근ᄒ여
두상의 은은ᄒ고 쳥쳔을 ᄇ라보니
쳔광부운 광활한대 지계을 구어보니
산쳔니 수려ᄒ고 지셰도 웅당ᄒ다
말이 장공의 흑운은 훗허지고
쳔연강산의 이이화기 시로와라
심ᄉ도 유령한대 물식도 유감ᄒ고
삼삼쳥풍은 화쳐지령고 무명조도 셰류간이라
쳥강십니 빅ᄉ냥의 호의쳐ᄉ 귀족이라
암상의 웃는꼿흔 시긱을 닷토ᄂ듯
임간의 웃는시ᄂ 유인을 부르ᄂ듯
방초ᄂ 의의ᄒ고 수파ᄂ 불홍이라

-〈종반송별〉

'무무고촌(無無孤村)에서 생장해온 몸'이 무진한 경치를 앞에 두고 "가진 호강"에 일신이 송구할 지경이다. 삼삼한 청풍은 부드럽게 불어오고 이름 없는 새들도 버들가지 사이로 날아다니고 있다. 바위 위의 꽃들은 웃고 있고 숲 속의 새들도 웃고 있다. 심양강 단풍빛을 즐긴 두보나 적벽강 가을밤을 즐긴 소식의 놀음을 본받아 우리 종반들도 임진강에서 놀아보자고 한다.

놀이공간에서 새와 꽃을 비롯한 자연물들은 생동감을 발산하고 흥취를 고양시키는 매개가 된다. 꽃이나 수풀이 함축한 생기발랄함, 새의 경쾌한 율동 등은 여성 자신들이 삶을 향유해야 하는 이유가 된다. 화려하고 만발한 꽃들은 웃고 있어 여성 자신들을 위하여 피어 있는 것으로 느끼고 있으며, 놀이의 흥취를 돋우고 있다. 오랜만에 외출에 나선 여성들이 듣는 꽃의 생명성과 새의 노랫소리는 놀이에서 오는 들뜬 정서와 결합하고 있다.

다음으로 여성 기행가사 작품들의 특징은 여행 중에 만난 정경 속에서 삶의 정감을 일깨운다는 점이다. 역사 사적은 객관적인 문화적 표지이기보다는 선조의 세거지에 위치한 장소로 자리하며, 한 고장의 정신적 구심점으로서의 의미를 부여한다.

〈해인사유람가〉에서 해인사는 팔만대장경을 보관하고 있는 고찰인데, 그 역사적 내력을 고증하는 데에 관심을 두기보다는 절 살림이라는 이면의 풍경에 시선을 둔다. 해인사에서 전체 내부 구조라는 공식적인 면뿐만 아니라 소방기와 절 살림이 서쪽으로 포치되어 있다는 점에 주목한다. 그중 식수의 설치가 묘하다고 하여 구석진 일상 살림살이에 눈길을 주고 있다. 국일암에 이르러서는 젊고 늙은 여승들을 같은 여성의 시선으로 바라본다. 그리하여 여성으로서의 여승들의 삶을 애틋한 시선으로 바라본다. 여승을 종교적 구도자로서의 시선보다는 같은 여성으로서 바라본다.

또한 일상에서 여성들에게 절이 갖는 의미를 돌아보게 한다. 실제 불공을 드리는 모습, 노대사가 설법을 하는 모습이 대화체로 직접 재현됨으로써 여성의 삶 속에서 종교적 발원 장소로서의 절을 돌아보고 있다. 객관적인 절의 사적을 열거하기보다는 여성의 삶 속에서 갖는 의미를 부각시킨다. 여성들이 삶의 고난과 실존적 위기에 부딪쳤을 때 찾는 절은 정신적 의지처이다. 그리하여 손자의 명복을 축원하고 아들의 장수를 기원하는 여성들의 모습이 재현되고 있다.

한편 이 시기 여성 기행가사만의 또 하나의 특징은 향촌여성의 서울 방문과 문명체험을 다루고 있다는 점이다. 이는 여성들의 사회적 활동반경이 그만큼 자유로워졌음을 보여주는 것이기도 하다. 규방가사의 작자층인 향촌여성들에게 이 시기 여행은 서울 구경과 도시의 문명 체험이 큰 관심사로 등장한다.

> 장안디로 너른골목 전후좌우 완상ᄒ니
> 시가의 번화문식 이목의 현황ᄒ고
> 삼층사층 벽돌집의 오식병화 그림니오
> 오복뎜 명쓰옥은 물화도 쏫일시고
> 적역고산 포목이오 물즈손수 치단이라
> 화신상회 승강기은 힝역니 편이ᄒ고
> 젼등은 별돗난듯 젼츠은 오락가락
> 이목이 현황ᄒ고 심신니 표탕ᄒ니
> 창경원 덕수궁과 동관디궐 춘당대의
> 곳곳시 완상ᄒ니 심신니 숙련ᄒ고
>
> ―〈종반송별〉

이번 여행은 친지와의 상봉 못지않게 서울 구경을 한다는 점이 큰 기쁨으로 자리한다. 풍문으로만 듣던 서울 구경은 승강기와 전등, 전차를 처음 목격하면서 경이로운 체험이다.

〈금광유람가〉는 오고가는 도정인 경성에서 보고 들은 내용이 첨가된다. 여성으로서 오랜만의 외출이 갖는 감회는 남다르다고 할 수 있다. 특히 경성 유람이 관심사로 등장한다. 향촌 여성에게 신문물로 배치된 경성은 이번 여행의 목적지인 금강산 못지않은 관심의 대상이 된다.

또 이 시기에 새롭게 출현한 주제로, 식민지 현실을 살아가는 여성들의 삶과 밀착된 작품들이 출현한다. 앞서 살펴본 〈눈물 뿌린 이별가〉는 당대의 역사적 상황인 이산의 체험을 다루고 있는데, 특히 그 내용이 가족의 해체에 초점이 맞추어진다. 대대로 살아온 고장이라는 촌락공동체로부터 이탈하면서 갖는 슬픔과 상실감이 주된 정서이다. 김우모가 지은 〈눈물 뿌린 이별가〉는 망국민으로서 고향을 떠나 만주로 떠나는 심경을 읊는다. 고향은 부모 분묘가 있고, 조상님이 있는 곳, 조상 대대로 오백년간 내려온 삶의 터전이다.

망국민으로서의 민족의식이라는 거대담론의 시선보다는 그러한 망국의 결과로 가문과 촌락 등 소규모 공동체에 근거한 삶이 붕괴되고 가족이 해체되는 상황과 거기에서 오는 슬픔이 잘 드러난다.

반면 최송설당의 기행가사(1922)는 놀이로서의 성격을 띤 규방가사의 전통과 거리가 있다. 전통적으로 기행을 소재로 한 규방가사 작품들은 향촌이라는 공동체에서 필사본으로 향유되며, 여성들 간 따뜻한 연대의식을 바탕으로 하고 있다.

반면 1부에서 언급한 것처럼 최송설당의 작품집에 실린 기행가사 작품들을 보면, 각 작품마다 제목을 붙이고 있으며 짧은 길이로 이루어진 작품이 많다. 이와 같이 붙여진 제목들은 한시의 제목들과 흡사하다. 그 결과 노정의 제시나 정보를 보고하고자 하는 의식보다는 대상에 대한 개인적인 감회를 표출하는 경우가 많다. 송설당이 여행을 떠나는 목적은 집단적 가치인 가문이나 집안사와 관련된 것이다. 하지만 그 일을 홀로 행하며 겪는 심회에 초점이 있다는 점에서 다르다. 송설당의 여행은 특정한 목적을 띠고 있는 경우가 많으며, 홀로 하는 여행으로 나타난다. 보통 기행을 다룬 규방가사 작품들은 놀이가 갖는 떠들썩하고 들뜬 정서가 지배하는 반면, 송설당의 기행가사는 작품의 분위기가 사뭇 다르다.

송설당의 여행은 공동체적 놀이의 성격보다는 공동체의 가치를 수행하는 개인의 고뇌에 초점이 있다. 공동체적 놀이는 동행 간에 흐르는 정서적 공감대가 여행의 큰 즐거움을 차지한다. 각기 다른 개성을 지닌 인물들이 서로 조화와 보완을 이루고 있으며, 그들 사이에는 같은 여성으로서 살아가는 공감대가 자리한다. 하지만 송설당의 기행가사에서는 가문에 관한 일을 자신이 홀로 수행하는 과정이 드러난다. 집안일을 수행하는 과정에 따르는 부담감이나 어려움, 또는 드디어 이루어냈다는 성취감과 기쁨 등이 지배하며, 그러한 임무 수행의 길은 책무감이나 부담감 탓에 때때로 무겁고 긴장된 분위기가 흐르기도 한다.

이러한 작품세계의 연장선상에서 송설당의 경우 기행가사 이외의 가사작품들에서도 개인적 감회를 표출하는 것에 중점을 두고 있다. 새로운 계절을 맞이하여 갖게 되는 개인적인 감회를 전고에 기대어 읊고 있다. 자신이 개인적으로 느끼는 정서의 감각적 표현들은 규방가사의 관습과는 거리가 있으며, 이보다는 한시 형식과 유사하다. 이러한 점은 규방가사 특유의 향유 상황과 관련되어 집단적 연대의식을 깔고 있었던 문학 전통과는 거리가 있다. 그 결과 송설당의 기행가사는 개인의 목소리가 전면에 돌출되어 있다.

2. 기행체험의 표현과 여성적 글쓰기

1) 산수 유람과 글쓰기

19세기 이래 여성들에게 자신의 기행체험을 글로 쓴다는 것은 각별한 의미를 지니는 것이었다. 전통적으로 문장력은 사대부가 입신양명할 수 있는 필수요건이었다. 이로 인해 당시까지 전통적 삶을 내면화하고 있었던 향촌 여성들에게 글쓰기는 단지 자기표현의 욕구뿐만 아니라 지적인 욕구, 나아가 사회적 욕구를 내장하고 있다.

그중에서도 기행체험의 표현은 특히 이러한 지식에 대한 욕구, 지적 욕망과 닿아 있다. 지적인 욕구는 여행 중에 마주한 고적에 얽힌 연원과 관련된 지식을 알고, 누정의 현판과 제영을 읽고 싶은 일상적인 것을 포함하며, 나아가 자신이 목도한 경치를 형용하며 그것이 불러일으키는 정회를 표현하고자 하는 욕구이기도 하다.

〈금행일기〉에서 보면, 작가 은진 송씨는 기행체험을 글로 표현하고 싶어한다. 여행체험인 〈금행일기〉를 쓰면서 되도록 많은 것을 글로 담아내고 싶어하며, 자신이 쓴 글의 완성도를 높이고 싶은 의욕을 보인다. 이것은 결국 자신을 드러내는 자기표현의 욕구라 할 수 있다. 이 욕망은 이 작품을 지배하고 있는 가문 혹은 가족이라는 전체성을 추구하는 보수적 의식만으로는 충족될 수 없는 욕구이다.

이 시기 양반가 여성이 글을 쓴다는 것은 권장사항이 아니었다. 은진 송씨도 집안 인물로부터 쓴 글을 없애버리라는 권유를 받는다. 하지만 은진 송씨는 글을 남기고 싶고, 지적으로 성장하고 싶은 욕구를 지닌다. 그로 인해 사대부가 여성으로서의 덕목에 충실해온 작가는 그 덕목이 포용할 수 없는 욕망으로 인해 갈등하면서, 개인의 가치와 집단의 가치가 마찰할 수 있다는 점을 인지한다. 즉 은진 송씨는 가문 의식에 기대어 있는 사대부가 여성이지만, 개인의 지적인 성장을 허용하지 않는 것에 대한 심리적 갈등을 느끼고 있다.[10] 이와 같이 규방가사 작자들에게 양반가 부녀로서의 정체성에 균열을 일으키는 직접적 요인은 지적 욕망이다.

이러한 갈등의 부면이 기행가사에서 부각되고 있는 이유는 사대부의 정신사적 흐름과 결합되어 있는 산수유람 문화와 연관되어 있다. 산수유람이 문장력에 기여한다는 전통적인 유가의 인식으로 인해 산수를 유람하는 여성들은 자연스럽게 글을 남기고 싶은 욕망을 품고 있다. 그리하여 글을 남기지 못할 때 지적인 결핍감과 함께 새삼스럽게 지적 욕망을 환기하고 있다.

또한 산수 유람은 산수를 심미적으로 완상하며 즐기는 심미적 체험인 풍류에 대한 욕구를 동반한다. 여행지의 산수를 완상하며 고양된 흥취를 통해서 그 정취를 읊는 것이어서 풍류와 글쓰기는 밀접한 연관을 맺고 있다. 그리하여 승지인 산이나 강을 유람하는 경우, 고인의 풍류를 떠올리며 자신들의 놀음을 이에 견주어 격상시키고 있다.

이때의 풍류는 조선시대 이래 사대부 계층의 문화양식이자 그들의 유희행위를 대변하는 미학적 용어로서[11], 문화적 교양으로 자리잡고 있는 것이다. 또한 풍류는 유자의 교양을 대표하는 시서화 삼절의 실현을 추구하는 문화적 행위로 보편화된다.[12] 이점에서 산수 유람은

---

10) 유정선, 앞의 책, 2002, 213~214면.
11) 서지영, 「조선후기 중인층 풍류공간의 문화사적 의미-서구 유럽 '살롱'과의 비교를 통하여-」, 『진단학보』 95, 진단학회, 2003, 285면.
12) 서지영, 위의 논문, 286면.

궁극적으로 시작(詩作)과 연결되며, 빼어난 시를 남기는 것이 목표가
된다. 규방가사에서도 산수를 유람하며 유람의 정취를 글로 표현하고
자 하는 욕구가 강하게 표명된다.

> 심양강 단풍빗흔 두주미가 노라잇고
> 적벽강 추야원의 소동파 노라시니
> 원만한 운리동반 임진강의 노라보시
> 악양누 식후경의 우리내 준비여라 딘솔풍유 지어내니
> 셕숭의 초판인가 수륙조초 풍족ᄒ고
> 호아당취 환미주는 이퇴빅의 호흥니오
> 수륙진찬 홍문연은 왕잔치 말도말고
> 청원한 목소리로 빅구조초 한즌먹고
> 헌조ᄯ라 글데낼졔 일비일비 부일비라
> 시운니 일천수라 시경의 읍귀신이오
> 필람의 경풍위라 음풍농월이 진일ᄒ니
> 경일망귀 ᄒ여보시 청산은 그림도여
> 조회우희 단청니오 녹수는 글이도여
> 술잔의 쩌러지내 셔산의 낙일ᄒ고
> 연녕니 침수ᄒ니 아연히 파연ᄒ고
> 주인덕 ᄎᄌ오니 예천동네 거동보소
> 셔연니 마조나와 우스며 반긴말ᄉᆞᆷ
> 당안대도 너른골목 만경창파 울울한대
> 나의노러 드러보소 천지디간 만물듕의
> 여공방젹 직업니오 ᄌ녀치산 골몰듕의
> 불출문뎡 ᄒᆞ옵거든 이몸니 여ᄌ도여
> 치마두른 사군지라 하방의 녀ᄌ분내
> 내노릇 ᄒ계ᄒ소
>
> —〈종반송별〉

임진강 선유를 즐기는 스스로의 모습에 대해 적벽강 소동파와 심양강 두보의 풍류에 비겨 '진솔풍류를 지어낸다'고 표현한다. 그리고 놀음이 진행되면서 흥취가 난만해지자 술을 음미하며 글제를 내어 시를 짓는다.

이때 술을 마시며 경치를 완상하는 것은 고도한 풍류의 경지이다. 이백과 도연명의 술에 관한 고사에서 술은 감각적 쾌락을 지시하기보다는 군자로서의 위풍을 드러내는 도도한 흥취 속에 속세의 명리로부터 초탈한 형상을 지시한다. 또한 시주객(詩酒客)이라는 어휘가 보여주듯이, 술과 결합한 산수 유람은 시작(詩作)과 연결된다.[13)

이와 같이 여성들의 놀이공간에서 여성들은 경치를 완상하며 술을 향유한다. 이때 여성들은 자신들의 놀이를 선인의 풍류와 동일시하면서 술을 마시고 승지를 완상하곤 한다. 술 또한 단순히 즐기기 위한 쾌락적 요소가 아니라 사대부의 문화적 교양을 구성하는 기호이며, 이런 점에서 술과 결합한 경치완상은 주류문화의 배타적 영역으로 인식된다.[14)

그러므로 여성들이 유희현장에서 선인의 풍류와 동일시하며 경치와 술을 향유하는 태도에는 남성들의 특권화된 체험의 영역이 여성들에 전유되는 상황을 표현함으로써 가부장적 가치에 반발하는 즐거움[15)을 내포하는 것으로 보인다. 이는 경치의 심미적 완상과 술의 향유를 통해 문화적 교양을 대등하게 공유하고자 하는 의식을 보여준다.[16)

그리고 이는 자연스럽게 글쓰기에 대한 욕망표출로 나아간다. 이어

---

13) 유정선, 앞의 논문, 2009, 71면.
14) 유정선, 앞의 논문, 2009, 72면.
15) 백순철, 「규방가사의 작품세계와 사회적 성격」, 고려대학교 박사학위 논문, 2001, 61면.
16) 유정선, 앞의 논문, 2009, 74면.

지는 종제의 발언으로서 자신을 '치마 두른 사군자'라고 말하고 있는 것도 글쓰기에 대한 욕망과 문장력에 대한 자긍심을 드러내는 것이다. 이와 같이 규방가사에서는 산수를 유람하며 글쓰기에 대한 욕구를 표출하고 있는 경우가 많다.

〈금광유람가〉에서도 금강산을 유람한 일을 상기하면서 글귀 한자 없었던 것에 아쉬움을 느끼고 있다.

> 우리비록 여즈들스 글귀한ㅈ 업단말가
> 경성와셔 싱각ᄒ니 제일상상 금봉우의
> 동셔남북 망견턴일 몸가쳥상 아일런가
> 잇긔아닌 비로봉은 팔월상설 비비한더
> 일쳑은 넘젹된덧 일낙셔산 히가져셔
> 지쳑이 분간업시 십이보힝 빙판즁의
> 어리거던 그형상이 몽즁이도 역역ᄒ니
> 신만물 구만물은 별유쳔지 거긔로다
> 소진장의 아니어던 이곡졀을 셤길손가
>
> 　　　　　　　　　　　　　　　　　　－〈금광유람가〉

'우리가 비록 여자이지만'－이 표현에는 본격적인 교육을 받지 못했다는 자의식이 깔려 있다. 그러면서도 금강산을 유람하며 '글귀 한자'도 없었다는 것에 아쉬워한다.

이외에 여성이 지은 기행가사 작품들을 보면, 산수 유람을 한 후 글귀를 남겨야 한다는 의식이 강하다. 근대에 지어진 작품들뿐만 아니라 정확한 창작시기가 밝혀지지 않은 다른 작품들 중에서도 그러한 의식을 확인할 수 있다.

> 딥신을 곳쳐신고 회정을 할나ᄒ니
> 무안코도 참괴ᄒ다 명순승디 차자왓셔
> 글한귀 업ᄉ신니 포적이 무엇신고
> 산셕도 부당ᄒ고 노졍기도 근사하지
> 둿고말고 디여닌니 타인쳠시 엇드할사
>
> ─〈슈곡가라〉[17]

'명산승지를 찾아와서 글 한귀 없으니 무안하고 참괴하다'고 할 만큼 글쓰기에 대한 욕구를 강하게 표현한다.

> 기약업시 떠나오니 헛부다 여신이여
> 여자됨이 극분하다 이처럼 좋은풍중
> 표현못할 이네심정 글한귀을 못을프니
> 살앗다고 할것이랴 천비같은 여자몸이
> 못배움이 자탄일세
>
> ─〈청양산유람가〉[18]

청양산은 퇴계의 고장에 위치한 산으로 사대부들의 유산 문화의 중심에 자리하는 장소이다. 그러므로 더더욱 "이처럼 좋은 풍중 표현 못할 이네 심정 글 한귀을 못 을프니"라 하여 글로 표현하고 싶은 지적인 욕망을 토로한다. 이러한 욕망으로 인한 결핍의식은 "살앗다고 할것이랴"·"여자됨이 극분하다"·"천비같은 여자몸"과 같은 자기비하에 이를 만큼 강렬한 것이다.

---

17) 고전자료편찬실 편, 『규방가사Ⅰ』, 한국정신문화연구원, 1979, 539면.
18) 고전자료편찬실 편, 위의 책, 575면.

　　　　양류는 영농ᄒ여 청소를 드리온닷
　　　　두견화는 만발ᄒ여 홍금댱 둘어친닷
　　　　경니로온 강산이요 화둥편디로다
　　　　시졀이야 됴타마는 풍유쥑이 부럽도다
　　　　눈성흔 소경이라 구경을 어이ᄒ리
　　　　다시셩글 안즐방이 녹일길이 젼혀업다
　　　　그러흔 됴흥풍경 안면의 거러두고
　　　　건곤졍기를 흉둥의 너허두고
　　　　유곡을 읍허닉야 치필노 그리고져
　　　　녀ᄌ의 분외시라 셜운ᄆ음 뿐이로다

　　　　　　　　　　　　　　　　　　　-〈녀ᄌ탄〉[19]

　　자탄가 계열 작품인 이 작품에서도 좋은 풍경을 걸어두고 "유곡을 읍허닉"고 싶지만 여자의 분외사(分外事)로 의식하여 "셜운ᄆ음"만 드는 것임이 드러난다.

　　　　어와 동유야 이내말 드러보소
　　　　완우군 안졍연은 유샹곡슈 긔록ᄒ고
　　　　당한님 이젹션은 총손구일 시를짓고
　　　　송나라 소ᄌ첨은 젹벽부 지어서니
　　　　우리난 여ᄌ이라 견문이 쳔단하야
　　　　후셰의 견할글을 지을도리 업건마안
　　　　명구승지 노든ᄌ최 무셩무취 훗터질가
　　　　오쥬명월 샹ᄉ야의 글속의 여러벗님
　　　　면목을 샹디하야 슌식으로 보스이다

　　　　　　　　　　　　　　　　　-〈귀쳔긔힝 다젼딕 슈쟉〉[20]

---

19) 권영철 편, 『신변탄식류 규방가사』, 효성여대 출판부, 1985, 112~113면.

우리가 여자라서 견문이 일천하여 후세에 전할 글을 지을 능력은 없지만 승지를 놀았던 자취를 글로 남겨야 한다는 의식은 확고하다.

이와 같이 지식의 결핍에 대한 의식은 깊고 근원적인 것으로, 여성 존재로서의 근본적인 자의식을 환기하며 그로 인한 결핍감을 절실하게 느끼게 하는 것이다. 특히 산수를 유람한 경우에 강한 표현 욕구를 느끼고 있다. 그것은 사대부 풍류의 모방과 재현으로 나타나기도 하는데, 이는 사대부 문화라는 전통적인 유교문화를 내면화해온 향촌여성이 그 지적 욕망을 표출한 것으로 볼 수 있다.

개인문집을 간행한 최송설당은 한시 작품에서 보다 분명한 목소리로, '내세에는 충효 가문에 남아로 태어나 성군을 보필하는 어진 신하가 되고 싶을 뿐 아니라 성덕을 백세에 남기는 문장가가 되고 싶다'고 말한다.

> 내세엔 무슨 인과를 얻을 것인가
> 충효 가문의 활달한 사람이고 싶네.
> 한가지로 현량한 이윤과 부열의 짝 되어
> 태평성대에 요임금을 만나고 싶네.
> 동서 사업 다 경영한 뒤에
> 백세에 남길 성덕 달문으로 펼치리.
>
> —〈자술(自述)〉[21]

또 다른 작품에서는 충성에 대한 가치를 노래하면서도 문장 역시 **빼놓을** 수 없는 지향점임을 밝히고 있다.

---

20) 권영철 편, 위의 책, 346면.
21) "他生故得何因果, 忠孝家中快活人, 共作伊傅侶, 遭逢聖代帝堯君, 東西事業經營後, 百世遺芳發達文.",〈自述〉, 『松雪堂集』권1.

> 문장에는 이백과 두보라 일컫고
> 지략과 기량은 관우와 장량이라 말하네.
> 태평성대엔 가락을 울리고
> 난세엔 충성과 선량함을 다하리.
>
> ―〈자회(自懷)〉[22]

아마도 이러한 지적 욕구, 특히 '달문'(達文)으로 표현되는 문장에 대한 욕구로 인해 개인 시문집을 간행했으리라고 판단된다. 이러한 여성들의 지적인 욕구는 기행가사의 창작을 추동해 왔으며, 그 결과 기행가사 작품에는 여성들의 자기표현의 욕구가 반영된다.

결과적으로 여성 기행가사는 여행이 주는 보다 본원적인 욕망을 드러내며 자기반성의 진지함과 여성 존재로서의 자의식을 투영한다. 여성 간 고유한 연대의식과 경물에 새겨진 삶의 실감 등이 실려 있기도 하다. 그리고 문학에 대한 욕망과 자기표현의 욕구는 양식적인 면에서 공간이 조성하는 분위기와 정조의 확장적 재현, 다채로운 형용과 수사, 대화체와 구어체의 자유로운 삽입을 유도한 것으로 보인다. 이와 같이 기행을 다룬 규방가사 작품들은 여행의 본질적인 의미를 실현하며 여성 자신들만의 고유한 영역을 구축해 왔다.

2) 개인의 언어와 사회적 존재로서의 욕망

근대에 이르러 비로소 여성들은 바깥나들이가 자유로워진다. 외부로 나가는 여행은 집안에 갇혀 있던 여성에게 자연스레 외부로 눈을 돌리고 바깥세상을 생각하게 한다. 여자로 태어난 것, 여성 존재론적

---

22) "文章稱李杜, 將略說關張, 盛代鳴音律, 亂世竭忠良." 〈自懷〉, 『松雪堂集』 권1.

삶에 대해 새삼스럽게 반추하면서 사회활동의 제약에 대해 생각해보고, 사회적인 인정 욕구를 확인해보는 것이다.

근대에 지어진 규방가사에서는 특히 막연한 남성선망의식으로 표현되던 사회적 존재로서의 욕망이 구체적인 실체로서 부각된다. 여성의 기행가사 속에서 그것은 유교의 공동체적 가치를 추구하며 동분서주하는 '개인'의 모습으로 부각된다.

앞서 〈금행일기〉에는 문면에 드러난 언술의 이면에 작가로서의 욕망이 투영된다. 집안에 머물러 있는 것에서 바깥으로 나오는 여행은 자연스럽게 사회활동에 대한 욕망을 불러일으킨다. 외부로의 공간 이동이 집안에서의 폐쇄적 생활과 그간 제약 받아온 생활에 대해 생각해 보는 계기를 제공하고 있다. 작품에 깔려 있는 지적인 욕구는 하나의 개별적 주체로서 자신의 지적인 성장이 허용되지 않는 것에 대한 심리적 갈등을 안고 있다. 이는 외부체험으로서의 여행이 구경의 욕구와 지적인 욕구와 맞물리면서 내재되어 있었던 욕구인 자기실현의 욕구를 떠올리게 하고 있기 때문이다.[23] 그리고 자신이 보고 들은 내용을 문장으로 드러내고 싶은 욕망을 표출한다. 이는 곧 문장력이 입신양명의 한 수단으로 기능해 왔던 전통 속에서 사회적 존재로서 활동하고 싶은 욕망과 접맥되어 있다.

근대 여성기행가사에서 이러한 욕망으로 인한 동요의 진폭은 더욱 커졌다고 할 수 있다. 가사를 지은 여성들은 전통적인 삶을 살아가는 향촌 여성인 경우가 대부분이다. 조애영의 경우 여학생의 신분에서 결혼과 함께 향촌여성의 삶으로 돌아간다. 〈해인사유람가〉에서는 늘

---

23) 유정선, 앞의 논문, 2002, 212면.

그막에 겨우 여행에 나섰음을 밝히고 있다.

　하지만 전보다 자유로워진 사회분위기를 타고 신여성들의 사회진출이 이루어지는 상황에서, 향촌여성들도 사회적 존재로서의 욕망을 품고 있다.

　따라서 기행가사 중 국가에 대한 의식을 드러내는 〈금강산기행가〉, 가문에 대한 지향을 보여주는 최송설당의 기행가사들 역시 공적인 주체로서 사회적 활동에 대한 욕망을 내포한다. 여기서 국가와 가문에 대한 지향은 그 이면에 개인적 주체로서 대외적 활동을 향한 욕망을 함축한다. 특히 최송설당의 기행가사는, 전통적 가치를 내면화한 여성이 사회적 욕망을 실현해 가는 삶을 현시한다. 앞서 살펴보았듯이 최송설당의 많은 작품들이 선조의 묘를 찾아내어 봉심하고 비석을 세우며 느끼는 감회에 대해 읊는다. 기행체험에 대한 자신의 느낌이나 생각을 드러내는 것을 위주로 한다. 그 작품 내용은 주로 가문의 위상 정립에 집중하고 있지만, 그 기저에는 역시 개인의 사회적 자아실현 욕구가 투영된다.

　따라서 최송설당의 기행가사는 가문의 수호, 가문의 유지와 존숭에 온힘을 쏟으면서도 그 이면에 여성이면서 한 개인의 독립된 주체로서 서고자 하는 열도가 자리한다. 송설당의 다음 시 〈기몽(記夢)〉은 장시인데 그 중의 한 대목이다.

> 태어나길 부녀의 몸 되어
> 풍상에 절로 분주하고 골몰하였네.
> 밤낮으로 늘 기를 펴지 못하고
> 육순을 한결같이 살았네.
> 입신양명은 본래 길 없으니
> 사업인들 하물며 기약할 수 있으랴.[24]

　　여성으로서 살아온 이력을 밝히며 그로 인한 고충으로 여성에 대한
사회적 인식으로 인해 '늘 기를 펴지 못하고 육순을 살아왔다'고 고백
한다. 그리고 입신양명은 본래 길이 없어 대신 사업에 투신하고 있지
만 그 사업마저도 여성이기에 힘들다는 점을 말한다.

　　실제 삶 속에서 교육 사업에 투신했던 송설당에게는 교육 사업이
충효의 구현을 위한 방편으로 기능하고 있지만, 그 충효이념의 실현
을 다름 아닌 자신의 힘으로 이루고자 했던 의지를 볼 수 있다. 자신
의 일생을 돌아보고 있는 가사 〈자술(自述)〉을 다시 살펴보자.

　　　　　우리부모 나를나셔 구로ᄒ여 기르실제
　　　　　손바닥에 진쥬쳐럼 품가온디 명월쳐럼
　　　　　ᄉ랑키도 긔지업고 익기기도 한량업다
　　　　　륙월염텬 더운날과 엄동셜한 치운쩌에
　　　　　의복음식 쳘을짜라 아모쏘록 몸이편케
　　　　　쟝셩토록 길넛스니 니아모리 녀ᄌ라도
　　　　　부모은혜 이즐소냐 하물며 우리부모
　　　　　쳐음으로 나를낫코 련셩이녀 ᄒ신후에
　　　　　싱남긔망 다시업셔 우리조샹 죵손으론
　　　　　우리집이 맛집이오 우리부친 소셩으론
　　　　　니가맛쫄 명식이라 엇지감히 쇼홀ᄒ리
　　　　　(중략)
　　　　　무신년 오월일에 쳔묘슈축 립셕ᄒ고
　　　　　문호를 셩립코져 원근종죡 다모아다
　　　　　뢰고를 불고ᄒ고 농업ᄌ는 뎐답쥬고

---

24) "生爲巾幗身, 風霜自奔泪, 晝宵常蹙蹙, 六旬如一日, 立揚本無路, 事業況可必-", 〈記
　　夢〉, 『松雪堂集』 권1.

학업ᄌ는 공부식여 일문을 안보ᄒ고
편친을 위로ᄒ니 희한ᄒ고 깃부건만
우리부친 못뫼신일 평싱에 흔이로다
뎡쥬션쳔 루더분묘 엇지ᄒ야 셩알ᄒ고
쥬야로 동동타가 갑인츈 이월일에
질아셕티 발숑ᄒ야 일빅ᄉ년 실젼션묘
봉심ᄒ고 도라오니 엇지 아니 만힝인가
십셰젼에 식인마음 각분묘를 봉츅ᄒ고
비셕상셕 비치ᄒ니 우리죠종 루더령혼
만분일을 위로ᄒᆯ가

송설당이 가문을 수호하고 빛내고자 하는 인식은 무엇보다 전통적인 이념인 효에 대한 도리로부터 비롯되고 있다.[25] "너아모리 녀ᄌ라도 부모은혜 이즐소냐" · "우리부친 소싱으론 너가맛쏠 명식이라 엇지 감히 쇼홀ᄒ리"라 하여 여자이지만 부모은혜에 대한 도리를 행하는 것이 마땅하다고 말한다. "문호를 셩립코져" 집안의 지주를 일으켜 세우기 위해서 아들이 없는 집안이므로 여성임에도 그 의무를 다하였다고 읊고 있다. 송설당은 충효, 가문에 대한 도리와 같은 유교적 가치를 내면화하고 있다.

이렇게 여성이면서도 한 가문의 정신적 지주로 살아왔으나, 거기에는 여성이기에 고달픔이 따랐고 사회적 자아로서의 욕망을 실현하기에는 한계가 많았다. 송설당의 사회적인 활동 욕구를 볼 수 있는 다음 작품에서는 '사회적 존재로서의 여성'에 대해 읊는다.

25) 백순철, 「규방가사와 근대성의 문제」, 『한국고전연구』 9집, 한국고전연구학회, 2003, 49면.

반도강산 삼천리에 이쳔만즁 운운흐즁
나도민족 일분즈로 일편령더 갓췃것만
인간삼락 됴타흔들 니몸이 녀즈되고
삼죵지의 지즁흐나 니몸에는 관계업다
풍상고락 부지즁에 어언광음 륙순이라
빅발이 공도되니 홍진만스 쯧이업너
우리휜당 만셰후에 삼상을 맛치거든
만겹즁에 잠긴신톄 칠원호뎝 화희가셔
츠셰샹에 싸인흔을 명명흐신 샹뎨견에
츠례츠례 발원흐야 빅두산하 남향나라
삼쳔리 화즁셰계 효즈츙신 격션가에
쟝부몸이 되야나셔 스셔삼경 륙도삼략
츠뎨셥렵 능통커든 이부쥬소 스승삼고
요슌우탕 님군맛나 국가스업 다흔후에
동셔양의 위인으로 류방빅셰 흐야불가

'효자 충신 적선가에 장부몸이 되어서'라 하여 일종의 남성선망의
식을 보여주는데, 이는 국가사업을 다하고자 하는 사회적 욕망으로
인한 것이다.

이와 같이 여성 기행가사는 집안이라는 테두리에 갇혀 있는 여성들
이 외부로 떠나는 여행으로 나타난다. 그리고 이때의 외부는 여성에
게 지난 삶을 되돌아보고, 사회적 존재로서의 욕망을 환기하는 계기
가 되고 있다. 송설당의 경우는 기행이 사회적 존재로서의 욕망의 실
현태로 나타나고 있다.

4장 : 작자층의 성격

　1900년대 이후 지어진 근대 기행가사의 작가들은 신문잡지 매체를 중심으로 중앙문단에서 활동한 신지식인들과 달리, 향촌의 유교지식인들과 향촌 여성들이 다수이다. 전통장르인 가사의 향유층은 향촌의 유교지식인과 규방가사의 중심 담당층이었던 향촌 여성이 중심이 되고 있다.

　19세기 기행가사의 작자층은 사대부층과 여성, 불교신자를 포함한 서민층으로 추정되는 무명씨들로 나타난다. 사대부 작가들의 경우 19세기에 이르러서는 경화사대부와 경화를 지향하는 향촌사대부들을 중심으로 창작되었다. 즉 19세기에 들어서 기행가사 작자층은 경화사대부들로 집중되는 경향을 띤다. 19세기에 들어 경화사족권이 실질적으로 관직부임뿐 아니라 승지유람과 사행 등의 기회를 독점해가는 현상을 반영한 것이다.[1]

---

[1] 유정선, 앞의 책, 2007, 185면.

당시에 경화사대부들 사이에는 도시적 소비생활과 연관되었던 청조 고증학과 청조 문물이 풍미하고 있으며, 전통주자학과 주자주의의 절대성이 허물어지고 있었다. 이러한 당대 경화사대부의 대외인식은 기행가사에 반영되어 대청인식의 변화 속에서 청조문물을 인정하는 의식을 보인다. 그러면서도 예의지국으로서 문화적 우위의식이 강하여 문화적 자존의식을 보이고 있다. 그렇지만 상대적으로 경화사대부들은 이러한 한계에도 불구하고 오륜과 대명의리론 등 복고주의적 의식을 강화하면서 향유로서의 위치를 고착시키고자 한 향촌사대부의 보수성에서는 벗어나는 성향을 보여준다.[2]

이와 같이 19세기 기행가사 작가들은 도시의 진보적 학풍과 시대적 분위기를 호흡하며 당대에 새롭게 부각된 문화적 가치를 수용하고 기존의 엄숙한 도학적 근본주의에서 벗어나는 의식세계를 보여주었다.

그런데 20세기에 접어들어서는 향촌의 유교지식인과 향촌여성을 중심으로 창작되고 있으며, 이들 중 일부는 새롭게 부여된 지위에 대한 명칭들인 언론인, 예술가, 교육사업가 등으로 호명되기도 한다. 여성들의 경우에는 극히 일부이기는 하지만 공적 영역인 사회에 진출하여 사회적 지위를 획득하는 여성들이 출현한다. 이에 따라 여성들의 문화적 지위를 지시하는 구여성, 신여성의 용어들이 부상하고, 여성들 간 사회적 위계가 형성되기 시작한다.

---

2) 유정선, 앞의 책, 2007, 200~201면.

1. 작자층의 구성

작자층의 구성은 중앙관료층, 향촌유교지식인, 향촌 여성 등으로
나누어볼 수 있다.

1) 중앙관료층

조선 말기 1900년대 작가인 이태직과 이종응은 중앙의 관료층에 속
한다. 근대 기행가사 중 초기 작품들을 지은 이들은 유학과 한문학을
중심 과목으로 하는 과거제의 마지막 주자들로서 관계에 진출하고 있
다. 이태직과 이종응은 상대적으로 이른 시기인 1900년대에 외교적
직임을 수행하며 외국여행의 경과를 가사로 읊고 있다. 이들은 외국
기행의 목적이 공적 임무라는 점에서 공통된다.

이태직(李台稙 : 1859~1903)은 호는 설정(雪汀), 본관은 한산(韓山)이
다. 현종 때 관북과 관서 지방의 국방에 공을 세운 한흥군(韓興君) 이
여발(李汝發)의 6대손이다. 부는 승기(承耆)로서 1852년 진사시에 합격
한 후 출사하지는 못하였다. 조선공사관 참서관(參書官)에 임명되어
일본에 1년 동안 다녀온다. 그 뒤에 관계에 진출하여 평안남도 양덕,
강원도 증산 등지의 고을 원을 지냈다고 한다.

이종응(李鍾應 : 1853~1922)은 본관이 전주이며, 철종 4년에 경기도
수원에서 내장원경(內藏院卿) 이명식(李明植)의 장남으로 태어났다. 중
종대왕의 11대손으로 관직은 무과에 급제한 뒤 사헌부 감찰을 지낸
후 정3품 통정대부에 올랐다. 1896년 궁내부 소속 시종원 시어(侍御)

에 임명되었다. 그는 1902년 종실인 이재각 부영(赴英) 특명대사의 수행원에 발탁되어 영국사행을 수행했다. 이때 이종응의 나이는 50세로 수행원들 중 가장 연장자이다.3)

이를 보면 이종응은 무관으로 관직에 올랐으며, 영국에 수행원으로 다녀온 이후에는 별다른 관직활동은 하지 않은 것으로 보인다.

2) 향촌 유교지식인

다수의 근대 기행가사는 이들 향촌의 유교지식인들에 의해 지어진다. 1894년 과거제의 폐지 이후로 향촌의 유교지식인들이 중앙의 정계에 진출할 기회는 많지 않았던 것으로 보인다.

김한홍(金漢弘 : 1877~1943)은 호는 하산(河山)이고, 김령 김씨로서 단종복위운동에 가담하여 처형된 백촌 김문기의 15대손이다. 1894년 향시에서 장원을 한 바 있고 26세 경북 영덕에 거주하다가 1903년 미국으로 건너간다.4) 진주에서 하와이 사탕수수밭 노동자 모습 광고를 보고 그 길로 상경, 인천에서 배를 타고 하와이로 향했다고 하고 있다. 하와이에서 농장 노동자로 일하다가 당시 대한제국 주 하와이 영사관 협의부 서기직을 역임했다고 한다. 1905년 을사조약으로 외교권을 박탈당하자 그 길로 샌프란시스코로 건너가 장사를 하면서 3년간 미국의 문물을 섭력하고 1908년 귀국, 향리에서 칩거했다고 한다.5)

---

3) 김원모, 「이종응의 『서사록』과 『서유견문록』 해제」, 『동양학』 32집, 단국대학교 동양학 연구소, 2002, 127면.
4) 박노준, 「해유가의 세계인식」, 『한국학보』 64, 일지사, 1991, 194~239면.
5) 김녕 김씨 인터넷 종친회 ; 박애경, 앞의 책, 187면 재인용.

하지만 영사관 직원으로 근무했다는 일에 대해서는 그 진위 여부에 대해 의견이 엇갈리고 있다. 당시 역사적으로 한국영사관이 설치되지 않았다는 사실에 비추어 하와이 영사관 직원 근무는 사실이 아니라고 보는 입장이 있다.[6] 반면 하와이 이주 동포들이 권익옹호와 상호 교류 및 친목 도모를 위해 자발적으로 비공식적인 교민단체를 만들었을 가능성을 제기했다.[7]

또 샌프란시스코에서 장사를 하였다는 작품 속의 언급이 실은 허구적 언술로 가사작품 속의 문학적 장치로 보는 견해도 있다.[8] 하지만 당시 하와이 노동이민자들 다수가 이후 미국 본토인 캘리포니아로 이주했다는 관련 기록들[9]을 참조할 때 샌프란시스코에서 상업에 종사했다는 작품 속 언술은 신빙성이 있어 보인다. 더욱이 당시까지 사농공상에 대한 계층의식이 뚜렷했으므로, 향촌의 유교지식인이었던 저자가 굳이 사실이 아님에도 상업에 종사했다고 언술했을 가능성은 적어 보인다.

손자 김대두(金大斗)의 회고에 따르면 김한홍은 『삼천리』나 『신동아』 같은 월간지를 구독하는 등 신문물에 관심을 가지기도 했으나 전체적으로는 별다른 사회활동을 하지 않고 칩거하며 일생을 마쳤다고 한다.[10]

---

6) 당시 역사적으로 한국영사관이 설치되지 않았다는 사실에 비추어 하와이 영사관 직원 근무는 사실이 아니라고 본다. 김원모, 앞의 논문, 2002, 130면.

7) 박노준, 앞의 논문, 1991, 146면.

8) 김윤희, 「미국 기향가사 〈해유가〉의 문학적 형상화 양상과 시대적 의미 」, 『고전문학연구』 39집, 한국고전문학회, 2011.

9) 당시 하와이에는 1903년 1월 사탕수수 농장의 노동자로 101명의 조선인이 처음 이주한 후 1905년까지 7,226명의 조선인이 이주하고 그중 2천여 명이 미국 본토로 다시 이주하여 캘리포니아 지방에 주로 정착한다. 김형규, 「일제 식민화 초기 서사에 나타난 해외이주 형상의 의미」, 『현대소설연구』 46, 한국현대소설학회, 2011, 114면.

이홍구(李洪九 : 1879~1944)는 호는 호은(湖隱)이고 연안 이씨로 자세한 행적이 밝혀지지 않았다. 문집『호은공유고(湖隱公遺稿)』가 전한다. 이 문집을 엮은 후손 이인영(李璘寧)은 서문에서 이 책을 엮은 동기를 밝히고 있는데, "팔세 조상인 동추공(同樞公) 이후 남겨진 문헌이 미미하거나 전무하여 집안의 내력을 전하기가 어려우므로 조금이라도 그 흔적으로 모아 이어간다"고 하였다.11) 이를 보면 학문적인 조예가 있었으나 이미 일찍부터 영락한 집안이었음을 알 수 있다. 문집에 함께 실린 시 작품 중 〈선운사유림연성회음(禪雲寺儒林鍊成會吟)〉이라는 제목의 시는 호은이 향촌의 유림이었음을 보여준다.

장일상(張一相 : 1897~1962)은 장희당의 2남 2녀 중 장남으로 경북 칠곡에서 태어났고, 경북에서는 이름난 문장가였다. 조부는 회당(晦堂)이라는 시호를 받은 것으로 알려졌으며 원래는 경제적으로 여유가 있는 집안이었으나, 작자의 아버지와 작자 두 대에 걸쳐 벼슬도 하지 않고 다른 생업에도 종사하지 않았다고 한다.12) 이로 볼 때 향촌의 유교지식인으로 공직에 나아가지 않은 것으로 추측된다.

심복진(沈福鎭)은 충남 보령의 유교지식인으로 일본의 문명시찰단에 참가하여 다녀왔다. 〈동유감흥록〉에 당시 경학원 대사성인 김완진이 서를 쓰고 있으며, '자태가 괴위하고 재주가 명달하다'는 평을 남기고 있다. 중앙의 경학원이 실질적으로 향촌유림의 감독기관이자 대

---

10) 김한홍, 『해유가』 유고간행위원회, 1996.
11) 조태성, 앞의 논문, 2006, 134면.
12) 이선옥, 앞의 논문, 1973, 275면.

표기관이라는 점과 작품 속 유교적 소양을 고려해 볼 때 향촌의 유교
지식인이었음을 알 수 있다. 그의 공직 기록은 문명시찰 견문기인
〈동유감흥록〉을 발표한 이후인 1928년부터 나타난다. 일본 문명시찰
을 다녀온 이후인 1931년에는 충남 보령군 외천(隈川) 우편소장을 지
냈던 것으로 보인다.13) 또한 1928년부터 1940년까지 재직했던 조선
총독부 및 직속기관의 직원록 자료를 보면 경성우편분장 지역 내 우
편소 충남 웅천 우편소장을 지냈고, 직급은 12급에서 시작하여 6급까
지 승진한 것으로 보고되고 있다.14) 이를 보면 향촌의 유교지식인으
로서 〈동유감흥록〉이 계기가 되어 향촌의 우편소장이라는 관직에 나
아간 것으로 추측된다.

금상기(琴相基 : 1881~1954)는 호가 석호(石湖)로 경북 봉화에서 태어
났다. 1905년부터 1907년까지 충청도관찰부 주사를 지내다가 그만
두고 귀향하였다. 그후 학문을 연구하고 후학을 지도하였다. 필법에
정진하여 누대정각에 쓴 편액이 많은데, 그 원본을 인출한 대자첩 2
책을 남기고 있다.15)

3) 기타 : 서화가, 언론인, 불교계 지식인

김규진(金圭鎭 : 1868~1933)은 호가 해강(海剛)이며 서화가로서 근대
미술사에서 주요한 인물로 자리매김 된다. 전통적인 문인화가에서 근

---

13) 1931년 5월 10일 『동아일보』 기사에는 시골인 충북 보령군 외천 우편소장 심복진이
　　회의 차 서울에 올라와서 돈을 잃어버린 사건이 실려 있다.
14) 박애경, 앞의 책, 275면.
15) 김기영, 앞의 논문, 2006, 214면.

대적 전업서화가로 전신하면서 근대 예술가로서 활발한 사회활동을 하고 있다. 김규진은 1901년 영친왕의 서화 사부가 되었고 1902년에는 조선 황실의 궁내부 관리로 영친왕을 가르쳤으며, 관리를 그만 둔 1907년 이후에는 서화가로 본격적인 활동을 펼친다. 영친왕의 생모인 엄비가 지원한 천연당사진관과 1913년 화랑 '고금서화관'을 운영하고, 1915년 개인그룹 '해강서화연구회'를 조직하여 서화가로서의 행보를 넓혀나간다. 즉 김규진은 20세기 초 대표적 서화가로 일제가 조선황실을 접수하는 시점에서 조선황실의 관리에서 면직되고 전문서화가의 길을 모색하였다. 그는 사진관 운영을 거쳐 1915년 화랑과 회비를 받는 학원 성격의 서화연구회를 조직 운영하면서 전업서화가로서 왕성한 활동을 펼쳤다.16)

당시의 공식적 기록들은 그가 사회적으로 인정받는 전업서화가였음을 보여준다. 1916년 기록에서는 어전 휘호회에 참석하고 있는 모습을 볼 수 있으며,17) 1920년대에는 전국을 관광하면서 서화 전람회와 휘호회를 열고 서화가로서의 입지를 넓혀가는 한편, 경제적인 문제도 해결하고 자신의 작품을 전국에 유통시키고 있다. 김규진의 개인 서화 전람회는 1919년 8월 금강산 장안사에서 처음 열렸다.18) 이어 『조선총독부관보』에는 해강이 조선미술심사위원으로 선정된 기사가 연이어 실려 있다.19) 또 『개벽』 48호(1924. 6. 1)에 실린 급우생의

---

16) 김기영, 앞의 논문, 2006, 225면.
17) '창덕궁 인정전에서 어전휘호회를 開' : 창덕궁 인정전에서 어전 휘호회를 개최하다. 오늘 참석한 서화가는 다음과 같다. 김규진(해강), 『매일신보』, 1916. 5. 27.
18) 미술세계 편집부, 「작가발굴-작가 김규진의 삶과 예술」, 『미술세계』 110호, 1991, 168~171면.
19) '김규진이 제2회 조선미술심사위원회 위원에 촉탁되다'(『조선총독부관보』, 1923. 4.

글 '서화계(書畫界)로 관(觀)한 경성(京城)'에서는 서화계의 대표인물로 "해강 김규진 씨의 서화연구가 있다"고 말한다. 『별건곤』 23호(1929. 9. 27)에는 청오가 쓴 〈경성오대종변정록(京城五大鍾辨正錄)〉에서 "보신각(普信閣) 3자는 최근 이태왕(李太王) 32년 3월 15일에 게(揭)하얏스니 해강 김규진의 필(筆)이다"라는 글이 실린다. 이로써 짐작해보면 해강은 당대에 서화가로서의 사회적 입지가 탄탄했음을 볼 수 있다.

해강이 지은 『해강일기』에는 1921년 6월부터 1923년 12월까지 작품 주문과 작품 가격이 기록되어 있다. 이 기록들을 보면 1922년 3월 25일 〈금강유람시〉 5폭도 판매된 기록이 있다. 이와 같이 김규진은 한국 최초로 윤단(그림값 목록)을 사용한 것으로 알려졌으며,[20] 경제적인 자립을 이룬 것으로 보인다.

이에 해강은 근대 우리나라 초창기 전업서화가가 출현하는 과정 속에서 문인화가에서 예술가이자 전업서화가로서 전신해 가는 모습을 보여준다. 20세기 이전에 서화가는 문인화가와 화원으로 나뉜다. 문인은 서화를 직업으로 하는 것이 아니라 여기로 하였고, 화원은 관청 도화서에 소속된 관리였다. 이제 20세기에 들어서 서화가 하나의 예술품이자 상품으로 판매되고 서화를 전문적 직업으로 하는 전업서화가가 등장한다. 서화가가 전문예술인 또는 전문작가로 취급된 것은 실상 20세기에 들어와서이다. 도시화와 상품경제에 힘입어 서화가 상품으로 취급되었고 부를 이룬 도시민들의 문화예술적 욕구가 늘어나

---

6) ; '김규진이 제3회 조선미술심사위원회 위원에 촉탁되다'(『조선총독부관보』, 1924. 5. 1)

20) 이성혜, 「20세기 초 한국 서화가의 존재방식과 양상」, 『동양한문학연구』 28, 동양한문학회, 2009, 255면.

316 근대 기행가사 연구

면서 서화의 상품화와 대중화가 이루어졌기 때문이다. 이런 환경은
전문서화가와 전문예술인의 탄생을 예고하는 것이다.[21]

  관에 소속된 신분에서 벗어나 전업서화가가 되기 위해서는 경제적
자립이 필수적인데, 해강은 경제적 자립을 통해서 초창기 전업서화가
로서의 면모를 보여주고 있다. 전국 각지에서 전람회를 열고, 전람회
에서 자신이 그린 그림을 판매한다. 그가 주문받은 작품은 대부분 사
찰의 편액과 주련이다. 그 외에도 정자의 편액이나 재실(齋室)의 편액
이 많다. 그가 전업서화가로 활동한 1920년대 10년간은 작품 주문이
나 수입의 면에서 전업서화가로서의 경제적 자립이 확보되었다고 할
수 있겠다.[22] 즉 자신의 작품에 대해 보수를 받는 근대적 예술인으로
활동하였다.

  홍언(洪焉 : 1880~1951)은 당대 지식인의 다양한 행보를 보여주는 또
다른 사례로서, 전통적 교육을 받은 후 미국으로 이주하여 독립운동
가로 전신한 경우이다. 19세기에 장편 사행가사 〈연행가〉를 지은 홍
순학의 아들이다. 홍언은 1880년 서울에서 출생하였다. 1902년 중국
으로 건너가 2년 동안 양지사무소(量地事務所)에서 사무를 보는 한편,
1903년 간도의 한 사숙에서 학생들을 가르치다가 1904년 귀국한다.
다음 해인 1905년 넷째 형 홍경표와 더불어 초기이민단에 합류하여
미국 하와이로 이민하여 사탕수수 농장에서 일하게 된다.[23]

---

21) 이성혜, 「서화가 김규진의 작품 활동과 수입」, 『동방한문학』 41집, 동방한문학회,
    2009, 3면.
22) 이성혜, 위의 논문, 220~224면.
23) 박미영, 앞의 논문, 2004, 79면.

이후 초기부터 도산 안창호와 함께 활동하였고, 다양한 영역에서 독립운동을 해온 독립 운동가로 활동하였다. 1909년 신한민보 편집진에 참여하였다. 이후 1911년 11월~1912년 6월 하와이 합성신보 주필, 신한국보 주필 등을 역임하였다. 1913년 흥사단 창립 멤버로 경기도 대표가 되었고[24], 1916년 북미총회 총무를 역임하였다. 특히 그는 1919년 3·1운동 이후 1920년부터는 재미 한인단체인 국민회와 이들의 기관지격인 신한민보에서 내각통일과 해외민족의 대동단결이 독립쟁취의 첩경이라고 하여 대대적인 모금운동을 시작하였다.[25] 홍언은 화교를 담당하는 위원이 되어 중국인 사회에 선전사무를 수행하게 된다.[26] 1940년에는 국민회 주필을 역임하였다.

홍언은 국내에서 전통적인 교육을 받고, 신학문에도 관심을 가졌으며 기독교 신자이기도 하였다. 그가 가사작품을 창작할 수 있었던 데에는 부친 홍순학의 가사 창작이 영향을 주었으리라고 추측된다. 1945년 미주 한인 고국 방문이 조직되었으나 여비가 없어 조국을 방문할 수 없었다고 한다. 그는 동해수부, 동해배우, 희옹, 추선, 리차드 홍 등의 필명을 사용하면서 신한민보에 논설, 시 소설 평론 등을 발표하였다.

---

24) 흥사단(단원 7인)이 샌프란시스코 패리가 232호 국민회관에서 창립되다. 창립위원장에 홍언 이사장에 안창호가 선출되다. 창립발기위원을 각 도 1명씩 정하다. 경기도 홍언, 『일제침략 하 한국36년사』 2권, 1913. 5. 13.

25) 박미영, 앞의 논문, 2006, 180면.

26) '대한인국민회중앙총회는 조국독립선언' : 대한인국민회 중앙총회는 조국독립선언의 소식을 듣고 미주 하아이 멕시코 재류 전체 동포의 대표회를 열다. 홍언, 김영훈, 임정우, 강영각들을 화교위원으로 임명하여 중국인 사회에 선전사무를 담당하게 함. 『재미한인오십년사』, 1919. 3. 15.

김일우(金日宇)는 불교신자라는 점 이외에는 자세히 알려지지 않았다. 하지만 당시 발간되고 있었던 불교잡지에 글들을 발표하고 있는 것으로 보아 전통 불교의 전승과 불교의 근대적 전화를 통해서 대중화에 관심을 가졌던 것으로 보인다. 『조선불교총보』 3호에 〈불교총보 발간에 대하야〉와 5호에 〈진봉사소신대석탑신축기〉 등을 발표하고 있다. 김일우가 글을 발표한 『조선불교총보』는 1910년대에 창간된 불교 잡지로 대중불교운동의 일환으로 창간되었으며, 한국 불교의 정체성 정립을 추구했던 것[27]으로 평가된다. 또한 작품 〈관악산유산록〉을 보면 불교 전통과 역사 사적에 해박한 지식을 지니고 있음이 나타난다. 이로써 보면 당시 불교의 대중화에 힘쓴 불교계 지식인이었던 것으로 추정된다.

2. 향촌 유교지식인의 의식세계

1) 유교전통의 시대적 의미와 유교지식인

20세기 들어서 기행가사의 주요 작자층은 향촌의 유교지식인들과 향촌여성들로 중심이 이동한다. 이중 향촌의 유교지식인들로서는 〈해서노정기〉(안동 유자)·〈선운사풍경가〉(이홍구)·〈해유가〉(김한홍)·〈동유감흥록〉(심복진)·〈금강산유람가〉(장일상)·〈금강유람가〉(금상기) 등이 해당된다. 이에 따라 전통장르인 가사는 점차 향촌을 중심으로 향유되고 있다.

---

27) 김기종, 「근대불교잡지의 간행과 불교대중화」, 『한민족문화연구』 26집, 한민족문화학회, 2008, 378~386면.

이미 19세기 이래로부터 경화사대부로 권력이 집중됨에 따라 향촌의 정치적 소외현상은 심화되고 있었다. 향촌의 정치적 소외는 세도정치로 인한 일부 벌열층으로의 권력집중, 산림의 사회적 위치하락이 상징적으로 보여준다. 향촌 사대부의 정계진출은 급속히 축소되고 정치적 영향력도 약화된다.[28]

20세기 들어서 지식생산자로서 전통적 지식인층인 유교지식인들은 위기에 봉착한다. 이들이 가지고 있는 기술과 가치는 사회적 영향력을 잃어가고, 수호하고자 했던 과거의 특정한 문화유산은 근대에 이르러 점차 가치 절하된다. 이에 사회적 지위가 격하되고 소중히 간직했던 문화가 사라지는 것을 경험한다.[29] 〈해유가〉에서 언급된 것처럼, 해외에 대한 안목의 요구와 신학문에 경도된 사회 분위기는 해외 유학생의 증가를 통해서 알 수 있듯이, 1900년대 이래 점차 심화되어 간다.[30]

더욱이 1900년 과거제의 폐지 이후로 유교지식인들은 정치사회적 특권을 박탈당한 채 구관 등용 같은 궁색한 길을 통해서나 관직에 진출할 수 있었다.[31] 즉 식민지기 조선에서는 총독부의 교육령 반포 이후 근대적인 교육제도가 우선시되고 유교 교육은 당연히 축소화되었다. 지방의 서당을 중심으로 한문 교육의 명맥은 이어져갔으나 서당교육의 수학을 통해 사회진출을 달성하는 데에는 한계가 있다. 이후

---

28) 권보드래, 「1910년대의 새로운 주체와 문화」, 『민족문학사연구』 36집, 민족문학사학회, 2008, 151면.
29) 해리 하르투니언, 『역사의 요동』, 윤영실·서정은 역, 휴머니스트, 2006, 272면.
30) 이는 이 시기 일본 유학을 추동하는 이유에서도 볼 수 있다. 일본 유학생들이 유학길에 오르는 동기는 현재 자신이 이미 낙오되었다는 위기감 속에서 입신출세를 위해 신학문을 배우고자 하는 것이다. 우미영, 앞의 논문, 2007, 94~95면.
31) 권보드래, 앞의 논문, 2008, 152면.

1911년 조선왕조의 성균관을 개편하여 경학원을 설립하였으나, 과거 성균관이 지닌 교육기능은 소멸되고 공자와 성현의 제사, 즉 의례의 기능만이 유지된 곳이었다.[32] 이것은 총독부로서 원활한 식민지 지배를 위해서는 성균관의 의례기능을 이용하는 것으로 충분했으며, 조선왕조시대에 존재했던 엘리트양성기능은 오히려 유해하다고 판단한 결과로 보인다.[33]

이후 1930년 총독부는 경학원 내에 부설교육기관인 명륜학원을 설치하여 한문교육과 사회진출 가능성을 열어두었다.[34] 식민지화가 된 조선 사회에서 신분제 질서의 변동으로 지도층의 보장성이 사라진 당시, 양반 유림집단측에서 보면 명륜학원은 유학을 수양하면서 인재양성의 가능성도 있으며 나아가 사회에도 진출할 수 있는 기관이라는 장점이 있었을 것이다. 그렇지만 설립 취지와는 달리, 정식 학교 제도에 소속되지 못하고 있으며, 낮은 취업률과 한정된 직종으로 인해 유교지식인들의 실질적인 사회진출의 통로가 되지 못하고 있다.[35]

---

32) 류미나, 「식민지기 조선의 명륜학원-조선총독부의 유교지식인 정책과 조선인의 대응」, 『교육사학연구』 17집 1호, 한국교육사학회, 2007, 63~64면.

33) 류미나, 위의 논문, 57면.

34) 류미나, 앞의 논문, 2007, 60면.

35) 1930년 이후 명륜학원 졸업자의 사회 진출 이력을 보면, 졸업생들의 주된 취업장은 경학원을 시작으로 서당, 총독부의 촉탁직, 공립·사립보통학교 등이다. 경학원에 취직한 자는 경학원을 방문하는 일본 관리들의 접대와 총독부 법령의 번역을 담당했다. 그런데 제 5회 졸업 이후에는 취직은 졸업생의 절반도 안 되는 것을 알 수 있다. 실제 1935년 매일신보에서는 동년도 졸업생이 78명인데도 불구하고 38명이 취직을 못하고 있다고 보도하고 그 원인을 명륜학원이 비승비속적 즉 이것도 저것도 아닌 애매한 교육 내용 때문이라고 비판하고 있다. 류미나, 앞의 논문, 2007, 63면. 이렇게 명륜학원의 설치로 인해 표면적으로는 유림들 자제의 유교 교육과 사회진출이 확대된 것처럼 보였지만 실제로는 미비한 취직률로 고향에 돌아가는 졸업자가 많았다. 류미나, 앞의 논문, 2010, 23면.

이와 같이 병합 이후 지방의 양반이나 유림 집단은 사회변동에 불안을 느끼는 동시에 자신들의 세력유지를 고민하고 있었다. 당시의 양반이나 유림은 지배권의 상실과 사회질서의 급격한 변화로 고통 받고 있었음을 알 수 있다.[36] 또한 그간 유림이 지녀왔던 사회적 영향력으로 지역사회의 지배세력으로서의 위치는 동요하고 있는데, 이는 신교육의 흥성과 함께 한문학을 비롯한 유교가 외래문화라는 점에서 공격의 대상이 되고 있었기 때문이다.

유교지식인들의 사회적 지위의 실추를 볼 수 있는 상징적 일이 공자묘 개방으로, 일반대중에게 공자묘는 개방되었지만 공자묘 파괴, 제기 절도 등의 사건이 발생하였다.[37] 이와 함께 공자묘를 중국 외래문화로 규정하는 인식이 확대된다. 조선 각지에 설치해온 공자묘를 비롯, 관왕묘, 기자릉 등이 민족적 위인 숭배물을 파괴하는 요인으로 비판되고 있다.[38] 공자묘가 외래문화로 지탄받는 것은, 이광수 등 신지식인들을 중심으로 한문학을 외래문화로 규정하기 시작한 흐름의 연장선상에 있다.

그렇지만 일제가 식민지인들의 자발적 지지를 이끌어 내기 위해 유

---

36) 류미나, 「식민지 권력에의 협력과 좌절-경학원과 향교 및 문묘와의 관계를 중심으로」, 『한국문화』 36, 2005, 178면.

37) 1911년 총독부는 식민지 조선의 지배를 위한 유교활용의 일환으로 공자묘를 일반대중에게 개방하였다. 이전까지 일반인의 공자묘 출입은 엄격하게 제한되었다. 이 시기 공자묘의 개방으로 인해 공자묘는 일반대중에게 인기를 끌었고 많은 인파로 들썩였다. 하지만 이 시기 일어난 공자묘 파괴나 제기 절도 등의 일련의 사건들은 단순한 기물 파손의 문제를 넘어 공자묘가 지닌 신성성의 파괴요 전근대적 사회인식의 변화를 고스란히 드러내는 것이기 때문이다. 류미나, 「일본의 '공자묘 대중화' 정책과 조선 내 공자묘 인식의 변화-총독부의 공자묘 개방정책과 그 영향을 중심으로-」, 『인문과학논총』 64집, 서울대학교 인문학연구원, 2010, 114~116면.

38) 류미나, 위의 논문, 123~124면.

림 우대정책을 펼치고 유교 전통을 지속적으로 활용하는 한편, 유교 지식인들을 회유하기 위한 기획들을 연이어 내놓은 것으로 볼 때, 당대 사회에서 유교의 영향력은 컸던 것으로 보인다.

또한 이 시기 유교(한학)는 일찍이 조선의 지식인들이 명청에 대해 맛보았던 지식의 연대를 한·일 사이에 가능케 해준다는 장점,[39] 전통적 충효 이념과 가족주의적 가치가 국가와 지배자에 대한 충성으로 연결될 수 있으며 사회적인 위계를 자연스러운 것으로 받아들일 여지가 있다는 점에서 식민지인들의 자발적 지지를 이끌어 내기 위한 도구로 사용된 면이 있다.[40] 1910년대에 헤게모니를 위한 유교의 이용이 중앙과 상층에 집중된 제한적이고 또 부분적으로 은밀한 것이었다고 한다면, 1920년대의 이른바 문화정치 이후의 그것은 민중을 직접 대상으로 한 보다 확장되고 또 공공연한 성격의 것으로 발전한다. 향교 재산의 반환이나 명륜회 조직 같은 일제의 호의적인 일련의 정책을 배경으로 미풍양속이라는 이름 아래 전통적 관혼상제가 옹호됐으며 지방향교나 유생들이 주도한 학예회나 백일장 등이 빈번하게 개최되었다.[41]

곧 20년대 들어서 총독부는 3.1독립운동 이후 향교재산을 조선인 교화를 위해 활용할 수 있도록 허가했고, 향교 내 장의직을 승인하며 유림들의 사회진출을 확대했다. 이에 보조를 맞추어 경학원에서는 유교숭상은 유림에게만 해당되는 문제가 아닌, 국민이 당연히 지녀야할 도덕으로 선전됐으며, 유교정신의 부흥에 의해 조선인을 교화해야 한

---

39) 권보드래, 앞의 논문, 2008, 151~152면.
40) 김경일, 『한국의 근대와 근대성』, 백산서당, 2003, 41~42면.
41) 김경일, 앞의 책, 2003, 42면.

다는 논리는 더욱 부각되어갔다.[42]

　또한 이 시기 총독부는 동화정책의 하나로 1921년부터 유생단의 내지 사찰을 시작한다.[43] 이 시기 유림들은 향촌 지역에서 여전한 영향력을 지니고 있었으므로, 유림 시찰단에 대한 지원을 통해 지배력을 강화하고자 한다. 그리하여 경학원 직원과 강사들로 시찰단을 조직하여 최초의 유림 구성의 시찰단이 경학원을 통해 만들어진다.[44] 이들이 작성한 내지시찰문은 제국 일본의 발전을 선전하는 자료로 활용되었다.[45]

　이와 같이 친일성향의 유림 단체들이 결성되고, 경학원을 중심으로 일본 선전과 지방민 교화 작업이 이루어지면서 당시 중앙문단의 잡지에는 종종 유교와 유림을 비판하는 논설문들이 게재된다. 운양 김윤식은 〈유림계를 위하야〉에서 '유교진흥회, 대동사문회, 태극교 등 다수의 단체가 유림계로부터 족출하고 있다, 유도(儒道)는 반듯이 그리한다고 진흥될 것이 아니다, 금일 유림계에서는 종래의 언다행소한 추태를 재연치 말고 유도의 참 정신에 살도록' 권고하는 글을 싣는다.[46] 유림계의 행태가 여러 단체들을 조직하여 세력 키우기에 급급

---

42) 류미나, 「일본의 조선 신민화 정책과 유림 동원의 실태」, 『일본학』 31집, 동국대학교 일본학연구소, 2010, 21~22면.

43) 박찬승, 앞의 논문, 2006, 209면.

44) 류미나, 앞의 논문, 2010, 19면.

45) 박찬승, 앞의 논문, 2006 ; 박애경, 앞의 논문, 2010.

46) "소문(所聞)에 의하면 유도진흥회(儒道振興會), 대동사문회(大東斯文會), 태극교(太極敎) 등 기다(幾多) 단체가 유림계(儒林界)로부터 족출(簇出)하야 성(盛)히 사도(斯道)의 천명(闡明)을 논의하는 모양이나 우(右)에도 말한 것과 가티 유도(儒道)는 반듯이 그리한다고 진흥될 것이 아니라 금일에 재(在)하야 비록 향음주례(鄕飮酒禮)를 시시(時時)로 행하고 장의재장첩(掌議齋長帖)을 일일이 출(出)한다한딀 그 효(效)가 무엇이리요. 조선의 유도(儒道)는 사실로 번문욕례(煩文縟禮)에 쇠미(衰微)하얏나니 사도(斯道)의 진흥을 책(策)한다는 금일에 재(在)하야 우부(又復) 쇠미(衰微)의 복철(覆轍)을 밟고

해한다고 판단하고 있으며, 향음주례와 같은 허례에 얽매여 실질적인 지도층 역할을 하지 못한다고 비판한다. 이론에 치중하지 말고 유교 정신이 실질적으로 현실 개선에 기여할 수 있는 방책에 대해 힘을 쓸 것을 요구한다.

이어 유사한 취지의 김병준, 〈유림제현(儒林諸賢)에게 일언(一言)을 고(告)합니다〉가 발표된다. 이 장문의 논설문에서도 당시 유교의 행태에 대해서 비판한다. 글은, '현재 신종교와 외래사조가 많이 유입되었으나 아직까지 유교가 우리 민족의 절대적인 중심 종교로 자리하고 있다'고 하여 유교의 영향력에 대한 언급으로부터 시작한다.

> 상고주의(尙古主義)니 이 주의(主義)는 대개 유가(儒家)의 고유(固有) 한 특질(特質)이라 하야도 가(可)할 듯합니다. 오인(吾人)은 일즉 동양(東洋) 구도덕(舊道德)의 교화(敎化) 중에 잇서서 그의 총 지배자인 유교(儒敎)의 전체정신(全體精神)을 계통적으로 분해하야 보면 항상 보수심(保守心)이 풍부하고 진취성(進取性)이 박약(薄弱)하며 퇴화적(退化的) 정신(精神)이 강대(强大)하고 향상적(向上的) 사상(思想)이 결핍(缺乏)하며 인습적(因襲的) 습성(習性)이 교다(較多)하고 창조적(創造的) 능력(能力)이 절무(絶無)하며 인순고식(因循姑息)의 계(計)를 시사(是事)하고 용왕매진(勇往邁進)의 도(道)를 불취(不取)하나니 차(此)를 간단히 말하자면 모다 상고주의(尙古主義)의 하에 지배됨이며 좌우됨이외다. 그럼으로 천재이하(千載以下)의 오늘에 잇서 오히려 천재이상(千載以上)의 넷 일을 꿈꾸면서 항상 고지인(古之人) 고지인(古之人)이여 하야 이에 고인(古人)의 조박(糟粕)을 시심(是尋)하며 고인(古人)의 비식(鼻息)을 시앙(是仰)하야 후손(後孫)된 자는 반듯이 조선승습(祖先承襲)의 유모(遺謨)라 하며 후생(後生)된 자는 반듯이 선사전수(先師傳授)의 심법(心法)이라 하며 후

저 함은 나의 아지 못할 일이라.", 『개벽』7호, 1921. 1. 1.

생(後生)된 자는 반듯이 선생계승(先生繼承)의 전형(典型)이라 하야 맹목적(盲目的)으로 시(是)를 복종(服從)하며 무의식적으로 시(是)를 고집(固執)하야 시대변천(時代變遷)의 사조(思潮)를 역응(逆應)하며 사회향상(社會向上)의 보조(步調)를 저지(沮止)하나니 이 어찌 대우주(大宇宙)의 진화(進化) 원칙(原則)에 적합하다 하리오.

　(중략)

　그리고 각년(客年) 어느 때에 모(某) 유도회(儒敎會) 본부에서 각 지방 유림학자(儒林學者)를 소집하야 모 장소에서 「향음주례(鄕飮酒禮)」를 행하는 것을 보앗습니다. 그 변두준조(籩豆樽組)의 간에 빈주헌수(賓主獻酬)의 예용(禮容)과 심의대대(深衣大帶)로 읍양진퇴(揖讓進退)하는 위의(威儀)는 관광하는 자로 하야금 의연히 추로(鄒魯)의 향(鄕)에 입(立)한 듯한 감이 업지 아니하얏스나 다시 안(眼)을 거(擧)하야 장외를 볼 때에 스스로 무한한 느낌을 금치 못하얏나이다. 아―금일은 「주선중규(周旋中規) 절선중구(折旋中矩)」의 위의(威儀)를 볼 때도 아니며 「족용중(足容重), 수용공(手容恭)」의 예용(禮容)을 볼 때도 아니라. 오즉 지동전차(自働電車)의 속력활동으로도 오히려 기회불급(機會不及)의 탄(歎)을 발(發)케 하는 이때이며 시간경제의 민활교제(敏活交際)로도 오히려 시일 부족의 감을 생(生)케 하는 이때이라. 어찌 이때에 적합치 아니한 구예의(舊禮儀)의 번문세절(煩文細節)을 강구(講究)할 여가가 잇스며 강구(講究)하야서는 우리의 생활방면에 무슨 이익이 유(有)하리오.[47]

　그런데 이 유교가 근본주의로 새로운 전망을 제시하지 못하고 연이어 단체들을 발족시키고 있으며, 상고주의로 "시대변천에 역응하며 대우주의 진화 원칙"에 위배되고 있다고 말한다. 구예의의 번거로운 예절과 절차 때문에 많은 예산을 소비하고 있으며, 실질적인 사회개

---

47) 『개벽』 25호, 1922. 7. 10.

혁책을 실천하지 못하고 시회(詩會), 백일장 등 전시적인 문예 사업에
재산을 소비하는 점에 대해 비판한다.

다음은 기전 초(起瀍 抄)가 발표한 논설문 〈상하(上下)·존비(尊卑)·
귀천(貴賤), 이것이 유가사상(儒家思想)의 기본관념(基礎觀念)이다〉가
실린다. 그간 지배적 사상으로 기능해온 유가사상의 근본이념을 비판
하고 있다.

> 유교(儒敎)의 사상은 악착(齷齪)하게도 명분(名分), 등차(等差)의 관념
> 으로 구성되엿다, 소위 군위신강(君爲臣綱) 부위자강(父爲子綱), 부위처
> 강(夫爲妻綱)이라는 삼강(三綱)에서 보아라, 또는 부자유친(父子有親), 군
> 신유의(君臣有義), 부부유별(夫婦有別), 장유유서(長幼有序), 붕우유신
> (朋友有信)이라는 오륜(五倫)에서 보아라, 얼마나 상하(上下), 존비(尊卑),
> 귀천(貴賤)의 대립으로써 일관되엿느냐, 즉 군(君), 신(臣)이 그러하고 부
> (父), 자(子)가 그러하고 부부(夫婦) 장유(長幼)가 그러하고 간신히 붕우유
> 신(朋友有信)이란 한 구에서 인간과 인간의 대립을 인(認)하엿슬 뿐이다.
> 과연 얼마나 천박, 악착한 논리이냐.[48]

격한 논조로 유교를 비판하고 있는 이 글은 삼강오륜으로 대표되는
유교의 이념이 '상하'·'존비'·'귀천'이라는 명분과 등차의 관념으로 구
성되어, 한쪽이 다른 한 쪽을 지배하기 위한 이데올로기를 형성시켜
왔다고 비판한다. 그리하여 유교가 사회적 통합이 아닌 대립과 갈등을
조장해 왔다고 비판한다. 유교가 명분에 치우친 봉건적 이념으로서,
지배자의 논리라고 말하고 있다. 또 봉건적 성격과 시대착오적 논리로
인해 이미 시대이념으로서의 현실적 실효성을 상실하였다고 지적한다.

---

48) 『개벽』 45호, 1924. 3. 1.

이와 동일한 입장에서 1932년 12월 27일자 『동아일보』 사설 '조선
민족의 지도원리'에서는 유교의 가족주의를 비판하고 있다.

> 충(忠)이라는 것은 오직 치국(治國)의 자격을 가진 양반관료층(兩班官
> 僚層)의 전유물(專有物)이요 일반민족(一般民族)은 효(孝)의 원리(原理)
> 에 속(屬)할 수신(修身), 제가(齊家)에만 생(生)을 국한(局限)하엿다 이
> 결과(結果)로는 일반민족(一般民族)의 애국심(愛國心)을 희박(稀薄)케
> 한 동시(同時)에 세계(世界)에 유례(類例)가 없을 만한 극단(極端)한 가족
> 주의(家族主義)를 발생(發生)하야 이조오백년(李朝五百年)은 실(實)로
> 세계인류사상(世界人類史上)에 최고봉(最高峰)을 작(作)하게 되엇다. 이
> 결과(結果)로 민족(民族)의 역사(歷史)보다는 보학(譜學)을 숭상(崇尙)하
> 며 민족적(民族的) 사업(事業)보다는 일가일족(一家一族)의 사업(事業)
> 을 힘쓰고 민족적(民族的) 위인(偉人)의 기념물(記念物)은 없으되 무명
> (無名)한 조선(祖先)의 분묘(墳墓)와 쇄자(刷字)를 장식(裝飾)하게 되니
> 인생만사(人生萬事)가 가족(家族)의 범위(範圍)를 벗지 못하엿다. 그럼
> 으로 효자(孝子)가 잇고 열녀(烈女)가 잇으나 민족(民族)을 위하야 일생
> (一生)을 바치랴는 생각이 희박(稀薄)하엿다. (중략) 아직도 조선인(朝鮮
> 人)은 가족주의(家族主義)의 질곡(桎梏)을 탈각(脫却)함에 이르지 못하
> 엿다. 족보(族譜)의 간행(刊行), 사설가족묘지(私設家族墓地)의 장설(莊
> 設), 문벌(門閥)의 묵수(墨守) 등은 다 그 고루(孤陋)한 증거(證據)다.

충이 치국(治國)의 자격을 가진 양반관료층의 전유물로 되어 일반
민족의 애국심을 희박하게 한 원인이 되었다는 점을 비판한다. 민족
보다는 보학을 숭상하며 문벌 묵수, 족보 간행, 사설가족묘지의 장설
등 일가 일족의 사업에 몰두하는 사회분위기가 유교의 가족주의에 기
인한다고 보고 비판한다.

위의 글들에서 보듯이 이 시기 유교가 집중적으로 공격받은 부분은

외래문화에 연원한다는 것과 뚜렷한 계층성을 바탕으로 한다는 것이다. 실제로 당시 유교이념이 근대적 가치와 마찰하고 있었던 부면은 족보와 가계로 특징되는 가문의식, 특권적 계급주의로 보인다.

하지만 위에서 계몽주의자인 근대지식인들이 비판하듯이 유교의 집적된 전통이, 민족주의의 형성에 부정적인 영향만을 지니며 헤게모니에로의 이용으로 떨어졌던 것은 아닌 것으로 보인다. 즉 유교가 실제로는 전통적인 무(武)의 이념적 기반, 즉 친상사장(親上死長) 의리의 관념을 제공했음에도 근대주의자들은 유교적 문승을 집중 포화했다. 실제로 유교적 이상을 헌신적으로 실천하려 했던 의병장들이야말로 반외세 투쟁의 선봉에 섰음에도 불구하고 성리학 전체는 문약과 동일시되었다.[49] 또 "지나를 숭배하는 주의"이자 "무기무습(武氣武習)을 멸시 억제하고 실업을 불무케 한 공적(公敵)"으로 논박되고 사장당한 바 있다.[50]

따라서 근대적 시각을 가진 계몽주의자들의 입장이 결과적으로 유교의 장점을 사장하고 단점을 부각[51]시키고자 한 일제의 이해관계에 부합하는 결과를 낳기도 한 것으로 보인다. 유교 전통의 정치적 색채를 없애고 문예론적인 영역으로 변환시키는 등 일제가 병합 직후부터 유림집단을 회유할 방안을 기획하고 치밀하게 운용해 왔던 것은 일반인들에게 내면화된 유교의 영향력 때문만이 아니라 유교 전통 자체에

---

49) 이런 관점에서 황성신문에서는 '문승의 폐해를 통론함'(1910. 6. 28~1910. 7. 6)을 싣고 유교적인 문아유유(文雅柔懦)의 성질을 비판한다. 박노자, 「개화기의 상무론과 근대의 한반도」, 『인물과 사상』 77, 인물과 사상사, 2004, 197면.

50) 권보드래, 앞의 논문, 2008, 150면.

51) 정욱재, 「1910~1920년대 경학원의 인적 구성과 역할」, 『정신문화연구』 106호, 한국학중앙연구원, 2007, 221면.

내재한 실천적 에너지를 순치시키고 무화하기 위한 방책이기도 하였
던 것으로 보이기 때문이다.

　일제강점기 당시 유교 전통 속에 내재한 불온성은 팽팽한 긴장성을
내포하고 있다. 당시 만주로 망명하여 독립운동에 투신하고 있는 영
남의 혁신유림의 사례에서 보듯이, 화이관에 근거한 오랑캐 왜로서의
전통적인 인식, 임진왜란 시 유생들의 항거의 역사, 충의 의식 등 일
본에 대한 저항과 실천의 역사를 지닌 유교는 항일의식을 내장하고
있는 유인이었다. 그 사례들로 이 시기 선조의 문집 간행이 그 불온성
때문에 일제의 검열을 받고 삭제되고 있었던 일들이 보고되고 있
다.[52] 선조의 행적에는 조선의 임금에 대한 충성심을 나타낸 부분,
임진왜란 시 왜적에 항전한 내용을 담은 글, 일제시기 의병에 관한 글
등 제국 일본에 적대적이고 민감한 부분들이 있었기 때문이다. 백제
에 대한 회고의 글 또한 삭제된 부분인데, 이는 일제와 직접적인 관련
이 없는데도 조선인의 민족의식을 고양할 수 있을 것 같은 사항에 저
촉되어 삭제처분 된 것으로 보인다.[53]

　또한 창씨개명의 압박 속에서 족보의 간행은 단순히 가족주의가 아
니라 기왕에 이어져온 가문의 연원과 가통을 기록하여 보존할 수 있

---

52) 최종화의 문집 『송암집』은 검열을 받고 1935년에 간행된다. 그중 모두 16편의 글을
　　전면 삭제토록 하였고 3개의 곳에서는 부분삭제토록 하였다. 부분적 삭제토록 한 글은
　　조선의 처지가 이적의 노예가 되었다는 글, 일본에 대한 표현을 강적(强賊), 구적(寇
　　賊), 외구(外寇) 등으로 표현한 것 등을 삭제토록 하였다. (중략) 1934년에 문집 출원은
　　총 116건 중 2건의 불허가처분을 받았고, 1935년에는 116건 중 9건이 불허가 처분을
　　받았다. 이 시기 불허가 건수가 줄어든 것은 검열 자체가 불허가보다는 삭제 위주로
　　전환한 때문으로 보인다. 성봉현, 「일제시기 문집간행과 출판검열-『송암집(松菴集)』
　　을 중심으로」, 『서지학보』 31, 한국서지학회, 2007, 59~67면.
53) 성봉현, 위의 논문, 76면.

는 전략적 선택이 되고 있다.54) 아마도 1920년대 가장 많이 출판된 서적의 종류가 문집인 것도 이러한 상황과 연관되어 있는 것으로 추측된다. 위의 사례들에서 보듯이 한문학을 포함한 유교의 전통은 제국주의의 현실에서 정체성을 찾고 근대화의 도정에서 축적된 역량의 일부로 재영유화 할 수 있는 자산일 수 있다.55)

그러므로 유교지식인이 중심 작자층이라는 점을 고려할 때, 이러한 유교라는 전통적 요소가 기행가사 작가들의 의식 속에서 어떻게 자리하고 있으며 그것의 균열과 지속이 지니는 당대의 역사적 의미는 무엇인지 점검해볼 필요가 있다.

2) 지방유지와 향촌 유교지식인

그간 학계에서 주목해온 이 시기 유교 또는 유교지식인에 대한 동향은 주로 중앙에서 활동한 인물들에 집중되어 있다. 1900년대 중앙의 학회와 한문학 결사 등을 중심으로 활동한 유교지식인들은 한문학계의 지도층 인사들이다. 한문학 복고주의자들은 중앙의 절대 권력과

---

54) 김필동, 「일제의 창씨개명 정책과 족보 : 지역 종족집단의 대응전략」, 『사회과학연구』, 21권 4호, 충남대학교 사회과학연구소, 2010.

55) 이 시기 중앙의 한문학 결사단체는 한문학이 동아시아 선진국이자 근대적 제국이었던 일본에서 근대화에 배치되기는커녕 오히려 그것을 안착시켰던 요소였다는 사실에 주목한다. 일본에서의 한시 부흥은 외국서적의 번역, 자국 근대시 형성 기반, 정치인의 교양 활동과 같이 근대화의 도정에서 자신들의 역량을 강화하기 위해 적극적으로 활용되고 있었다. 신상필, 「근대한문학의 성격과 신해음사」, 『한문학보』 22집, 우리한문학회, 2010, 124면 ; 일본의 근대화 과정은 한자 한자어를 새로운 문명 도입의 매개로 하면서 일본어에 재영유화 시켜간 과정이다. 동아시아 후진국이자 식민지였던 조선에서 한문학을 마다하는 일이 오히려 민족의 계몽과 진보를 가로막는 시대착오적이고 반민족적인 행위임을 한문학 복고주의자들은 날카롭게 지적한다. 유석환, 앞의 논문, 2012, 99면.

제휴함으로써 사회적 기반을 공고히 다져나가고 있다. 한문학 복고운동의 구심점이 되었던 이문회, 신해음사 등은 그 구체적 산물이다.[56) 이들 한문학 결사단체는 장지연, 정만조, 최취허 등을 중심으로 결성되고 있다. 이러한 중앙의 결사인 대동학회, 공자교회를 중심으로 친일 유교지식인집단이 형성되고, 이들이 이후 유림의 대표격인 경학원 중심 세력이 되고 있다. 이외에 기호흥학회 등에서 중앙과 연결되어 활동한 인사들이 경학원의 강사, 사성 등의 직책을 맡고 있다.[57)

따라서 중앙의 유교지식인들의 행보는 이 시기 유교지식인의 집합적 정체성에 대한 중심적인 인상을 형성하고 있다. 유교지식인인 이들은 '보수적 구태'이자 '퇴행적 보수성'을 지닌 '전근대적' 지식인으로서의 상으로 각인되어 왔다.

그런데 이 시기 향촌 유교지식인들의 정치적·사회적 위상은 중앙의 유교지식인들과는 변별되는 것으로 보인다. 1921년 대구 지역의 유생과의 인터뷰 자료를 보면, 이 지역의 양반이나 유생들은, 중앙의 양반만을 후대하고, 기속청년배의 구관을 타파하고 계급을 파괴하려는 행위를 염려하고 있다. 이에 구관의 유지를 열망하며 나아가 지방의 참의와 같은 사회진출의 길을 기대하고 있다는 점을 보여준다.[58) 이는 중앙의 유교지식인과 향촌의 유교지식인의 사회적 위상이 달랐음을 보여준다.

이들 향촌 유교지식인들의 정치적·문화적 행보는 뚜렷이 드러나지 않고 있으며, 그런 만큼 오히려 다수의 보편적인 유교지식인들의 현

---

56) 유석환, 앞의 논문, 2012, 99면.
57) 정욱재, 앞의 논문, 2007, 231면.
58) 류미나, 앞의 논문, 2005, 178면.

실태였을 것으로 짐작된다. 이 시기 향촌의 유교지식인들은 농촌사회에서 지방유력자로서 지도적 지위를 아직 유지하고 있었으며 일본에 대해 강한 반감을 지니고 있었다.[59]

이러한 향촌 유교지식인들에 대한 회유책이 앞서 살펴본 경학원 설립과 내지시찰이라고 할 수 있다. 이중 일부 친일 유림들은 일제의 회유책에 영합하여 중앙의 경학원 세력과 결탁하고 있기도 하다. 그리하여 일반 국민들의 내면에 침강해 있는 익숙한 유교 이념을 활용하여 일반인들을 교화하고 일제의 식민통치를 정당화할 수 있는 이론적 근거를 제공하는 데에 일조한 것으로 보인다.

하지만 보편적인 향촌 유교지식인들의 경우는 총독부의 지방 지배를 매개해온 지방 유지[60]들과는 성격을 달리한다는 점에 주목할 필요가 있다. 지방 유지들은 일제와의 결탁을 기반으로 성장한 신흥세력으로, 새로운 행정구역인 읍면 소재지에 주로 거주하면서 현실감각과 행정실무에 능했다. 이들은 일제로부터 비호받는 지주이자 상공인이며, 일제의 식민통치에 참여한 면협의원 등으로 향촌사회의 각종 이권을 가진 집단이다.[61]

이에 비해 조선시대 이래의 전통적인 재지사족층은 재래의 향촌에 거주하고 있었으며 지방유지에 비해 사회인망과 도덕적인 권위를 지

---

59) 정욱재, 앞의 논문, 2007, 227면.
60) 지방유지란 일제가 자신의 국가 헤게모니를 지방사회 내부에 관철시키기 위하여 의도적으로 형성한 총독정치의 매개집단으로서 재산, 사회활동능력(학력), 당국 신용, 사회인망을 고루 갖춘 재지 유력자들을 일컫는 말로 정의된다. 지수걸, 「일제하 공주지역 유지집단의 도청이전 반대운동(1930. 10~1932. 11)」, 『역사와 현실』 20, 한국역사연구회, 1996, 220면.
61) 남상권·김병우, 「근대 장편소설에 반영된 향촌지배층 변동-1930년대 농촌 배경 장편 소설을 중심으로-」, 『한문학논집』 32집, 근역한문학회, 2011, 115면.

니고 있었으나, 현실적인 권력의 중심에는 지방유지들이 위치하고 있었다. 따라서 향촌의 유교지식인들은 지방사회의 유력자 또는 유지(有志)로 통칭되는 사회집단과는 성격을 달리하며, 유교지식인들의 경우 이전부터 내려오는 학통과 가계, 양반의 신분 등을 유지해온 재지사족층이라 할 수 있다.62)

이들 향촌의 유교지식인들은 상대적으로 보수적인 화이관의 잔상이 남아있고, 공고한 유교이념을 고수한다. 유학의 학문적 토양을 바탕으로, 혈통과 가계와 학통으로 이루어진 공동체 의식을 지니고 있다. 이들이 지니는 양반이라는 신분적 위상은 가문의식을 근간으로 당시의 향촌에서 나름대로 존속되고 있었다.63)

이러한 상황은 이 시기 농촌사회의 묘파에 대한 탁월한 성취를 보여주는 소설들에 등장하는 인물들의 형상화에서 확인된다. 소설 〈고향〉과 〈상록수〉는 일제가 옛 제도를 허물고 새로 읍치를 조직화하는 과정에서 생성된 지방유지들의 활동상을 충실히 재현한다.64) 소설 속 지방 유지들은 신흥계층으로 자신들의 귀속지위가 되지 못했던 양반신분에 대한 취향을 보여주고 있다. 향촌사회의 신흥유지들은 읍치에 거주하면서 지배층으로 활동하였지만 이들의 신분적 향수는 촌락에 은거하는 기성 사족층의 명예와 권위에 있었다. 이들이 돈에 대한

---

62) 김익한, 「일제하 한국 농촌사회운동과 지역 명망가」, 『한국문화』 17, 서울대학교 규장각 한국학연구원, 1996, 288면.

63) 반일적인 재지사족에 대한 탄압과 회유를 병행하였기 때문에 이들이 누렸던 전대의 신분적 위상은 나름대로 존속되었다. 또 전통적인 양반의 권위를 일방적으로 훼손하는 것이 식민지 통치에 도움이 되지 않았기 때문에 사족 집단은 지속적인 회유 대상이었다. 남상권·김병우, 앞의 논문, 2011, 127면.

64) 남상권·김병우, 앞의 논문, 2011, 117면.

강한 집착만큼 과거의 출신 성분에 대한 열등감을 드러내고 있기 때문이다.[65] 즉 1930년대 소설에 등장하는 신흥세력은 일제하 지방유지로 부상한 인물들의 성장과정과 유사성을 띤다. 이기영의 〈고향〉, 심훈의 〈상록수〉에 형상화한 '새 양반'은 '묵은 양반'과 대조되는 인물들로 돈으로 양반이 되어 새로운 지배자로 군림한다.[66]

이에 비추어 볼 때 〈동유감흥록〉의 저자 심복진의 경우는 향촌유교지식인으로서 내지시찰을 계기로 지방유지로 전신한 경우로 생각된다. 즉 심복진은 이 시기 향촌의 유교지식인이 계층적 이해를 추구하며 제국의 욕망에 영합해 나감으로써 지방유지로 전신하고 있는 사례로 보인다.

이런 측면에서 볼 때 기행가사 작가들인 향촌의 유교지식인들에게 가문의식과 양반이라는 신분은 향촌사회에서 사회적 위상을 지탱하는 핵심 요소가 되었을 것으로 보인다. 이들은 가향의 세거지에서 촌락공동체를 형성하며 전통을 고수하는 삶을 살아간다. 〈해서노정기〉의 안동 유자와 〈금강산유람가〉의 장일상 등은 가문의식을 통해서 역시 사회적 위상을 유지하고자 하는 의식을 보여준다.

따라서 당시 향촌유교지식인 중 항일의식이 강한 혁신유림의 행보

---

65) 『삼대』·『탁류』·『태평천하』·『흙』·『고향』·『직녀성』·『대하』·『탑』 등에 등장하는 하층민 출신 상승 인물의 경우 한결같이 양반사회에 대한 향수를 드러내고 있다. 이들 지방 유지들은 양반이라는 신분을 획득하기 위해 경제력을 매개로 사족층에 통혼을 청원하고 있다. 남상권·김병우, 앞의 논문, 2011, 122면.

66) 이밖에 태평천하의 윤두선이나 대하의 박성권, 탑의 박진사, 송병교 같은 인물들은 전통사회의 비주류 계급이었다가 식민치하로 이행되는 틈을 타서 신분 상승을 이루었지만 정작 자신들이 성취한 신분에 걸맞지 않은 윤리적 파탄을 드러낸다. 등장인물의 이러한 세태적 특징은 최근 연구된 지방 유지의 존재 방식에 대한 사례 연구를 통해 확인할 수 있다. 남상권·김병우, 앞의 논문, 2011, 113~114면.

4장 : 작자층의 성격 335

와는 차이를 지닌다. 혁신유림은 정통유림이면서 의병운동과 애국계
몽운동에 앞장서고 궁극적으로 독립운동에 투신한다. 혁신유림은 유
가의 생활이념을 고수하면서도 자주적 민족주의 사상과 근대국가 이
념을 지닌 혁신적 사고를 지닌 유림이다.[67] 이들이 노비문서를 불태
우고 평등을 주장하며 아예 활동의 장을 바꾸어 만주로 망명하는
것[68]은 근대지향의식을 보여준다. 이들의 만주 망명이라는 실천은
가향에서의 분리에 따른 기득권의 포기와 계층질서의 부정이라는 자
기 갱신의 작인이라 할 수 있다.

하지만 이러한 일부 혁신유림을 제외하고 더 많은 보편적인 향촌의
유교지식인들은 이 시기 양반계급과 가문이라는 자기동일성을 폐기
하는 것이 쉽지 않았을 것으로 보인다. 유교적 전통 속에서 가계의 유
지는 단순히 생물학적 가족 생명의 연장만은 아니다. 그것은 선조에
의해서 이상적으로 예시된 인격의 계승이자 자기 가문의 훌륭한 인물
들에 의하여 창조된 문화적 가치를 전수[69]하는 것이다.[70]

따라서 향촌사회에서 이들의 지식인으로서의 위상과 자존감을 지
탱해주는 것은 학통과 가문, 가계이다. 사대부 문인으로서 산수 유람

---

67) 고순희, 「일제강점기 만주망명지 가사문학」, 『고시가연구』 27집, 고시가학회, 2011,
45면.

68) 고순희, 위의 논문, 50면.

69) 두유명, 『뚜 웨이밍의 유학강의』, 정용환 역, 청계 1999, 290면, 송기섭, 『근대소설
과 유교적 인간』, 『국어국문학』 127, 국어국문학회, 2000, 364면에서 재인용.

70) 이러한 보수적인 유교이념에 긴박된 인물형은 당대 염상섭의 소설 〈삼대〉의 중심인
물인 조의관이 전형적으로 구현한다. 조의관의 근대 거부는 유가 정신이 내밀하게 형
성해온 적통주의에 연원한다. 적통주의는 학문의 연원을 승계해 간다는 도통 계승의
의미보다도 가문을 영구히 번창해 나간다는 가통의 확립을 통해 전통 사회에 뿌리 깊게
자리한다. 송기섭, 위의 논문, 364면.

의 취미를 계승하고자 하며, 가문과 가계에 대한 존숭이 강하게 표출
된다. 김한홍은 〈해유가〉에서 미국인의 목소리를 빌어서 유교가 계급
질서를 근간으로 하고 있음을 지적하고 있으며, 미국에 도착해서 사
농공상의 차별이 없음을 상찬하고 있다. 하지만 다시 고국에 돌아와
서는 선조를 환기하며 회재 이언적의 사당에 참배함으로써 학통과 가
문의 가치로 복귀한다. 장일상의 〈금강산유람가〉에서는 금강산에서
만난 고위 관리에게 장현광의 후손이라는 점을 밝히고 있으며, 역시
가계와 학통이 자존감의 근간이 되고 있음을 볼 수 있다.

　이러한 유교의 보수적 성향은 당시 중앙의 지식인들이 중앙의 신문
잡지 지면을 통해서 줄곧 비판하고 있는 점이다. 식민지 근대 작가가
지닌 구시대적인 인물에 대한 저항감은 공통적인 모습을 띤다. 이들
이 혈통주의와 계급의식을 시대착오적으로 보는 데에는 근대적 평등
의식이 공통적으로 자리잡고 있다.[71]

　반면 이들 향촌유교지식인들은 가계와 학통의 근간이 되는 화이관
및 유교이념의 내면화가 비교적 강고하며, 전통적으로 사회경륜이라
는 지식인의 역할을 내면화하고 있다. 즉 이들은 보수적인 계층 의식
에도 불구하고 지방 유지들과 달리 지식인으로서의 정체성과 유교이
념의 내면화 속에서 제국 일본의 지배에 쉽게 동화될 수 없었던 것으
로 판단된다.

　따라서 기행가사에는 구지식인으로서 왕조의 멸망과 화이관의 균
열, 신학문의 부상 속에서 정치 사회적 활동 영역의 축소와 신분적 위
상의 급격한 추락에 직면한 향촌 유교지식인들의 내면적 동요와 위기

---

71) 남상권·김병우, 앞의 논문, 2011, 130면.

의식이 투영된다. 과거로 표상되는 화이관을 견지하면서 왕조의 멸망
에 따른 충격에서 쉽게 벗어나지 못하고 있으며, 이를 대체해가는 근
대 문명에 대해서는 엇갈린 시선을 보여준다.

1900년대의 중앙관료층에 이어 1910년대 이후 작자층의 중심은 점
차 향촌의 유교지식인들로 이동한다. 중앙관료의 작품인 〈대일본유
람가〉와 〈서유견문록〉에 이어 〈해유가〉와 〈동유감흥록〉의 해외기행
체험들은 사회적 위상이 낮아진 이들이 현실을 돌파함으로써 사회적
으로 입신하고자 하는 욕망을 담고 있다.

또한 이들 향촌의 유교지식인들은 향촌에 세거하면서 향촌민과 근
접 거리에서 지냈으며, 이들 중 일부는 자작농으로 농민과 경제적 상
황은 크게 다르지 않았을 것으로 추측된다.[72] 그리하여 이들은 각 지
역의 경물에 새겨진 민간설화와 지명들을 비롯하여 시문과 제영 등
한문학의 역사를 소상히 기억하고 이해하고 있었던 집단으로, 각 장
소가 지닌 구체적인 아우라를 표현해 낼 수 있었던 것으로 보인다.

그리하여 기행가사 작품 속에서 볼 수 있는 역사고적에 대한 회고
는 단지 복고적 향수가 아니라 현실과 팽팽한 긴장관계를 이루고 있
다. 작품 속에 재현된 장소들이 지닌 문화적 기억들은 임진란 시의 항
거, 왕조에 대한 충절, 왕조 멸망에 대한 애도 등을 통해 현실에 대한
인식을 일깨운다. 이러한 문화적 기억을 통해서 식민지 현실을 지시
하며 민족적 자존감을 유지하고 있었던 것으로 보인다.

---

72) 심복진이 〈동유감흥록〉에서 어민, 농민, 화전민에 이르기까지 다양한 계층의 인간
군상들의 상황을 핍진하게 그들의 목소리로 교감 속에 들려줄 수 있었던 것은 이러한
향촌체험이 자리하고 있었을 것이다.

338 근대 기행가사 연구

3. 향촌여성의 여성의식

20세기 초는 신, 구 문화가 교차하고 접변하는 시기로, 근대이행기를 통과하며 여성들의 삶과 의식세계는 큰 변화를 겪고 있다. 개화기 신문 잡지매체의 공적 담론의 장에서 남녀동등의 담론이 형성73)되는가 하면, 여성의 사회적 활동이 허용되면서 여성의 삶에서도 공적·사적 영역의 분할이 이루어진다. 또한 여성들의 사회적 지위를 변별적으로 지시하는 용어로서, 구여성과 신여성이라는 새로운 용어가 생성되고 있다.

20세기 초 규방가사의 작가들은 신여성과 대비되어 전통적인 의식을 지닌 '구여성'으로 호명되어 온 여성들이 다수이다. 이 시기 규방가사를 지은 여성들은 향촌에 거주하는 향촌여성들이 대부분으로, 소규모 공동체를 중심으로 성원들 간 서로 잘 알고 있는 상황에서 향유되는 경우가 많아 작가를 밝히지 않은 경우가 많다. 규방가사 작가들은 사회활동이 없는 경우가 대부분으로, 작가 이름이 밝혀진 경우는 여학생의 신분이거나 사회 활동을 한 여성들이 대부분이다.

규방가사를 지은 여성들은 전통적인 삶의 방식을 유지해온 구여성들이지만, 이 시기 규방가사 작가들의 의식과 활동은 어떤 식으로든 근대문명에 매개되면서 이루어졌다고 할 수 있다. 따라서 이 시기 규방가사에는 전통적인 삶을 살아가는 보편적 여성들이 새롭게 부상한 근대적 가치들과 교호하면서 겪는 의식적 굴절이 투영된다.

근대계몽기를 거치며 구여성 담론은 여성계몽담론의 중심에 자리한다. 이 시기 구여성의 이미지는 남성 혹은 신여성의 시각에 의해서 구축

---

73) 고순희, 「개화기 가사를 통해 본 여성담론의 전개양상과 특성」, 『한국고전여성문학 연구』 10, 한국고전여성문학회, 2005, 202면.

된 타자화된 여성상이 지배적이다. 구여성은 전근대적이고 봉건적인
가치와 일치하는 것으로 인식된다. 구여성을 의존적이고 수동적인 여
성형으로 보아 극복의 대상으로 인식하는 경향이 있는가 하면, 때로는
순종의 미덕을 지닌 여성으로 상찬의 대상으로 부각시키기도 한다.

　남녀 할 것 없이 이념적 성향을 막론하고 당시 지식인들에게 구여
성을 향한 이중적 감정은 공통적이다. 이들이 묘사하는 조선 여성은
부지런히 일하되, 노예의 기생성을 가진 표리부동한 이중성격을 지녔
으며, 비참하고 구차한 일상을 보내며 자기를 돌보고 계발할 여유도
능력도 없고 무식하여 자신의 의견을 제대로 말할 줄도 모르고 울기
만 한다.[74] 하지만 구식안해, 구식여자, 구여성에 대한 모멸적인 공
격과 비난은 항상 연민의 시선을 동반하고 있다. 그들을 그렇게 만든
것은 여성을 도구와 기계로 만든 조선의 역사, 과거조선에 있으며, 그
과거 조선의 관습이 여성의 삶을 고통으로 이끌었기 때문이다.[75]

　이 구여성에 대한 경멸과 연민의 시선은 신여성의 상을 상상하고
규범적으로 정의하는 추동력이 된다. 신여성은 '고통 받는' 구여성의
대립물로서 출현하고 있다.[76] 구여성은 무기력한 구질서의 조선을
상징하였고, 신여성은 이에 빛을 던져줄 존재로 규정되었다. 신여성
은 구여성과의 대비 속에서 그가 누구이고 또는 누구여야 하는지가
논의되었다.[77]

　이러한 담론 속에서 구여성은 개조의 대상이 된다. 1919년 3. 1 운

---

74) 김수진, 『신여성 근대의 과잉』, 소명출판, 2009, 239면.
75) 김수진, 위의 책, 239면.
76) 김수진, 앞의 책, 2009, 239면.
77) 김수진, 앞의 책, 2009, 464면.

동 이후 조선의 개조와 신문화 건설을 위한 민족주의 운동의 흐름에
서 여성문제는 '개조'를 위한 봉건적 대상으로 설정될 수 있는 어떤
것이었다. 사회의 개조를 위해서는 가정을 개조해야 하고 가정을 개
조하기 위해서는 가정의 주인인 여성을 먼저 개조해야 한다고 생각했
기 때문이다 .이러한 논리에서 여성을 개조하기 위해서는 여성의 해
방이 필요한 것으로 인식되었다. 이와 아울러 여성 사회주의자들은
봉건사상에 빠져 있는 기원전 여성을 여성해방에 가장 반동적인 범주
로 지목하였다. 또한 진정한 신여성이란 구제도에 집착되어 남성 대
여성, 유산 대 무산의 착취에 굴종하는 구여성과는 정반대되는 것[78]
이라 하여, 구여성은 굴종적인 여성상으로 형상화하고 있다.

　이러한 구여성은 일반적으로 향촌여성들이 대다수를 차지한다. 식
민지 근대에서 농촌이라는 공간은 식민지라는 주변부에서 또다시 내
부 식민지화된 주변부라 할 수 있다. 한국 식민지 근대에서 가장 주변
화된 여성들의 삶과 경험은 시간성보다는 공간성을 통해서 조밀하게
구축되는 과정을 징후적으로 드러낸다. 이와 같은 전통적인 공간에
대해, 발전이 지체된 전근대를 말하는 것이 아니라 오히려 근대 속에
있는 비근대적 요소를, 전복과 생성의 에너지의 원천으로 바라보는
시각이 필요하다.[79] 이런 측면에서 근대 규방가사를 통해 당대의 보
편적인 여성들이 근대문명과 상호작용하면서 어떠한 에너지를 생성
해 내는지 살펴볼 필요가 있다.

---

78) 김경일, 「1920~30년대에 한국의 신여성과 사회주의」, 『한국문화』 36, 규장각 한국
　　학연구소, 2005, 260면.
79) 태혜숙, 「한국의 식민지 근대체험과 여성공간」, 『한국의 식민지근대와 여성공간』,
　　여이연, 2002, 16~28면.

이 시기 규방가사는 구여성인 향촌여성들이 자기 자신을 이야기하는 자기표현의 문학이다. 규방가사라는 프리즘을 통해서 구여성을 향한 타자적 시선에서 벗어나 그들 자신의 목소리를 들을 수 있다. 특히 규방가사 작가들의 삶을 세부적으로 들어가 보면 구여성/신여성의 분류만으로 단순화 할 수 없는 다양한 스펙트럼을 볼 수 있다. 여학생의 신분으로 활동하다가 다시 결혼과 동시에 전통적인 현모양처의 삶으로 돌아가는 경우, 근대교육을 받지 않았으면서도 사회사업가로 변신한 경우 등 복합적인 모습과 대면하게 된다.

1) 구여성의 이름

〈해인사유람가〉의 정효리, 〈눈물 뿌린 이별가〉의 김우모는 모두 영남 양반가 여성으로, 당대 규방가사 작가들의 보편적인 의식을 반영할 것으로 생각된다. 다만 김우모는 혁신유림 집안의 인물로 집안이 모두 독립운동에 투신하며 만주로의 망명함에 따라 역사적 변전을 온몸으로 겪어내고 있다는 점에서 각별한 의미를 지닌다.

정효리는 경남 하양군 수동면 효우촌에서 자라서 같은 지방 유림면 유평동으로 출가하였다. 그는 인품이 온화하고 덕망이 높았으며 또 글을 좋아하여 향당내간(鄕黨內簡)을 도맡아 쓴 여중(女中) 군자요 문장이었다. 1934년 작자가 56세 때 제종숙질 동촌우인(同村友人) 등 일행 여덟 명이 해인사 구경을 간다.[80]

이외 정효리의 전기적 사실은 자세히 밝혀져 있지 않으며, 향촌여

---

80) 임기중, 『한국가사문학주해연구』 19권, 아세아문화사, 2005, 496면.

성으로서 향촌의 활동반경 속에서 일반적인 삶을 산 것으로 보인다. 작품 〈해인사유람가〉의 도입부분을 통해서 유추해 보면, 전통적인 삶을 살아온 여성으로 가족주의적 가치를 지향하고 있다. '아이 낳고 손주의 재롱을 보면서 사는 삶'이 여성으로서 행복한 삶이라는 의식을 보여준다. 가족의 테두리 안에서 한 집안의 성원, 어머니이자 며느리, 아내로서의 삶이 여성으로서의 당위적 삶이라는 보수적인 의식을 지니고 있다. 노년에 여행길에 오르며 이제는 안락한 삶을 누릴 여유와 자격을 지녔다는 심회를 표현한다.

하지만 노경에 자신의 지난 삶을 돌아보며 자기 자신보다는 집안을 위해 개인적 욕망을 억압하며 살아와야 했던 현실에 대한 불만을 토로하고 있다. 이에는 집안의 성황이 자신의 희생에 의해 이루어진 것임을 자부하는 자부심도 섞여 있다.

김우모(1874~1965)는 안동 서후면 금계마을에서 의성 김씨 명문가의 딸로 태어났다. 〈북천가〉를 지은 김진형의 손녀로 부친은 김세락(金世洛)이다. 금계마을은 안동 인근에서 가장 신망이 두터운 서산 김흥락이 기거한 곳으로 그의 문하에서 공부한 제자들 가운데 독립 유공훈장을 받은 사람이 60여 명에 이른다. 안동 가일마을 권준희의 아들 권동만과 혼인을 해서 권동만과의 사이에 2남 2녀를 두었다. 결혼 이후 김우모의 생애는 일반적인 양반집 며느리의 생활에서 그리 벗어나지 못했던 것으로 추측된다.[81]

일제강점 이후 김우모의 친정 식구들이 항일의병에 투신하기 시작

---

81) 고순희, 앞의 논문, 2010, 135~138면.

했다. 숙부 김회락은 김흥락을 도와 의병에 가담했다 체포되어 총살되었다. 이때 큰오빠 김의모는 의병 소집의 일을 맡았으며, 조카 김연환(김양모의 아들)은 1912년 만주로 망명해 활약했다. 둘째 오빠 김원식(1865~1941)은 3.1운동 이후에 만주로 망명했으나 돌아오지 못했다. 시댁식구들은 시아버지 권준희, 시댁조카 권오상과 권오운 등이 독립운동에 투신했다. 김우모의 아들 권오헌은 사촌인 권오상 권오운과 함께 사회주의 운동가로서의 자신의 행보를 이어갔다. 1928년 신간회 안동지회 수금위원으로 활약했고 1929년 8월 구속되었다. 1935,6년 경에 만주 유하현 삼원포로 망명하였다. 김우모 부부는 1940년 자식들이 있는 만주로 들어가는데 이때 〈눈물 뿌린 이별가〉를 창작했다. 그녀의 나이 67세였다. 이어 아들 권오헌은 1942년 하얼빈 송화강 가로 이사하는데, 농사를 짓던 형네 식구는 유하현에 남고 김우모 부부는 권오헌을 따라갔다. 권오헌은 만주약초주식회사를 다녔는데 회사생활은 생활과 은신을 위한 방편이었고 주 활동은 독립운동이었을 것으로 추측된다. 해방이 되자 김우모와 권오헌은 가일마을로 돌아온다.[82]

이를 보면 김우모는 보수적 양반가에서 생장하고 있으며, 친정 및 시집 집안이 항일운동에 투신하면서 향리를 떠나 만주로 이주했다가 해방 이후 다시 향리로 돌아오고 있다.

이상 규방가사 작가들은 향촌에서 세거해왔던 양반가 여성들이 대부분이므로, 구여성이면서도 하층의 여성들과는 일정한 차이를 지니는 특징적 국면을 이루고 있다. 이들은 도시가 아닌 보수적 전통사회

82) 고순희, 앞의 논문, 2010, 138~141면.

인 향촌에서 소수자인 여성으로 살아가는 '여성적' 삶과 의식을 공유하고 있다. 동시에 이들 기행가사 작가들은 근저에 놓인 가문의식을 표출하기도 한다.

이러한 가문의식은 양반가 여성으로서의 계층의식을 포함하여 혈통과 가계에 대한 종속을 보여주는 것으로 때로는 가문의 유지와 번성에 대한 의무감에 포박되어 있기도 하다. 하지만 이러한 가문의식은 자신을 타 여성과 변별시키는 계급적 표지로 기능하기보다는 여성 자신의 사회적 성취를 대리 보상하는 의미를 지니며, 고난 속에서도 자신을 지탱하는 정신적 지주로 기능하고 있다.

이 가문의식은 선조의 내력뿐 아니라 특히 성장과정에서 학습한 교양과 규범들로 대변되는데, 이는 특권적 의식보다는 종속적인 시집살이 속에서 자기존중의식을 형성하고 있다. 이런 점에서 신여성이 누릴 수 있었던 사회적 존경(남성에 대하여)과 우월(구여성에 대하여)이, 지식이 근대적인 형태를 띠는 한 가져다 줄 수 있었던 일종의 권력으로 작용[83]하는 것과는 성격을 달리한다.

이러한 연유로 여성들의 기행가사에서 여행은 여성 간 연대의식을 바탕으로 한 집단적 놀이의 형태로 나타난다. 화전가 작품들과 마찬가지로 많은 기행가사 작품들에서는 여행길에 함께 오른 동유들의 이름(별칭)을 일일이 호명하며, 그들 사이에 흐르는 정서적 교감을 노래하고 있다. 친구이자 이웃인 '동유'들은 저마다 개성과 장점을 가지고 있는 '이실'·'박실'·'양동댁' 들이다. 그들의 장점이자 개성은 용모이기도 하고 장기(長技), 인성, 시재(詩才) 등의 다양한 속성들로 표현되

---

83) 김경일, 『여성의 근대 근대의 여성』, 푸른역사, 2007, 45면.

며, 이 개성들은 우열을 가리지 않는 동등한 층위를 구성한다.[84) 이러한 여성 간 연대의식은 서로 다른 지위와 위계의 삶을 살아간다는 우월적, 혹은 열세적 의식이 아닌 여성으로서 등질적인 삶을 살아가고 있다는 의식에서 발원한다. 이렇게 서로에 대한 이해와 교감은 여성들이 여행이라는 놀이공간에서 얻고자 한 위안과 여유, 정서적 소통을 충족시켜 주는 것이다.

그리하여 일반적인 규방가사들과 마찬가지로 기행을 다룬 규방가사에서도 상층 양반가 여성으로서의 우월한 권위적 목소리보다 사회적 약자로 살아가는 보통 여성 존재로서의 목소리가 지배적이다. 명문가 출신으로 명예와 부를 축적하고 유력가문으로 살아온 향리를 떠나면서 김우모는 안식의 소리인 상여의 노랫소리에 대한 아쉬움을 토로한다. 고향은 부와 명예라는 계급적 특권을 누려왔던 곳이기보다는 정서적 유대를 형성해온 장소로 나타난다.

또한 이들은 사대부가 여성으로서 성장과정에서부터 유교적 규범을 내면화하였으므로 이들에게 보편적으로 가문과 집안, 지역공동체와 같은 집단적 가치는 개인의 주체적 사고를 억압하는 억압의 기제만을 의미하지 않는다. 동성부락을 비롯한 촌락공동체의 삶 속에서 형성된 집단적 가치와 정서적 유대는 기본적으로 혈통과 가계에 연원하고 있다. 또한 유교의 내외법과 삼종지의 등의 이데올로기로 인해

---

84) 은촌 조애영의 경우도 유사하게 나타난다. "작자는 각각의 인물들에 대해 품성, 외모, 가정환경, 남편이나 자녀 소식 등을 짧게 언급하고 있는데 대체로 함께 공유하고 있는 과거의 기억이나 변화된 현재의 처지들을 중심으로 인상적인 부분들을 서술한다. 여기서 은촌은 특별한 평가의 잣대를 가지고 인물들을 바라보지 않는다. 각각의 살아온 내력에 대해 애정 어린 평가를 아끼지 않는 것이다.", 백순철, 「은촌 조애영 가사의 문체와 여성의식」, 『한국고전여성문학연구』 22권, 한국고전여성문학회, 2011, 368면.

고통받고 그 부당성에 대해 토로하면서도 동시에 가문과 집안, 가족 내 여성 자신의 역할과 자리는 뚜렷하다고 생각하고 있으며, 삶의 부침을 함께 한 '조강지처'로서 한 집안의 며느리로서 자신들이 존중받아야 한다는 인식을 지니고 있다. 이는 〈해인사유람가〉 도입부에서도 볼 수 있는 목소리이다.

외부적 시선에서 전 근대적 가치로 지탄받고 있는 보수적 이념들이 이들 여성에게 양가적 가치로 작용하고 있었음에도, 이들 여성들이 '굴종적' 인상을 형성한 것은 외부의 타자적 시선으로 바라본 것에 기인한 것이다. 또한 여성들 스스로 유교 규범이라는 가치관을 견고하게 내면화하고, 그 가치들을 지향하고 있었기 때문이라 할 수 있다.

그렇지만 이들 작가들은 지식에 대한 욕구가 강하며, 이러한 지적인 욕구는 필연적으로 이들 여성들의 정체성을 구성하는 인자들로서 개인과 가문, 개인과 집안 사이의 가치들이 서로 길항하고 마찰하고 있음을 의식하게 하고 있다. 여성들이 사회로 진출하지 못하고 있는 것은 단지 '남성'과 '여성'이라는 태어난 조건에 따라서 주어진 것이며, 개인적 능력의 차이는 없다고 보며 때로는 여성 스스로가 더 우월하다는 의식도 피력하고 있다. 이로 인해 사회적 진출 욕구는 남성선망의식으로 나타나기도 한다. 이러한 지적인 욕구, 나아가 사회적 자아로서의 욕망과 직접적으로 닿아 있는 것이 바로 여성들의 기행가사 작품들이다.

규방가사에서 여성들이 사고하는 지식인의 범주는 익숙하게 보아온 남성사대부의 전통적인 지적 체계 속의 범주이며, 사회진출에 대한 욕망도 '입신양명'과 '문장력'에 대한 지향이라는 전통적인 형태로 표현되고 있다. 최송설당이 공론의 장에서 문집이라는 전통적인 형태로 여성문사로서의 면모를 발현하고자 한 것도 이러한 맥락에서이다.

따라서 이들에게 지적 욕망은 여행을 통해 나타나며, 주류문화인 사대부 남성문화의 특권적 체험을 전유하는 것이 곧 사회적 활동 욕구와 지적인 욕망을 발현하는 행위이기도 하였다. 따라서 기행가사는 이점에서 여성의 사회적 욕망을 투시한다.

특히 이 시기 사회적 존재로서의 신여성, 여학생의 출현은 자신들의 지적 욕망을 구체적으로 실현할 수 있는 상을 부여하였다. 그러면서도 신여성에 대한 구여성들의 이중적 시선이 확인된다. 신여성의 출현은 여성의 사회적 지위가 변화하는 표지이면서 동시에 여성들 간 차이를 생성시켜 문화적 위계의식을 형성하게 된다. 일부 규방가사 작품에서는 여학생에 대한 부러움과 동경이 나타나는 반면, 다른 작품에서는 개화 여성에 대한 냉소적 시선이 드러난다. 신여성을 향한 동경을 드러내는 경우는 무엇보다도 여성 자신을 위한 지식을 쌓는 지적 주체로 받아들였기 때문이다.

2) 구여성과 개인적 주체

구여성을 특징짓는 전근대성에는 앞서 살펴본 것처럼 가문의식이 자리한다. 향촌여성에게 친정 및 시집의 가문의식은 사회적 성취 욕구를 대리 보상하는 의미를 지니고 있었다면, 이 시기에는 이러한 지적 욕구, 사회적 활동 욕구를 자기 자신이 실현해 나가는 개인적 주체로서의 모습을 확인할 수 있다. 기행가사 작가로서 이 시기 새롭게 등장한 '여학생' 또는 '교육사업가'로서의 삶을 보여주는 두 여성이 있다. 최송설당과 조애영이다.

먼저 이 시기의 문제적 여성은 최송설당이다. 송설당의 삶과 지향에는 전근대적 가치 체계와 근대적 가치체계가 중첩, 굴절되어 있는 것으로 보이기 때문이다.

최송설당(1855~1939)은 1855년 경북 김산군 군대면에서 태어났다. 증조부 때 외가가 홍경래의 난에 연루되어 몰락하였다. 증조부와 조부가 죽은 것을 알고 가문의 명예를 회복하기 위하여 누명을 벗게 할 것을 스스로 맹세하였다. 17세 때는 아버지에게 양자를 들이게 한다. 1886년 고종 23년에 남편과 사별하였고 불교에 귀의하였다. 이후 1894년 39세 때 서울로 올라가 궁궐에 들어가 영친왕의 보모가 되었으며, 귀비에 봉해지고 고종으로부터 송설당이라는 호를 하사받았다. 1901년 고종에게 상소하여 집안이 몰락한 지 89년 만에 신원을 받았고, 1914년 104년간이나 실전되었던 선묘(先墓)를 봉심하였다.

엄비의 영향으로 여성교육에 관심이 많았던 송설당은 이후 교육사업에 투신하였다. 1931년에 일제강점기라는 시대적인 제약에도 불구하고 사립 김천고등보통학교를 설립하였다. 당시 김천고등보통학교를 설립하는 과정에 대한 기사가 『동아일보』, 『조선일보』 등에 지속적으로 실리고 있다. 송설당의 고보 설립사업에 지역유지들이 동조하면서 기부금이 들어오고 있으며, 교육사업가로 널리 알려졌다.

송설당은 신교육을 받지 않고 전통적인 소양을 통해 유교 규범을 내면화하고 있다. 송설당은 가문의식·충효이념 등 유교이념을 내면화한 여성이지만 근대문물에 대한 적극적인 긍정을 보여준다. 그녀가 육영사업에 평생을 바친 이유 역시 부모에 대한 자식의 도리로서, 국가에 대한 국민의 도리로서 행해지고 있음을 알 수 있다. 이는 문물

제도의 차원에서 학교를 긍정하면서도 이념 정신의 차원에서는 여전히 서당 시대의 전통과 규범을 견지하려는 것이다.[85]

기행가사의 주요한 소재가 되고 있는 것은 조상의 성묘와 입석이며 가문의 위상을 높이려는 이러한 노력은 아버지의 유지를 받들고자 함이었다. 그리고 자신이 딸이라는 점에서 사회활동에 근본적인 한계가 주어진다고 인정할 만큼 전통적인 사고를 지니고 있다. 이러한 모습은 이 당시 보편적인 여성들의 의식적 궤적을 보여준다고 하겠다. 전통적인 향촌사회에서 집안교육을 받은 여성이 자연스럽게 내면화한 의식이라고 할 수 있다.

하지만 그의 작품 속에는 그 가문 유지와 존숭의 일을 남성이 아닌 여자인 자신이 해내고 있다는 자부심이 표출된다. 사회 활동의 주체가 되고자 하는 의지는 결과적으로 교육 사업에 투신하는 사회사업가가 되는 동력이 되고 있다. 송설당의 궁극적인 욕망은 사회활동의 주체가 되고자 하는 것이다. 즉 이러한 집단적 가치와 전통적 이념을 실현해 나가는 동력은 송설당 개인이 사회적 주체로 서고자 하는 욕망이다.

이렇게 송설당의 행보에는 충효라는 보수적 유교 이념과 개인적 주체로서의 욕망의 결합이라는 복합적 성격을 띠므로 그 스펙트럼을 보다 구체적으로 살펴볼 필요가 있다. 『송설당집』이 1914년에 완성된 것을 염두에 두고, 최송설당이 보여준 '개인'으로서의 활동은 당대의 역사적 문맥 속에서 어떤 의미를 지니는지, 신여성의 특성인 개성[86]과 어떤

---

85) 백순철, 위의 논문, 2003, 45면.
86) 신여성의 우선적인 판별 기준은 교육보다는 전통-근대와의 대립개념을 통해 인식되어야 하며, 근대의 지표 중에서 가장 가시적이고 과시적인 것들 중의 하나로 지식이 선택된다. 이때의 근대적 지식은 근대학교제도라는 의미보다 '근대적'이라는 수식어에 방점이 있으며 조선어가 아닌 일어나 영어와 같은 언어를 통하여 개성과 반항의 미덕과

변별성을 지니는지, 아니면 그것과 일치하는지 살펴보기로 한다.

외형적으로 드러난 기표를 보면, 송설당의 이러한 개인적 주체를 향한 욕구는 1910년대 사회적으로 권장되고 유행했던 모범적 인물로서의 개인과 닮아있다. 당시 『매일신보』에서 소개한 모범적 인물의 키워드는 일차적으로 입신과 출세로 특징되는 성공이며, 일신의 성공을 이룬 후 공익과 자선 사업에도 돈을 아끼지 않는다는 것이 모범인물들의 공통 서사이다.[87]

이런 점에서 송설당의 생애담과 성공 서사는 이러한 실업가-신사라는 모범적 인물의 형상과 일면 일치한다. 송설당이 문집 속에서 자신의 삶으로 형상화한 것은 당대에 가장 이상적인 인물로 표상된 모범형과 일치함으로써 사회적 인정 욕구를 실현하고자 했음을 알 수 있다. 1930년에 최송설당의 인터뷰 기사인 '전 재산을 밧처 학교를 세운 부인 눈물겨운 그의 반생과 녀걸다운 그의 긔염'이라는 제목의 기사가 게재되고 있는데, '여성으로서 국은을 갚고자 근검절약하여 모은 전 재산을 기부하는 훌륭한 사회사업가'로 소개된다. 이 기사에는 최송설당의 인간적인 면모를 알 수 있는 육성이 실려 있다. 친가 십삼대의 성묘까지 지내왔다는 답변에서 가문수호에 일생을 바친 면모를 다시 한 번 확인할 수 있다.

남의 피와 짬을 싸라서 재물을 싸하 두어 결국 그것이 아비는 자식을 자식은 아비를 상대로 골육상쟁 좃차 하는 이 세상에 한낫 연약한 녀성의 몸으로 만란신고를 무릅쓰고 힘에 힘을 다하여 알알히 모아노은 거만의

같은 자각 등을 지시한다. 김경일, 앞의 책, 2007, 46면.
87) 권보드래, 앞의 논문, 2008, 156~157면.

재산을 「조선의 어린이를 위하여」하고 앗김 업시 영육사업에 내던진 이 가 잇다. 긔보한 바와 가티 그는 최송설당 녀사씨는 과연 엇더한 이며 이에 이르기까지의 그의 포부는 무엇이엿든가─

"금번 긔부하게 되신 동긔냐?"

"내 본가가 본래 몹시 빈한해서 아버지는 아희들에게 글을 가르키고 어머니는 바누질 품을 팔아 근근히 살다가 바누질 싹으로 그 때 엽전으로 두 량 반 짜리 밧흘 한 쎄기 어덧지요. 그래선 그것을 자본삼아 가지고 농사를 시작햇드니 지성이면 감천이라고 밧 한 쎄기 논 한마지기 되고 한 마지기가 두 마지기 두마지기가 닷 마지기 이러케 늘어갑듸다……그래 그것을 붓잡고 이러케 살어왓지요……"

씨는 자긔의 과거를 생각하며 오늘 날 이 지위를 삷혀볼 때 스사로 만 족한 모양이엿섯다.

(중략)

"인간고해라고 사람이 살려면 웨 고생이 업겟소? 누구나 다 만흔 신고 를 격는 것이요. 참 고생을 만히 햇소. 별별 간난을 다 격그며 한 평생 을 보냇지요. 환갑을 지낼 째까지도 젓가락을 들고 안지면 집어먹을 것이 업섯답니다. 그러케 하면서도 친가 십 삼대의 성묘까지 다 지내고 업는 사람에게는 먹을 것을 주며 그밧게 쓸만한 데 논 하나 쌔지 안코 다 긔부 를 하며 어머니의 구순 잔채까지 해드리고 나니짜 바로 내가 환갑이엿소 그래, 진갑까지 다 치르고 나니 '인제는 내 일은 다 햇다' 하는 생각이 나겟지요. 그째부터 멀 좀 해봐야 하겟다는 생각한 것이 발서 십오년이 되엿구려. 세월도 싸르지. 긴 밤을 자지 안코 생각으로 밝힌 적도 만헛것 만 일이란 어듸 그러케 속히 됩듸짜. 래년에는 래년에는 하고 밀우다가 보니 십여 년이 넘엇구려. 그래선 작년에는 가을 추수 까지나 거둬보고 곳 하려든 것이 수십 만원이란 돈이 어찌 그러케 모와집듸짜? 그래 쏘 한 해를 놋첫지요. 가만히 생각해보니 류수가튼 세월이 쏘 멧날이겟소. 이번에는 아조 용단을 내여 금년 식량 까지 다 내 노아버렷소……. 인젠 무거운 짐을 버서 던진 것 가티 마음이 턱 노히요만 쏘 한편으로는 살림이

궁해서 엇더케 사나 하는 생각도 잇소만 아니 인젠 내가 굶어죽어도 좃소. 모두 다 막겨버리고 그거 저일만 잘 되어가면 그만이요. 아무조록 사회 여러분들이 만히 돌보아 잘 되어 나가도록 해주기만 바랍니다. 그저 인제는 좃코 달 밝은 양춘가절이나 중추구월에 평안히 갓스면 하는 원밧겐 아모 것도 업소[88]

이 육성에서 주목되는 것은 근검하고 절욕하는 생활의 희생이 뒤따랐다는 점을 강조하고 있다는 점이다. 사회사업의 일념을 실천에 옮기기 위해서 고행에 가까운 절검을 했어야 했던 사실을 말하고 있다. 여기에는 온갖 어려움을 헤쳐온 스스로의 의지에 대한 자부심이 배어 있다. 기자의 "씨는 자긔의 과거를 생각하며 오늘 날 이 지위를 삷혀 볼 때 스사로 만족한 모양이엿섯다"이라는 언급이 이러한 분위기를 뒷받침하고 있다.

따라서 이러한 희생을, 개인의 자선심과 윤리의식을 수식하는 수사로 보기에는 기행가사 작품에서도 보듯이 충효와 가문의 위상 회복이라는 집단적 가치가 압도하고 있다. 이런 점에서 당대의 '모범적 개인'과는 그 성격을 달리한다. 당대의 모범적 개인으로 설정된 '실업가-신사'는 지극히 현실적인 인물형으로, 사사화되고 가정화된 주체로서 고립된 개인이다. 즉 1910년대 사회적으로 권장된 삶은 고립된 개인, 사사화되고 가정화된 개인이 이념 없이 살아가는 즉자적이고 개인적인 물질성에 기반해 살아가는 삶으로 나타난다. 개인이 국가-사회와의 관계맺음은 사적 개인의 일차성을 전제한 후, 그 경계가 교란되지 않는 한에서 공익심, 자선심의 윤리적 감성의 차원에서 이루어지는 것이다.[89]

---

88) 『조선일보』, 1930. 3. 5.
89) 1910년대에 쾌락은 새로운 유행어로서 개인의 삶을 추동해냈다. 열심히 노동하여

　　"모흔 재산을 은혜로써 베푸러 국은을 갑고 사회를 위하랴는 마음으로
전긔와 가티 모든 사업을 계획하랴 한다는 바 본시 텬성이 자선심에 풍부
하야 어려운 소작인들에게는 일년 추수를 그대로 내어주고 심리어 부리
는 사람들에게 짜지라도 어려운 사정을 돌보아줌이 그네들의 친부모보다
도 다를 것이 업다 하야 일반은 녀사에 대한 칭송이 자자하다더라.[90]

　　반면 위의 기사에서 보면 역시 공익심 자선심의 윤리적 측면을 강조
하고 있는데, 여기에서 보듯이 송설당의 경우는 집단과의 관계맺음이
'잉여적이고 부가적'[91]이기보다는 본원적이라는 특징이 있다. 식민지
상황이라는 당대의 역사적 성격을 고려할 때 교육 사업을 벌이고, 공립
학교로의 인가를 얻기 위하여 일제당국과 여러 차례 마찰을 빚고 마침
내 김천고보를 설립하는 과정은 국채보상운동에서 보여준 여성들의
의식과 유사하다. 국채보상운동에서 '국가와 민족에 대한 헌신이라는
대의를 표방하며 여성이 남성이나 가족으로부터 독립된 개체로서의
자의식을 고양한[92] 사례의 흐름을 잇는 것이라 할 수 있다. 그러면서도
국채보상운동이 여성의 집단적 정체성으로 나타났다면, 송설당의 경우
송설당 개인의 주체성에 초점이 있다는 차이를 지닌다.
　　이러한 측면에서 송설당이 보여주는 여성 개인으로서의 주체적 욕
망은 사회적 인정 욕구의 실현이면서도 '권리'의 차원이라기보다는

　　사사화되고 가정화된 개인의 영역을 공고히 한 후 여가시간에는 건전한 쾌락을 추구하
고 다른 주체와의 관련에 있어서는 공익심과 자선심을 견지함으로써 성공적인 타협을
이루라는 것이 1910년대식 처세술의 요약본이라고 할 수 있다. 권보드래, 앞의 논문,
2008, 158면.

90) "국은을 보답코자 사회사업에 투자 자긔가 모흔 재산을 푸러 고아원 등을 설립하랴고
최송설당의 미학", 『동아일보』, 1926. 11. 16.

91) 권보드래, 앞의 논문, 2008, 157면.

92) 김경일, 앞의 책, 2007, 42면.

'의무'의 차원에서 그 영역을 확보한다.93) 이는 딸로서의 정체성, 성
역할의 고정성에 대한 내면화라는 봉건적 성격을 띠고 있는 것도 사
실이다. 이는 신여성의 '개인'과도 차이를 지니는 것으로, 신여성은
개성의 권리와 반항의 미덕, 양처현모주의에 대한 반대, 가족보다는
여성 자체를 중시했다는 점에서 차이를 지닌다.94)

그런데 송설당에게 전 근대적 집단적 가치인 '가족'과 관련된 양처
현모라는 가치는 나타나지 않고 있다. 이는 일차적으로는 남편과 결
혼했다가 곧 헤어졌으며, 자식이 없었다는 개인사에 기인한 것일 가
능성이 있다. 결과적으로 아내나 어머니로서의 정체성이나 결핍의식
은 거의 나타나지 않는다. 아내와 어머니로서의 정체성이나 모성의
측면은 나타나지 않는 대신, 딸로서의 정체성이 중심이 된다.

그리고 그런 점에서 송설당의 활동은 전통적으로 입신양명의 기호
인 가문 선양으로 나타나고 있다. 그 연장선상에서 그 자신 인생 성공
담에 대한 대외적 공표의 결정체가 문집간행이다. 이러한 공표 방법
또한 전통적인 방식으로 이루어진다. 당대의 내노라 하는 정계, 관계
다수 인물들의 글이 실린 문집의 발간은 매우 전통적인 방식으로 사
회적 인정 욕망을 실현하고 있다. 이는 유교적 가치의 내면화 속에서
사회경륜가로서의 윤리의식을 지닌 충의지사로서의 풍모와 아울러
문인학자로서의 풍모를 지향했던 점에 기인한다. 이 충효의식은 사회
적 책임에 대한 의식을 각성시키는 매개로 작동한다. 결과적으로 민

---

93) 김경일, 앞의 책, 2007, 43면.
94) 나혜석은 '이상적 부인'을 『학지광』에 발표하고 있는데, 여성의 개성과 신 이상을
　　주장하며 양처현모주의를 비판한다. 여기서 가족보다 여성 자체를 강조하고 있다. 김
　　경일, 앞의 책, 2007, 23~28면.

족의 자결과 여성의 권리가 양립[95]하는 사례를 잇는 것이기도 하다.

이를 볼 때 당시 유행한 개인형은 도시에 거주하며 개인의 안돈된 삶을 지향하는 가운데 여가와 쾌락으로서 근대적 관광을 즐기는 개인들이다. 반면 송설당은 향촌에 뿌리를 두고 가문사에 관한 일로 여행길에 오르고 있다. 이런 점에서 송설당이 추구한 개인적 욕망은 민족이라는 집단적 가치와의 양립을 추구한다. 그리하여 전통적 가치를 내면화한 구여성이 유교의 정신적 자장 안에서 어떻게 개인적 주체로서의 영역을 확보하며 인식을 성장시켜 나가는지 그 과정적 의의를 보여주고 있다. 또한 이 시기 유교의 이념적 자장이 사회현실에 대한 책임의식과 도덕심을 형성하는 연원이 되고 있는 사실을 다시 한 번 확인할 수 있다.

다음으로 은촌(隱村) 조애영(趙愛永 : 1911~2000)을 통해서 구여성이 여학생의 사회적 지위를 획득해 나가는 맥락을 짚어볼 수 있다.

조애영은 1911년 경북 영양에서 태어났다. 16세인 1926년 영양공립보통학교를 졸업하고 서울로 유학하였다. 이후 배화여고에 입학하였고, 1929년 시조 작품을 발표하였다. 최초의 내방가사 작품인 〈일월산가〉를 발표하여 일본 경찰의 요시찰 인물이 되었으며, 학생만세운동의 배화학교 주동인물로 나섰다가 무기정학을 당하고 옥살이까지 하였다. 1931년 20세에 이화여전에 합격했으나 자퇴하고 영천의 이담과 혼인하였다. 이후 가사에 전념하면서 1958년 작품집 『슬픈 동경』을 출판하였다. 하지만 남편이 사회활동에 반대하여 조카 조지훈이 작품집 중 몇 권만을 건져냈다고 한다. 이후 은촌 조애영은 남편과 사

95) 김경일, 앞의 책, 2007, 41면.

별 후 환갑을 맞은 1971년 『회갑기념은촌내방가사집』을 출간하였다. 1973년 12월 〈유림월보〉 57호에 〈여성유림의 자세〉를 발표하면서 "여성은 가문의 전통을 존중하고 경로정신에 투철하여야 한다"고 주장하였다. 그리고 이러한 의식에 따라 그 후 유림회에서 활동하였다.

이와 같이 은촌 조애영은 향촌 출신으로 그의 집안 분위기나 가계에 대한 묘사가 작품 속에 나타난다. 이 당시 학교에 입학하여 근대적 제도 교육을 받은 여성이 실제로 사회활동을 이어가는 것은 쉽지 않다는 것을 보여준다.

1932년에 지은 〈신혼가〉에서는 자신이 결혼하게 된 과정을 읊고 있다. 혼인과 동시에 일본유학을 갈 수 있다는 기대 속에 혼인하게 되었다고 말한다. 자신을 신여성으로 자각하며, 시집식구들도 조애영을 신여성으로 부르며 거리를 두고 있다.

> 일본유학 보내주마 살살꾀는 큰오빠는
> 이화전문 퇴학원서 초를잡아 보이면서
> 아버지와 의논하고 현이치울 계획이라
> 그해여름 삼복중에 현이오빠 거동보소
> 신랑감을 데리고와 안방에서 선보이고
> 사흘만에 시숙감이 약혼반지 들고왔네
> 깜짝놀라 오빠보고 무슨일이 이러냐니
> 덮어놓고 화를내며 교제필요 없다했네
> 새로얻은 어머니도 한바가지 떠붙는듯
> 신랑감이 헌칠하고 씩씩하게 보이지요
> 그소리가 현이귀에 솔깃하게 들린지라
> 아무소리 아니하니 바로가서 택일했네

벼락같이 서둔혼인 이십일간 준비할때
개학하면 일본간다 신랑신부 같이간다
달콤하게 꾀우는데 홀딱속아 버렸어라
(중략)
공부하러 일본간다 가방들고 나가면서
어머님을 잘받들고 몸조심을 하라하니
혼인전에 듣던말과 딴판으로 되었더라
현이오빠 거짓말에 신랑각씨 다속았다
중매쟁이 아니들고 불비비듯 치룬혼인
싱겁고도 야속하게 두사람을 울리는날
기적소리 우렁차게 경성역을 작별하고
현해탄을 건너가는 현이신랑 키다리는
광주학생 사건때에 퇴학당한 희생자라
(중략)
겨울방학 기다리며 따분하게 지내는데
맏동서와 둘째동서 번갈아서 현이보고
새댁새댁 내말듣게 신랑과거 알고왔나
또한동서 하는말이 신여성이 무엇하러
이런집에 시집와서 시집사리 하단말고
이런소희 저런소희 시집살던 이야기며
현이친정 내왕없고 혼인범절 허무한것
동정하듯 뒤집으니 낯이확근 달았서라[96]

여고 졸업 후 전문학교에 입학하였으나 집안의 강요로 인해 자퇴하
게 된 과정, 일본유학의 명분으로 혼인하게 된 과정, 이어 자신의 의
지와 상관없이 현모양처로서의 삶을 살아가는 과정을 보여준다. 여학

---

96) 조애영, 『은촌내방가사집』, 금강출판사, 1971.

생의 신분이었다가 다시 향촌으로 내려와 지내면서 저자는 자신을 '신여성'이라고 지칭하기도 하고, '산골처녀'라고 지칭하기도 한다. 교육 받은 신여성으로서 경성에서 신식 결혼을 하고 있으나, 이후 일본 유학생인 남편과 떨어져 시부모를 모시고 사는 전형적인 구여성의 삶을 살아가고 있다.

그간 공적 담론에서 논의된 신여성의 표상과 이미지는 도시에서 활동한 신여성들의 모습으로 부각되었다. 그런데 여학생이라 하더라도 향촌 여성 출신에게는 전통적 사회의 억압적 기제들이 작동하고 있어 사회의 인습과 마찰하는 모습을 볼 수 있다.

다음은 1930년에 지은 〈울분가〉이다.

> 현이집은 아버지가 일본시찰 하고온후
> 방방곡곡 순회하며 개화해야 된다하니
> 영남유림 샌님들이 비난하고 배척이라
> 현이어려 정혼한곳 간혼들기 좋았더라
> 정혼자리 파혼되니 할수없이 상경했네
> 말만좋은 유학이지 강제결혼 시킬예정
> 아버지가 정혼한데 시집가지 않는다고
> 학비까지 중단하니 어찌울분 안터지랴
> 「맘에없는 결혼만은 죽음보다 싫다」하니
> 어머니를 볶아대며 가정불화 시작이라
> 어머니와 올케들이 길쌈해서 모은돈을
> 경성유학 오는편에 학비쓰라 보내준일
> 고맙기도 하지마는 미안하기 짝이없어
> 장장추야 적막한데 잠이안와 상성할듯
> 옆에자는 학우들은 한잠들어 있는지라

　　　　짜증나고 울적해서 궁창으로 내다볼제
　　　　삼각산에 횃불인가 셋둘하나 셋둘하나
　　　　헤어졌다 합치는불 봉화라고 생각했다
　　　　그이튿날 동아일보 기사에도 「봉화」라고
　　　　그때바로 광주에서 학생소요 사건이며
　　　　전국으로 번져가는 학생만세 사건이라
　　　　겨울방학 땡겨갖고 학생들을 가라하니
　　　　시골에서 유학온이 차비없어 못떠나고
　　　　일주일이 지나서야 차비받아 귀향할제
　　　　대구역두 개찰구에 삼엄하게 경계망은
　　　　학생들을 줄로엮어 차곡차곡 수색했네
　　　　삼사십명 학생중에 중앙고보 키다리가
　　　　감춰가던 삐라뭉치 경관에게 들킨지라
　　　　차고때려 피투성이 포승질러 가는모습
　　　　물끄럼이 바라볼제 이를갈며 보았어라
　　　　여학생은 현이혼자 손가방만 수색당해
　　　　같이가던 학생들과 파출소에 끌려가니
　　　　초만원을 일우어서 대구서에 압송되고
　　　　구류간이 차고남아 복도에서 서성댔다

　혼인제도의 속박과 공부를 지속하고 싶은 열망이 대립하고 있다. 유학을 가서 공부를 계속하고 싶은 지적인 열망을 토로한다. 특히 조국 상실에 대한 강한 울분을 드러내고 있는데, 이는 여학생으로서 학생운동의 현장에 직접 맞닥뜨리면서 터져 나온다. 학생운동에 직접 참여하며, 적극적으로 사회참여의식을 표출하고 있다.

　그의 친정은 영남 유림 집안으로서 항일의식이 강하면서도 계몽에 대한 필요성을 인식하고 있었던 집안 분위기를 보여준다. 제도와 관습에 대해서도 상당히 유연한 시각을 보이며 여성교육에 관심이 높았던 아버지를 비롯한 집안분위기에서 서울 유학이 가능했다.[97] 하지만 여고 졸업 이후의 진학은 적극적으로 권장하는 분위기가 아니었다.[98] 이런 점에서, 여학생으로서 학업을 계속해 나가고자 하는 지적 욕구와 자기실현의 욕망은 현모양처라는 전통적인 가치와 강하게 대립하고 있다.

이 〈울분가〉를 통해서 당시 상대에 대해 알아볼 기회도 없이 집안 간 정혼을 통해서 이루어지는 전통적 혼인제도, 정혼이 족쇄가 되는 정절 관념, 여성은 시집가는 것이 당위인 사고 등 보수적 인습들이 신여성의 지적 욕망, 개인적 주체로서의 의식과 어떻게 마찰하고 있는지 볼 수 있다.

그가 작품을 지은 것은 여학생 신분으로 배화여고 재학생 시절이다. 〈금강산기행가〉에서는 제국 일본에 대한 적대감과 민족의식을 강하게 표출한다. 그의 충효이념은 이러한 향촌생활에 기반한 전통적인 의식에서 비롯되고 있는 것으로 보인다. 은촌의 대사회적 문제의식은 출신 지역의 학풍과 아버지의 가학 등에 영향 받아 형성되었다고 할 수 있다. 하지만 이후 서울에서의 유학 생활과 학생운동 등을 통해서 보다 적극적인 방향으로 진화하게 된다.[99] 그의 시문집 출간이 남편

---

97) 상당한 교양과 투철한 문제의식으로 가득한 딸에게 좀 더 높은 수준의 교육을 받아 한층 개화된 삶을 살아가기를 기대했을 것이다. 백순철, 앞의 논문, 2011, 355~356면.
98) 근대로의 이행 이후인 1920년대에 들어와서도 여자의 고등교육은 결혼이나 생식력에 장애가 된다는 형태로 재생되어 왔다. 이러한 점에서 근대에 들어와서도 여성에게 지식과 교양은 여성 자신에게 불행을 가져오는 화근이거나 기껏해야 시집을 잘 보내기 위한 겉치레 정도로 인식되어 왔던 것이다. 김경일, 「식민지 여성교육과 지식의 식민지성-식민 권력과 근대성의 각축」, 『사회와 역사』 59집, 한국사회사학회, 2001, 83면.
99) 백순철, 앞의 논문, 2011, 361면.

의 반대에 부딪쳐 좌절되면서도 지속적으로 시작활동을 하면서 출간을 성취하는 과정은 지적 욕구를 반영한 것이라고 할 수 있다.

은촌에게서 볼 수 있는 것은 지역에서 성장하면서 내면화한 유교의식과 신식교육을 받고 도시 체험을 하면서 갖추게 된 사회 역사의식이 중첩되어 있다는 점이다.[100] 그런데 은촌을 통해서 당시 신교육을 받은 신여성이라 하더라도, 그것은 결혼에 필요한 교양의 층위로 인식되었으며 다시 현모양처의 삶으로 돌아가기를 강요하는 분위기였음을 알 수 있다. 이때 여성의 교육은 현모양처를 양성하기 위한 방편으로 기능하며, 여성 개인의 주체적 삶을 위한 것이 아니었음을 보여준다.

이러한 것은 여성으로서의 삶과 집안, 사회적 활동 주체로서의 개인과 가정의 가치가 대립하고 마찰하는 양상을 보여준다. 은촌의 작품에서 근대이행기에 전통적 유교이념이 우세한 향촌사회에서 향촌여성이 겪게 되는 갈등을 볼 수 있다. 이점에서 조애영은 최송설당의 현실적 처지와는 다르다. 은촌의 경우는 여성 개인과 집단(가문), 전통적 가치와 근대적 가치가 마찰하고 길항하는 모습을 보여준다.

은촌의 〈신혼가〉에서는 부부유별의 유교적 규범 및 중매와 정혼으로 이루어지는 전통적인 혼례 절차와 충돌하는 자의식을 보여준다. 가부장의 대리권자라 할 오빠에 의해 반 강제적으로 혼인하는 과정 속에서 부부 간 애정에 대한 갈망, 시집에서 의무만 주어진 상황에 대한 난감함 등이 드러난다.

이러한 시대적 분위기 속에서 당시 신여성을 중심으로 양처론이 1920년대 초 대두하기 시작한다. 신가정론과 양처상 및 주부론은 종

---

100) 백순철, 앞의 논문, 2003, 56면.

래의 가족제도를 비판하기 위한 계몽의 정서를 담고 있다.[101] 1920년
대 후반 양처론은 본격화된 신가정론을 배경으로 부각되었으며, 양처
란 애정적 부부관계를 중심으로 한 이상적 가정의 주체를 말했다.
1930년대 초반까지 신여성 담론에서 양처현모이념의 핵심은 양처에
있었다. 신가정을 꾸리는 첫 번째 선행조건은 연애결혼과 그것을 통
해 이루는 부부관계의 친밀성과 애정적 관계라고 논의되었다. 양처주
부론자들은 양처를 구여성의 처 규범과 구별되는 근대적인 욕망과 권
리로, 주부의 역할을 남녀평등을 얻기 위해 먼저 갖추어야 할 실력으
로 주장하였다.[102]

하지만 은촌의 경우를 통해서 전통적 인습이 유지되는 향촌에서 여
성이 가정의 중심이자 애정의 주체로 거듭나는 것이 현실적으로 어려
운 상황이었음을 알 수 있다.

이 시기 향촌여성들은 개인적인 정체성을 자각하며 독립된 사회적
활동의 주체로서의 의식을 성장시켜 나가고 있다. 향촌여성들은 여
전히 가문과 집안, 가족 등 집단적 가치를 지향하고 있다. 그러면서
도 여성의 사회적 활동에 대한 열망과 지적인 욕망이 집단적 가치와
공존 또는 마찰하고 있음을 볼 수 있다. 기행가사는 여성 존재에 대
한 본원적 응시로부터 나아가 자기표현의 욕구와 지적인 욕망까지를
투시하고 있다.

---

101) 김수진, 앞의 책, 2009, 357면.
102) 김수진, 앞의 책, 2009, 465~467면.

참고문헌

1. 자료

『개벽』, 개벽사, 국사편찬위원회 DB.

『국역 신증동국여지승람』, 민족문화추진회, 1985.

고전자료편찬실 편, 『규방가사Ⅰ』, 한국정신문화연구원, 1979.

권영철 편, 『신변탄식류 규방가사』, 효성여대출판부, 1985.

_____ 편, 『규방가사Ⅰ』, 가사문학관, 2002.

금상기, 『금강유람가』, 대보사, 1996.

김선풍, 「규방가사 작가의 여성상-영동지방을 중심으로-」, 『한국문학과 여성』, 박이정, 1997.

김원모, 「이종응의 〈서사록〉과 〈셔유견문록〉 자료」, 『동양학』 32집, 단국대학교 동양학연구소, 2002.

김한홍, 『해유가』, 유고간행위원회, 1996.

『동아일보』, 동아일보사.

심복진, 『동유감흥록』, 동창서옥, 1926, 국립도서관 소장.

『매일신보』, 매일신보사.

『신한민보』 1~27, 논문자료사 영인, 1991.

안진호 편, 『석문의범』, 법륜사, 1961.

이화여자대학교 한국어문학연구회, 「내방가사자료」, 『한국문화연구원논총』 15집, 이화여자대학교 한국문화연구원, 1970.

이대준 편저, 『낭송가사집』, 세종출판사, 1998.

이선옥, 「금강산유람기」, 『한국어문학연구』 13, 이화여자대학교 문리대학 국어국문학회, 1973.

이태직, 〈대일본유람가〉, 국립도서관 소장.

임기중, 『한국가사문학주해연구』, 아세아문화사, 2005.

_____, 『역대가사문학전집』 1~40권, 아세아문화사, 1987~1999.

『조광』, 조선일보사, 국사편찬위원회 DB.

조규익, 『해방전 재미한인 이민문학』 1·2·3·4·5·6, 월인, 1999.

『조선일보』, 조선일보사.

조선총독부, 『조선』, 1928, 국가전자도서관 DB.

조애영, 『은촌내방가사집』, 금강출판사, 1971.

최남선, 『육당 최남선전집』, 역락, 2003.

최송설당, 『송설당집』, 조선인쇄주식회사, 1922, 국가전자도서관 DB.

국가전자도서관 DB

국사편찬위원회 한국근현대사신문잡지자료 DB.

임기중, 『역대가사문학집성』 누리미디어 DB.

2. 논저

고미숙, 『한국의 근대성, 그 기원을 찾아서-민족, 섹슈얼리티, 병리학』, 책세상, 2001.

고순희, 「개화기 가사를 통해 본 여성담론의 전개양상과 특성」, 『한국고전여성문학연구』 10, 한국고전여성문학회, 2005.

_____, 「일제강점기 가일마을 안동 권씨 가문의 가사창작-항일가사 〈꽃노래〉와 만주망명가사 〈눈물 뿌린 이별가〉」, 『국어국문학』 156집, 국어국문학회, 2010.

_____, 「만주망명가사와 디아스포라」, 『한국시가연구』 30집, 한국시가학회, 2011.

_____, 「일제강점기 만주망명지 가사문학 -담당층 혁신유림을 중심으로」, 『고시가연구』 27집, 한국고시가문학회, 2011.

권경숙, 「해강의 〈금강유람가〉 연구」, 동아대학교 석사학위논문, 2002.

권보드래, 「한국 근대소설의 이론」, 소명출판, 2000.

_____, 「1910년대의 이중어 상황과 문학 언어」, 『한국어문학연구』 54집, 한국 어문학연구학회, 2010.

권보드래·길진숙 외, 『소년과 청춘의 창』, 이화여자대학교 출판부, 2007.

권영호, 「해방 이후 근작 내방가사에 나타난 여성의식」, 『어문논총』 41, 한국언어 학회, 2004.

김경일, 「한국 근대 사회의 형성에서 전통과 근대-가족과 여성 관념을 중심으로」, 『사회와 역사 54』, 문학과 지성사, 1998.

_____, 「식민지 여성교육과 지식의 식민지성-식민 권력과 근대성의 각축」, 『사 회와 역사』 59집, 한국사회사학회, 2001.

_____, 『한국의 근대와 근대성』, 백산서당, 2003.

_____, 『여성의 근대 근대의 여성』, 푸른역사, 2007.

김기영, 「셔유견문록의 문예적 실상과 교육적 가치」, 『한국문학이론과 비평』, 17 집, 한국문학이론과 비평학회, 2002.

_____, 「관악산유산록의 작품실상과 현재적 의미」, 『어문연구』 38권, 어문연구 학회, 2002.

_____, 「石湖 琴相基의 〈금강유람가〉 고찰」, 『한국 언어문학』 59집, 한국언어문 학회, 2006.

_____, 「〈금강손유람가〉의 작품 실상과 현재적 의미」, 『인문학연구』 통권 84호, 충남대학교 인문과학연구소, 2011.

김기종, 「근대불교잡지의 간행과 불교대중화」, 『한민족문화연구』 26집, 한민족문 화학회, 2008.

김동식, 「철도의 근대성-〈경부철도노래〉와 〈세계일주가〉를 중심으로」, 『돈암어 문학』, 돈암어문학회, 2002.

김상진, 「이종응의 〈셔유견문록〉에 나타난 서구체험과 문화적 충격」, 『우리문학 연구』 23집, 우리문학회, 2008.

김수경, 「〈부여노정기〉-최초의 기행 소재 규방가사-」, 『규방가사의 작품세계와 미학』, 역락, 2002.

김수경·유정선, 「〈이부인기행가사〉에 나타난 19세기 여성의 여행체험과 그 의미」, 『한국고전여성문학연구』 4, 한국고전여성문학회, 2002.

김수진, 『신여성 근대의 과잉』, 소명출판, 2009.

김원모, 「李鍾應의 『西槎錄』과 『서유견문록』 해제」, 『동양학』 32집, 단국대학교 동양학 연구소, 2002.

김윤희, 「조선후기 사행가사의 세계인식과 문학적 특질」, 고려대학교 박사논문, 2010.

_____, 「미국 기행가사 〈해유가〉의 문학적 형상화 양상과 시대적 의미」, 『고전문학연구』 39, 한국고전문학회, 2011.

_____, 「1920년대 일본 시찰단원의 가사 〈동유감흥록〉의 문학적 특질」, 『우리말글』 54, 우리말글학회, 2012.

김익한, 「일제하 한국 농촌사회운동과 지역 명망가」, 『한국문화』 17, 서울대학교 규장각 한국학연구원, 1996.

김일근, 「히인사유람ㄱ」, 『문호』 2집, 건국대학교 국어국문학회, 1962.

김정화, 「현대 규방가사의 문학적 특징과 시사적 의미」, 『고전문학연구』 32, 한국고전문학회, 2007.

김종순, 「최송설당 문학연구」, 한성대학교 박사학위 논문, 2006.

_____, 「송설당집의 문학사적 의의와 근대성」, 『한성어문학』 26, 한성어문학회, 2007.

김지녀, 「최남선 시가의 근대성-'철도'와 '바다'에 나타난 계몽적 공간인식」, 『비교한국학』 14호, 국제비교한국학회, 2006.

김필동, 「일제의 창씨개명 정책과 족보 : 지역 종족집단의 대응전략」, 『사회과학연구』 21권 4호, 충남대학교 사회과학연구소, 2010.

김학이, 「얀 아스만의 '문화적 기억'」, 『서양사연구』 33집, 한국서양사연구회, 2005.

김현주, 「근대 초기 기행문의 전개양상과 문학적 기행문의 기원-국토기행을 중심으로」, 『현대문학의 연구』, 한국문학연구학회, 2001.

_____, 『한국 근대산문의 계보학』, 소명출판, 2004.

_____, 「김윤식 사회장 사건의 정치문화적 의미」, 『동방학지』 132, 동방학회, 2005.

_____, 「식민지에서 사회의 사회적 공공성의 궤적-1910년대 『매일신보』에서 이광수의 사회담론의 의미」, 『한국문학연구』 38집, 동국대학교 한국문학연

구소, 2010.

김형규, 「일제 식민화 초기 서사에 나타난 해외이주 형상의 의미」, 『현대소설연구』 46, 한국현대소설학회, 2011.

_____, 「식민지 시기 해외 이주체험 형상에 나타난 공동체성의 구성양상」, 『현대소설연구』 48호, 한국현대소설학회, 2011.

김희곤, 「송설당의 삶과 꿈」, 『최송설당 기념학술대회 자료집』, 송설당기념사업회, 2004.

나정숙, 「은촌 조애영 연구」, 성신여자대학교 교육대학원, 1994.

나정순, 「내방가사의 문학성과 여성인식」, 『고전문학연구』 10집, 한국고전문학회, 1995.

남상권·김병우, 「근대 장편소설에 반영된 향촌지배층 변동-1930년대 농촌 배경 장편 소설을 중심으로-」, 『한문학논집』 32집, 근역한문학회, 2011.

류미나, 「식민지 권력에의 협력과 좌절-경학원과 향교 및 문묘와의 관계를 중심으로」 『한국문화』 36, 2005.

_____, 「식민지기 조선의 명륜학원 -조선총독부의 유교지식인 정책과 조선인의 대응」, 『교육사학연구』 17집 1호, 한국교육사학회, 2007.

_____, 「조선총독부의 종교정책과 종교계의 대응 ; 일본의 조선 신민화 정책과 유림 동원의 실태」, 『일본학』 31집, 동국대학교 일본학연구소, 2010.

_____, 「일본의 '공자묘 대중화' 정책과 조선 내 공자묘 인식의 변화-총독부의 공자묘 개방정책과 그 영향을 중심으로-」, 『인문과학논총』 64집, 서울대학교 인문학연구원, 2010.

린다 멕도웰, 『젠더 정체성 장소』, 한울, 2010.

미술세계 편집부, 「작가발굴-작가 김규진의 삶과 예술」, 『미술세계』 110호, 1991.

박경주, 『규방가사의 양성성』, 월인, 2007.

박노자, 개화기의 상무론과 근대의 한반도, 『인물과 사상』 77, 인물과 사상사, 2004.

박노준, 「〈해유가〉(일명 서유가)의 세계인식」, 『한국학보』 64, 일지사, 1991.

_____, 「〈해유가〉와 〈셔유견문록〉 견주어보기」, 『한국언어문화 23집, 한국언어문화학회, 2003.

박미영, 「재미작가 홍언의 시조 형식 모색과정과 선택」, 『시조학논총』 18집, 시조학회, 2002.

박미영, 「재미작가 홍언의 몽유가사·시조에 나타난 작가의식」, 『시조학논총』 21
집, 한국시조학회, 2004.

_____, 「재미작가 홍언의 미국 기행시가에 나타난 디아스포라적 작가의식」, 『시
조학논총』 25집, 한국시조학회, 2006.

박애경, 「대한제국기 가사에 나타난 이국형상의 의미–서양 체험가사를 중심으로–」,
『고전문학연구』 31, 한국고전문학회, 2007.

_____, 「조선후기의 일본 기행가사와 일본관」, 『18세기 한일문화교류의 양상』,
한국18세기학회 편, 태학사, 2007.

_____, 「내지사찰단이 바라본 일본 –시찰단 보고문 〈동유감흥록〉을 중심으로」
『한국 고전시가의 근대적 변전과정 연구』, 소명출판, 2008.

_____, 「자전적 가사와 젠더」, 『여성문학연구』 20집, 한국여성문학회, 2008.

_____, 「1920년대 내지사찰단 기행문에 나타난 향촌지식인의 내면의식」, 『현대
문학의 연구』 42, 한국문학연구학회, 2010.

박요순, 「여류 가사의 현황과 연구활동」, 『한남어문학』 28, 한남대학교 국어국문
학회, 2004.

박찬승, 「식민지 시기 조선인들의 일본시찰 : 1920년대 이후 이른바 내지시찰단을
중심으로」, 『지방사와 지방문화』 9권 1호, 2006.

방선주, 『재미한인의 독립운동』, 한림대학교 출판부, 1989.

백문임, 「조선 영화의 풍경의 발견 : 연쇄극과 공간의 전유」, 『동방학지』 158, 동
방학회, 2012.

백순철, 「규방가사의 작품세계와 사회적 성격」, 고려대학교 박사학위 논문, 2001.

_____, 「규방가사와 근대성의 문제」, 『한국고전연구』 9집, 한국고전연구학회,
2003.

_____, 「최송설당 가사의 문체와 현실인식」, 『고시가연구』 16집, 고시가학회,
2005.

_____, 「20세기 규방가사를 통해본 여성과 근대성」, 『동아시아와 근대, 여성의
발견』, 청어람 미디어, 2004.

_____, 「은촌 조애영 가사의 문체와 여성의식」, 『한국고전여성문학연구』 22, 한
국고전여성문학회, 2011.

서은경, 「1910년대 후반 미적 감수성의 분화와 '감정'이 부상되는 과정—유학생 잡지 『삼광』을 중심으로—」, 『현대소설연구』 45, 한국현대소설학회, 2010.

서지영, 「조선후기 중인층 풍류공간의 문화사적 의미—서구 유럽 '살롱'과의 비교를 통하여—」, 『진단학보』 95, 진단학회, 2003.

성기옥, 「사대부 시가에 수용된 신선모티프의 시적 기능」, 『국문학과 도교』, 한국고전문학회, 1998.

성봉현, 「일제시기 문집간행과 출판검열—『송암집(松菴集)』을 중심으로」, 『서지학보』 31, 한국서지학회, 2007.

송기섭, 『근대소설과 유교적 인간』, 『국어국문학』 127, 국어국문학회, 2000.

신상필, 「근대한문학의 성격과 신해음사」, 『한문학보』 22집, 우리한문학회, 2010.

양보경, 「조선시대 읍지의 성격과 지리적 인식에 관한 연구」, 서울대학교 박사학위 논문, 1987.

에드워드 렐프, 『장소와 장소상실』, 김덕현·김현주·심승희 역, 논형, 2005.

염은열, 「금강산 가사의 지리적 상상력과 장소 표현이 지닌 의미」, 『고전문학연구』 38권, 한국고전문학회, 2010.

요한 호이징하, 『호모 루덴스』, 까치, 2008.

우미영, 「근대 여행의 의미 변이와 식민지/제국의 자기 구성 논리—묘향산 기행문을 중심으로—」, 『동방학지』 133권, 연세대학교 국학연구원, 2006.

_____, 「동도의 욕망과 동경이라는 장소(Topos)—1905~1920년대 초반 동경유학생의 기록을 중심으로」, 『정신문화연구』 통권 109호, 한국학중앙연구원, 2007.

_____, 「식민지 지식인의 여행과 제국의 도시 '도쿄' : 1925~1936」, 『한국언어문화』 43집, 한국언어문화학회, 2010.

_____, 「문화적 기억과 역사적 장소 : 1920~1938년의 경주」, 『국어국문학』 161, 국어국문학회, 2012.

유석환, 「문학시장의 형성과 인쇄매체의 역할(1)—1917년 전후의 문학사의 국면」, 『민족문학사연구』 48권, 민족문학사연구소, 2012.

유정선, 「〈금행일기〉에 나타난 기행체험의 의미」, 『규방가사의 작품세계와 미학』, 역락, 2002.

_____, 『18·19세기 기행가사 연구』, 역락, 2007.

유정선, 「화전가에 나타난 여성의 놀이공간과 놀이적 성격」, 『한국고전연구』 19, 한국고전연구학회, 2009.

_____, 「1920년대 인쇄본 기행가사, 전통의 지속과 변용-〈동유감흥록〉을 중심으로-」, 『고전문학연구』 41, 한국고전문학회, 2012.

윤상길, 「'식민지 공공영역'으로서의 1910년대 ≪매일신보≫」, 『한국언론학보』 55권 2호, 한국언론학회, 2011.

윤미애, 「문화적 기억의 공간과 서울이야기」, 『카프카연구』 17집, 한국카프카학회, 2007.

윤영실, 「"경험"적 글쓰기를 통한 "지식"의 균열과 식민지 근대성의 풍경-최남선의 지리담론과 『소년』지 기행문을 중심으로-」, 『현대소설연구』, 2008.

윤인진, 『코리아 디아스포라』, 고려대학교 출판부, 2004.

이성혜, 「20세기 초 한국 서화가의 존재방식과 양상」, 『동양한문학연구』 28, 동양한문학회, 2009.

_____, 「서화가 김규진의 작품 활동과 수입」 『동방한문학』 41집, 동방한문학회, 2009.

이성후, 「일동장유가와 일본유람가의 비교연구」, 계명대 석사학위논문, 1981.

이형대, 「규방가사, 민요, 계몽가사의 모성 표상」, 『한국고전여성문학연구』 14집, 한국고전여성문학회, 2007.

이혜순·정하영 외, 『조선 중기의 유산기문학』, 집문당, 1997.

이홍우, 「1910년대 재미 『신한민보』 소재 희곡 연구」, 『한민족어문학』 45호, 한민족어문학회, 2004.

이효덕, 『표상공간의 근대』, 박성관 역, 소명출판, 2007.

임기중, 『불교가사연구』, 동국대학교 출판부, 2001.

임형택, 「신발굴 자료를 통해본 가사의 재인식」, 『민족문학사연구』 22호, 민족문학사학회, 2003.

장정수, 「20세기 기행가사의 창작배경과 작품세계」, 『어문논집』 47, 민족어문학회, 2003.

전종한·서민철·장의선·박승규, 『인문지리학의 시선』, 논형, 2010.

전진성, 「기억과 역사 : 새로운 역사·문화이론의 정립을 위하여」, 『한국사학사학보』 8집, 한국사학사학회, 2003.

정욱재, 「1910~1920년대 경학원의 인적 구성과 역할」, 『정신문화연구』 106호, 한국학중앙연구원, 2007.

정인숙, 「19세기 말 조선 외교관의 근대 일본의 도시체험과 그 서술의 특징-〈유일록〉을 중심으로-」, 『한국시가연구』 32집, 한국시가문학회, 2012.

정흥모, 「20세기 초 서양기행가사의 작품세계」, 『한민족문화연구』 31집, 한민족문화학회, 2009.

조성운, 「1930년대 식민지 조선의 근대 관광」, 『한국독립운동사연구』 36집, 한국독립운동사연구소, 2010.

조태성, 「〈선운사풍경가〉에 대하여」, 『한국언어문학』 58집, 한국언어문학회, 2006.

조현일, 「〈문장〉파 이후의 문학에 나타난 조선적인 것」, 『'조선적인 것'의 형성과 근대문화담론』, 민족문학사연구소 기초학문연구단, 소명출판, 2007.

조형근·박명규, 「식민권력의 식민지 재현전략」, 『사회와 역사』 90, 한국사회사학회, 2011.

지수걸, 「일제하 공주지역 유지집단의 도청이전 반대운동(1930. 10~1932. 11)」, 『역사와 현실』 20, 한국역사연구회, 1996.

차혜영, 「세계체제 내 식민 근대의 심상지리」, 『한국 근대문학의 형성과 문학장의 재발견』, 소명출판, 2004.

천정환, 「독서의 근대, 근대의 독서-1920년대의 책 읽기」, 『역사문제연구』 7호, 한국역사연구회, 2001.

_____, 「1920~30년대 소설독자의 형성과 분화과정」, 『역사문제연구』 7호, 역사문제연구소, 2001.

_____, 「주체로서의 근대적 대중독자의 형성과 전개」, 『독서연구』 13호, 한국독서학회, 2005.

최강현, 「조선말 외교관이 본 유신일본-미발표가사 〈뎌일본유람가〉를 소개한다」, 『문학사상』 38·39, 1975.

_____, 「사행가사의 비교고찰(1) -일동장유가와 뎌일본유람가를 중심하여-」, 『홍대논총』 9, 홍익대학교, 1997.

최규수, 『송강 정철 시가의 수용사적 탐색』, 월인, 2002.

최두식, 「〈금강유람가〉의 미적 세계」, 『고시가연구』 15호, 한국고시가문학회,

2005.

최상은, 「〈일동장유가〉와 사대부가사의 변모」, 『반교어문연구』 6집, 반교어문학회, 1995.

최현재, 「미국 기행가사 〈해유가〉에 나타난 자아인식과 타자인식 고찰」, 『한국언어문학』 58집, 한국언어문학학회, 2006.

태혜숙, 「한국의 식민지 근대체험과 여성공간」, 『한국의 식민지근대와 여성공간』, 여이연, 2002.

해리 하르투니언, 『역사의 요동』, 윤영실·서정은 역, 휴머니스트, 2006.

허철희, 「최송설당의 시가연구」, 『한국문학연구』 15, 동국대학교, 1992.

＿＿＿, 「은촌 조애영의 규방가사 고찰」, 『동국어문학』 7, 동국대학교 국어국문학회, 1995.

황호덕, 「국가와 언어, 근대 네이션과 그 재현양식들」, 『근대어·근대매체·근대문학』, 성균관대학교 대동문화연구원, 2007.

찾아보기

�҂ 서명·작품명

✳ 용어 · 인명 · 기타

▌유정선

이화여대 국문학과에서 고전시가를 전공하였다. 가천대, 명지대, 이화여대
에서 강의하였다. 저서로 『18・19세기 기행가사 연구』, 『규방가사의 작품세
계와 미학』(공저), 『한국시의 미학적 패러다임과 시학적 전통』(공저)이 있
다. 논문으로는 「시조에 나타난 자연과 생명」, 「화전가에 나타난 여성의
놀이공간과 놀이적 성격-'음식'과 '술'의 의미를 중심으로-」가 있다. 기행가
사와 규방가사에 지속적인 관심을 갖고 있다.

근대 기행가사 연구

2013년 6월 14일 초판 1쇄 펴냄
2014년 7월 7일 초판 2쇄 펴냄

지은이 유정선
펴낸이 김흥국
펴낸곳 도서출판 보고사

등록 1990년 12월 13일 제6-0429호
주소 서울특별시 성북구 보문동7가 11번지 2층
전화 922-5120~1(편집), 922-2246(영업)
팩스 922-6990
메일 kanapub3@naver.com
http ://www.bogosabooks.co.kr

ISBN 979-11-5516-025-1 93810
ⓒ 유정선, 2013

정가 23,000원
이 도서의 국립중앙도서관 출판시도서목록(CIP)은 서지정보유통지원시스템 홈페이지
(http ://seoji.nl.go.kr)와 국가자료공동목록시스템(http ://www.nl.go.kr/kolisnet)에
서 이용하실 수 있습니다. (CIP제어번호 : CIP2013008585)